외딴집 上 孤宿의 人

옮긴이 김소연

1977년 경북 안동에서 태어났다. 한국외국어대학에서 프랑스어를 전공하고, 현재 출판기획자 겸 번역자로 활동하고 있다. 옮긴 책으로 교고쿠 나쓰히코의 『우부메의 여름』, 『망량의 상자』, 『광골의 꿈』과 『음양사』, 『샤바케』, 『집지기가 들려주는 기이한 이야기』(이상 손안의책 출간), 미야베 미유키의 『마술은 속삭인다』(도서출판 북스피어), 『드림 버스터 1,2』(프로메테우스) 등이 있으며 독특한 색깔의 일본 문학을 꾸준히 소개, 번역할 계획이다.

KOSHUKU NO HITO
by MIYABE Miyuki
Copyright © 2005 MIYABE Miyuki
All right reserved.

Originally published in Japan by SHIN JINBUTSU ORAI SHA, Japan.
Korean translation rights arranged with OSAWA OFFICE, Japan
through THE SAKAI AGENCY and SHINWON AGENCY.

이 책의 한국어판 저작권은 THE SAKAI AGENCY와 신원 에이전시를 통해 MIYABE Miyuki와의 독점계약으로 도서출판 북스피어에 있습니다.
저작권법에 의해 한국 내에서 보호를 받는 저작물이므로 무단전재와 무단복제를 금합니다.

* 이 도서의 국립중앙도서관 출판시도서목록(CIP)은 e-CIP 홈페이지(http://www.nl.go.kr/cip.php)에서 이용하실 수 있습니다.(제어번호: CIP2007003231)

책에 등장하는 에도 시대의 주요 관직

에도 막부의 지배 체제는 막번 체제라고 불려, 중앙정부인 막부와 지방정부인 번의 이중 지배로 구성되었다.

쇼군(征夷大將軍) • 병마와 정치의 실권을 가진 막부의 주권자
다이묘(大名) • 1만 석 이상의 독립된 영지를 소유한 영주
삼가(御三家) • 도쿠가와 씨의 일족으로 오와리 · 기이 · 미토의 세 가문. 막부의 최고 지위를 차지하고 쇼군을 보좌하였다.

로주(老中) • 에도 막부의 직제에서 최고의 지위 · 자격을 가진 집정관
    루스이(留守居) 에도 시대에 에도의 다이묘 저택에 있으면서 막부와 번과의 공무상의 연락, 다른 번과의 연락 등을 맡았다.
    오반(大番) 상비병력으로서 하타모토를 편제한 부대이다. 전시에는 본진을 지키는 정예병이 되고 평시에는 교대로 성을 경호하는 역할을 한다.
    오오메쓰케(大目付) 당초에는 소메쓰케라고 했다. 최고 집정관인 로주 밑에 있으면서 다이묘, 하타모토, 그 외 여러 관리의 정무 · 행정을 감찰하는 것이 주된 임무였다.
    부교(奉行) 무가武家 시대의 관직명으로, 정무 분담에서 행정과 재판을 담당하고 집행하는 사람. 에도 막부에서는 사원 부교 · 마을 부교 · 재정 부교의 3부교를 비롯해 중앙 · 지방에 수십 개의 부교를 설치했다.
    작사 부교(作事奉行) 어전의 조영 · 수리 등의 건축 공사를 맡았다.
        작사방(作事方) 작사 부교에 속해 있으면서 막부의 건축 공사를 담당하던 사람
    건축 부교(普請奉行) 에도 성 내외 제반 시설의 정비 · 관리를 주된 임무로 했다.

오메쓰케(御目付) ● 여러 메쓰케를 두고 있던 일종의 첩보 기관. 행정상의 일에는 무엇이든 관여할 수 있었으며 경찰 및 재판에도 관여할 권리가 있었다.

소바요닌(側用人) ● 쇼군 가까이에서 모시며 명령을 로주에게 전달하고, 로주가 올리는 말씀을 쇼군에게 전달하며, 나아가 쇼군에게 의견을 간언하는 중직

조다이가로(城代家老) ● 조다이城代. 성을 가진 다이묘가 자리를 비웠을 때, 그 거성의 수호 및 그 외 영지 내의 모든 정무를 관장하던 가로

가로(家老) ● 무가武家의 중신으로 집안을 통솔하는 자. 또는 그 직명. 에도 시대에는 한 번藩에 여러 명이 있었고, 대부분은 세습이었다.

모노가시라(物頭) ● '우두머리'라는 뜻으로, 여러 가지를 가리킬 수 있으나 본문에서는 마을, 또는 도시의 장長을 가리키며 하급 무사를 관리했다. 에도 시대의 관직명 중 하나로 지방 정치의 중심이었으며 세습이 보통이었다.

    구미가시라(組頭) 조직의 우두머리

    고가시라(小頭) 오가시라나 구미가시라 밑에서 적은 인원수의 부하를 통솔하는 장長

갓테카타(勝手方) ● 재무・민정을 관장하던 관리를 널리 일컫는 말. 로주・와카도시요리若年寄・재정 부교 등에 담당자가 배치되었다.

나누시(名主) ● 마을의 대표로 마을 정치의 중심이었던 지방 관리 중 하나

가레이(家令) ● 율령제에서 친왕가 등의 사무, 회계를 관리하던 사람. 메이지 이후에는 황족, 귀족 집안의 관리인도 일컫는다.

번사(藩士) ● 번에 소속되어 있는 무사. 에도 시대 다이묘의 가신. 귀인의 저택이나 각처의 경비에 임한 당번 무사

가치구미(徒步組) ● 쇼군 외출시 도보로 앞장서 달리며 경비 등을 맡은 자

요리키(與力) ● 부교 등에 소속되어 부하인 도신을 지휘하던 사람

    도신(同心) 요리키 밑에 있으면서 서무・경찰 일 등을 맡았다.

        오캇피키(岡引) 도신 밑에서 일하며 범인의 수색・체포를 맡았던 자

주겐(中間) ● 무가의 고용살이 일꾼 중 일부를 가리키는 호칭

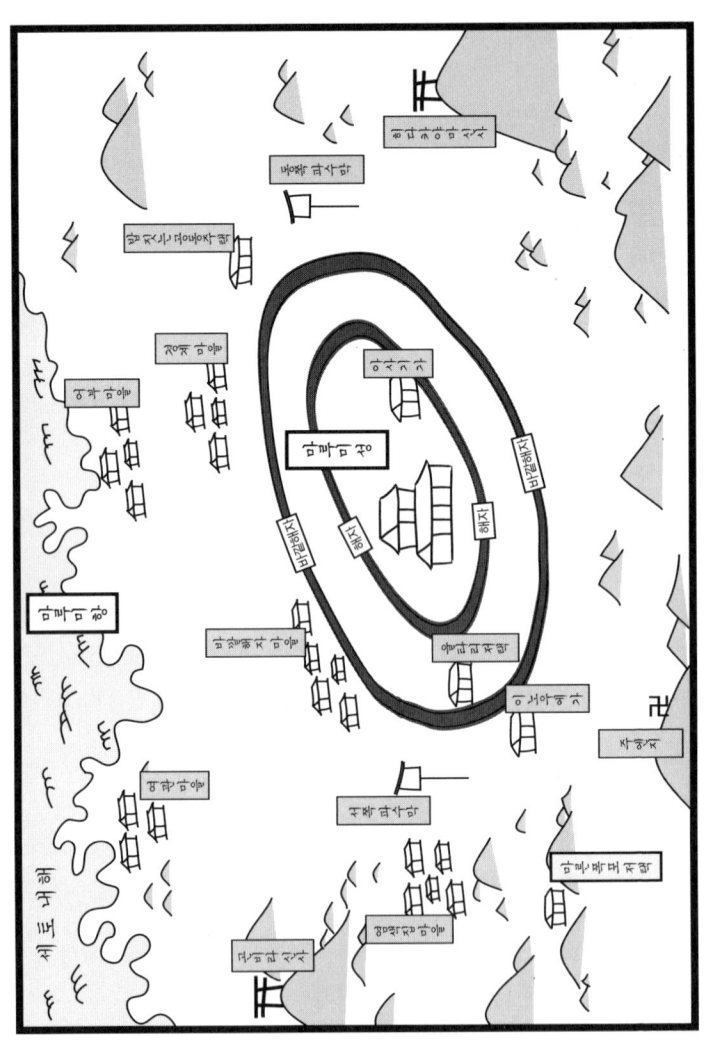

마루미 번 주변 지형도

차례
상권

바다토끼	8
파도 밑	65
귀신 오다	121
어둠은 흐른다	190
고독한 죽음	240
마른 폭포의 그림자	286
아득한 목소리	318
죽음의 그림자	367

바다토끼

1

새벽바다에 토끼가 날고 있다.
우물가에서 얼굴을 씻고, 호는 일부러 수건을 쓰지 않고 머리를 세차게 흔들어 물방울을 털어냈다. 기분 좋게 맑은 여름 아침, 순식간에 이마며 뺨이 마른다. 잠이 깨는 것 같다.
생각해 보면 이 이노우에 가에서 지내게 된 지도 반년이 지났다. 이곳에 막 왔을 무렵에는 우물가에서 바라보는 풍경이 너무 멋져서 물을 긷거나 빨래를 할 때마다 이렇게 손을 멈추고 넋을 잃고 바라보곤 했다. 그럴 때 마주치면 고토에 님은 언제나 상냥하게 바다를 가리키거나 하늘을 올려다보며 그날그날의 바다 색깔의 차이나 계절에 따른 파도의 흐름, 저녁때 파도의 모습을 보고 내일의 날씨를 점칠 수 있다는 것, 이런저런 별의 이름을 가르쳐 주셨다.
"호, 저걸 보렴. 바람은 이렇게 조용한데, 바다에는 작고 하얀 파도가 많이 치고 있지? 저럴 때 이곳 사람들은 '토끼가 날고 있다'고 한단다. 토끼가 날면, 지금은 날씨가 아무리 맑아도 반나절도 못 되어 큰 바람이 불고 비가 오는 거야. 그런 이유로 바다에서 토끼를 보면 어부들은 일찌감치 배를 돌리고, 천 염색을 하는 사람들은 나무통에 뚜껑을 덮어 버린단다. 멀리서 보면 작고 하얗고 예쁜 토끼지만, 그건 하늘과 바다가 거칠어질 징조거든."

이곳에 뿌리를 내리고 살다 보면 그런 것들도 금방 배울 수 있을 거다, 배우면 또 이 고장에 친밀감이 생겨나게 될 거라고 고토에 님은 말씀하셨다. 홀로 낯선 땅에 남겨진 호에게는 그 말이 얼마나 고마운 것이었는지, 반년 전보다는 조금이나마 지혜가 생기고 야무져진 지금에 와서도 도저히 말로 표현할 수가 없다.

호는 다스키_{옷 소매를 걷어올리기 위해 어깨에서 겨드랑이에 걸쳐 묶은 끈. 일반적으로 등에서 십자로 엇갈리게 하였다}를 고쳐 매고 기운차게 두레박을 끌어올려 물을 길었다. 여름 동안 매일 아침 이렇게 차가운 물을 길어다가 저택 사람들이 세수를 할 수 있게 하는 것이 호의 역할 중 하나이기 때문이다.

아침밥을 짓는 일도, 세수 시중을 드는 일도 호 같은 아이는 도저히 해낼 수 없지만 물을 길어 나르는 정도라면 힘만 있으면 충분히 할 수 있을 거라고, 시즈 씨는 늘 말하곤 한다. 자신의 모자란 점에 대해서는 새삼 누가 말해 주지 않더라도 호는 잘 알고 있다. 어쨌거나 이름인 '호'는 바보의 호_{일본어로 '아호'는 바보라는 뜻}다.

십 년 전의 섣달 그믐날—이제 한 시간만 더 지나면 해가 비쳐 들고 새로운 해가 시작되는 그때, 난산 끝에 호는 태어났다. 에도 시내, 우치칸다에 있는 문짝 가게 '요로즈야'의 축축하고 볕이 들지 않는 하녀방에서.

호의 어머니라는 사람은 너무 오래 졸여서 바스러진 토란처럼 행동거지가 굼뜨고 칠칠치 못한 여자로, 게으른 주제에 욕심은 많고 남자에게 헤픈 여자였다고 한다. 하기야 이것은 호가 요로즈야 사람들에게 들은 이야기이니, 어머니에게는 또 어머니 나름으로 할 말이 있었을지도 모른다. 하지만 그것을 들을 기회는 없었다. 호를 낳은 후, 얼마 안 되어 어머니는 죽었다.

호는 어머니가 요로즈야의 도련님과 정을 통해 생긴 아이였다. 처음부터 요로즈야의 입장에서는 원수였다. 자라지 못하고 죽기를 바란 아기였다. 어머니가 죽고 말았으니 더욱 그랬다. 하지만 호는 살아남았다.

요로즈야로서도 아기에게 살아갈 힘이 모자라 죽는다면 좋겠지만 도련님의 씨라는 것을 알고 있는데 굳이 손을 대기에는 뒷맛이 나쁘다. 별수 없이 보름, 한 달, 두 달, 호를 살려 두었다. 그리고 석 달째에, 체념한 듯이 한숨을 쉬며 이름을 지었다. 그게 '호'다. 이름을 지어 준 사람은 그 당시의 요로즈야의 주인, 도련님의 부친이다. 사실은 도련님에게 '이 바보야' 하고 야단치고 싶은 마음을 아기의 이름에 담았을 것이다.

그리고 호는 요로즈야에서 나와, 가게에서 고용살이를 하던 일꾼 중 누군가의 먼 친척이라는 집에 맡겨져 여덟 살이 될 때까지 거기서 자랐다. 돈놀이를 하는 노부부 둘이 사는 집으로, 호가 그래도 제법 철이 들었을 무렵에는 두 사람 다 조물주보다 더 나이 들어 보였다. 호를 맡아 준 것도 노후에 자신들을 돌보게 하려는 목적이 있었기 때문이다. 요로즈야에서는 아이를 맡아 주는 대가로 매달 약간의 돈을 보내고 있었던 모양이지만 노부부는 돈이라면 그럭저럭 갖고 있었다. 그저 건강하게 움직이는 팔다리를 잃어 가고 있었을 뿐이다. 호는 조만간 그것을 거들기 위한 일손이었다.

그러나 그런 것치고는, 아니, 그렇기 때문인지 돈놀이꾼 부부는 거의 호에게 간섭을 하지 않았다. 먹을 것도 변덕스럽게 줄 뿐이고, 교육다운 교육도 없이 강아지처럼 방치했다. 그래서 끊임없이 병에 걸렸고 홀쭉하게 야위어, 세 살쯤 될 때까지 혼자서 서지도 못하고 말도 제대로 하지 못했다. 노부부는 어린애들은 그냥 내버려두어도 자란다고 생각하고 있었을 것이다. 그리고 자라면 호되게 단련해서 마음껏 부리면 된다고.

만일 그대로 방치되었다면 지금쯤 어떻게 되었을까. 호는 이렇게 이노우에 가에 자리를 잡게 된 후로 가끔 생각할 때가 있다. 진짜 들개 같은 아이로 자라서 감당할 수 없다며 돈놀이꾼 부부의 집에서도 쫓겨났을지 모른다. 몸이 버티지 못하게 되어 어머니가 있는 곳으로 갔을지도 모른다.

호가 아홉 살이 된, 정월 초의 일이다. 돈놀이꾼 부부의 집에 요로즈야에서 대행수가 심부름을 왔다. 소나무 장식은 치워졌지만 아직 설의 들뜬 기분이 남아 있을 때_{일본에는 정월 초하루부터 얼마간 소나무를 장식하는 풍습이 있었다}였는데, 숯에 그을린 듯 불쾌한 얼굴에 양쪽 눈썹 사이에는 빗물이라도 담아 두려는 게 아닌가 싶을 정도로 깊은 주름을 짓고 있었다.

작년 가을 초부터 나리와 도련님이 차례로 앓아누웠는데, 처음에는 고뿔인가 싶을 정도의 병세였던 것이 차츰차츰 먼지가 쌓이

듯이 병이 쌓여, 지금은 두 사람 다 자리에서 일어나지 못하는 위독한 상태라고 대행수는 말했다. 요로즈야는 몇 군데의 후다이 다이묘_{에도 시대 다이묘 중 하나. 쇼군 가의 수족으로서 요지·요충에 봉해졌으며 막부의 요직에 앉아 정무에 관여했다} 가에도 출입하는 격식 있는 상가商家이기 때문에 이런 일을 섣불리 밖에 알릴 수는 없다. 장사는 가게 사람들과 직인들이 어떻게든 꾸려 가고 있지만 그렇다 해도 걱정은 쌓인다.

"그래서 이번에 어떤 곳에서 이름난 수험승을 모셔다가 가지기도_{부처의 힘을 빌려 병이나 재난, 부정 따위를 면하기 위한 기도}를 하고 신탁을 받았는데."

불우하게 죽은 일꾼의 혼이 요로즈야를 원망하고 있다. 그것이 재앙이 되고 있다는 말을 들었다고 한다.

"그렇게 말하면 생각나는 사람은 호의 어미 정도입니다. 정말이지 그년은 못된 년이에요. 죽고 나서도 여전히 속을 썩이니."

수험승은 이 재앙을 없애기 위해서는 요로즈야를 원망하고 있는 죽은 자와 인연이 닿아 있는 사람을 요로즈야에서 깊이 믿고 있는 절이나 신사로 보내야 한다고 말했다고 한다.

"그렇게 되면, 그것도 또 호밖에 없지요."

대행수는 쓰디쓴 향쑥을 씹듯이 말을 씹었다.

"신탁에 따르면, 그 아이가 남자라면 절에 보내어 일을 하게 하는 것이 가장 좋다고 했지만, 호는 여자아이 아닙니까. 참으로 쓸모라고는 없는 아이지요. 그래도 절이나 신사로 보내 참배하게 하는 것만으로도 효험은 있다고 하시니—이번 한 번만 양보하셔서, 호를 요로즈야로 돌려보내 주실 수는 없으신지요?"

호가 없어서 곤란한 점이 있다면 대신할 하녀라도 찾아보겠다.

쓸쓸하다면 양자도 알아보겠다는 제안을, 돈놀이꾼 부부는 곧 승낙했다.

이렇게 해서 호는 요로즈야로 돌아왔다. 어린 마음에도 자신이 어딘가로 보내진다는 것은 알고 있었지만, 그것이 에도에서 수백 리나 떨어진 낯설고 먼 지방일 줄은 생각도 하지 못했다.

2

시코쿠의 사누키노쿠니_{현재의 가가와 현}, 마루미 번^藩_{에도 시대 다이묘의 지배 영역 및 지배 기구의 총칭}.

삼만 석이라는 아담한 영지이지만 어엿한 후다이 다이묘다. 북쪽은 세토 내해에 면해 있고 남쪽은 산에 둘러싸여 있어, 풍요로운 자연의 혜택을 받은 곳이다. 본래 '마루미^{丸海}'란 후미 형태의 완만하고 둥근 것이라는 뜻과, 이 바다가 온화하며 그곳에 사는 사람들에게 다정하고 풍요롭다는 데에서 붙여진 오래된 지명이다.

번주^{藩主}인 하타케야마 가문은 본래는 기타칸토^{北關東}에 영지를 갖고 있던 작은 다이묘였으나 이백 년쯤 전에 이리로 옮겨 와 이 땅을 다스리게 되었다. 영지는 전보다 늘어나긴 했으나, 당시에는 풍토나 영민들과의 문화·관습의 차이 때문에 몹시 고심했다는 사실이 지금도 번사_{번에 소속되어 있는 무사. 에도 시대 다이묘의 가신}들 사이에서 이야깃거리로 전해 내려오고 있다.

하타케야마 가는 나가토노카미長門守나가토를 지키는 자. 나가토는 현재의 야마구치 현 북부와 서부를 가리킨다라 칭하고 있으며, 현재의 번주인 하타케야마 모리쓰구는 42세, 적자 모리나가는 17세. 태평성대이고 막부의 요직에 있는 것도 아니라 이렇다 할 평판이 나는 일도 없는 당주이지만, 에도 번저번이 소유하고 있는 저택의 정원에는 마루미의 거성에서 내려다보이는 만의 아름다운 모양을 그대로 본뜬 연못이 있다. '만월을 비추며 만월을 무색케 하는 빛'이라는 뜻에서 '능월지', 그 연못에 면해 있는 다실茶室은 '능월암'이라고 불리며 문인들을 끌어 모아, 조금은 이름이 알려져 있다.

하지만 그런 모든 것들은 호와 관련이 없는 일이다.

마루미 번의 서쪽, 성시城市봉건 영주의 거성을 중심으로 주위에 발달한 도시에서 나가산을 하루 동안 걸어가면 바다의 재난을 막고 비를 내려 주는 수호신으로 깊이 존경을 받고 있는 곤비라 님의 신사가 있다. 예로부터 이 지방 사람들의 신앙을 받아온 이 신을 요로즈야에서도 모시고 있었다.

에도에서는 곤비라 참배라면 이세 참배와 똑같이 중시되며 평생에 한 번은 해야 할 일로 되어 있지만, 요로즈야의 경우는 거기에다가 멀리 근원을 따져 보면 요로즈야를 창업한 당주가 사누키 출신이었다는 사실이 더해져 이 신을 받들어야 할 이유가 된 모양이다. 사누키의 바다에서 자란 자가 고작해야 수 대代, 팔십 년 정도의 세월 동안 어디를 어떻게 구르다가 에도 시내의 문짝 가게의 주인이 되었는지, 그것은 출세담이기도 하고 고생담이기도 할 것이다. 요로즈야는 에도 저택들의 개수나 수선을 관장하고 있는데,

이를 위해 출입이 허가되는 다이묘 가의 필두에 마루미 번주인 하타케야마 가도 포함되어 있음이 틀림없다. 에도와 사누키의 거리는 멀어도, 요로즈야의 역사 속에서 이 지연은 사라지지 않았을 것이다.

하지만 그 또한 호와는 상관없는 일이다.

문제는 요로즈야가 그런 신심을 갖고 있기 때문에, 호 같은 어린아이가 머나먼 에도에서부터 사누키의 곤비라 신사로 참배를 하러 떠나야만 한다─는 것이었다.

그때까지도 요로즈야에서는 몇 년에 한 번꼴로, 주인이 참배를 가느냐 일꾼들의 우두머리인 자가 대신 참배를 가느냐의 차이만 있을 뿐 사누키의 곤비라 신사로 참배를 다니곤 했다. 따라서 긴 여행을 준비하는 방법은 알고 있었고, 연줄도 있고 익숙하기도 했다. 그래도 아홉 살짜리 아이를 혼자서 머나먼 서쪽으로 보낼 수는 없다고 생각했다. 이것은 딱히 호를 가엾게 여겼기 때문은 아니다. 호가 곤비라 신사에 도착하기 전에 길에서 쓰러지기라도 하면 참배를 하지 못하게 되어 저주가 풀리지 않을까 봐 두려웠던 것이다.

그러나 주인과 후계자가 나란히 앓아누워 있는 상황에서는 가게 사람들도 저마다 바빠서, 아무도 호와 동행하여 에도와 사누키를 왕복할 만한 여유가 없다. 대행수가 여기저기 분주하게 교섭하고 상의한 결과, 요로즈야와 똑같이 곤비라 신앙이 두터운 니혼바시의 술가게 몇 군데가 모여 사누키로 참배를 떠나려고 하는 일행에 호를 끼워 주기로 했다.

무리한 부탁을 하여 다리가 약한 어린아이를 끼워 넣는 것이니,

요로즈야로서도 신경 쓰지 않을 수 없었을 것이다. 그 무렵에는 아직 자신의 몸 하나도 건사할 수 있을지 의아스러웠던 호에게 젊은 하녀를 한 명 붙여 주었다. 그러나 이것은 호에게 재난이었다. 심술궂고 성격이 나빠 서슴없이 아랫사람을 괴롭히는 이 하녀 때문에, 호의 여행은 도리어 가혹해졌다. 오히려 동행한 술가게 사람들이 호의 신상을 나름대로 가엾게 여겼는지 때때로 친절하게 대해 주었다.

곤비라 참배를 하려면 우선 오사카로 갔다가 거기에서 승합선을 타고 사누키의 마루미라는 항구까지 간다. 그러나 그보다 훨씬 전, 도카이도에도 시대의 5대 가도 중 하나. 태평양을 따라 에도에서 교토에 이르는 도로를 따라 서쪽으로 가는 동안 호는 몇 군데 숙소에서 움직일 수 없게 되었다. 밥을 얻어먹지 못해 배를 곯거나, 떠밀려 넘어져서 다치거나, 짚신이 끊어지자 맨발로 걸으라고 다그치는 바람에 발바닥이 쓸려 벗겨지는 등, 좌우간 호되게 경을 쳤다. 그래도 어찌어찌 오사카의 여관에 이르러 승합선을 탈 때까지는 버틸 수 있었으나, 이번에는 태어나서 처음 타는 배에 멀미를 하게 되어 이리 비틀, 저리 비틀 하며 일어날 수도 없게 되었다.

"이러다간 곤비라 신사에 데려가도 칠백여든다섯 단의 돌계단을 올라가는 것은 도저히 불가능하겠어. 뱃멀미는 땅에 발이 닿으면 거짓말처럼 낫는 법이지. 이 승합선이 마루미 항에 도착하면, 이 애는 며칠 동안 여관에서 쉬며 기운을 차리고 나서 곤비라 신사에 가는 게 좋을 거요."

술가게 연합의 사람들은 모두 그렇게 하라고 권해 주었다. 배에 약한 참배객들이 자주 그렇게 하곤 한다고들 얘기한다. 그래서 마루미의 여관 마을도—일본 전국에서 모여드는 참배객으로 상당히 번성하고 있는 곤비라 신사 앞 마을과는 비교가 되지 않지만—이런 손님들이 떨구고 가는 돈 덕분에 짭짤한 수익을 얻고 있다는 것이었다.

여행의 길동무 중 누구보다도 호를 떨쳐 내고 싶어서 안달이었던 요로즈야의 하녀는 호만 마루미에 남겨 두고 자신은 곤비라 신사에 가고 싶었던 모양이다. 하지만 그렇게 제멋대로 굴 수 있을 리도 없었다.

"너도 산천유람을 온 것은 아니지 않느냐."

하녀는 크게 야단을 맞고 마지못해 호를 데리고 마루미 항에 내렸다. 싸구려 여인숙을 발견하여 그곳에 묵으면서, 호는 간신히 이리저리 흔들리지 않는 침상에서 몸을 쉴 수 있게 되어 안도했다. 그러나 죽은 듯이 하룻밤을 자고 깨어나 보니 같이 온 하녀가 사라지고 없었다.

노잣돈을 몽땅 들고 도망친 것이다.

고토에 님은 이렇게 말씀하셨다. "그 하녀는 어떻게든 너를 버리고 돈을 독차지한 후 동행한 분들께 야단맞는 일도 없이 어딘가 가고 싶은 곳으로 떠날 수 있다면 좋겠다고 생각해 왔을 거야. 그래서 네 뱃멀미에, 이것은 절호의 기회라는 것을 깨달았겠지. 어디로 가든 사정을 모르는 타지에서 젊은 여자 혼자 다니게 되면 어쨌거나 좋은 쪽으로 가게 될 리는 없는데, 눈앞의 욕심에 눈이 멀고 만 게지."

혼자 남겨진 것은 호의 잘못이 아니란다—하고 위로해 주셨다.
 여관 쪽에서도 갈 곳을 잃은 아이를 어떻게 해야 할지 알 수 없었을 것이다. 여관 마을 관리인이라는 무서운 얼굴의 아저씨에게 맡겨졌다가, 그 후 얼마 안 되어 호는 주엔지中円寺라는 절로 가게 되었다. 번주 하타케야마 가의 위패를 대대로 모시고 있는 진언종 '라쿠엔지樂円寺'라는 절의 말사末寺 본사의 관리를 받는 작은 절로 유서 깊은 절이라고 들었지만, 막상 가 보니 산 속에 있는 다 무너져 가는 절로, 본당은 망가져서 비가 심하게 새고 산문도 종루도 없다. 기둥을 잘라 낸 흔적만 남아 있을 뿐이다. 오랜 세월을 내려오는 동안 장작이 없을 때면 잘라 내어 때 버렸다고 한다.
 주지는 여관 마을 관리인보다 더 무서운 얼굴을 한 할아버지였다. 둘이 나란히 서니 이마에서 눈까지 매우 닮았다 했더니만, 형제라고 해서 깜짝 놀랐다. 주지 쪽이 형이라고 한다.
 "여기는 본존만 있을 뿐 단가檀家 절에 시주하는 사람의 집가 없는 절이다. 부처님은 계시지만 돈이 없지. 그래도 네가 부지런히 일하면 먹을 것과 잠자리는 있을 거다. 갈 곳이 생길 때까지는 여기 있도록 해라."
 곤비라 참배를 왔다가 길에서 쓰러지거나 노자가 떨어지는 등, 여러 가지 사정으로 곤란에 처한 사람들은 대개 이곳에 모인다고 한다.
 "뭐, 구호소 같은 곳이라고 생각하면 된다. 생활하는 데 필요한 것은 모인 사람들끼리 서로 도우며 해결해 나가지. 절 뒤에는 밭도 있단다. 넌 무슨 일을 할 수 있니?"

무서운 얼굴을 한 주지의 이름은 에이신이라고 했는데, 사람들은 그냥 스님, 스님 하고 불렀다. 스님은 처음에 호가 말을 잘하지 못해서 신상 이야기도, 이렇게 된 경위도 설명하지 못하는 것을 그저 내성적이라 그렇다고 생각했던 모양이다. 그래도 절에서 생활하는 호를 지켜보니, 이 아이의 몸 여기저기에 흉터가 있는데다 야윈 상태도 심상치 않고 마치 들개처럼 아무것도 모르질 않나, 난폭한 행동을 할 때가 있지 않나 해서 사정이 좀 다르다는 것을 알아챘는지, 어느 날 호를 불러다가 물었다.
"읽고 쓸 줄은 아느냐?"
배우지 않았기 때문에 할 줄 몰랐다.
"숫자는 어디까지 셀 수 있지?"
역시 배우지 않았기 때문에 둘까지밖에 셀 줄 몰랐다. 그 당시의 호의 머리로는 하나 있는 것을 둘로 나누는 것밖에 이해할 수 없었던 것이다.
호는 열심히 말을 찾아가며 자신의 이름은 '바보'에서 딴 '호'라는 사실만을 가까스로 말할 수 있었다.
"참으로 심한 이름을 붙였구나."
스님은 우락부락한 턱을 문지르더니 호의 얼굴을 보며 고개를 저었다.
"하지만 그렇다고 해서 네가 정말 이름대로 되는 것은 아니다. 그저 약해졌을 뿐이야. 지금의 모습을 보아하니 이 절에서는 살아갈 수 없을지도 모르겠구나. 다른 사람들도 모두 자신의 일만으로도 힘에 부치는 상태거든. 네게는 좀더 정성을 기울여 여러 가지를 처음부터 가르쳐 줄 사람이 필요해. 그렇다고 양부모를 찾기도 어렵겠지."

생각나는 곳을 알아볼 테니 잠시 참고 지내 보아라—타이르고, 스님은 또 고개를 저었다.

그렇게 스님이 알아봐 주어 데려간 곳이 이노우에 가였다.

대대로 번의藩醫를 맡고 있는 가문이다.

마루미 번에는 일곱 명의 번의가 있고, 그들을 가리켜 '사지肂'라고 부른다. 번의의 장長은 '사지필두肂筆頭'이다.

이노우에 가의 당주인 겐슈 선생님은 '사지'의 신분이고, 장남이자 후계자인 게이치로 선생님은 무급 견습의원으로서 아버지를 돕고 있다. 의술을 배우느라 바쁜 매일이지만 입장상으로는 자유롭다. 그 탓인지 호의 신상을 동정하여, 마땅히 혼자 설 수 있게 될 때까지 예의범절을 배우는 고용살이 일꾼이라는 형태로 키워 주겠다고 말한 것도 게이치로 선생님이었다고 한다. 선생님은 스님의 부탁을 받고 주엔지에서 살고 있는 사람들을 진찰해 줄 때가 종종 있어서, 절에 대해서도 잘 알고 있었다.

게이치로 선생님의 누이가 고토에 님이다. 겐슈 선생님의 부인은 이미 세상을 떠났고 게이치로 선생님은 아직 혼자 몸이기 때문에, 집안의 일은 고토에 님이 꾸려 가고 있다. 호를 맡게 되자,

"우선 몸을 튼튼하게 만들어야겠구나."

하며 꼼꼼하게 보살펴 주고, 한동안은 병자를 간호하는 것처럼 조심스럽게 대해 주었다. 그리고 호가 건강해지자 고토에 님이 이런저런 예의범절을—그야말로 젓가락 쥐는 법에서부터 옷 개는

법에 이르기까지 자질구레한 것들을—게이치로 님이 읽고 쓰기와 산술을 조금씩 조금씩 호가 이해할 수 있을 때까지 되풀이하고 또 되풀이해서 참을성 있게 가르쳐 주셨다.

호는 이노우에 가에 온 후 비로소 사람의 자식다운 생활을 했던 것이다.

석 달이 지나자 호는 꽤 야무져져서 고토에 님을 기쁘게 했다. 게이치로 선생님 덕분에 자신의 신상에 대해서도 더듬더듬, 크게 수고를 들이긴 하지만, 어떻게든 이야기할 수 있게 되었다.

요로즈야 이야기를 듣더니 두 분은 매우 닮은 생김새의 얼굴을 나란히 흐렸다.

"호는 힘든 일을 겪어 왔구나."

몸이 건강해졌으니 곤비라 신사에 참배를 해야 하지만, 그러면 이 집 사람들에게 은혜도 갚지 못하고 그저 신세만 진 셈이 된다. 호는 솔직하게 그런 마음을 털어놓았다. 그러자 게이치로 선생님은 조용히 고개를 저으며 말했다.

"요로즈야를 위해서라면 이제 곤비라 신사에 갈 필요는 없다. 그쪽에서 붙여 준 하녀가 호를 버리고 간 게 아니냐. 거기에서 이미 의리는 다한 것이지. 너는 이 집에 있도록 해라."

호는 기뻤다. 요로즈야가 마음에 걸리지 않는 것은 아니었지만 이노우에 가에 있을 수 있는 것이 무엇보다도 기뻤다.

그러나 그렇게 되자,

"아가씨, 이노우에 가문은 호를 양녀로 삼은 것이 아닙니다. 고용살이 일꾼으로 받아들인 것이니 앞으로는 엄하게 가르쳐야지요.

그편이 언젠가 이 아이에게도 도움이 될 것입니다."

하며 나서는 사람이 두 명 있었다. 한 사람은 야모리家守인 가나이 신에몬 님이고, 다른 한 사람은 하녀장인 시즈 씨다.

가나이 님은 겐슈 선생님보다 훨씬 더 나이가 많고 햇볕에 바싹 말린 것처럼 작고 야위었으며, 그 몸으로 가끔 놀랄 정도로 큰 소리를 내는 노인이다. 야모리란 하타케야마 가 특유의 호칭으로, 다른 곳에서는 가레이家令친왕가 등의 사무, 회계를 관리하던 사람나 관리인이라고 부른다고 한다. 상가商家에서 말하는 대행수 같은 것이다. 집안의 모든 일을 관리하고, 모든 것을 감시한다.

한편 하녀장은 하녀 우두머리 같은 것이다. 몹시 높은 사람이다. 적어도 호의 눈에는 이노우에 가에서 시즈 씨가 제일 높은 것처럼 보였다. 겐슈 선생님마저 꾸중을 들을 때가 있으니까.

"선생님, 또 진지를 남기셨군요!"

"그렇게 말씀드렸는데 어째서 늦게까지 불을 켜고 글을 쓰시는 겁니까? 또 들토끼처럼 눈이 빨개지시지 않았습니까!"

"등목을 하셨으면 곧바로 몸을 잘 닦아 두셔야지, 안 그러면 고뿔에 걸리십니다! 몇 번을 말씀드려야 아시겠어요?"

시즈 씨는 호되게 꾸짖는다.

이노우에 가가 있는 이 호리카와반초堀川番町는 그 이름대로 성의 바깥해자外堀성을 둘러싸고 있는 이중의 해자 중 바깥쪽 해자에서 가장 가까운 동네다. 바다가 내려다보이는 고지대인 것도 그 때문이다. 번의는 바깥해자 안쪽에 있는 저택 지구에 살지 않고, 해자 바깥의 마을에 있으면서 의술 수업을 하는 한편 마을 사람들의 진료도 맡는 것이 마루미 번의 관습이다. 따라서 시즈 씨가 큰 소리로 겐슈 선생님을 꾸짖으면 길 가던 사람의 귀에까지 목소리가 들리고 만다. 덕분에 겐슈 선생님은 성 밑에서는 '야단맞는 겐슈'로 알려져 있었다.

하지만 당사자인 겐슈 선생님은 전혀 신경 쓰는 것 같지 않다. 선생님은 명의로 이름 높기 때문에 놀리려 드는 무리도 많아 집 담벼락에 비아냥거리는 낙서가 적혀 있을 때도 있지만,

"잘 썼군."

"이건 어감이 좀 나쁘구나."

하며 감탄하고, 가나이 님이 화를 내도 시즈 씨가 창피해해도 '갓파 방귀_{아무것도 아니다. 대수롭지 않다는 뜻. 상상의 동물인 갓파는 물속에 살기 때문에 방귀를 뀌어도 기세가 약하다는 데서 온 말}다. 그러고 보니 이 '갓파 방귀'라는 말을 호에게 가르쳐 준 것도 겐슈 선생님인데, 가르쳐 주고 있는 장면을 시즈 씨에게 들켜 그때도 호된 꾸중을 들었다.

호는 물 긷기를 마치자 천천히 두레박을 우물 속으로 내리고 나서 손을 뗐다. 아무렇게나 확 놓았다가 덜그럭덜그럭 첨벙 하는 소리가 나서는 안 된다. 우물의 신이 놀라기 때문이다. 이것도 시즈 씨의 엄한 가르침이다.

호는 얼굴을 들고 다시 바다를 둘러보았다. 해가 완전히 떠올라 푸른빛이 더해진 마루미의 후미진 만에, 수많은 하얀 토끼들이 어디를 그리 서둘러 가는지 바삐 날아간다. 구름은 아직 멀리 있지만, 이 토끼들의 빠른 다리로 보아 오전에는 비가 올지도 모른다. 시즈 씨가 어제, 내일은 옷을 뜯어 빤 후 풀을 먹여 새로 말릴 거라고 했지만 아마 그것은 중지될 것이다. 옷방을 먼저 정리해야 할

것이다. 무거운 물건들이 많이 있다.

―하지만 갓파 방귀지.

호는 실실 웃는 얼굴로 영차 하며 물통을 들어 올렸다.

3

바다토끼들은 호가 생각했던 것보다도 빨리 비를 데리고 찾아왔다.

호리카와반초의 시종^{時鐘}<small>시각을 알리기 위해 치는 종</small>이 열 시를 알릴 무렵, 바다 쪽에서 한층 바다 내음이 강한 바람이 불어오는가 싶더니 굵은 빗방울이 땅바닥을 때리기 시작했다. 호는 시즈 씨와, 하인인 모리스케 씨와 셋이서 집 안을 뛰어다니며 서둘러 덧문을 닫았다.

고토에 님은 비를 보더니 곧 저택 동쪽 건물에 있는 진료실과 대합실로 달려가셨다. 널어둔 무명천이나 약초 등이 비를 맞으면 못 쓰게 되기 때문이다.

오늘은 보름에 한 번 일곱 명의 '사지'가 모이는 회합이 있는 날이라 겐슈 선생님은 아침 식사를 한 후 등성^{登城}하셨기 때문에, 진료는 게이치로 선생님 혼자서 하고 계신다. 여름철에는 음식이나 더위 때문에 탈이 난 환자들이 드문드문 오는 정도고, 병자는 적다. 한가할 때면 게이치로 선생님은 대개 의학서를 읽으시고, 독서에 열중해 버리면 밖에서 비가 내리든 벼락이 치든 전혀 알아차리지 못한다.

"이건 여름이 되려고 내리는 비구나."

한바탕 덧문을 다 닫고 나자, 시즈 씨는 굵은 팔로 팔짱을 끼고 부뚜막 위의 들창을 올려다보면서 중얼거렸다.

"한 시간쯤 지나면 그칠 거야. 그 후에는 또 더워지겠지."

"우박이 섞여 있는데요."

똑같이 들창을 올려다보면서 모리스케 씨가 말했다.

"저것 봐요. 후드득후드득, 후드득후드득 하잖아요. 큰데. 이거, 밭이 걱정되는군."

귀를 기울여 보니, 틀림없이 빗방울이 지붕을 때리는 소리에 섞여 작은 돌을 던지는 것 같은 소리가 들린다. 바다토끼가 데려오는 비에는 이렇게 우박이나 싸락눈이 섞일 때가 있는데, 이것이 가축의 눈을 종종 상하게 한다. 사람도, 어린아이의 경우에는 머리나 귀에 생각지도 못한 상처를 입을 때가 있다.

"상처에 바르는 약은 충분할까? 전에 항구에서 싸움이 일어났을 때 한꺼번에 다 써 버렸잖아?"

"고토에 님이 살피고 계시니 괜찮을 겁니다."

모리스케 씨는 말하고, 느긋하게 웃었다. 이 사람은 시즈 씨보다는 약간 젊지만 **빠릿빠릿**하게 일을 잘하고 시원스럽게 말하는 시즈 씨에 비하면 조금 느리기 때문에 늙어 보인다. 어떤 인연으로 이노우에 가의 하인이 되었는지 호는 잘 모른다. 아내와 아이가 있는데 여러 가지 사정이 있어서 같이 살지는 못하고 따로따로 떨어져 있다는 얘기도 얼핏 들은 적이 있지만 자세히는 모른다.

시즈 씨는 집안일을 꾸려가고, 모리스케 씨는 바깥일을 한다. 그것을 가나이 님이 감독한다. 호는 두 사람 다 돕는다. 그래도 시즈 씨가 무슨 일이든 속도가 빠르기 때문에 대개의 경우 호는 시즈 씨가 시킨 일만 하고 있는 것 같은 기분이 든다. 또 모리스케 씨는 조용한 사람이기도 해서, 내 일도 좀 도우라며 호를 괴롭히지도 않는다.

"나는 밭 쪽을 보고 올게요."

밭이란 이노우에 가의 남쪽 부지 가득 펼쳐져 있는 약초밭을 말하는 것으로, 이곳 손질도 모리스케 씨가 하는 중요한 일 가운데 하나이다.

"그럼, 호." 시즈 씨가 엄하게 호를 불렀다. "같이 가서 모리스케 씨를 거들어 드려라. 너도 슬슬 밭에 대해서 알 때가 됐어."

"혼자 가도 돼요." 모리스케 씨는 손을 저었다. "이렇게 우박이 쏟아지는데 호를 밖에 내보내다니 불쌍하잖아요."

모리스케 씨는 호에게 상냥하다. 이것은 본인에게 들은 얘기니까 확실한 건데, 모리스케 씨의 아이는 사내애지만 나이는 호와 비슷한 정도라고 한다. 그래서 호의 얼굴을 보면 아이가 생각난다고 한다.

"뭐가 불쌍하단 말이야? 우박 정도로 무서워해서야 어떻게 생활을 해 나가겠어?"

호는 네 하고 대답을 했다. 모리스케 씨는 삿갓을 쓰고 목끈을 조인 후 옷소매를 걷어올리고 있다. 재빨리 그것을 따라했다.

"도롱이는 안 입어도 돼. 밭두둑 사이가 좁아서 걷기 힘들거든."

두 사람은 부엌문을 통해 밖으로 나가, 폭우 속에서 몸을 웅크리고 건물을 빙 돌아 약초밭으로 향했다. 빗발이 강하고 벌써 땅이 질척거린다. 모리스케 씨의 머리에 오도카니 얹혀 있는 삿갓에 우박이 부딪혔다가는 데굴데굴 튕겨 떨어진다.
"이거, 날씨 한번 엄청난데."
삿갓에 맞고 튀어 턱에 닿는 빗방울에 얼굴을 찌푸리며, 모리스케 씨는 중얼거렸다.
"오늘 아침에 토끼가 날았으니 비가 올 거라고 알고는 있었지만……."
약초밭에서 모리스케 씨는 키 작은 초목에 마포麻布를 씌우거나 쓰러져 가는 초목을 일으켜 세우고 뿌리 부분에 산처럼 쌓여 있는 우박을 모아 버리는 등 부지런히 일했다. 호는 어깨 너머로 보고 흉내 내어 거든다. 턱에서 빗방울이 떨어지고 등이 흠뻑 젖었다.
작업하는 사이에 머리 위를 완전히 뒤덮어 버린 두꺼운 구름 속에서 번개가 몇 번 번쩍였다. 그러나 우르르릉 하는 소리는 들리지 않는다.
모리스케 씨는 빗방울 때문에 눈을 가늘게 뜨고 하늘을 올려다 보았다.
"이런 건 기분 나쁜 일이야. 호, 기억해 둬라."
호는 이상하다고 생각했다. 이 바다토끼의 비가 왜 기분 나쁜 걸까. 아까부터 모리스케 씨는 계속 신경 쓰는 것 같지만 우박이 내리는 것도 드문 일은 아닌데.
아무 말 하지 않아도 호의 표정을 보고 알았나 보다. 모리스케 씨는 허리를 굽혀 호에게 약간 다가왔다.

"오늘은 사일ᄐᄇ이야. 달력을 봤지?"

달력 읽는 법이라면 고토에 님께 배웠다. 하지만 어려운 글씨가 많아서 아직 읽지 못하는 부분이 많다. 호는 머리가 나쁘기 때문이다.

"사일에 바다토끼가 나는 것은 좋지 못한 징조야."

'사ᄐ'는 뱀이다. 뱀은 토끼를 통째로 삼켜 버린다. 따라서 사일에 나는 바다토끼는 그냥 비를 알리기 위해 나타나는 것이 아니라 바다 저편에서 오는 뱀을 피해 도망치고 있는 것이다―모리스케 씨는 그렇게 말했다.

"천둥님이 소리를 죽이고 있는 것도 뱀이 다가오고 있기 때문이야. 마루미 바다의 뇌신은 뱀을 싫어하시거든."

그 이야기라면 시즈 씨에게 들은 적이 있다. 마루미의 성시에는 히다카야마 신사라는 벼락을 피하기 위한 신사가 있고, 여기서 모시는 신체神體신령이 깃들어 있는 것으로 여겨져, 제사에 이용되며 참배의 대상이 되는 신성한 물체는 한때 이 산의 주인이었다는 새하얀 수컷 들개의 가죽이다. 수백 년 전에 지상으로 내려와 날뛰는 뇌수雷獸와 싸워 이를 쓰러뜨림으로써 뇌신에게 인정받고 그 권속이 되어, 마루미의 바다와 산을 벼락으로부터 지키는 힘을 얻었다고 한다. 그 후 봄여름의 벼락 피해로부터 마루미를 잘 지켜 주셨는데, 어느 날 큰 뱀에게 먹혔다가 배를 찢고 나와 쓰러뜨리긴 했으나 자신도 상처를 입고 목숨을 잃었다. 그래서 마루미 사람들은 그의 가죽을 모셔다가 히다카야마 산에 신사를 짓고 받들었다는 이야기이다.

지금도 봄여름의 벼락 피해는 결코 적지 않기 때문에 히다카야마 신사는 마루미 번의 수호신이다.

그러던 중에 빗발이 약간 약해지기 시작했다. 우박이 삿갓을 때리는 소리도 뜸해졌다.

"그래, 그래, 빨리 그쳐 다오."

모리스케 씨가 삿갓 가장자리에 손을 댄 채 하늘을 향해 말했다.

그때, 호는 알아차렸다.

발을 친 것 같은 비 너머로 누군가가 언덕길을 따라 이노우에 가로 올라온다. 하얀 기모노—하얀 우산.

비에 가로막혀 발치가 보이지 않는다. 그 때문에 그 사람은 걷는 게 아니라 미끄러지듯이 스륵스륵 다가오는 것처럼 보였다.

호는 모리스케 씨의 소매를 잡아당겼다. 모리스케 씨는 턱 끝에서 빗방울을 뚝뚝 떨어뜨리면서 호를 돌아보고, 그러고 나서야 다가오는 사람 쪽으로 시선을 돌렸다.

"어라, 이렇게 비가 오는데—."

모리스케 씨는 눈에 힘을 준다. 놀란 듯이 말했다.

"저건, 가지와라 가의 아가씨인데."

모노가시라^{'우두머리'라는 뜻이지만 여기에서는 마을 또는 도시의 수장을 가리킨다}인 가지와라 주로베에의 여식이다. 미네 님이라고 한다. '사지' 가문은 당연히 번사들과 교류가 깊다. 그중에서도 가지와라 가에서는 안주인이 오랫동안 병석에 있어 계속 겐슈 선생님이 진찰하고 있기 때문에, 특히 빈번하게 오가곤 한다.

미네 님은 고토에 님과 비슷한 나이로 허물없이 친하게 지내고 계신다고 한다. 편하게 이노우에 가에 드나들고, 호도 지난 반년 동안 몇 번이나 얼굴을 뵈었다. 이런 날씨에 오시는 것을 보면 무슨 급한 볼일이 있는지도 모른다.

비 때문인지 미네 님은 약초밭에 서 있는 호와 모리스케 씨를 알아차리지 못한다. 곁눈질도 하지 않고 똑바로 앞을 본 채 자세를 바로 하고 가볍게 걸어간다. 대울타리 옆을 스윽 지나 진료소 쪽으로 향했다. 가까이서 보니 옷도 우산도 하얗지는 않다. 연한 옥색 같은 빛깔이다. 어째서 잘못 본 것일까.

게다가 미네 님은 진흙길을 꾸욱 밟으며 걷고 계셨다. 당연한 일이다. 그런데 어째서 소리도 없이 스르륵 미끄러지듯이 나아가는 것으로 보고 만 걸까.

뱀 이야기를 하고 있었기 때문이다. 틀림없이 그렇다.

호는 눈을 깜박였다. 미네 님은 이미 대울타리 모퉁이를 돈 후라 모습이 보이지 않는다.

머리 위에서 또 번개 불빛이 번쩍였다.

그러더니 갑자기 비가 뚝 그쳤다. 우박도 뚝 그쳤다. 마지막으로 떨어진 몇 개의 우박이 땅바닥에 맞고 튀어 올라 굴러 가다가 멈추었다.

왠지 그 순간, 호의 몸이 부르르 떨렸다.

4

한바탕 격렬하게 내리던 소나기가 그친 지 얼마 되지 않았을 때의 일이다. 이노우에 가에 급한 손님이 찾아왔다. 실례합니다, 실례합니다, 하고 부르면서 발걸음을 늦추지 않고 나무 문을 지나 곧장 게이치로의 진료실로 달려간다.

비가 그친 후의 진흙을 걷어차고 뛰어 들어온 젊은 변사의 얼굴에 피가 점점이 튀어 있다. 소매는 묶어 올린데다 하카마_{기모노 위에 입어 허리부터 다리까지를 덮는 넉넉한 옷} 양 옆은 다 벌어져 있고 발은 진흙투성이다.

"작은선생님, 작은선생님!"

게이치로를 부르는 목소리는 뒤집어지기 직전이었지만, 겐슈 선생님이 집에 없다는 것은 똑똑히 알고 있었다.

"왜 그러십니까."

소매를 묶은 끈 끝에 작사방_{作事方 작사 부교에 속해 있으면서 막부의 건축 공사를 담당하던 사람}의 표식이 달려 있다. 게이치로는 그것을 곧 알아보았다.

"부상자가 나왔군요."

"네. 마른 폭포의 감옥 저택입니다. 아니, 옛날 아사기 저택이 있던ㅡ."

게이치로는 고개를 끄덕였다. "가가 님을 맞이하기 위한 공사 말이지요. 수고가 많으십니다."

게이치로는 수건을 내밀었다. 변사는 그것을 받아들었으나 얼굴을 닦는 것까지는 미처 생각하지 못했는지 수건을 꽉 움켜쥐고 말을 이었다. "오늘 아침부터 저택 주위에 대울타리를 세우고 있었습니다. 그런데 아까 그 비 때문에 갑자기 무너져서—."
 번사의 얼굴이 한층 더 창백해졌다.
 "그리 대수로운 일이라고는 생각하지 못했습니다. 그냥 대나무를 얼기설기 짠 것이니까요. 그런데 끌어내 보니 그중 네다섯 명이 상처를 입고 피를 흘리고 있었습니다. 상처가 깊어, 쓰러진 채 일어나지 못하는 사람도 있습니다."
 어떻게 된 일인지 모르겠다며 울 것 같은 목소리를 냈다. 상당히 혼란스러워 보인다.
 "알겠습니다, 곧 가도록 하지요. 다른 사지 가에는 사람을 보내셨습니까?"
 "지금부터 제가 가려고요. 인부들은 흩어져 달아나고 말았습니다. 모두들 잔뜩 겁먹고 있습니다. 이것은 마치 가가 님이 한 짓을 그대로 따라하기라도 하는 것 같아서—."
 게이치로는 손을 들어 젊은 번사를 제지했다.
 "사지 가에는 제가 사람을 보내도록 하지요. 일손이 필요합니다. 당신은 울타리저택에 가서 도와줄 사람을 모아 주십시오. 부상자를 옮길 덧문짝을 조달하는 것도 잊지 마시고요. 마른 폭포에서 가장 가까운 것은 혼조지本條寺겠군요. 부상자는 그리로 옮기겠습니다."
 울타리저택이란 성 바깥해자 바로 안쪽에 사는 하급 번사들의 공동주택을 말한다. 이노우에 가에서 달려가면 얼마 안 되는 거리다. 번사가 고꾸라질 듯이 달려가는 것을 지켜보고 나서, 게이치로는 "고토에, 고토에" 하고 불렀다.

대답은 없었다.

게이치로는 다시 한번 목소리를 높여 누이의 이름을 불렀다. 아까 그 빗속을 뚫고 가지와라 미네가 찾아왔다. 게이치로는 잠깐 인사를 나누었을 뿐이지만 미네의 얼굴이 묘하게 창백하고 표정이 굳어 있는 것을 깨달았다. 고토에는 미네의 안색을 보고 용건을 알아챘는지, 비바람을 뚫고 찾아온 것에 놀라는 기색도 없이 자기 방으로 불러들이고 곧 장지문을 닫아 버렸다.

친한 여자끼리의 대화다. 게이치로는 배려를 베풀어 고토에를 부르는 것도 삼가고 있었다. 하지만 지금은 사정이 다르다. 무슨 얘기에 열중해 있는지 모르겠지만 자신을 도와주어야 한다.

가나이가 왔기 때문에, 다른 사지 가에 알리기 위해 모리스케를 보내라고 명령했다. 사지 칠가[*]에는 엄격한 서열이 있고 가풍도 각각 다르기 때문에, 이럴 때 곧 사람을 보내 주는 곳도 있는가 하면 내키지 않아하는 곳도 있다. 어쨌든 보고만은 해 두지 않으면 뒷일이 귀찮아진다.

복도 쪽에서 시즈가, 마당에서 호가 달려왔다. 호는 물통을 안고 있다. 청소를 시작할 참이었던 모양이다.

"작은선생님, 큰일이 났군요."

가나이가 앞으로 나서서 객실 툇마루 앞에 떨어진 핏자국을 살폈다. 아까 그 번사의 신발에 묻어 있던 것이리라.

"할아범, 고토에는 나갔나?"

게이치로는 재빨리 왕진 준비를 하면서 물었다.

"가지와라 미네 님과 같이 방에 계실 텐데요."
"불러다 주게. 시즈, 상처에 바르는 약을."
"네!"
"호, 아까 내린 비에 무명천은 젖지 않았느냐?"
호는 마구 고개를 젓고, 그러고 나서 간신히 말을 했다. "너, 넣었으니, 까, 괜찮습, 니다."
"그럼 들 수 있는 만큼 들고 오너라. 폭이 넓은 것도, 좁은 것도, 있는 만큼 전부. 가져오거든 여기 있는 상자에 넣는 거야."
시원시원하게, 그러나 온화한 말투는 유지한 채 게이치로는 모든 사람들에게 명령했다. 하지만 그 일이 한바탕 끝나자 다시 한번 안채를 향하여 크게 불렀다.
"고토에!"
초조함에 가까운 안색이었다.
"뭘 하고 있는 걸까."
게이치로가 일어섰을 때, 진료실에서 안채로 이어지는 복도 맞은편에서 큰 목소리가 났다. 가나이의 목소리였다.
"작은선생님, 작은선생님!"
아까 그 젊은 변사보다 더 당황한 목소리다.
"아가씨가! 이게 대체 어떻게 된 일인지!"
부엌문 쪽으로 되돌아가려던 호가 깜짝 놀라 멈추어 섰다.
"작은선생님, 와 보십시오!"
가나이가 또 외친다. 심상치 않은 음색에 게이치로는 눈썹을 찌푸렸다.

"할아범, 무슨 일인가?"

복도 너머를 향해 **빠른** 걸음으로 걸어간다. 호가 따라온다.

복도와 객실의 경계인 장지문은 활짝 열려 있다. 고토에의 방이다.

"아가씨, 정신 차리십시오, 아가씨!"

가나이가 계속 외치고 있다. 게이치로는 객실 안으로 뛰어들어 갔다.

정원에 면해 있는 창문의 덧문이 하나만 열려 있다. 그리로 비가 들이쳤는지 방바닥이 젖어 있다. 녹기 시작한 우박이 두세 개 떨어져 있다. 그것이 반짝이며 우선 호의 눈을 찔렀다.

그러고 나서 객실 안에서 일어나고 있는 일이 보였다.

쓰러진 고토에 님을 안고 가나이 님이 열심히 말을 걸고 있다. 가나이 님에게 흔들리던 고토에 님의 머리가 그때 힘없이 기울어져 호 쪽을 향했다.

고토에 님의 눈은 뜨여 있었다. 두 개의 눈이 크게 뜨여 있었다. 하지만 거기에는 아무것도 비치지 않는다. 그 눈은 깜박거리지도 않는다.

늘 호에게 상냥한 말을 해 주던, 부드러운 입술이 닫혀 있다. 한쪽 끝에서는 생생한 피가 흐르고 있다.

"고토에!"

게이치로 선생님이 불렀다. 고토에 님에게 달려갈 때 선생님의 발끝에 뭔가가 채였다. 찻잔이다. 연한 푸른색으로 중국풍 복장을 한 아이의 그림이 그려져 있는 손님용 찻잔이었다. 내용물이 넘쳐 방바닥 위로 퍼졌다.

미네 님의 모습은 어디에도 없었다. 그저 덧문이 열려 있을 뿐이다. 두 개의 방석만이 마주 보고 있는데, 하나는 고토에 님의 머리 언저리로 밀려나 있고, 다른 하나는 거기에 앉을 사람도 없이 객실 상좌 쪽에 오도카니 남아 있다.

뒤에서 털썩 하는 소리가 나기에 돌아보았다.

"—아가씨."

시즈 씨가 상처에 바르는 약이 들어 있는 노란 꾸러미를 떨어뜨리고 눈을 부릅뜬 채 입가를 일그러뜨리고 우두커니 서 있었다.

고토에, 고토에—게이치로 선생님이 아무리 불러도 고토에 님은 축 늘어져 움직이지 않는다. 이윽고 그 손이 방바닥 위로 툭 떨어졌다.

"고토에 님, 정신 차리십시오, 고토에 님!" 가나이 님도 외친다. 하지만 고토에 님은 대답해 주시지 않는다.

게이치로 선생님은 얼굴을 번쩍 들더니, 작은 새를 움켜쥐는 매처럼 바닥에 떨어진 찻잔을 주워들었다. 그것을 코끝으로 가져가더니, 이번에는 얼른 멀리했다.

"작은선생님." 가나이 님은 핏기가 가신 뺨을 흠칫흠칫 떨고 있다. "고토에 님은 어떻게 되신 겁니까?"

낮게, 간신히 알아들을 수 있을 정도의 목소리로 게이치로 선생님은 말했다. "독일세."

시즈 씨가 아아아 하고 소리를 질렀다.

"독—이라니."

고토에 님을 안은 채 털썩 주저앉은 가나이 님은 중얼거렸다.

"아가씨는 독을 드시고 돌아가신 겁니까?"

게이치로 선생님은 아가씨의 손목 맥박을 짚어 보고 천천히 고개를 끄덕였다.

"이 찻잔의 독일세—아마."

호는 고토에 님의 하얀 팔을 보았다. 기모노 소매가 말려 올라가 힘없이 늘어진 채 드러나 있다. 상냥하고 따뜻하고 부지런한 사람의 팔.

그 하얀 색깔은 문득, 비와 우박과 소리 없는 벼락 아래에서 본 미네 님의 하얀 모습을 연상시켰다.

뱀처럼 스륵스륵 소리도 없이.

"이건 아까 그자가 한 말대로군요."

가나이 님이 넋이 나간 듯 말했다.

"정말로—가가 님이 한 짓을 되풀이하고 있는 것 같습니다. 그런 극악무도한 자가 마루미에 오기 때문에—불길한—."

"할아범, 그만하게." 게이치로 선생님은 작게 말했다. 그래도 목소리가 떨리는 것은 알 수 있었다.

가가 님—. 호는 멍하니 생각했다. 지난 석 달 동안, 여기저기에서 듣게 되는 이름이다.

조정의 매우 높은 직책에 있던 분이라고 한다. 무슨 일 때문에 문책을 받아 이 마루미로 유배되었다고 한다. 얼마 안 있어 도착하면 마른 폭포 저택에 갇히게 되어 있다고 한다. 마루미 번이 그 일 때문에 준비에 쫓기고 있다는 사실 정도는, 호도 알고 있다.
하지만 그것은 이노우에 가와는 상관이 없는 일이다. 그런데 어째서 고토에 님이 독을 드시고 죽어야 하는 걸까? 가가 님이 한 짓을 그대로 따라하다니, 그것은 무슨 뜻일까?
극악무도. 불길. 무엇이, 어째서.
시즈 씨가 머리를 끌어안고 울고 있다. 이윽고 가나이 님도 목소리를 삼키며 울기 시작했다. 호는 너무나도 깊은 곳에 갑자기 떠밀려 떨어져서, 지금은 눈물도 나오지 않았다.

5

마루미는 작은 번이기 때문에 정치가 구석구석까지 잘 미치고 있어 성시 사람들은 대개 안심하고 지낸다.
이 지방의 고민거리라면 봄여름의 벼락 피해와 가을에 내습하는 태풍, 그에 따른 높은 파도인데, 그것은 자연이 하는 일이고, 또 그 자연은 풍요로운 바다의 먹을거리와 비옥한 땅을 주는 은혜의 주인이기도 하다. 고민만 하다가는 벌을 받을 것이다. 따라서 마루미는 살기 좋은 곳이라고, 이 지방 사람들은 우선 가슴을 펴고 말한다. 결코 풍요롭지는 않고 사치도 부릴 수 없지만 심하게 굶주리는 일도 없고 궁핍하지도 않다. 이 바다와 산에만 둘러싸여 있으면—.

그런 지방색으로 인해 사람들도 차분하고 온화하다. 다만 곤비라 님을 가까이 모시고 있기 때문에 타지에서 오는 여행자들의 왕래도 많고, 풍부한 해산물을 중심으로 장사도 활발하기 때문에 사람과 사람, 사람과 돈이 얽혀 생각지도 못한 사건이 일어날 때도 있다. 재판이나 치안 유지 조직은, 작은 번이라 해도 제대로 된 기관이 있어야 한다.

마루미 번에서는, 그 정점에 있는 것이 평정소評定所최고 재판 기관이다. 오오메쓰케大目付최고 집정관인 로주 밑에서 정무와 행정을 감찰한 관직가 두 명에, 오메쓰케御目付첩보 기관의 일종가 네 명. 그 밑에서 조직은 세 개로 나뉜다. 하나는 하타케야마 가의 가신단, 즉 무사들 사이에서 일어난 사건과 마루미 영지 내에 있는 절 및 신사에 얽힌 사건을 취급하는 '구지카타公事方'. 다음이 성시에 사는 일반 영민과 관련된 사건을 다루는 '마을관청'이다. 마을관청은 에도에서 말하는 마을 부교소에 해당하며, 역시 에도와 똑같이 부교奉行행정·재판 사무를 담당하고 집행하는 관직가 두 명 있어 한 달마다 교대로 공무를 맡는다. 세 번째가 '군청'으로 성시 이외의 촌락을 관할하며, 부교직이 있지만 실무는 그보다 아래에 위치하는 몇몇 대관소代官所에서 맡아 한다. 대관소에서는 치안 유지 외에 조세 징수나 관리도 하기 때문에 자신이 관리하는 땅에 대해서는 상당한 영향력이 있다.

구지카타와 군청에서는 내부에 몇 가지 관직이 있지만, 전부 위에서 아래로 내려가는 단계적인 것으로 그리 복잡하지 않다. 하지만 마을관청에서는 조금 사정이 다르다. 마을 부교 바로 밑에 '배 부교'라는 관직이 있어, 마루미 번의 관문이자 교통의 요지인 항구와, 항구를 중심으로 생겨난 어부 마을이나 여관 마을은 전부 이 배 부교가 관할하는 곳이 되기 때문이다. 항구는 마루미의 성시에서 거의 정북 방향에 위치하고 있기 때문에 대개 도시의 북쪽 절반은 배 부교, 남쪽 절반이 마을 부교의 '영역'인 셈이다. 물론 지위는 마을관청 전체의 장長인 마을 부교가 더 높지만, 항구가 없으면 성립하지 않는 마루미 번에서는 실질적으로는 배 부교의 권한이 매우 크다. 그 어색한 구조 때문인지, 이 두 개의 부교직과 그 밑에서 일하는 자들은 대대로 사이가 좋지 않다.

　마을 부교와 배 부교 밑에 각각 '도신 고가시라同心小頭'와 '도신同心 요리키 밑에 있으면서 서무·경찰 일 등을 맡아 했던 하급 관리' 직책을 가진 자들이 있다. 도신 고가시라는 에도 마을 부교소에서 말하는 '요리키與力부교 등에 소속되어 부하인 도신을 지휘하던 사람'와 거의 같은 역할을 맡고 있다. 또한 도신들을 돕는, 소위 말하는 '오캇피키岡引도신 밑에서 일하며 범인의 수색·체포를 맡았던 자'에 해당하는 존재로 '히키테引手'라는 자들이 있는데, 그들은 물론 번사는 아니다. 시정 사람들로, 노인도 있는가 하면 젊은이도 있다. 대개는 다른 생업을 갖고 있지만 마을관청에서 해마다 약간의 (쥐꼬리만큼의) 수당이 나와서 일단 마루미 번을 직접 모시는 형태로 되어 있는 것이, 도신이나 요리키 개인에게 수당을 받고 고용되는 에도의 오캇피키들과는 다른 점이다.

　마루미의 성시는 거의 바둑판 모양으로 나뉘어 있다. 마을길의 폭이나 크기도 대개 비슷하다. 그래서 길을 세로로 셋, 가로로 셋 갈 때마다 파수막을 두고, 히키테들은 교대로 그곳에서 파수를 본다. 마을을 순찰하는 도신들에게도 파수막은 중요한 곳이다.

한편 배 부교소 밑에도 도신 고가시라와 도신이 있고 이소반가시라磯番頭라는 것도 있지만, 그곳에서 근무하는 자들은 히키테가 아니라 '이소반'이라고 불린다. 항구의 치안을 지킬 뿐만 아니라 조수 관망대에서 바다와 하늘을 바라보며 그날그날의 날씨와 풍향, 조수의 흐름이나 파도의 상태를 감시하고 기록하는 것도 업무 중 하나이다.

파수막은, 말하자면 그 동네의 집회소다. 세 골목마다 있는 파수막에는 소방용 망루도 세워져 있어, 그곳에서 히키테들은 화재 감시도 맡고 있다. 요컨대 성시에서 일어나는 일이라면 뭐든지 처리하고, 필요한 일이라면 뭐든지 하는 것이 파수막이다. 이런 구조는 오랜 세월 동안 조금씩 만들어져 온 것인데, 지금의 형태로 자리 잡은 것은 현재의 번주인 모리쓰구 공의 대에 들어와서라고, 호는 배웠다.

해자 바깥, 즉 시정에서 일어난 사건을 다루는 것은 본래는 마을 관청의 일이지만, 이노우에 가는 '사지'이기 때문에 당주인 이노우에 겐슈는 성姓을 갖고 검을 휴대할 수 있는 무사다. 따라서 고토에 님이 변사했다는 신고를 받자 이노우에 가에는 구지카타의 관리 두 명이 찾아왔다.

호는 물론 성의 해자 안쪽에 들어간 적이라곤 없고 다른 무가 저택에 간 적도 없기 때문에, 먼발치에서나마 구지카타의 관리를 보는 것은 처음 있는 일이다. 하카마가 슥슥 스치는 소리를 내며 안채로 민첩하게 발을 옮기는 모습은 든든해 보였다. 고토에 님에게 대체 무슨 일이 일어났는지, 누가 고토에 님에게 독을 먹였는지,

가지와라 가의 아가씨는 어디로 사라진 것인지. 한꺼번에 덮쳐와 이노우에 가 사람들의 눈앞을 어둡게 하고 있는 수수께끼들을 당장이라도 풀어 주실 것처럼 보였다.

한편 구지카타보다 조금 늦게 달려온 마을관청의 도신은, 그와는 달리 전혀 믿음직스럽지 못하다. 다급한 대로 히키테도 거느리지 않고 혼자서 찾아와 일단 안채로 들어갔지만, 금세 나와 버리더니 그 후로는 계속 목덜미 언저리를 어루만지면서 차분하지 못하게 그저 주위를 서성거리고 있을 뿐이다. 다만 이 사람은 게이치로 님과 사이가 좋아 평소부터 이노우에 가에 출입하곤 했기 때문에 호에게도 친숙하다.

이름은 와타베 가즈마라고 한다. 확실하게 몇 살인지 들은 적은 없지만 게이치로 님보다 몇 살 연상인 듯했다. 두 분은 예전에 같은 도장에 다니던 친구 사이인 모양인데, 게이치로 님이 검술을 배운 것은 호만 한 나이의 일이라고 하니 꽤 옛날 일이다. 어른이 되어서 각자 입장이 달라졌어도 사이좋게 지내는 것은 마음이 맞기 때문일 것이다.

호에게는 그것이 이상했다. 와타베 님에게는 도무지 게이치로 님과 닮은 점이 없었기 때문이다. 돌림병이 맹위를 떨쳐 진료실에다 들어가지 못할 만큼 환자가 가득 차거나, 한밤중의 화재로 부상자가 많이 생기거나, 바다가 거칠어져서 배가 뒤집히거나—아무리 화급할 때에도 게이치로 님은 항상 단정하고 침착하다. 말투가 거칠어지는 일도 없고 상냥한 눈빛에도 변함이 없다. 그것은 방금 있었던 악몽 같은 고토에 님의 죽음 때도 그랬다. 게이치로 님은 누구보다도 먼저 정신을 차리고 울고 있는 시즈 씨와 호를 달래며 가나이 님께 명령을 내려 저택 안을 둘러보고 문단속과 불기를 확인하게 했다.

와타베 님이라는 사람의 됨됨이는 그런 차분함과는 전혀 인연이 없다. 언제나 어딘지 모르게 강동거리고 안절부절못한다. 가만히 있지 못하는 장난꾸러기 꼬마처럼 차분하지 못하게 다리를 꼼지락거린다. 부리부리한 눈과 짧고 굵은 눈썹이 눈에 띄는 얼굴이 그런 몸짓과 어우러지면 어느 모로 보나 성질이 급하고 신경질적일 것처럼 보였다.

그래도 와타베 님은 틀림없이 머리가 좋으실 것이다. 그렇지 않다면 애초에 게이치로 님과 친해질 리가 없다. 호는 그렇게 생각하고 있었다.

구지카타에서 부를지도 모르니 모리스케 씨, 시즈 씨와 함께 얌전히 대기하고 있으라는 말을 들었기 때문에, 호는 함부로 돌아다니지 않고 계속 부엌에 있었다. 시즈 씨는 두 어깨를 힘없이 늘어뜨리고, 가끔 생각난 듯이 눈물을 닦고는 입술을 꼭 깨물곤 한다. 그 일을 해야지, 어디어디에 알려야지, 하고 헛소리처럼 중얼거리지만 그 목소리도 건성이다. 심부름에서 돌아오자마자 이 흉사를 알고 봉당 입구에 주저앉은 모리스케 씨는 눈을 멍하니 뜬 채 하늘을 올려다보며 꼼짝도 하지 않는다.

셋이서 그러고 있자니 열려 있는 문 너머로 와타베 님이 뒤뜰을 가로지르는 모습이 보였다. 한 번은 오른쪽에서 왼쪽으로, 두 번째는 왼쪽에서 오른쪽으로. 세 번째에는 다시 오른쪽에서 와서 걸음을 멈추고 문을 통해 이쪽으로 얼굴을 들이밀더니 사람들의 얼굴을 찬찬히 둘러보았다.

특별히 비통한 얼굴을 하고 있지는 않다. 화가 난 것처럼 보이지도 않는다. 평소의 얼굴이다. 와타베 님의 경우, '평소'의 얼굴은 다시 말해서 '초조하고 불쾌해 보인다'는 뜻이다. 독특한 붉은 하오리_{긴 기모노 위에 입는 길이가 짧은 겉옷}가 전혀 어울리지 않는다.

에도에서 온 후 가장 놀랐던 것 중 하나가, 이곳 마루미에서 '도신'이라고 불리는 관리들이 모두 기모노 위에 연한 붉은색 하오리를 입고 있다는 사실이었다. 에도 시정의 마을 관리들은 노란 바탕에 줄무늬가 있는 비단 평상복에 검은 하오리를 입고 다녔다. 그런데 여기서는 모두 짜기라도 한 것처럼 감색 기모노에 감색 하카마, 그 위에 붉은 하오리를 입고 다닌다. 마루미의 특산품 중 하나인 염색천으로 만든 하오리다. 보통 하오리의 소매를 절반으로 뚝 자른 것 같은 형태로, 기장도 짧다. 여름철에는 옷 위에 겹쳐 입기에는 이것도 더운지 소매 없는 진바오리 같은 형태의 것으로 바뀐다. 둘 다 소매와 등 부분에 하타케야마 가의 문장紋章인 '교차 고리'가 하얀색으로 들어가 있다. 같은 색깔로 똑같이 문장을 물들인 노렌_{상점에서 가게 이름 등을 물들여 가게 앞에 거는 천}이 파수막 앞에도 걸려 있는데 이것은 십 년쯤 전부터 시작된 관습이라고 한다.

"이봐, 살아 있는가?" 갑자기 와타베 님은 짧게 물었다. 그러고는 마침 가까운 곳에 웅크리고 있던 모리스케 씨의 어깨를 흔들었다.

"모리스케, 숨 좀 제대로 쉬어."

모리스케 씨는 멍하니 와타베 님의 얼굴을 올려다보고, 가까스로 상대가 관리라는 사실을 깨달았다는 듯이 허둥지둥 일어서려고 했다. 와타베 님은, 이번에는 그 어깨를 눌렀다.

"그대로 있어도 되네. 시즈, 자네도 괜찮은가?"

이번에는 목소리를 높여 귀가 먼 사람에게 말하듯이 천천히 시즈 씨를 불렀다. 시즈 씨는 아까부터 봉당 입구에 정좌를 하고 앉아 있었기 때문에 그대로 고개를 끄덕이고 깊이 머리를 숙였다. 목소리는 나오지 않았다.

와타베 님이 게이치로 님을 찾아오면 시즈 씨는 반드시 "공무를 보시느라 수고 많으십니다" 하고 인사한다. 그 후에 몰래 모리스케 씨나 호에게 "와타베 님은 여기 오실 때면 공무를 게을리하러 오는 거지만 그래도 인사는 인사니까"라고 말할 때가 있었지만 본인 앞에서는 항상 딱딱하게 굴곤 했다.

그런데 지금은 인사말이 나오지 않는다. 오늘이야말로 정말로, 와타베 님이 공무로 오셨는데도. 뿐만 아니라 마루방에 손을 짚고 얼굴을 숙이더니 그대로 신음하듯이 울음을 터뜨리고 말았다.

와타베 님은 표정을 바꾸지 않고 무뚝뚝한 얼굴을 한 채 엎드려 우는 시즈 씨를 바라보고 있었다. 그러고는 호 쪽을 보았다.

"너, 이름이 뭐였더라, 거기 있는 꼬마."

호는 깜짝 놀라서 자신의 콧등에 검지를 대었다.

"그래, 그래, 너 말이다, 꼬마야."

심부름이라면 제가 하겠다며 다시 일어서려는 모리스케 씨에게 고개를 젓고 말했다.

"모리스케는 안채에서 부를 테니 여기 있게. 어린아이라면 머릿수에 넣지도 않고 있겠지. 자, 어서 이리로 오너라."
 호는 당황해서 봉당으로 내려가 신을 신었다. 와타베 님은 먼저 얼른 뒤뜰로 나가 버렸지만, 호가 밖으로 나가자 손을 뻗어 조심스러운 동작으로 문을 닫았다. 그러고는 호의 손을 거칠게 잡아당겨 문에서 떨어지더니 억누른 목소리로 말했다.
 "네가 가지와라 미네 님을 보았다는 곳으로 좀 데려가 다고. 게이치로에게 들었다. 약초밭이라면서?"
 아, 알겠습니다. 대답을 하고 호는 달리기 시작했다. 와타베 님은 호의 바로 뒤를 말없이 따라온다.
 약초밭의 지면은 아직 젖어 있었지만 풀잎은 이미 말라 있다. 그렇게 내리던 비가 거짓말이었던 것처럼 하늘은 푸르고 맑게 개어 지금은 서쪽에 구름이 한 덩어리 보일 뿐이다.
 "이, 이 근처입니다."
 호는 멈추어 서서 숨을 헐떡이면서 언덕길 쪽을 가리켰다. 와타베 님은 힐끗 그쪽을 한번 쳐다보고 나서 호의 얼굴을 보았다.
 "저 언덕길의 어디쯤인가? 어디쯤에서 미네 님이라는 걸 알아보았지?"
 "올라와서 바로 있는 곳입니다. 계속 이쪽을 향해 걸어오셨습니다."
 와타베 님은 약초밭을 밟지 않도록 다리를 들고 몸의 방향을 바꾸어 호의 앞으로 돌아갔다.
 "너는 미네 님의 얼굴을 아는가?"
 "예."

"몇 번 만난 적이 있는 게로구나."

"예." 고개를 끄덕이고, 호는 서둘러 덧붙였다. "게다가 그때는 저뿐만 아니라 모리스케 씨가 같이 있었습니다. 가지와라 가의 아가씨라고, 모리스케 씨도 말했습니다."

"모리스케가 그렇게 말했기 때문에 너도 그렇게 생각한 것뿐인 것은 아니고? 그때는 비가 내리고 있었지 않은가? 우산 속에 있었을 텐데 틀림없이 미네 님이라는 것을 알아볼 수 있었는가?"

꾸짖는 것처럼 강한 말이었다. 뭔가 물을 때 '느냐?'라는 것을 '는가?'나 '은가?'라고 말하고, '해 주었으면 좋겠다'거나 '하는 게 좋다'는 말을 할 때에 '해 다고'라고 말한다. 마루미의 말이다. 그 외에도 몇 가지 독특한 말씨가 있어, 처음 들었을 때는 놀랐다. 다만 마루미를 떠나 오사카나 나가사키로 학문을 배우러 가거나, 번주님이 에도에 갈 때 동행하는 경우도 있는 사지 가에서는 자연스럽게 그 지방 말을 쓰는 것을 삼가게 된다. 따라서 고용인인 시즈 씨 등도 저택 안에서는 쓰지 않는다. 그래도 에도 말에 비하면 애교가 있어서, 호는 이런 말씨를 꽤 좋아한다.

하지만 불쾌한 얼굴을 한 와타베 님이 거침없이 물으니 애교는 커녕 무서워진다.

"하지만, 가지와라 가의, 아가씨였습니다."

"미네 님은 너희를 알아봤는가?"

"아뇨."

"그건 이상한데. 너도 모리스케도, 미네 님께 인사를 하지 않았나?"

"빗소리가 나서―들리지 않을 거라고 생각했습니다―."

그뿐만이 아니다. 그때의 미네 님에게는 뭔가 으스스한, 이 세상 것이 아닌 듯한 느낌이 달라붙어 있어서 말을 걸 수가 없었다. 모리스케 씨도 틀림없이 그랬을 것이다.

"그래서 너는, 미네 님이 저택에 들어가는 것을 보았는가?"

보지 못했다. 언덕길을 끝까지 올라가 문 쪽으로 걸어가는 모습을 보았을 뿐이다.

"다시 한번 묻겠는데, 틀림없이 가지와라 가의 미네 님이었겠지?"

"예, 예, 틀림없이." 호는 가슴 앞에서 양손을 움켜쥐었다. "저어, 가지와라 가의 아가씨는, 지금 어디에 계십니까?"

본인을 찾아서 물어보면 가장 확실하지 않겠는가. 하지만 와타베 님은 날카로운 눈으로 호를 노려보았다. "네가 상관할 일이 아니다!"

호는 이번에야말로 움츠러들었다. 가나이 님께도 시즈 씨에게도 자주 야단을 맞지만, 두 사람은 이렇게 무턱대고 고함을 친 적이 없다. 게다가 호가 야단을 맞고 있으면 항상 어디에선가 고토에 님이 그 소리를 듣고 다가와 상냥하게 감싸며 호가 한 짓이 무엇이 잘못이었는지 어떻게 하면 되는지를 찬찬히 말씀해 주셨다.

고토에 님은 이제 없다. 오늘 아침에는 건강하셨는데, 이제 두 번 다시 뵐 수 없다. 이렇게 호가 야단을 맞아도 고토에 님이 감싸 주시는 일도, 위로해 주시는 일도 없다. 고토에 님은 돌아가셨다.

눈물이 뒤늦게 왈칵 쏟아졌다. 움켜쥔 양 주먹을 입에 대고 호는 소리 내어 울기 시작했다.

그러자 이번에는 와타베 님이 당황했다. 이리저리 다리를 구르다가 쪼그려 앉아 호의 얼굴을 들여다보더니 말했다.

"이봐, 울지 마. 울지 말라잖아!"

더 야단치는 말투였다. 호의 눈물은 멈추지 않는다. 어엉어엉 울었다.

"부탁이야, 울지 말아 다고." 와타베 님은 호의 머리에 손을 얹고 난폭하게 이리저리 흔들었다. "알았어, 알았어. 큰 소리를 내서 내가 잘못했다. 그러고 보니 고토에 님은 너를 귀여워하셨지. 슬픈 것은 알지만 그렇게 큰 소리로 울지 말아 다고."

망가뜨린 것을 허겁지겁 주워 모으는 것 같은, 서툰 위로였다. 그보다 와타베 님이 말꼬리에 혼잣말처럼 덧붙인 한마디가 더 호의 마음에 닿았다.

"─나도 울고 싶단 말이다."

와타베 님은 그렇게 중얼거리고 입을 다물었다. 호는 주먹으로 두 눈을 닦고 눈물로 흐려진 눈으로 와타베 님의 얼굴을 보았다.

부리부리한 눈이 살짝 붉어져 있다.

두 사람은 눈과 눈을 마주 보았다. 호는 딸꾹질을 했다. 와타베 님이 다시 한번 호의 머리를 북북 쓰다듬고 물었다.

"너, 이름이 뭐라고 했는가?"

또 한 번 딸꾹질을 하고 나서, 호는 대답했다. "호, 입니다."

"그래, 그래, 호였지. 특이한 이름이야. 고토에 님이 말씀하셨다."

"바보의, 호입니다."

와타베 님의 입가가 그리운 듯이 풀어지며 비죽 올라갔다. 미소를 지은 것이다.

"그래. 너무 심한 부모라며 고토에 님은 화를 내셨지. 그 아이는 전혀 바보가 아닙니다, 하면서. 네가 얼마나 부지런한지, 혼자 낯선 이 마루미에 남았는데 우는 소리도 하지 않고 얼마나 다부지게 지내는지, 자주 이런저런 이야기를 하곤 하셨다."

호는 놀랐다. 고토에 님과 와타베 님이 그렇게 이야기하고 있었을 줄은 전혀 몰랐다.

어쩌면—아니, 틀림없이 와타베 님은 고토에 님을 좋아하셨던 것이다. 하지만 그러면 조금 곤란했을 것이다. 아직 공표하기에는 이르기 때문에 이노우에 가 안에서도 드러내놓고 이야기하는 일은 없었지만, 고토에 님께는 혼담이 들어와 있었고 그것이 진행되고 있었을 테니까. 상대는 와타베 님이 아니다. 배 부교로 일하고 있는 호타 요시야스 님의 자제, 신노스케 님이라는 분이다. 어떤 분인지, 호는 모른다. 그래도 겐슈 선생님도 게이치로 님도 기뻐하시는 것 같았으니 좋은 일이라고 생각하고 있었다. 고토에 님이 다른 집으로 시집가 버리는 것은 쓸쓸하지만, 좋은 혼담이라면 기뻐해야 한다고 스스로에게 들려주기도 했다.

"유감스럽게 되었다." 와타베 님은 무릎을 펴고 일어서면서 중얼거렸다.

"빤히 보면서 고토에 님을 죽게 하다니 나는 터무니없는 멍청이다. 바보는 네가 아니야, 호. 나다. 이 나라고."

주먹을 굳게 움켜쥐고 자신의 머리를 쿵 때렸다. 봐 주는 것 없는 타격이다. 분한 마음이 담겨 있었다.

호는 저도 모르게 말했다. "하지만 와타베 님, 고토에 님은 독을 드신 거예요. 게이치로 선생님이 그렇게 말씀하셨습니다. 고토에 님을 죽게 한 것은 찻잔에 독을 넣은 누군가입니다."

와타베 님은 왠지 턱을 바싹 당기며 고개를 숙였다. 그대로 말했다. "그것도 아직 알 수 없다."

알 수 없는 일이 어디 있단 말인가. 가지와라 미네 님을 찾으면 되지 않는가.

"사지 가의 사건이니 이것은 구지카타가 처리할 일이다. 그렇게 정해져 있거든."

자기는 손을 댈 수 없다고, 와타베 님은 낮은 목소리로 말했다. 그러고 나서 다시 한번 쪼그려 앉더니 이번에는 호의 양 어깨에 손을 얹고 부탁하는 말투로 말했다. "그래도, 호. 이대로 있을 수는 없다. 내가 가까이 가면 눈에 띄겠지만, 히키테라면 괜찮을 테지. 내 심부름꾼이라는 히키테가 널 찾아오면 좀 도와다오. 알겠지?"

기세에 눌려, 호는 고개를 끄덕이고 말았다.

"하지만, 저 같은 게 도움이 될까요? 시즈 씨나—아니, 가나이 님이 더."

와타베 님은 괴로운 듯이 고개를 저었다.

"어른을 끌어들일 수는 없다. 철없는 어린아이가 나아. 게다가 너는 정말로 야무진 아이라고 고토에 님도 말씀하셨다. 무엇보다 거짓 없는 아이라고 하셨지."

문 쪽에서 소란스러운 목소리가 들려왔다. 아무래도 겐슈 선생님이 성에서 돌아오신 모양이다. 와타베 님은 몸을 일으키고 목을 쭉 뻗어 그쪽을 살펴보고는,
"자, 가거라" 하고 호를 떠밀었다.
"나랑 이런 이야기를 했다는 말은 아무한테도 해선 안 된다. 시즈나 모리스케에게도. 알겠지?"
호는 문을 향해 달려갔다. 겐슈 선생님의 가마가 돌아와 있다. 선생님이 얼마나 놀라고 슬퍼하실까 생각하니 또 무릎이 떨릴 만큼 슬퍼졌다.
그래서 와타베 님의 그 말투, 말 한마디 한마디를 이어 붙여 생각하고는,
─혹시 와타베 님은, 어쩌면 고토에 님께 이런 일이 일어나지는 않을까 하고, 전부터 생각하고 계셨던 것이 아닐까?
그렇게 추론한 것은 꽤 시간이 흐르고 난 후의 일이었다. 역시 바보 호다.

6

호가 약초밭에 가 있는 사이에 겐슈 선생님이 돌아오신 것 외에도 사람 출입이 있었던 모양이다. 안채 응접실에서 들리는 사람 목소리가 늘었다. 그래도 와타베 님이 말한 대로 호는 머릿수에 들어

가지도 않아서 한 번도 안채에 불려가는 일은 없었다.
그래도 시즈 씨와 모리스케 씨는 간신히 일을 하기 시작했다.
"혼조지에 음식을 보낼 테니 쌀을 씻어 밥을 안치고 푸성귀를 씻어 두어라. 밥이 다 되면 같이 주먹밥을 만들 테니까."
그렇게 명령해 준 것이 고마웠다. 아무것도 할 일이 없으면 고토에 님의 죽은 얼굴만이 머릿속에 되살아나고 그때마다 가슴이 찢어질 것 같은 슬픔이 덮쳐 온다. 뭐든지 좋으니 몸을 움직이고 싶었다.
호가 부엌에 있는 동안에도 또 두세 명이 드나들었다. 달음질이지만 발소리를 죽이고 있다.
밥이 다 되자 때를 맞춘 듯이 시즈 씨가 부엌으로 왔다. 실컷 운 탓인지 눈이 부어 있다. 솥뚜껑을 열어 안을 검사하고 엄하게 말했다.
"너는 아직도 물의 양을 맞추지 못하는구나. 너무 질지 않느냐."
"죄송합니다."
정말로 도움이 안 된다며, 시즈 씨는 심하게 말을 했다. 지금까지 꽤 많이 야단을 맞았지만 이렇게 심술궂은 말을 들은 것은 처음이다.
"그렇지, 너, 마른 폭포 저택에 다녀오너라. 이제 다친 사람은 더 없는지, 대울타리나 이런저런 공사는 어떻게 되었는지, 좀 보고 와 주었으면 좋겠어."
시즈 씨는 다그쳐 말한다.
"그 길로 혼조지에도 다녀오너라. 여러분이 드실 음식을 준비하고 있다는 말을 전하고 부족한 것은 없는지 물어보고 와. 생각보다 다친 사람이 많은지 그쪽에서는 일손이 부족한 모양이니, 뭔가 시키는 일이 있거든 무엇이든 돕도록 하고. 이쪽으로는 곧장 돌아오지 않아도 되니까."
"하지만 주먹밥을—."
"그런 건 나 혼자 하는 게 더 빠르니까 괜찮다."
드러내놓고 호를 부엌에서, 아니, 이노우에 가에서 쫓아내고 싶어 하고 있다. 아무리 둔한 데가 있는 호라도, 역시 이것은 알아차렸다. 심술궂은 말도 일부러 그러는지 모른다.
호에게는 알리고 싶지 않은 무언가가 저택 안에서 일어나고 있는 것일까.
"시즈 씨."
"왜!"
시즈 씨는 솥 안의 밥을 밥통에 옮기고 있다. 시즈 씨답지 않게 거친 몸짓이라, 김이 얼굴에 정면으로 닿아서 뜨거울 것 같다.
"—고토에 님은, 어떻게 되는 걸까요?"
시즈 씨의 손이 딱 멈추었다. 당장이라도 구깃구깃하게 일그러질 것 같은 입가를 억지로 꼭 다물고 나서 자못 밉살스럽다는 듯이 호를 야단쳤다.
"어떻게 되다니? 아가씨는 돌아가셨다. 앞으로 어떻게 되고 말고 할 것도 없지."
"그게 아니라, 저어, 하지만, 독을."
시즈 씨는 다시 솥 안에 든 밥을 긁어내기 시작했다. 저러다간 밥알이 으깨져서 끈적끈적해지고 만다.

"가지와라 가의 아가씨는, 잡혀가지 않는 건가요?"

"함부로 말하지 마라!"

큰 소리를 내 버리고 나서 허둥지둥 손으로 입을 누르며 시즈 씨는 호 옆으로 달려왔다. 한 손에는 주걱을 든 채 호의 팔을 비틀어 올렸다.

"그런 말, 두 번 다시 입 밖에 내지 마! 알겠지? 마른 폭포에서도 혼조지에서도, 아무한테도, 아무 말도, 한마디도 해선 안 돼. 고토에 님이 돌아가신 것도 말하면 안 된단 말이다."

팔이 뜯어질 것처럼 아팠지만, 호는 참았다. 시즈 씨를 올려다보며 할 수 있는 한 빠른 말투로 대꾸했다.

"말하지 않을게요. 그건 말하지 않을게요. 하지만 어째서 다들, 가지와라의 아가씨를 찾지 않는 건가요? 찾아서 여러 가지를 물어봐야 하는데."

시즈 씨는 호의 손을 놓고 얼굴을 숙였다.

"찾을 수가 없대. 가지와라 저택에는 안 계신다더구나."

"그럼 어딘가 다른 곳에?"

"모르지. 요란하게 찾아다닐 수는 없으니까. 미네 님이 돌아오시기를 기다릴 수밖에 없다더구나. 오늘 아침에 히다카야마 신사에 참배를 드리러 간다며 혼자서 나갔는데 아직까지 돌아오시지 않는다더라."

시즈 씨의 살집 많은 어깨가 힘없이 늘어졌다.

"가지와라 님은 신분이 비천한 고만고만한 무리와는 다르거든.

미네 님을 무턱대고 의심할 수는 없어. 그 정도 이치는 너도 알겠지? 모르는 거냐?"

시즈 씨의 얼굴에는 슬픔보다도 분함이 짙게 떠올라 있었다. 호는 고개를 숙일 수밖에 없었다. 하지만 이상하다고 생각했다. 아무리 관리직에 계신 분의 따님이라도 수상하면 붙잡아다가 이야기를 들어 봐야 하는데, 왜 그렇게 머뭇거리는 것일까?

"어쨌든 너는 나가 보아라. 아, 잠깐만."

시즈 씨는 우당탕탕 바닥을 울리며 안쪽으로 달려가더니, 금세 돌아왔다. 약을 달일 때 쓰는, 작은 붉은색 자루를 들고 있다.

"자, 이걸 가져가거라. 사용법은 혼조지에 있는 의원님이라면 누구나 알고 계실 거다. 다쳐서 피를 흘리느라 식어 버린 몸을 따뜻하게 하는 효과가 있는 약이거든. 진찰실 안쪽 선반에 새 무명천을 꺼내 두었으니, 그것도 짊어지고 가. 아무리 많아도 모자랄 테니까."

호는 시즈에게 떠밀려 맥없이 부엌을 나섰다. 진찰실로 가 본다. 거기에는 아무도 없었다. 조용하다. 호는 필요한 물건을 보자기에 싸서 그것을 짊어지고 이노우에 가에서 밖으로 나갔다.

어느새 해님은 거의 머리 위 한가운데까지 떠 있어, 밝은 햇빛을 아낌없이 쏟아 붓는다. 일 년 중 이 시기, 오월의 마루미가 가장 좋다고, 고토에 님은 자주 말씀하시곤 하셨다. 하늘도 바다도 산들도, 모든 것이 반짝거려 보이기 때문이라고.

마른 폭포의 감옥 저택, 옛 아사기 저택은 마루미 성시의 남서쪽 끝에 있었다. 성의 서쪽 바깥해자 가장자리를 따라 두 골목 정도 상가가 이어져 있는데, 거기서 좀더 올라간 곳에 위치하고 있다. 주변은 이미 산이다. 마른 폭포라고 불리는 연유도, 백 년쯤 전에는 여기에 작은 폭포가 있었는데 지형의 변화로 그것이 말라 버린 후에도 바위 표면에 물이 흐른 흔적이 남아 있었기 때문이다.

이런 곳은 본래 '저택'이라고 불릴 만한 건물을 짓기에 어울리는 곳이 아니다. 아사기 저택은 십오 년쯤 전, 마루미 번에서 대대로 중신을 배출해 온 아사기 가에서 알 수 없는 병이 돌아 집안사람들이 픽픽 쓰러져서는 앓아누웠을 때, 당시의 아사기 가 당주이자 가로家老집안을 통솔하는 자직을 맡고 있던 아사기 나오히사가 원인을 알 수 없는 이 병을 성과 성시에서 멀리 떨어뜨려 놓으려고 특별히 청원하여 지은 요양용 저택이었다.

이상한 병이었다고 한다. 증세는 열병과 비슷하지만 성 안이나 마을에서는 그런 병은 전혀 돌지 않았는데, 어찌된 셈인지 아사기 가의 가족이나 가신들만을 노린 것처럼 병에 걸렸다. 일단 나은 줄 알았던 자도 몇 달 후에는 다시 쓰러진다. 일 년 동안 그렇게 계속되어 죽은 사람이 여럿 나왔을 때 딱 멈추었다. 병자 중에는 아사기 가의 마님과 아들딸도 있었지만, 죽은 사람은 고용인 등 신분이 낮은 자뿐이어서 아사기 가 자체에는 큰일이 없었다. 번주에게 특별히 꾸중을 듣지는 않았지만 아사기 나오히사는 병이 진정되고 나서 반년쯤 후에 직위에서 물러나, 회복된 집안사람들이 해자 안쪽의 저택으로 돌아오기를 기다렸다가 마른 폭포 저택에서 은거 생활에 들어갔고, 삼 년쯤 후에 죽었다.

그 후 마른 폭포의 아사기 저택은 빈집이 되었다. 산속인데다 병자를 옮기기 위해 매우 서둘러 지은 것이라 공사에도 부족한 점이 많다. 무엇보다 불길하다. 아무도 살고 싶어 하지 않았다. 다만 그런 사연이 있는 집이기 때문에 더더욱 황폐해지도록 방치하는 것도 오히려 꺼려져, 아사기 가에서는 손질을 게을리하지 않고 있었다. 또, 만일 다시 그 알 수 없는 병이 돌아와 아사기 가를 덮치는 일이 있으면 당장 쓸 수 있도록 하려는 생각도 있었다.

그 마른 폭포의 아사기 저택이, 이번에는 감옥 저택이 되는 것이다. 가가 님—모두들 그렇게 부르며 눈썹을 찌푸리는 인물. 유배에 처해진 죄인. 그 사람을 맡아 유폐하기 위해 이렇게 딱 알맞은 그릇은 달리 없었다. 마른 폭포 저택은 산에 완전히 감싸여 있고, 북쪽의 성시로 내려가는 길은 이 저택을 지을 때 급히 낸 외길이 있을 뿐이다. 산에 익숙하지 않은 사람의 걸음으로는 어디로도 도망칠 수가 없다. 병을 가두기 위해 지어진 저택이라는 부정(不淨)함도, 막부를 배신하고 벌을 받아 유배되어 오는 자를 가두기에는 오히려 적절할지도 모른다.

—그 가가 님은, 어떤 심한 짓을 하신 걸까?

오르막이 시작된 길을 빠른 걸음으로 걸으면서, 호는 열심히 생각했다. 에도에서 멀리 떨어진 곳으로 유배되어 올 정도이니 어지간히 나쁜 짓을 했을 것이다.

—이것은 마치 가가 님이 한 짓을 그대로 따라하기라도 하는 것 같아서.

마른 폭포 저택에서 다친 사람이 나온 것을 알리러 온 젊은 번사는 그렇게 말했다.

—가가 님이 한 짓을 되풀이하고 있는 것 같다.

고토에 님이 독을 드시고 돌아가신 것을 알고 가나이 님은 그렇게 말했다.

그렇다면 가가 님은 다른 사람에게 피를 흘리게 하거나 독을 먹였다는 뜻일까. 누군가에게 독을 먹인 후 숨통을 끊기 위해 칼로 벤 것일까. 꽤나 깊은 집념이다. 막부의 높은 관리님이 그렇게 속된 짓을 했을까? 호의 머리로는 아무리 생각해도 같은 곳을 빙글빙글 돌 뿐이다. 누군가에게 가르쳐 달라고 해야겠다.

이윽고 마른 폭포 저택으로 통하는 외길이 보이기 시작했다. 입구 부근에 연한 붉은색에 하얗게 문장을 물들인 한텐_{하오리와 비슷한 짧은 상의}을 입은 남자가 서 있다. 히키테일 것이다. 히키테는 평소에는 마을 사람들과 구분이 가지 않지만, 어딘가에 파수를 설 때나 다함께 죄인을 쫓을 때는 이렇게 규정복인 한텐을 입는다.

호가 다가가면서, 사지인 이노우에 가의 심부름꾼입니다 하고 큰 소리로 말하자 히키테는 싱긋 웃었다. 손에 긴 막대를 들고 있다. 그 끝으로 땅을 탕 치며 말했다.

"여기에는 이제 다친 사람이 없다. 다들 혼조지로 옮겼거든. 아가야, 수고스럽겠지만 길을 되돌아가 다고."

마루미에서는 어린아이나 심부름꾼 고용인을 '아가'라고 부른다. 친밀감이 담긴 호칭이다.

"혼조지는 어딘지 아는가?"

"네, 압니다."

"그럼 빨리 가거라. 이런 곳에서 우물쭈물하다가는 나쁜 바람을

바다토끼 • 59

쐬게 돼. 마른 폭포는 어린아이가 올 곳이 아니지."

친절하지만 강압적인 말투였다. 가가 님이라는 분은 어떤 심한 짓을 하신 겁니까—라고 물을 수는 없었다. 호는 꾸벅 머리를 숙이고 우향우해서 순종적인 소처럼 터벅터벅 길을 내려갔다.

혼조지는 온 길을 되돌아가서 바깥해자 옆의 상가를 지나, 항구에서 성의 부정문不淨門 저택 담에 설치하여 분뇨 푸는 사람이나 죽은 사람, 죄인 등을 출입시켰던 쪽문으로 통해 있는 갈고리 모양의 용수로를 건너면 바로 있다. 돌담이 아니라 얇은 노송나무 널빤지를 겹쳐놓은 것 같은 나무 울타리에 둘러싸여 있고, 남쪽에서 내려가다 보면 빈약한 종루가 제일 먼저 보인다. 절의 본당이나 강당도 건물이 작기 때문에 주위 나무들 속에 가려지고 마는 것이다.

문은 활짝 열려 있었다. 예의 바르게 절을 하고 경내로 발을 들여놓자 곧 피와 약 냄새가 느껴졌다. 겉으로 보기에 의원님이나 치료하는 사람이 뛰어다니는 기색은 없다. 연회색 작업복을 입은 동자승이 대빗자루 끝에 물을 묻혀 본당으로 통하는 좁은 돌계단을 청소하고 있다. 피가 떨어진 곳이리라.

부상자는 본당 옆의 강당에 있다, 도와주러 온 것이라면 고리로 가 보면 된다, 사람들이 많이 와 있으니까—하고 동자승이 손가락으로 가리켜 가며 가르쳐 주어, 호는 달리기 시작했다. 고리庫裡란 절의 부엌을 말한다. 하얀 김이 흘러나온다. 약탕 냄새가 난다.

"사지인 이노우에 가에서 왔습니다."

문 있는 데서 큰 소리로 인사를 하자 피어오르는 김 속에서 몇 사람의 기척이 움직이고 '아이고'라는 둥 '수고 많구나' 하는 목소리가 들리더니, 하얀 규정복을 입은 여자가 나왔다. 고리도 좁아서 이노우에 가의 부엌과 큰 차이가 없다. 안쪽에서는 가마솥이 끓고 있을 것이다. 분명히 피를 흡수한 무명천을 삶아서 깨끗하게 하고 있는 것이다.

"들어오렴. 겐슈 선생님 댁의 호지?"

거기까지 목소리를 듣고 호는 그제야 그 여자가 누구인지 알았다. 전에 두 번인가 고토에 님이나 게이치로 님을 모시고 성시를 걷다가 마주친 적이 있다. 마찬가지로 사지인 고사카 가의 견습의원, 이즈미 님이다. 번의인 고사카 호안 선생님의 누님으로, 마루미뿐만 아니라 오사카나 에도에서도 보기 드문 여자 의원님이다. 나이는 쉰 살에 가깝다고 하지만 피부가 희고 매끄러우며 늘 소녀처럼 밝은 목소리를 내는, 몹시 상냥한 분이다.

"김이 엄청나지? 발밑을 조심해. 어머나, 이것은 이노우에 가의 탕약이구나. 고맙다."

이즈미 님은 시원시원한 태도로 호를 안으로 이끌며 보자기 속에 든 것을 살폈다.

"도와드릴 일은 없을까요?"

"글쎄……. 일손은 충분하거든."

이즈미 님은 느긋하게 고개를 갸웃거렸다.

"그럼 겐슈 선생님과 게이치로 선생님께 전해 다오. 부상자 치료는 대충 끝났고 지금은 조용히 쉬게 하고 있어. 상처가 가벼운 사람은 울타리저택으로 돌려보내고 싶은데, 아직 허가가 내려지지 않아서 그냥 놔두고 있지. 탕약을 보내 주셔서 고맙다고도 전해 드려. 호는 모르려나? 이것은 이노우에 가에만 전해지는 비밀 처방이라 다른 집안에서는 흉내를 낼 수 없단다. 좀더 많이 주시면 좋겠는데."

"그렇다면 당장 돌아가서 가져오겠습니다."

인사를 하고 돌아가려던 호의 소매를 이즈미 님이 꼭 잡았다.

"저기, 호. 이노우에 가에서 무슨 일이 있었니? 누군가 병에 걸리셨다거나?"

걱정스러운 얼굴이다. 호는 숨을 삼켰다.

"평소 같으면 게이치로 님은, 이럴 때 제일 먼저 달려오시잖아. 그런데 오시지 못하는 것을 보면 댁에 퍽 큰일이 일어난 게 아닌가 싶었지. 아니면 어려운 환자가 갑자기 찾아왔니? 오늘은 사지 가의 모임이 있어 겐슈 선생님이 집을 비우셨으니 게이치로 님이 혼자 보고 계신다거나."

호의 머리로는 순간적으로 거짓말을 지어낼 수가 없다. 김 때문이 아닌 이유로 얼굴이 확 뜨거워졌다. 어떡하나? 어떻게 말해서 빠져나가면 될까?

그때 이즈미 님의 어깨 뒤 김 속에서 김보다 더 하얀 얼굴이 불쑥 나타났다.

"이즈미 님, 그 붉은색 자루는 아까 말씀하시던 약인가요? 그렇다면 당장 달일까요?"

호는 입을 딱 벌렸다.

가지와라 미네 님이다.

단정한 얼굴. 길쭉한 눈. 가느다란 콧날. 틀림없이 미네 님이다.

붉게 물들인 꽃무늬 기모노에 다스키를 걸치고, 호리호리한 팔이 팔꿈치까지 드러나 있다. 김으로 뺨이 붉게 물들고 이마에 땀이 배어 있다.

틀림없이 미네 님이다.

"어머, 호 아니니?"

미네 님은 얼굴에 미소를 지었다. 이즈미 님 옆을 지나 호에게 다가오더니 그 날씬한 손을 어깨에 얹었다.

"심부름을 왔구나, 수고했다. 고토에 님은? 너 고토에 님을 모시고 온 게 아니니?"

호의 눈앞이 빙그르르 돌았다. 아니, 그것은 착각이고, 주위 풍경은 그대로 있고 그저 호의 혼이 빙그르르 반 바퀴 돌고 만 것이리라.

하얀, 하얀 웃는 얼굴. 순간적으로 생각했다. 하얀 뱀이다.

"여, 여, 여기서 뭘 하시는 겁니까?"

더듬거리면서, 스스로도 놀랄 만큼 강한 목소리가 가슴속에서 튀어나왔다.

"응?"

당황하고 있는 미네 님에게 호는 굶주린 새끼 고양이처럼 덤벼들었다.

"고토에 님을! 고토에 님께 독을!"

이미 마음은 엉망진창이었다. 자신이 내쉬는 숨이 뜨거웠다. 무턱대고 미네 님에게 덤벼들어 손을 휘두르고 머리카락을 움켜쥐며 소리를 질러 댔다. 당신은 대체 무슨 짓을 저지른 것인가?

"호! 호! 대체 왜 그러니? 누가! 누가 좀!"

이즈미 님이 외치고 누군가가 새된 비명을 질렀다. 미네 님의 목소리다. 그것이 더욱더 호를 분노하게 했다. 미네 님에게 달라붙고, 누군가의 손에 의해 떨어져 나가고, 그것을 되풀이하면서 아직도 외치고 있었다. 고토에 님께 무슨 짓을 한 거야! 어째서 고토에 님께 독을 먹인 거야!

"도와줘요, 누가 좀 도와주세요!"

미네 님의 비통한 외침. 그때, 누군가의 나긋한 손이 호의 목덜미를 꼭 눌렀다. 숨이 멈춘다. 숨을 쉴 수 없다. 주위가 갑자기 어두워진다—.

뚝 끊어지듯이, 호는 정신을 잃었다.

파도 밑

1

 바람이 갑자기 강해지고 비가 내리기 시작했을 때, 우사는 울타리저택의 야마우치 가에 있었다. 그저께와 어제 이곳에서 연달아 식중독 환자가 나왔다고 해서, 원인이 된 식재료를 알아내기 위해 식사에 어떤 것이 나왔는지 물어보고 오라는 명령을 받았기 때문이다.
 우사는 아직 히키테가 아니다. 그저 파수막에 출입하며 잡일을 하는 견습일 뿐이다. 그래도 지난 이 년 동안 꽤 신용이 생겼는지 이렇게 울타리저택에 심부름도 오게 되었다. 해자 안으로 들어갈 때는 서쪽 파수막의 우두머리인 가스케 대장이 그의 재량으로 히키테의 붉은 한텐을 빌려준다. 그 붉은 빛깔은 사실, 지저분한 남자들밖에 없는 히키테들보다 한창 꽃다운 나이의 처녀인 우사의 뺨 색깔에 훨씬 더 잘 어울렸다.
 야마우치 가는 건축 부교의 하급 관리라는 낮은 신분이기 때문에 울타리저택 안에서도 바깥해자에 가까운 좁은 구획에서 살고 있다. 바다 쪽에서 불어 올라오는 강한 바닷바람을 막는 방풍림 아래에 나무 울타리를 둘렀을 뿐인 소박한 집이다. 마당은 텃밭으로 되어 있고, 양파나 푸성귀 이랑이 보인다. 우사는 그 사이를 걸어 다니다 바람에 섞인 물의 향기가 갑자기 강해지는 것을 느꼈다.
"부인, 비가 옵니다."
우사의 목소리에 야마우치의 아내가 서둘러 나왔다.
"덧문을 닫으시게요? 도와드리겠습니다."
마당에 면해 있는 복도로 다가가자, 첫 번째 빗방울이 우사의 뺨에 떨어졌다.
비가 지나가기를 기다리는 동안, 우사는 부인에게 들은 이야기를 품에 끼워 둔 종이뭉치에 적었다. 야마우치의 아내는 아직 안색이 창백하다. 복통과 발열, 어린아이들은 심하게 설사를 했다고 한다. 그러나 식사 내용은 차라리 빈곤하다고 할 수 있을 정도여서 식중독의 원인이 될 만한 것은 눈에 띄지 않는다. 푸성귀일 리는 없고 버섯도 먹지 않았다. 달걀도 먹지 않았다. 생선도 지난 며칠 동안은 말린 것만 먹었다고 하고, 먹고 남은 것을 보여 주었는데 상한 것처럼 보이지는 않았다.
그건 그렇고 변변치 못한 식사다. 이 마루미의 번사들 중 대부분은 실은 바깥해자에 있는 시정 사람들보다도 힘든 생활을 강요당하고 있다는 얘기가 사실인 모양이라고 우사는 생각했다.
비가 지나가자 진창이 남았다. 야마우치의 아내가 어린 딸과 함께 익숙하지 않은 손놀림으로 가꾸고 있을 작은 텃밭의 푸성귀는 비를 맞고 싱싱해지기는커녕 오히려 시들어서 슬퍼 보였다.

"그럼 부인, 저는 이만 실례하겠습니다. 무슨 일이 있으면 언제든지, 무엇이든 서쪽 파수막으로 알려 주십시오."

우사는 정중하게 머리를 숙였다. 지위 고하에 상관없이 번사와 그 가족에게는 가능한 정중한 태도를 취하라고, 가스케 대장에게 엄한 교육을 받고 있다.

야마우치의 아내는 얌전한 사람으로, 원래 목소리가 작은 모양이다. 게다가 지금은 식중독으로 약해져 있다. 뭐라고 말을 했지만 금방은 알아들을 수 없었다.

우사는 붙임성 있게 웃음을 띠며,

"좀더 도와드릴 일이 있으면—" 하고 말을 이었다.

야마우치의 아내는 미소를 지으며 고개를 저었다.

"정말 고마워요. 이제 괜찮습니다. 도베 선생님께서 주신 약이 효험이 있었거든요."

도베는 사지 가문이다. 사지 중에서는 신참으로, 그 때문인지 야마우치 같은 하급 번사를 자주 보살핀다.

"그런데 당신이 여기 온 것은 도베 선생께서 파수막 쪽에 지시를 내리셨기 때문이라고 했지요?"

그 물음에 우사는 예 하고 대답했다. 이곳을 찾아왔을 때 제일 처음에 이야기한 것이다. 하지만 식중독 환자가 나왔다는 것은 그 집에 명예로운 일이 아니기 때문에 뭔가 꾸중을 듣는 것은 아닌지 야마우치의 아내는 불안할 것이다. 그래서 다시 한번 되풀이했다.

"물론 해자 안의 일에 파수막이 끼어드는 것은 주제넘은 짓입니다. 하지만 만일 식중독의 원인이 시정의 식재료이면 안 되기 때문에 실례인 줄 알면서도 찾아뵈었습니다."

"그건 괜찮아요……. 다만."

야마우치의 아내는 갑자기 고개를 숙이고 더욱 목소리를 낮춘다.

"도베 선생님은, 혹시 이것이 식중독이 아니라 병이 아니냐는 말씀은 하지 않으셨나요? 돌림병을 의심하시는 것은 아닌가요? 그래서 일부러—그, 히키테를. 사지 가가 직접 움직이면 소동이 일어날 테니까요."

우사는 단순한 심부름꾼이기 때문에 도베 선생님과 이야기를 한 것은 아니다. 따라서 그런 것은 가스케 대장이 아니면 알 수 없지만, 잠깐 다녀와라, 실례가 없도록 하라는 가벼운 말투로 미루어 보아 그런 중대한 우려를 감추고 있는 것 같지는 않았다.

"그런 걱정은 하지 마십시오. 괜찮습니다, 부인."

"그래요. 그렇다면 다행이지만."

야마우치의 아내는 우사의 얼굴을 보고는 눈을 크게 떴다.

"당신은 이 지방 출신이지요? 나이는 몇인가요?"

"열일곱입니다."

"그럼 모를지도 모르겠군요. 옛날에—십오 년쯤 전의 일일까요. 있었답니다, 그런 일이."

우사는 처음 듣는 이야기다. 그러나 십오 년 전이라면 야마우치의 아내도 아직 열 살 남짓의 어린애였을 것이다.

"그것은 번내에서 잘 알려진 일입니까?"

"네, 네. 아사기 님 댁에서 일어난 일이니까요."

우사는 놀랐다. 아사기 가는 중신을 배출한 마루미 번의 명문가다. 현재의 당주인 아사기 아키후미도, 서른이 될까 말까 한 나이에 조다이가로城代家老다이묘가 자리를 비웠을 때, 성의 수호 및 영지 내의 모든 정무를 관장하던 가로의 지위에 올랐다.

"아사기 가에서 몹쓸 병이 돌았지요. 죽은 사람도 몇 있었습니다."

"그것은 몰랐습니다."

"그때도 처음에는 식중독으로 여겨졌어요. 다른 집에서는 아무 일도 없고 아사기 가 안에서만 환자가 나왔거든요."

마른 폭포에 있는 저택은 그때 아사기 가에서 환자를 요양시키기 위해 지은 것이라고, 야마우치의 아내는 말을 이었다.

"그래서 그 후로 계속 빈집이었던 겁니다. 병의 더러움이 물들어 있는 곳이니까요. 하지만 이번에 배명한 일로 그 저택을 사용하게 되었잖아요."

야마우치의 아내는 희미하게 입가를 일그러뜨렸다.

"그래서…… 저도 모르게 생각하고 말았어요. 마른 폭포 저택에 사람이 들어가서 잠들어 있던 병을 깨운 것은 아닐까 하고."

그것이 해자 안으로 날아와 야마우치 가에 붙었다고. 꽤나 걱정이 많은 사람이다. 우사는 미소를 지었다.

"근심이 많으시군요, 부인."

"네, 저도 지나친 걱정이다, 그야말로 마음의 병이라고 생각하기는 하는데" 하며 그제야 야마우치의 아내도 웃음을 띠었다. "하지만 식중독이 일어날 만한 기억이 전혀 없다 보니 불길해서 견딜 수가 없습니다. 그래서 저도 모르게 쓸데없는 생각을 하게 되네요."

"도베 선생님의 약이 효험이 있어서 부인은 이렇게 건강해지셨으니 나쁜 병은 아니겠지요."

"그렇군요. 게다가 무엇보다, 만일 마른 폭포의 병이 깨어났다면, 이 집처럼 신분이 낮은 곳에 제일 먼저 올 리는 없을 테지요. 다시 아사기 가로 가는 것이 도리일 거예요."

그 말투에서 아사기 가를 좋게 생각하지 않는 본심이 배어나오고 있었다. 해자 안에서도 여러 가지로 사람들의 생각이 뒤섞여 있는 것은 시정과 다르지 않은 것이다.

야마우치의 아내가 웃는 것을 보고 우사는 다시 인사를 한 다음 떠나려고 했다. 그러자 또 야마우치의 아내가 불러 세운다.

"저어, 당신 머리카락."

예, 하고 대답하며 우사는 자신의 머리에 가볍게 손을 댔다.

"왜 틀어 올려서 묶지 않고 그렇게 말고 있나요? 저는 여자 히키테는 처음 만났지만—아니, 히키테 중에 여자가 있다는 것도 몰랐으니—히키테가 되면 머리 모양을 그렇게 해야 한다는 규칙이라도 있는 건가요?"

약간 지겨워질 정도로 자주 듣는 질문이다. 우사는 붙임성 있게 대답했다.

"아니요. 특별히 그런 규칙이 있는 것은 아닙니다, 부인. 말아 올려서 고정시키기만 한 이 머리는, 옛날에 어부의 아내나 딸들이 자주 했던 머리 모양입니다. 지금은 유행하지 않게 되었지만 제 어미는 제가 어릴 때 자주 이렇게 하고 있었습니다. 저도 그것을 따라하고 있는 것입니다."

"그래요?"

야마우치의 아내는 고개를 살짝 갸웃거리며 뚫어져라 우사를 훑어보았다.

"그럼 옷차림도? 사지 기의 신생님이 시정에서 병자를 볼 때는 그런 차림을 하시던데요."

하기야, 우사의 옷은 의원의 옷과 비슷할지도 모른다. 발목 부분을 끈으로 묶은 짧은 통바지 같은 것은 똑같다. 하지만 본인은 오히려 밭일을 할 때 입는 옷 같다고 생각하고 있었다.

"이것은, 그렇지요. 파수막에서 일할 때 움직이기 쉬운 옷을 입으라고 해서요. 그래도 저는 이 옷을 좋아합니다."

게다가 이 옷과 이 머리에 이 얼굴이니 누구든 금세 기억하고 만다.

"그래요……. 잘 알았습니다. 공무를 보느라 수고하셨습니다."

야마우치의 아내는 정중하게 말하고, 겨우 우사를 놓아 주었다. 울타리저택을 떠나서 마장馬場을 따라 잔걸음으로 해자 안과 밖을 잇는 큰 다리 쪽으로 서둘러 간다. 마장에서는 젖은 흙냄새가 떠돌고, 흰 바탕에 검정, 갈색이 섞인 말 한 마리가 연습중인지 천천히 마장을 돌고 있는 것이 보였다. 먼눈으로 보아도 말 위에 있는 관리의 기모노 소매에 들어가 있는 하얀 선이 눈에 띈다.

말은 좋지. 우사는 늘 그렇게 생각한다. 나도 타 보고 싶다. 마부나 짐마차꾼처럼 타는 것이 아니라, 저렇게 안장을 얹고 하카마

좌우 자락을 걷고, 옆구리에 채찍을 끼고 바람을 가르며 달리는 것이다.

—못하겠지만, 말이야.

바닷가에서 자란 시정 출신의 우사에게는 그저 아득한 동경에 지나지 않는다. 걸음을 멈춘 채 넋을 잃고 바라보는 것도 적당히 하고, 우사는 큰 다리로 향했다. 수로 파수병에게 인사를 하고, 푸른 나무들이 자라고 있는 해자를 건너 붉은 한텐을 벗고 나서야 안도했다. 어깨가 꽤 뻐근했다.

2

마루미 번은 막부의 명령으로 유배되어 오는 죄인 한 사람을 맡게 되었다. 그것이 야마우치의 아내가 말하는 '이번에 배명한 일'이다. 처음에 이 소문이 성시를 떠돈 것은 벌써 세 달이나 지난 일이다.

안 그래도 마루미 번의 살림은 넉넉지 못하다. 따라서 공사를 돕느라 큰 액수의 자금을 내게 되는 것보다는 편한 일이라 다행이지 않느냐고 성시 사람들은 생각했다. 해자 안의 번사들도 지극히 한정된 윗사람들을 제외하면 같은 생각이었을 것이다. 그러나 쇼군이 직접 그 죄과를 확인하여 유배를 결정한 죄인이고, 게다가 원래는 막부의 고관이었던 인물의 신병을 맡는다는 것은 다리를 만들거나 가도를 정비하거나 삼가三家막부의 최고 지위를 차지하고 쇼군을 보좌하였던 세 가문의 저택을 새로 짓는 데 자재를 공출하는 것보다도 훨씬 더 곤란한 일이었다.

어쨌거나 신경이 쓰인다. 죄인이니 화려하게 맞이할 수는 없다. 너무 정중하게 대하면 막부에 대한 반역자를 후하게 대하다니 무슨 속셈이냐고, 이번에는 마루미 번이 야단을 듣게 된다. 하지만 너무 함부로 대하면 '전직 고관'의 '전직' 부분을 고려했을 때 무례를 범하게 되지나 않을까 하고 걱정하지 않을 수 없다. 어쨌거나 전직 재정 부교다.

그 귀찮음의 원흉인 인물은 후나이 가가노 가미모리토시라고 한다. 나이는 쉰 살 정도라고 한다. 물론 마루미 사람들은 그 사람의 얼굴도 모습도 모른다. 막부의 재정 부교라면 사누키의 마루미라는 작은 번에 사는 사람들에게는 전혀 인연이 없는 분이다.

유배되어 오는 죄인을 맡는 일이 본격적으로 결정되었을 때 히키테의 두목들 사이에는 마을관청에서 서장이 돌았는데 거기에는 이번에 배명한 일의 사정이 짧게 적혀 있었다고 한다. 또 성시에서 여기에 대해 특별히 소문을 내는 것을 금하였고, 그 금기를 깨고 소동을 일으키는 자를 꾸짖고 신병을 억류하는 것을 특별히 허가했다. 하지만 우사가 아는 한으로는 현재 그 죄로 파수막에 끌려온 자는 없다.

서쪽 파수막의 두목인 가스케 대장은 부하인 히키테들을 모아놓고 이를 설명할 때, 아무래도 그 죄인에 대한 이야기를 해야 할 때는 가가 님이라고 부르도록 하라고 말했다. 죄인이지만 님을 붙여 부른다. 그래도 된다고 했다. 함부로 아무렇게나 불러서는 안 된다며.

우사는 이상한 이야기라고 생각했다. 나쁜 짓을 한 녀석 아닌가? 어째서 그렇게 정중하게 대해야 하는지.

무엇보다 그 가가 님이 어째서 벌을 받게 되었는지 우사나 다른 히키테들은 아직 잘 모른다. 뇌물에 관련된 일이라는 얘기는 들었다. 재정 부교라는 요직에 있는 것을 이용해 사복을 불린 것이 막부에 대한 반역죄에 해당한다고. 하지만 그거라면 전에도 있었던 일이다. 직위에서 해임되어 실추한 중신도 있다. 그래도 아무도 유배는 되지 않았다. 왜 쇼군은 가가 님께만 그렇게 수고가 드는 벌을 내리실까.

"이건, 마루미의 영주님에 대한 쇼군의 심술이지."

가스케 대장은 우사의 소박한 물음에 콧구멍을 벌름거리며 그렇게 대답했다.

"죄인을 떠넘겨서 영주님을 난처하게 하는 게 목적일세. 마루미 번으로서는 그렇게 대단한 죄인을 받아들이게 되면 돈도 꽤 써야 할 테고 다루기도 어려워."

"영주님을 난처하게 해서 쇼군께 무슨 이득이 있나요?"

"있지. 실수가 있으면, 이거 잘됐다 하고 시끄럽게 소란을 일으킬 걸세. 그러면 마루미 번을 없앨 구실이 생겨."

없애다니 무서운 말이다.

"쇼군은 마루미 번을 싫어하시는 걸까요? 하타케야마 영주님이 마음에 안 드시나?"

"그게 아닐세. 자네처럼 젊은 자들은 옛날 일에 대해서는 모르려나."

가스케 대장은 수수께끼처럼 웃으며 어림짐작으로 서쪽을 올려다보았다.

"마루미 번은 옆에 곤비라 신사를 두고 있지. 곤비라 신사를 둘러싼 산의 일대는 막부의 직할령일세."

복작거리는 신사 앞 마을이나 여관 마을도, 전부 막부 직할 영지이다.

"다시 말해서, 거기에서 나오는 돈도 전부 쇼군의 품으로 들어간다는 뜻일세. 그런데 이 마루미의 성시도 곤비라 님의 은혜를 꽤 많이 입고 있네. 배로 마루미 항에 가서, 거기에서 참배객이 올라가는 거니까. 쇼군은 그 옛날, 곤비라 신사를 직할령으로 정할 때 마루미 번의 영지까지 같이 포함해 버리고 싶었던 걸세. 그러나 그러지를 못했지. 이곳에는 원래 영주님이 있었거든. 즉, 처음부터 쇼군의 영역이었던 것은 아니니 함부로 빼앗을 수는 없지 않겠나?"

쇼군은 지금도 그것이 아쉬워서 틈만 나면 마루미 번의 영지를 몰수하려고 호시탐탐 노리고 있다고 가스케 대장은 말했다. 언제 누구에게 그런 얘기를 들은 거냐, 당신이 그 자리에 있었느냐고 묻고 싶어질 만큼 자신만만한 말투였다.

"쇼군의 사정도 어렵거든. 마루미는 해산물도 풍부하니 어떻게 해서라도 갖고 싶겠지."

그래서 귀찮은 일을 강요하고, 실패하면 없애려고 하는 걸까. 꽤 번거로운 방식이라고 우사는 생각했다.

그래도 마루미 번에서 이 임무에 쓰는 신경은 보통이 아니다. 우사나 다른 사람들은 죄인을 맡는다고 하면 듣기는 좋지만 요컨대 죄인을 가두는 것이니, 경비니 뭐니 해서 그때가 되면 히키테는 여러 가지로 일을 하게 될 거라고 생각하고 있었다. 하지만 그런 명령은 일절 없었다. 뿐만 아니라 히키테들은 유폐 장소로 결정된 마른 폭포 저택에 들어가서도 안 된다, 가가 님을 맡는 일에 관해서는 파수막은 일체 참견할 필요가 없다고 했다.

가스케 대장은 다 안다는 얼굴로,

"우리가 가가 님께 가까이 가면 하타케야마 가는 쇼군이 맡긴 중요한 사람을 신분도 확실하지 않은 시정 녀석들의 손에 맡기는 거냐면서 당장 꾸중을 들을 테니 말일세."

그렇게 말했지만 우사는 그것은 너무 과장이라며 웃고 말았다.

역시 사지 가문 중 하나인 이노우에 게이치로 작은선생님도 우사가 가스케 대장이 이런 말을 하더라고 이야기하자 활짝 웃으며, 그것은 가스케 대장 특유의 치나친 생각이라고 말했다. 다만, '그렇지요, 그렇지요?' 하며 우사가 웃자 덧붙여 말했다.

"하지만 우사는 대장의 명령을 지켜야 한다. 게다가 대장의 생각이 맞지는 않는다 해도 가가 님의 죄상과 처분에 대해서는 우리가 알 수 없는 복잡한 사정이 있는 것 같으니 말이다."

"복잡한 사정이라고요?"

"음. 하기야 아득히 먼 에도에서, 막부의 중추에 관련되어 일어난 일이니 우리가 알 필요도 없지. 우사는 대장의 말대로 하면 된다. 가가 님 같은 분은 평범하게 사는 사람들에게는 아무런 관련도 없을 테니까. 뭐, 시정에서는 그분이 도착하고 나서 한동안은 시끄럽겠지만 금세 마른 폭포 저택에 가가 님이 있다는 사실조차 잊어버릴 테지."

그렇다면 신경 쓸 일도 없나…… 하고 우사는 생각하고 있었다. 마른 폭포 저택에 공사가 시작되고 사람이 출입하게 되었다는 것은 얼핏 들었지만 그렇다고 해서 뭐가 어떻게 될 것도 없었다.

그런 만큼 야마우치 가에서 들은 이야기에는 놀랐다. 가스케 대장은 마른 폭포 저택에 그런 사연이 있다는 말은 한마디도 하지 않았으니까.

서쪽 파수막은 글자 그대로 해자 바깥의 성시 서쪽에 있다. 그리고 서쪽에는 붉은 조개 염색을 하는 염색집들이 모여 있다. 따라서 집들 사이에도, 골목길이나 오솔길에도 붉은 조개를 끓여서 만드는 염료의 코를 찌르는 냄새와 베틀로 베를 짜는 소리가 가득 차 있다.

우사는 마루미 항구에 가까운 어부 마을에서 자랐다. 아버지는 어부로, 매우 목소리가 큰 사람이었던 기억이 있다. 얼굴은 잊어버렸다. 우사가 세 살 되던 해에 바다에 폭풍우가 불어 배가 뒤집히는 바람에 죽고 말았기 때문이다. 어머니는 그 후로도 어부 마을에서 일하며 우사를 키워 주었으나 바로 작년에 세상을 뜨고 말았다. 바다의 생활은 험하기 때문에 우사를 조개 염색 천을 짜는 일꾼으로 삼고 싶어서 여기저기에 부탁했지만, 공교롭게도 우사는 타고나기를 손재주라고는 전혀 없어서 어디에도 고용되지 못했다. 이런저런 일이 있은 후 우사가 서쪽 파수막의 가스케 대장 밑에서 일하기 시작하자 어머니는 몹시 싫어하며 결국 인정해 주지 않은 채 돌아가시고 말았다.

따라서 서쪽 파수막에 출입하는 나날을 보내며 매일같이 이 냄새와 소리에 둘러싸여 살아도 우사는 가끔 갑자기 시큰한 기분이 든다. 내가 베 짜는 기술자로 어엿하게 제몫을 해 내게 되었다면 어머니도 안심하고 죽을 수 있었을 텐데, 하고.

오늘도 그랬다. 야마우치 가에서 방금 전에 어린아이들을 보살피는 부인을 본 탓일 것이다, 아마.

그때, 그런 우사의 눈앞을 심상치 않은 기세로 가로지르는 그림자가 있었다. 이쪽이 멍하니 있었으니 잘못이지만 깜짝 놀라 저도 모르게 펄쩍 뛰어 피할 정도였다. 보니, 젊은 번사 한 명이 하카마 자락을 들어 올리고 흙먼지를 일으키며 달려간다. 해자 안쪽을 향해 가고 있는 것 같다.

―뭘까?

우사는 그가 달려간 방향을 바라보았다. 서쪽 거리를 빠져나가 오르막길에 접어들더니 계속해서 앞으로 나아간다.

―마른 폭포 저택 쪽이잖아.

무슨 일이라도 있었던 것일까, 하고 우사는 잠깐 생각했다. 어쨌거나 히키테는 참견해서는 안 되기 때문에 전혀 짐작이 가지 않는다. 그래도 묘하게 불안해져서 우사는 서쪽 파수막으로 뛰어서 돌아갔다.

히키테들은 일단 마을관청에서 수당을 받기는 하지만 그것만으로 생활해 나갈 수 있는 것은 아니다. 소위 말하는 전임 히키테는 두목인 대장뿐이고 다른 수하들은 각자 잡다한 일을 하면서 생계를 꾸려 가고 있다. 파수막에서는 교대로 근무하는 것이다. 오늘은 하나키치가 있었다. 하나, 하나 하고 불리며 무슨 일에든 쉽게 부림을 당하지만 그래도 싫은 얼굴을 하지 않는 마음씨 좋은 젊은이다.

"우사, 다녀왔어?"

그는 파수막의 빨간 노렌 밑에 있었다.

"대장님이랑 마주치지 않았나?"

"못 만났어. 어디 가셨는데?"

"아까 마른 폭포 저택에서 웬 사람이 창백한 안색으로 오더니 다친 사람이 나왔다더군. 그래서 대장님이 나갔어."

"마른 폭포로 가도 되는 거야?"

"상황 정도는 보러 가도 될 테지. 마침 잘됐다. 나는 다른 사람들을 모아 와야 하니까 네가 여기에 좀 있어라."

"일손이 필요할 만한 사태가 되는 거로군."

"알 수 없어. 그래도 일단은 그렇겠지. 동쪽 파수막에도 알려 둬야지."

우사는 파수막으로 들어갔다. 판자로 되어 있는 벽 안쪽에는 의자나 나무망치 등이 걸려 있다. 화재가 났을 때도, 죄인을 잡을 때도 쓰는 것이다. 이것들이 필요해질 만큼 큰일은, 우사가 여기에 온 후로는 일어나지 않은 것이 다행이다.

"뭐 좀 준비해 둘까?"

"아니, 상황을 모르니까 준비할 수도 없어. 어쨌든 너는 여기에 있으면서 누가 오거든 상대를 좀 해 줘."

우사는 혼자 남게 되어도 파수막의 다다미방에는 올라가지 않았다. 히키테가 아닌 자신에게는 그럴 자격이 없다. 봉당의 경계에 걸터앉았지만 진정이 되지 않아 곧 일어섰다.

그러다가 하나키치의 호출을 받은 서쪽 파수막의 히키테들이 모여들기 시작했다. 우사는 머릿수에 들어가지 않으니 빼고, 가스케 대장은 다섯 명의 히키테를 거느리고 있다. 그중 세 명이 금세 왔는데 그들이 우사보다 먼저 사정을 파악하고 있었다. 모두들 정보가 빠르다.

"마른 폭포 저택에서 대울타리를 세우고 있었는데 아까 내린 비 때문에 그게 쓰러져서 다친 사람이 많이 나온 모양이야."

"마루미에서는 대울타리를 세울 만한 일은 오랫동안 없었으니까. 다들 방법을 모르는 거라고. 서툴기도 하고."

이윽고 하나키치가 돌아오고 사지인 이노우에 가의 작은선생님의 지시로 부상자는 혼조지로 옮기게 되었다고 보고했다. 수하들은 도우러 가게 되었다. 우사는 또 파수막을 지켜야 한다. 어쩔 수 없는 일이지만 이노우에 가의 작은선생님이 온다면 사실은 가고 싶었다. 가서 돕고 싶다.

―역시, 제몫을 해내는 어엿한 히키테로서 자신의 붉은 한텐을 받을 수 있게 되어야 한다.

자잘한 일들을 하면서 무료함을 달래고 있자니 붉은 노렌이 불쑥 올라가고 누군가의 얼굴이 보였다. 아무 말도 없이 파수막 안을 노려보듯이 둘러보고 있다.

우사도 아는 얼굴이다. 마을관청의 도신인 와타베 님이다.

"저어—."

우사가 말을 걸자 그는 화난 듯이 짧게, "아무도 없는 건가?" 하고 물었다.

"예, 모두들 마른 폭포—아니, 혼조지에 갔습니다. 다친 사람을 옮겨야 해서요."

거기에 대해서 알고 있는지 아니면 처음 들었는지 와타베는 짙은 눈썹을 확 찌푸렸다. 그리고 붉은 노렌에서 손을 떼고는 곧 모습을 감추고 말았다.

뭘까, 저건. 우사는 멍해졌다. 몹시 기분이 안 좋아 보였는데 무슨 일일까.

그러던 중에 하나키치가 돌아왔다. 덧문짝으로 옮겨야 하는 중상자는 두 명, 다른 사람들은 걸을 수 있는 정도의 상처지만 생각한 것보다 수가 많다고 한다.

"그냥 대울타리가 무너져서 다친 것만은 아닌 것 같아. 뭔가 심상치 않은 소동이 일어나고 있어"라고 말하며 하나키치는 목덜미를 문질렀다. "모두들, 어째서 그렇게 허둥거리는 걸까."

문득 마음에 떠오른 것을 스스로도 확실히 파악하지 못한 채 정신을 차려 보니 자기도 모르게 소리 내어 말하고 있었다. "다들, 마른 폭포 저택이 무서운 거야."

사람이 들어갔기 때문에 그 저택에 잠들어 있던 부정함을 깨우고 말았다.

하나키치는 입을 삐죽거린다. "그럴까? 하지만 성 사람들은 역시 우리가 마른 폭포 저택에 관여하는 걸 싫어해서, 일이 일단락되니까 당장 쫓아내려고 하던데."

"다른 사람들은?"

"그 외에는 큰 용무도 없는 것 같아서, 다들 당장 해야 할 밥벌이로 돌아갔어. 대장님은 아직 혼조지에 남아 있고."

"그래." 우사는 그에게 물을 떠 주고 가능한 아무렇지도 않게 물었다. "이노우에의 작은선생님은 혼조지에 계시지?"

하나키치는 수건으로 얼굴을 닦으면서 고개를 저었다. "아니, 울타리저택에서 사람이 와 있고, 고사카의 여선생님 얼굴은 봤지만 이노우에 선생님은 없었어."

우사는 안심한 것 같기도 하고 유감스러운 것 같기도 한, 어중간한 기분이 들었다. 이럴 때 가장 먼저 혼조지로 달려가지 않다니 작은선생님답지 않다. 하지만 작은선생님이 혼조지에 있었다면 그곳에 가지 못하는 자신의 처지가 분하다.

"어이, 누구 없나! 우사!"

문에서 부르는 소리에 우사는 벌떡 일어섰다. 가스케 대장이 노렌을 젖히고 들어왔다. 등에 작은 여자아이를 업고 있다.

"이번엔 뭐지? 또 부상자인가?"

대장은 놀라는 하나키치를 밀어내다시피하며 주걱턱으로 우사에게 명령했다.

"자리를 펴게. 아이를 눕혀야겠어."

대장의 등에서 축 늘어져 있는 여자아이의 얼굴은 낯이 익었다.

우사는 앗 하고 소리를 질렀다.

"이 애, 이노우에의 작은선생님 댁에 있는 하녀다!"

이름이 뭐였더라? 에도에서 왔다가 혼자 남겨져서 그대로 이노우에 가에서 신세를 지고 있다.

"우사는 이 아이를 아는 게로군?"

가스케 대장의 얼굴은 엄격하고, 미간에 주름이 새겨져 있다.

"뭐가 뭔지 사정을 잘 모르겠지만, 이 아이의 말로는 이노우에 선생님 댁 아가씨가 돌아가셨다는군."

서둘러 자리를 펴고 있던 우사는, 이번에는 목소리마저 잃고 입을 딱 벌렸다.

"이노우에 선생님 댁 아가씨라니, 작은선생님의 누이잖아?" 하나키치가 물었다.

"고토에 님이야." 우사가 가까스로 말했다. 작은선생님과 사이가 좋았다. 우사 입장에서 보자면 질투가 날 정도로.

대장이 등에 업고 있던 여자아이를 내리고 자리에 눕힌다. 무엇을 분해하는 건지 무서워하는 건지, 아무래도 기절해 있는 것 같은데 여자아이의 얼굴은 구깃구깃하게 일그러져 눈도 입도 코 가까이까지 잔뜩 몰려가 있다. 양손도 주먹을 꼭 쥐고 있다. 어떻게 해도 풀지 않는다.

"맞아, 맞아, 고토에 님이다."

대장은 여자아이 옆에 무릎을 꿇고 네모난 턱을 쓰다듬었다.

"게다가 이 애의 얘기로는 누군가가 고토에 님을 독으로 죽였다는 걸세. 그래서 마구 날뛰더니 머리에 피가 올라 버렸는지 털썩 쓰러지더군."

우사는 여자아이의 굳게 움켜쥔 주먹을 만져 보았다. 손목을 잡아 보았다. 맥박은 있다. 하지만 핏기가 없이 차갑다.

"그럼 이 애도 혼조지에 있었나요?"

"아아, 그래. 거기서 일하고 있던 사람에게 덤벼들었다더군. 나는 마침 그 자리에 있던 고사카 선생님이 부르셔서—."

"저, 이노우에 선생님 댁에 다녀올게요."

일어서려던 우사를 대장이 꽉 붙들었다.

"그만두게. 자네는 가지 마. 내가 가지."

"어째서요?"

"이노우에 가에서 뭔가 일어났다면 그건 구지카타의 재량에 맡겨진다. 우리 히키테가 섣불리 관여할 수 있는 일이 아니야."

맞아, 맞아, 하고 하나키치가 새파래져서 고개를 끄덕였다.

"무슨 일이 있었는지는 모르겠지만, 혼조지에 이노우에의 작은 선생님이 계시지 않았던 것도 분명 이 아이가 헛소리처럼 외치던 말과 관련이 있을 테지. 나는 어쨌거나 이노우에 가에 이 아이가 서쪽 파수막에 있다는 사실을 알리고 올 테니, 자네들은 입을 다물고 이 일을 다른 데 흘려서는 안 될 걸세. 그리고 우사!"

강하게 부르는 소리에, 가슴속에서 술렁거리는 생각으로 정신이 팔려 있던 우사는 깜짝 놀라 눈을 깜박였다.

"왜, 왜요?"

"이 아이를 보살펴 다오. 아무도 불러선 안 된다. 그냥 기절한 것뿐이니 얼굴에 부채질을 해 주면 곧 깨어날 테지. 그리고 이 아이가 깨어나더라도 내가 돌아올 때까지는 쓸데없는 걸 물어서는 안 된다. 알겠지?"

대장의 이런 무서운 얼굴을 우사는 처음 보았다. 아, 알았어요, 하고 어린아이로 돌아가 버린 것처럼 우물거리며 대답하는 것이 고작이었다.

3

"저기…… 우사."

하나키치가 부르는 소리에 우사는 시선을 들었다.

가스케 대장이 바삐 나간 지 벌써 시간이 꽤 지났다. 대장은 돌아오지 않고, 이노우에 가에서 누군가 오지도 않고, 여자아이는 계속 잠들어 있다. 우사는 여자아이가 누워 있는 얇은 이불 끝에 앉아 멍하니 있었다.

하나키치는 봉당에서 기름을 먹인 걸레로 포박 도구를 닦고 있었다. 이것은 평소 같으면 우사가 할 일이다.

"너, 괜찮아?" 하나키치는 걱정스러운 모양이다. 어쩌면 우사가 정신을 차릴 때까지 몇 번이나 이름을 불렀는지도 모른다.

"괜찮으냐니, 뭐가?"

"이노우에의 고토에 님이라면 너랑 친했잖아. 좋은 사람이라고 했지."

"나 같은 게 '친하다'고 말하면 벌을 받을 거야. 사지 가문의 아가씨인걸."

"하지만……."

"게다가 고토에 님이 돌아가셨는지 아닌지 아직 모르잖아."

하나키치는 불쑥 일어서더니 손에 들고 있던 망치를 벽에 도로 걸고 이쪽으로 다가왔다.

"이 애, 정말 자고 있는 걸까? 죽은 건 아닐까?"

"분명히 숨을 쉬고 있어."

뒤척이지도 않고 작은 얼굴을 일그러뜨린 채 양손도 아직 주먹을 쥐고 있다. 하지만 호흡을 하고 있는 것은 틀림없다.

"저기, 하나 씨." 우사는 하나키치의 얼굴을 올려다보았다. "마른 폭포 저택에 대해서 당신 뭔가 알고 있어?"

"뭔가라니?"

하나키치는 봉당 입구에 걸터앉았다. 우사도 그의 옆으로 옮겨 가, 낮에 울타리저택의 야마우치 가에서 듣고 온 이야기를 했다.

"아아, 그거라면 유명한 얘기야. 나 어릴 때는 자주 거기에서 담력 시험을 했지. 그렇구나, 우사는 어부 마을 출신이지. 항구 쪽에서는 성의 높으신 분들에 관한 소문에는 아무도 흥미를 갖지 않겠지."

하나키치의 말대로, 같은 마루미 안에서도 해자 바깥과 항구나 어부 마을은 기질이 꽤 다르다. 각 마을의 치안을 맡고 있는 마을 관청과 배 부교소의 사이가 좋지 않은 것도 그 때문일지 모른다.

"담력 시험이라니, 그럼 하나 씨는 어릴 때 마른 폭포 저택에 간

적이 있단 말이야?"

"몇 번이나 있지." 하나키치는 갑자기 거들먹거렸다. "그냥 빈집이었어. 잘 생각해 보면 무서울 게 어디 있겠어. 훌륭한 저택이니 아까울 뿐."

"하지만 거기에는 병의 부정함이 봉해져 있었다고."

그 말투가 우사답지 않게 얌전했기 때문인지, 하나키치는 웃었다.

"너, 의외로 겁쟁이구나."

우사는 발끈했다. "그렇지 않아!"

"무서워하면 무서운 것을 보거나 듣게 되는 법이야. 그렇게 겁이 많아서야 히키테 일은 할 수 없을걸."

일부러 놀리는 것이다. 우사는 고개를 휙 돌렸다. 하나키치는 유쾌한 듯 웃으면서,

"하지만 내 친구들 중에도 거기에서 이상한 걸 보았다는 놈이 있었지" 하고 말을 이었다. 여름날 밤, 아사기 저택의 정문 앞에 흐릿하게 하얀 그림자가 서 있었다는 것이다.

"무슨 안개처럼 둥실둥실한 것이 잡을 수도 없고, 바라보고 있는 사이에 녹아서 없어졌대. 그러고 보니 어머니도 그런 말을 했었지. 염색집 동료 중에 그런 걸 본 사람이 있대."

하나키치의 어머니는 염색집에서 일하는 염색사다.

"보면 무슨 안 좋은 게 있어?"

"너무 뚫어지게 쳐다보면 안 돼. 씌거든."

"씌면 어떻게 되는데?"

"그러니까, 열병에 걸리는 거야. 아사기 님 댁에서 유행한 것과 같은 열병에. 다시 말해서 그 하얗고 둥실둥실한 것은 병의 기운이 형태를 이룬 것이라는 뜻이지."

우사는 흐음 하며 양쪽 뺨을 손으로 감쌌다.

"이노우에 가의 작은선생님은 병에는 전부 '근원'이 있다고 하셨어."

"뭐야, 그 '근원'이라는 건."

"지금은 아직 잘 모르지만 눈에 보이지 않는 아주 작은 생물이 아니겠냐고 하셨어. 그게 우리 입을 통해서 몸 안으로 들어오면 병에 걸리는 거야. 왜, 꼭 독충에 쏘여서 붓거나 가려워지는 거랑 똑같지."

서양의 의학서에는 그런 말이 누누이 적혀 있다고, 바로 얼마 전에 들었다.

히키테는 다친 사람이나 병자를 돌볼 때도 있고, 때로는 죽은 사람도 다룬다. 우사는 아직 견습이라 그런 기회가 적지만 지식을 얻어 두어 나쁠 것은 없다. 그래서 이노우에 가에 다니며 작은선생님의 방해가 되지 않도록 조심하면서 가르침을 듣고 있다. 하기야 최근에는 그것이 구실이 되어 가고 있지만.

하나키치는 기름기가 묻은 손으로 뺨을 긁으려다가 당황하며 멈춘 것 같다. 손 닦을 것을 찾다가 눈에 띄지 않자 옷에 벅벅 문질러 닦아 버렸다.

"그렇다면 그 '근원'이 모여서 사람의 형태가 될 때도 있다는 거겠지. 그야말로 모기 기둥처럼 말이야. 응, 바로 그거야. 앞뒤가 맞아."

혼자서 납득하고 있다.

"나도 어릴 때는 그런 얘기에 겁을 먹었지만, 지금은 아니야. 병이 그렇게 형태를 이루어 걸어 다녀 준다면 얼마나 좋겠냐. 붙잡아다가 여기로 끌고 와서 공을 세우면 되니까. 히키테인 하나키치 씨에게는 무서운 거라곤 없거든."

바보처럼 위세가 등등하다. 하나키치는 자주 이렇게 우사를 향해 큰소리를 친다. 우사에게는 그것이 친밀함의 표현으로 느껴질 때도 있지만, 여자의 몸으로 히키테가 되고 싶어 하는 우사에 대한 심술로 받아들여질 때도 있다. 그것은 이쪽의 기분 문제다.

지금 하나키치의 기세가 등등한 것은 조금 의미가 다른 것 같다. 언제나 선배격인 히키테들을 제쳐놓고 큰 공을 세워 이름을 날리기만을 꿈꾸고 있는 하나키치는, 히키테로서는 망측할 만큼 큰일이 일어나기를 고대하는 구석이 있다. 지금은 어쩌면 그 큰일이 일어나는 때일지도 모른다. 그래서 마음이 들뜬다. 한편으로는 아까 가스케 대장의, 좀처럼 볼 수 없는 험악한 얼굴에 겁을 먹고 있다. 그것을 우사에게 들키고 싶지 않다―그 이상으로, 자기 스스로도 인정하고 싶지 않아서 쓸데없이 기세만 오르는 것이다.

―아무리 기운이 넘치고 으스댄다 해도 우리는 둘 다 반편이로 파수막만 지키는 신세인데.

그렇게 생각하니 하나키치의 부푼 콧구멍이 우습고 귀엽다.

"어라, 너 왜 웃냐?" 하나키치가 눈썰미 좋게 알아보고 다그쳤다.

"누가 웃었다고 그래."

우사는 그렇게 말하고 아직도 얼굴을 일그러뜨린 채 잠들어 있는 여자아이 쪽으로 시선을 떨어뜨렸다. 별 생각 없이 이불 끝을 살짝 어루만진다.
 "어쨌든, 그러니까 마른 폭포 저택을 무서워할 필요 없어."
 하나키치는 일어서서 빈약한 가슴을 거만하게 펴 보였다. 그래, 하나 씨가 있으면 안심이지, 하고 우사는 여자아이의 잠든 얼굴을 지켜보며 맞장구를 쳤다.
 "그런 마른 폭포에 오는 가가 님은 어떤 사람일까. 아무것도 가르쳐 주지 않으니 전혀 모르겠어."
 하나키치는 씩 웃었다. 우사는 그의 얼굴을 보았다. "왜 웃어?"
 "나는 여러 가지를 알고 있지."
 우사는 눈을 크게 떴다. "어떻게? 서장書狀회람장은 파수막 두목들에게만 돌았잖아."
 "여기야, 여기" 하며 하나키치는 손가락으로 관자놀이를 가리켰다. "머리의 차이지."
 "서장을 훔쳐 읽었구나."
 "무슨 소리야! 가스케 대장님은 그렇게 호락호락하지 않아. 나는 내 발로 걸어 다니면서 내 귀로 들은 거라고."
 과장스럽다—고 우사는 생각했다. "원래는 재정 부교였잖아. 뇌물을 받았다가 벌을 받은 거야. 나도 그 정도는 알아."
 "흥, 뇌물 같은 걸까 봐?" 하나키치는 코웃음을 쳤다. "재정 부교라면, 쇼군의 갓테카타勝手方재무·민정을 관장하던 관리를 한 손에 쥐고 있는 직함이라고. 약간의 뇌물이나 선물 정도는 받는 게 당연해. 이 마루미에서도 그렇잖아. 그런 걸로 일일이 유배를 보냈다간 유배 보낼 곳이 모자랄 거야."

우사는 말이 막혔다. 그 얼굴을 즐거운 듯이 바라보며 실컷 뜸을 들이고 나서, 하나키치는 말을 이었다.

"가가 님은 사람을 죽였어. 그것도 한두 명이 아니야."

하나키치는 목소리를 낮추었다.

"자신의 관사에 갓테카타의 측근을 세 명 불러들여서 갑자기 베어 죽였다더군. 그 후에 가레이*를 불러서 오메쓰케에게 이 일을 알리라며 편지를 주어 쫓아냈어. 오메쓰케들이 칼을 허리에 찰 틈도 없이 손에 들고 달려와 보니, 가가 님은 아직 저택에 있었는데 마치 손님을 대하는 것처럼 단정하게 앉아 있었대. 주위는 피바다인데 말이야. 예복을 입고 정좌하고 있었다는 거야."

우사는 상상해 보았다. 베어 죽인 부하의 시체가 쓰러져 있고 피비린내가 후끈 피어오르는 응접실에서 혼자 단정하게 앉아 있는—.

"게다가 관사 안을 조사해 보니 안쪽 방에서 가가 님의 아내가 적자와 장녀 두 명을 안다시피 하고 죽어 있었대. 어지간한 오메쓰케들도 다리가 풀리더라는군. 아이는 이제 겨우 여덟 살과 다섯 살이었다더라."

"똑같이 칼을 맞고 죽어 있었어?"

"아니, 독을 마시고 죽어 있었어. 아이들은 괴로워서 목을 쥐어 뜯는 바람에 양손이 피투성이였대."

"그럼, 그건 가가 님이 한 짓이 아닐지도 모르지."

"본인이 자백했어. 측근을 부르기 전에 우선 아내와 아이들을 독살했다고. 여자와 아이들에게 칼을 대면 더러워지기 때문에 베지 않았다고 했대."

가가 님은 전혀 저항하지 않고 단정하게 오라를 받았다. 그 후의 조사에도 냉정하게 대답했고 두려워하는 구석도 없었다고 한다.

"하지만…… 대체 어째서 그런 짓을 했지? 자신의 아내와 아이들을 죽이다니 어째서 그런 바보 같은 짓을."

틀림없이 미친 거다, 머리가 이상해진 거라고 우사가 말하려고 했을 때, 두 사람의 등 뒤에서 갑자기 울음소리가 났다. 우사와 하나키치는 퍼뜩 돌아보았다.

여자아이가 깨어나 있었다. 이불 위에 일어나 앉아 있는데 작은 얼굴은 흙빛이고 눈물이 뺨을 타고 흐르고 있다.

"그래서였어" 하고 여자아이는 입술을 부들부들 떨면서 중얼거렸다. "그래서 가나이 님은, '가가 님이 한 짓을 되풀이하고 있는 것 같다'고 말한 거야."

우사는 하나키치와 얼굴을 마주 보고는 서둘러 응접실로 기어올라갔다.

"너, 괜찮으냐?"

여자아이의 가느다란 어깨를 붙잡자 떨림이 전해져 왔다. 몸을 떨면서 울고 있는 것이다.

"독 때문에 돌아가셨으니까…… 그래서……."

"그거, 고토에 님 얘기지?" 여자아이의 얼굴을 들여다보다시피 하면서 우사가 머뭇머뭇 물었다. "네 말이 사실이니? 정말로 고토에 님이 돌아가셨어?"

"우사, 그만해라."

위협하는 것 같은 목소리가 파수막 문에서 날아왔다. 가스케 대장이 돌아온 것이다. 혼자가 아니었다. 와타베 가즈마가 바로 뒤에, 붉은색 하오리를 배반하듯이 싸늘하고 하얀 얼굴을 하고 서 있었다.

"방심할 수 없는 놈이군."

가스케 대장이 노려보자 하나키치는 잔뜩 움츠러든다.

"가가 님에 대해서 쓸데없는 탐색은 하지 말라고 내가 그렇게 말했는데."

"죄송합니다."

우사는 여자아이를 감싸듯이 안고 좁은 응접실 구석에서 벽에 달라붙어 있었다. 와타베 가즈마는 품에 손을 집어넣고 턱 끝을 옷깃 속에 파묻듯이 깊이 숙이고 있다. 가스케 대장은 무엇 때문에 격분한 것인지 이마에 땀이 살짝 배어 있었다.

"이런 일은 많은 사람들이 이러쿵저러쿵 수군거릴 일이 아니다." 대장은 낮은 목소리로 말을 이었다.

"원래대로 하자면 자네들이 끼어들게 하고 싶지 않았지만 일이 이렇게 되었으니 어쩔 수 없지. 지금 제대로 얘기를 해 두지 않으면 하나키치가 또 어슬렁거리며 찾아다닐 테니."

당사자는 더욱더 목을 움츠렸다.

"괜찮으시겠습니까, 와타베 님."

대장이 다짐하듯이 묻자, 와타베가 신음했다. "어쩔 수 없잖나."

그리고 눈을 들어 여자아이를 보고는,

"호, 어린 네게는 가엾은 짓을 했다. 하지만 고토에 님을 위해서도 여기서 가스케 대장이 하는 말을 잘 듣도록 해라. 알겠지?"

하고 타이르는 말투로 말했다.

"호? 네 이름이 호였니?" 우사는 여자아이의 얼굴을 들여다보았다. "나를 알지? 작은선생님을 자주 찾아뵙고 있으니."

호라는 여자아이는 눈물 어린 눈으로 우사를 올려다보았지만 겁을 먹고 말았는지 입을 열지 않는다.

"알겠지, 잘 들어라." 가스케 대장은 말을 시작했다. 우사와 하나키치는 자세를 똑바로 했다.

하지만 대장은 거기에서 또 입을 다물고, 어느 모로 보나 지친 듯이 길게 한숨을 흘린 후에야 다음 말을 이었다.

"사지 가문인 이노우에의 고토에 님은 오늘 아침에 틀림없이 돌아가셨다. 급사였지. 아무래도 심장에 병이 있으셨던 모양이다."

우사의 무릎 위에서 호가 흠칫 튀어 올랐다. "그건 거짓말이야! 고토에 님은 독 때문에 돌아가셨어요!"

"그건 아니다, 호." 와타베가 가로막는다. 그래도 호는 물러서지 않았다.

"맞아요! 와타베 님도 알고 있잖아요! 같이 약초밭에도 갔잖아요. 미네 님을 본 장소를 가르쳐 달라고 말했잖아요!"

호는 주먹을 휘둘렀다.

"가지와라 미네 님이 와서, 고토에 님한테 독을 먹인 거예요!"

"자, 잠깐만. 날뛰면 안 돼, 호." 우사는 호를 안아 붙들었다. 꽤나 힘을 쥐어짜내야 했다.

"대체 어찌된 일입니까? 가지와라 미네 님이라니 모노가시라인 가지와라 님의 따님 말입니까?"

하나키치가 뒤집어진 것 같은 소리를 지르자 가스케 대장이 "조용히하지 못해?" 하며 화를 냈다.

"내가 이야기하지." 초조한 듯이 와타베가 말했다. 미간에는 주름이 깊게 새겨지고 눈은 치켜뜨고 있다. "호, 너는 잠시 조용히 있어라. 알겠지?"

오전에 바다토끼가 데려온 소나기가 내리는 사이에 이노우에 가에서 일어난 사건에 대해서 와타베는 억양 없는 목소리로 이야기했다. 그것 자체는 긴 이야기가 아니다. 우사는 숨을 죽이고 들었다. 문득 보니 하나키치도 똑같이 하고 있었다.

"그런 일이 있었군요……."

우사는 팔 안에서 몸을 굳히고 있는 호를 새삼 추슬러 안아 주었다. 뼈가 앙상한 작은 몸이 애처롭다.

"그 후 이 아이는 혼조지에 심부름을 갔다가 거기서 일하고 있던 미네 님을 보고 욱하고 말았네. 그래서 여기로 실려 온 걸세."

와타베는 그렇게 말하며 호에게 얼굴을 가까이 하고 빤히 쳐다보았다.

"호, 잘 들어라, 미네 님은 이노우에 가에 가지 않았어."

어, 하는 소리를 내며 호가 멍해졌다. 우사는 몸을 내밀었다.

"이 아이가 봤잖아요? 이 아이만이 아니에요, 하인인 모리스케 씨라는 사람도 가지와라 가의 아가씨가 오는 것을 봤잖아요?"

와타베는 천천히 고개를 저었다. "모리스케는 보지 못했네."

"거짓말이에요!" 호가 다시 펄쩍 뛰어올랐다. "봤는걸요! 같이 봤는걸요!"

"보지 못했어. 모리스케는 그렇게 말하고 있다." 와타베는 호의 얼굴에서 시선을 돌려 우사를 보았다.

"미네 님은 마른 폭포에서 대울타리가 쓰러지는 사고가 있고 나서 혼조지로 도우러 갈 때까지 계속 울타리저택의 가지와라 가에 있었네. 확실한 증인이 몇 명이나 있어."

"거짓말이에요!" 호의 목소리가 갈라졌다.

와타베는 눈썹도 까딱하지 않고 말을 이었다. "게다가 지금 가스케가 말했다시피 고토에 님은 병사하신 걸세. 독살이 아니야. 갑작스런 죽음이었지만 독을 의심할 만한 징후는 아무것도 없네."

호의 입이 빠끔거렸다. 갑자기 몸을 돌려 우사에게 매달려 왔다.

"이상해요! 게이치로 선생님이 말했단 말이에요. 고토에 님은 독을 드셨다고. 가나이 님도, 시즈 씨도 모두 있는 곳에서 그렇게 말했어요! 가나이 님도—."

"작은선생님은 아무 말씀도 하지 않으셨다." 와타베의 목소리가 비정할 정도로 한층 더 엄하게 이어졌다.

"가나이 님도, 고토에 님의 급사에 당황하셨을 뿐이지 독에 대해서는 말씀하시지 않았어. 그런 기억은 없다고 하셨다. 어쨌든 병사하신 거니까. 사지 가문이 그렇게 진단한 거야. 이렇게 확실한 것은 없지. 호, 너는 꿈을 꾼 거다. 환상을 보았는지도 모르지. 고토에 님이 돌아가신 것이 너무나도 괴로워서, 있지도 않은 것을 보거나 들은 게다."

우사의 마음 안에서 검은 반감이 불끈불끈 머리를 들었다. "와타베 님, 이 아이는 되는 대로 이야기하고 있는 게 아닙니다."

우사는 아까 호가 우사와 하나키치의 이야기를 우연히 듣고 정신을 차렸을 때의 일을 이야기했다. "이 아이는 가가 님이 사신의 가족을 독으로 죽였다는 사실을 몰랐습니다. 여기에서 하나 씨에게 듣고서야 비로소 알았고, 그러니 야모리인 가나이 님이라는 사람의 말과 연결짓게 되어 놀란 것이 아닙니까. 가나이 님이라는 사람이 했다는 말까지 호가 지어낸 이야기일 리 없습니다. 이 아이는 그런 짓을 할 수 없어요."

"그러니까, 지어낸 이야기라는 말이 아닐세." 와타베는 초조한 듯이 주먹을 꽉 움켜쥐고 거칠게 말했다. "있지도 않은 것을 보았다, 꿈이다, 환상이라고 말했네. 우사, 자네는 이제 어린아이도 아닌데 그런 것도 모르는 겐가?"

"그래도 이상하지 않습니까."

하나키치는 호를 껴안으며 따지는 우사의 얼굴을 날카롭게 쳐다보며 제지했다. 작은 눈이 빈틈없이 빛나고 있다.

"우사, 와타베 님 말씀이 옳아. 이노우에 가의 여러 분이 고토에 님은 병으로 돌아가셨다, 가지와라 미네 님은 이노우에 가에는 오시지 않았다고 말씀하셨다면, 그쪽이 바로 진실이야. 가엾게도 이 호라는 아이는 고토에 님이 돌아가신 것이 너무나도 괴로워서 머리가 좀 이상해진 거겠지."

우사의 팔 안에서 호가 떨고 있다.

"나는 이상하지 않아요" 하고 눈물을 뚝뚝 떨어뜨리면서 중얼거렸다.

"호라니 참 드문 이름일세. 그렇게 생각하지 않나?"

와타베는 누구에게랄 것도 없이 물었다.

"부모에게 받은 이름이라더군. 바보라는 뜻의 호라면서."

이 얼마나 심술궂은 말인가. 우사는 발끈해서 이를 드러냈다.

"이 아이는 부모의 사정으로 마루미까지 끌려와 혼자 남겨지지 않았습니까. 저는 알고 있습니다. 작은선생님이나 고토에 님한테서 들었습니다. 그런 부모가 훨씬 더 바보지요. 와타베 님, 관리이시면서 그런 것도 모르시나요?"

"자네, 무슨 소릴 하는 건가!"

가스케 대장이 거친 목소리로 말했다. 우사는 지지 않고 와타베를 노려보았다. 그리고 와타베의 눈가가 마치 술을 잔뜩 퍼마시고 난 다음 날 아침처럼 충혈되어 있다는 것을 깨달았다.

"뭐, 좋아."

그는 그렇게 말하고 옷자락을 떨치며 일어섰다.

"이노우에 가에서는 이제 호를 집에 있게 해 줄 수는 없다고 하더군. 하긴, 어디서 굴러먹다 온 개뼈다귀인지도 모르는 버려진 아이를 어엿한 사지 가에서 거둬 먹이는 게 이상하지. 알겠느냐, 호. 뒷일은 가스케 대장님께 맡기기로 했다. 얌전히 대장님 말을 듣도록 해. 너는 갈 곳이 없는 아이니까."

와타베는 그런 말을 남기고는 손을 뒤로 돌려 문을 꼭 닫고 파수막을 나갔다.

모두 침묵을 지키고 있다. 호가 코를 훌쩍거린다. 지칠 대로 지쳤는지 눈물은 멎었다.

이윽고 무뚝뚝하게 팔짱을 낀 채 숨을 한번 내쉬고 가스케 대장이 말했다. "버르장머리가 없구나, 우사. 관리에게 덤벼들다니 히키테에게는 있을 수 없는 일이다. 나는 자네를 그렇게 가르친 기억이 없어."

"하지만—."

저도 모르게 목소리를 높여 반문하려던 우사의 소매를 하나키치가 세게 잡아당겼다. 옷소매가 찢어질 것 같을 정도로 엄청난 힘이다.

"그만해, 우사. 적당히 해 두라고."

꾸짖는 목소리였다. 하나키치에게 그런 소리를 들을 이유는 없다고 우사는 더욱 반발하려 했지만 고개를 숙인 대장이 굳게 눈을 감고 있는 것을 깨닫고는 말문이 막혔다.

"어쨌든 말다툼은 그만두자."

하나키치가 거북한 듯이 말하고 어색하게 재채기를 했다. 빌어먹을, 어째서, 하고 작게 욕설을 하며 웃는다. 우사는 마주 웃지는 못하고 그저 잠자코 팔 안에 있는 호의 머리를 쓰다듬어 주었다.

4

 호는 우선 가스케 대장의 집에 맡겼다. 대장에게는 아이가 셋 있다. 호도 쓸쓸하지 않을 테니 마침 잘되었다고 했다.
 해질녘에는 마른 폭포에서 대울타리가 쓰러진 사건도 수습이 되고 다친 사람들도 혼조지에서 각자의 집으로 돌아갔다. 우사는 하나키치와 함께 가서 절의 건물이나 주방 청소를 거들다가 별이 뜰 무렵이 되어 마을로 돌아갔다.
 돌아오는 길에는 사지인 고사카 가의 이즈미 선생님과 함께였다. 하나키치가 선생님의 약상자를 짊어지고 우사가 고사카 가의 문장이 들어 있는 등롱으로 발밑을 비추었다.
 "당신들도 고생 많았어요. 히키테 여러분의 일하는 모습에는 항상 머리가 숙여집니다."
 이즈미 선생님은 두 사람의 노고를 치하했다. 우사가 보자면 어머니—라기보다 할머니라도 이상하지 않은 나이지만 뺨 같은 데는 통통하니 젊고 얼굴 생김새도 단정하고 아름답다. 게다가 목소리가 좋다. 의젓하고 잘 울리는 목소리다. 우사는 자신은 도저히 의원이 되지 못할 거라는 사실을 잘 알고 있지만 그래도 이즈미 선생님에게는 은밀하게 동경을 품고 있었다. 남자에게 지지 않을 정도로 일하면서도 여자의 상냥함이 넘쳐난다.
 "선생님이야말로 피곤하시지요?"
 우사가 말하자, 등롱의 불빛 속에서 고개를 끄덕였다.

"그렇군요……. 생각 외로 상처가 깊은 사람이 있어서 놀랐습니다. 대나무에 상처를 입으면 그렇게 심해지는군요."

"그 왜, 전쟁 이야기 강론에도 나오지요. 싸움에 지고 도망친 무사를 잡을 때 죽창으로 이렇게."

하나키치가 손짓발짓을 하면서 말했다.

"갑옷도 뚫는다지요. 죽창은 참 무섭습니다."

"이번에는 죽창으로 싸운 게 아니야. 대울타리가 쓰러졌을 뿐이잖아."

무슨 생각이 났는지 이즈미 선생님은 쿡 하고 웃음을 터뜨렸다. "마른 폭포의 공사는, 옥지기 두목으로 임명된 후나바시 님이 지휘를 하시잖아요. 오늘도 화를 내시더군요. 요즘 마루미의 젊은 사람들은 대울타리 세우는 법도 모르냐며."

가가 님을 맡을 일체의 준비를 하는 책임자에게는 옥지기라는 직책이 주어진 모양이다. 그리고 그 직책은 모노가시라의 장(長)인 후나바시 사쿠노신 님이 맡고 있다. 우사는 마음 한구석에 새겨 놓았다.

"그렇습니까, 모노가시라인 후나바시 님이 직접 감독하고 계셨군요. 거기에서 다친 사람이 나왔으니 화를 내시는 것도 당연하지요."

"안 그래도 화를 잘 내는 분이니까요." 이즈미 선생님은 웃었다. "그렇게 항상 성질만 부리시면 몸을 도는 피가 굳어 버린다고, 호안 선생님은 타이르시지만요."

호안 선생님은 사지인 고사카 가의 당주로 이즈미 선생님의 동생이다. 두 분은 사이가 좋다. 다만 호안 선생님은 본인도 젊을 때부터 병약했고 지금까지도 두 번 정도 크게 앓아누우신 적이 있어 그대로 사지 직책을 반납하시지나 않을까 하던 시기가 있었다. 이즈미 선생님이 결국 어디에도 시집을 가지 않고 견습의원으로서 고사카 가에 뼈를 묻게 된 것도 그런 호안 선생님을 돕기 위해서였던 모양이다.

호안 선생님에게는 장자가 있고, 벌써 스무 살이 넘었다. 지금은 나가사키에서 서양 학문을 배우고 있는데 슬슬 귀국할 때가 되었다. 돌아오면 그가 호안 선생님의 뒤를 잇게 된다. 그렇게 되면 이즈미 선생님은 고사카 가에서는 있을 자리가 없어질지도 모른다. 후계자가 당주가 되고 아내라도 맞으면 눈엣가시 취급을 받을 수도 있을 것이다.

그런, 말하자면 불리한 삶의 방식을 선택했는데도 이렇게 온화하고 항상 밝은 태도로 일한다. 우사의 눈에는 이즈미 선생님의 그런 점도 눈부시게 비친다.

"그건 그렇고, 괜찮을까요?"

제법 그럴듯한 얼굴로 하나키치가 의문점을 말했다.

"화를 잘 내시는 후나바시 님이라면 자기도 모르게 발끈해서 고함을 친다든지 해서 가가 님을 맡은 중요한 임무를 망치지는 않을지."

하나키치도 이즈미 선생님에게는 완전히 어린애처럼 되어서 이런 말도 아무렇지 않게 한다. 하지만 이즈미 선생님은 타이르는 얼굴이 되었다.

"섣불리 그런 말을 해선 안 돼요. 게다가 성질이 급한 분이 이렇게 세심하게 신경을 써야 하는 중요한 직책에는 더 어울릴 거예요. 저건 어떠냐, 이건 잘되고 있느냐, 거기에 부족한 점은 없느냐, 하고 항상 부지런히 마음을 쓸 수 있을 테니까요. 느긋하고 온화한 분은 무슨 일에나 마음 편하게 대처하는 바람에 오히려 실수가 많을지도 모르잖아요."

"그럴까요?" 하고 말하는 하나키치는 악의가 없다. "태공망은 성질이 급했대요."

"어머나, 고사를 배웠군요." 이즈미 선생님은 칭찬을 했다. "하지만 그 '태공망'은 낚시를 좋아한다는 뜻이지요. 낚시를 제대로 하려면 그저 실에 먹이를 달아 늘어뜨리고 있기만 해서는 안 되고, 물살의 흐름은 어떤지 물의 색깔은 어떤지 먹이는 이게 맞는지 꼼꼼하게 신경을 쓰는 성격인 분이 맞는다고 하더군요."

두 사람의 대화를 흘려들으면서 우사는 생각을 했다. 낮에 호가 한 이야기가 사실이라면 그 아이가 가지와라 미네 님에게 덤벼들었을 때 이즈미 선생님도 그 자리에 있었을 것이다. 호가 기절해서 실려나간 후 선생님은 미네 님과 이야기를 했을까?

내용이 내용이니만큼 선생님도 틀림없이 미네 님께 물었을 것이다. 방금 그 여자아이는 썩 불온한 말을 외치던데 당신은 뭔가 생각나는 바가 있나요? 하고. 하지만 이즈미 선생님은 만사에 있어 남의 험담이나 소문을 좋아하는 분이 아니고, 괜히 물어봐야 부드럽게 꾸중을 듣는 것이 고작이다. 어떻게 이야기를 꺼내면 좋을까.

그렇게 생각하고 있는데 이즈미 선생님 쪽에서 말을 꺼냈다.
"그런데 여러분은 이노우에 가의 고토에 님이 돌아가신 것을 알고 있지요?"

우사는 흠칫하며 긴장했다. 산길을 다 내려가 나무들 사이로 마을의 불빛이 드문드문 보이기 시작했다. 서걱서걱 흙을 밟는 하나키치의 발소리가 바로 뒤에서 들린다.

우사는 돌아보지 않고 대답했다. "가스케 대장님께 들었습니다."

하나키치가 우사의 말꼬리를 쫓듯이 말을 잇는다.

"심장병이었다고 하더군요. 저는 무서워졌습니다, 선생님. 어제까지 건강하셨던 분인데. 심장의 병은 그렇게 갑작스러운 겁니까?"

"갑작스러울 때도 있어요. 드물지만." 이즈미 선생님은 조용한 말투로 대답했다. "누군가가 생각지도 못하게 일찍 죽으면, 남은 사람들은 마음이 흐트러집니다. 한동안 이노우에 가는 힘들겠지요."

"그렇지요, 참 안되셨습니다."

하나키치는 분위기에 맞게 맞장구를 친다. 그러나 우사는 이즈미 선생님의 온화한 목소리를 듣고 있자니 불끈불끈 치밀어 오른 것을 가라앉힐 수가 없어서 빠른 어투로 말하고 말았다.

"이즈미 선생님. 저는, 고토에 님은 병으로 돌아가신 것이 아니라는 이야기도 들었습니다. 독을 드셨다고—."

쉿, 이 바보야, 하고 하나키치가 혀를 찼다. 이즈미 선생님은 갑자기 걸음을 멈추고 가느스름한 눈을 크게 뜨며 우사를 마주 보았다. 등롱의 불빛에 하얀 얼굴이 떠오른다.

"그 이야기를 누구에게 들었나요?"

하나키치가 두 사람 사이에 끼어들었다. "죄송합니다, 선생님. 이 녀석은 경솔해서."

"호라는 아이에게 들었습니다." 우사는 하나키치를 밀쳐 내고, 이즈미 선생님을 똑바로 보며 대답했다. "서쪽 파수막에서요. 선생님도 그 아이는 아시지요?"

"네, 물론 알지요. 혼조지에서 나도 만났으니까요."

그러고는 뺨에 미소를 지으며 우사와 하나키치의 얼굴을 번갈아 바라보았다.

"이런 곳에서 서서 이야기하기도 뭣하니 우리 집으로 오세요. 두 사람 다 배가 고플 테니까요."

고사카 가의 문지기에게는 이즈미 선생님이,

"이 두 사람은 서쪽 파수막의 히키테예요. 나를 데려다 준 김에, 파수막에 상비할 약을 몇 가지 들려 보내고 싶으니 좀 들어갈게요."

시원시원하게 양해를 구해 주었다. 우사와 하나키치는 정중하게 인사를 하고 쪽문을 지났다.

이즈미 선생님은 고사카 가의 별채에서 생활하고 있다. 이노우에 가와 똑같이 안채는 기와를 얹은 훌륭한 저택이지만 별채는 띠로 지붕을 얹어 훨씬 아담한 구조이다. 봉당과 부엌을 **빼면** 방이

세 개 있을 뿐이다.

이노우에 가의 진찰실에는 몇 번이나 드나든 우사지만, 고사카 가를 방문하는 것은 처음 있는 일이다. 하물며 여기는 이즈미 선생님의 사실私室이기도 하다. 우사도 하나키치도, 초대를 받아 들어가긴 했지만 바싹 굳어서 구석에 우두커니 서 있을 뿐이다.

선생님은 작은 이로리실내 바닥을 네모나게 파서 불을 지펴 난방을 하거나 요리를 하는 곳가 파여 있는 자리를 가리키며 "자, 앉으세요. 불을 피워서 물을 좀 끓여 주세요—"하고, 웃으면서 말했다. 당신은 안쪽 방으로 들어가 버선을 벗고 곧 나왔다. 이즈미 선생님은 마침 안채에서 나온 하녀에게 시원시원하게 심부름을 시키고는 이로리 끝자락에 와서 조용히 앉았다.

"역시 약냄새가 나는군요." 우사가 말했다.

"이 이로리, 선생님이 쓰시는 겁니까?" 하나키치는 흠칫거리는 손놀림으로 이로리에 불을 지핀다. 묘하게 연기가 많이 난다.

"그래요. 파수막에도 이로리는 있지요?"

"네에. 하지만 선생님이 손수……."

"여기는 본래 서생의 방이었대요. 옛날에 고사카 가에서는 의원을 지망하는 사람을 서생으로 살게 해 주던 시기가 있었거든요. 지금은 더 이상 그런 일은 하지 않기 때문에 쭉 내가 쓰고 있지요."

물이 끓자, 이즈미 선생님은 향기 좋은 차를 직접 끓여 두 사람에게 대접해 주었다.

얼마 안 있어 아까 그 하녀가 주먹밥을 담은 접시와 반찬 그릇을 가져왔다. 우사도 하나키치도 송구스러워했지만 이즈미 선생님은 두 사람에게 식사를 권하며 자신도 나서서 먹었다.

"그래서 여러분은 오늘 어떤 것을 보고 들었나요?" 이즈미 선생님이 말을 꺼냈다. "호라는 여자아이는 좀 어떻지요?"

하나키치와 우사는 서로의 이야기를 보충해 가며 오늘 있었던 일련의 사건에 대해서 설명했다. 이즈미 선생님은 차를 갈아 넣으면서 가끔 고개를 끄덕였는데, 호가 울면서 우사에게 호소했다는 대복에 접어들었을 때에는 마음 아픈 듯이 눈을 감았다.

"그렇게 되었으니 두 사람 모두 떨쳐 내기 어려운 기분이었겠지요."

이즈미 선생님은 한숨을 쉬고는 붉게 타오르는 불을 바라보았다.

"사람의 마음이란 슬픈 거예요."

중얼거리는 것 같은, 낮은 음성이다.

"눈앞에서 일어난 일이라도, 슬픔이나 괴로움이 지나친 나머지 그것을 인정하고 싶지 않다고 강하게 생각하면 보이지 않게 되고 말지요. 마음이 주인을 속일 때도 있어요."

하나키치가 힐끗 우사의 얼굴을 살피고는 이즈미 선생님에게 물었다. "다시 말해, 그 호라는 아이가—?"

이즈미 선생님은 눈을 깜박이고는 이로리에서 시선을 떼고 하나키치를 보았다. "네, 물론 그렇지요. 여러분은 마을관청의 와타베 님에게도 그런 설명을 들었겠지요?"

우사는 하나키치를 앞질러 대답했다. "예, 들었습니다. 하지만 선생님, 저는 믿을 수가 없습니다. 그 아이가 본 것이 꿈이나 환상이고 정말로 일어난 일이 아니었다니."

"무리도 아니에요." 이즈미 선생님은 천천히 고개를 끄덕인다. "나도 여러분의 입장이었다면 똑같이 생각했을 거예요."

우사는 무릎걸음으로 앞으로 나선다. "혼조지에서 호가 소동을 피워 끌려나온 후 선생님은 미네 님과 이야기를 나누셨습니까?"

"네, 이야기했어요. 흘려들을 수 없는 얘기였으니까요. 놀라기도 했고 아무래도 캐묻는 말투가 되어 버려서, 지금 와서 생각해 보면 미안한 짓이었습니다."

가지와라 가의 미네는 짐작 가는 일이 없다고 말했다고 한다. 뭐가 뭔지 전혀 모르겠어요, 무엇보다 이노우에 가의 고토에 님이 돌아가셨다는 것은 사실인가요, 저 아이는 어떻게 그걸 알고 있는 건가요, 어디 사는 누구인가요, 하고 창백해진 얼굴로 허둥거리며 울음을 터뜨릴 것 같았다고 한다.

"그야 당연하지요." 하나키치가 알겠다는 듯이 고개를 끄덕이며 미간에 주름을 지어 보인다.

"미네 님에게는, 재난이라면 이만한 재난도 없을 테니까요. 누명이에요."

"하지만 그 자리의 이야기만 들어서는 호도 미네 님도, 어느 쪽의 말이 사실인지 알 수 없지요. 확인을 해 보지 않고서는."

"너, 진짜 바보구나." 하나키치가 목소리를 높였다. "그런 바보 아이와 가지와라 가의 따님의 말을 같은 저울에 올려놓을 수 있을 리 없잖아. 잘 생각해 봐."

우사는 하나키치를 무시했다. 똑바로 이즈미 선생님의 얼굴을 보고 있었다.

이즈미 선생님은 아름답게 다듬은 눈썹을 조금도 움직이지 않는다. 목소리도 여전히 매끄럽고 부드럽다.

"아뇨, 우사의 말은 잘 알겠어요. 그래서 나도 완전히 혼란에 빠지고 말았거든요. 고토에 님이 돌아가셨다는 것만 해도—."

잠시 입을 다물고 가슴에 손을 댄다.

"애초에, 나는 혼조지에서 호를 만났을 때 이노우에 가에서 무슨 일이 있었느냐고 묻고 싶을 정도였어요. 이럴 때는 제일 먼저 달려오는 게이치로 선생님이 오시지 않는 것을 의아하게 생각하고 있었거든요. 희미하게 불안을 느꼈지요."

히키테를 불러 호를 맡기는 한편, 이노우에 가에 사람을 보내 간신히 사정을 알 수 있었다.

"게이치로 선생님의 대답은, 고토에가 급사했다, 아마 심장병인 것 같다고."

우사는 저도 모르게 무릎 위에서 주먹을 쥐었다. "독살이라는 이야기는."

"전혀 적혀 있지 않았어요, 우사. 게이치로 선생님이 직접, 고토에 님은 병으로 돌아가셨다고 말씀하셨어요."

오히려 혼조지에서 호가 소동을 일으킨 것을 알고, 게이치로도 놀랐다고 한다.

"분별없는 어린아이라 고토에의 죽음에 혼란스러워져서 백일몽을 꾼 것이 아니겠느냐고 하시더군요."

그것 보라는 듯이 하나키치가 우사의 어깨를 친밀한 척 두드렸다. "맞지? 알겠지? 그 애는 여기가 어떻게 돼 버린 거라고."

손가락 하나로 관자놀이를 가리킨다.

우사는 입술을 깨문다. 이 팔 안에서 떨고 있던 야윈 호. 떨어지던 눈물, 이리저리 헤매던 눈동자. 그것은 전부, 그 아이의 혼란에서 온 것에 지나지 않았던 걸까.

"호가—한 말은 지어낸 이야기라는 겁니까?"

"악의 있는 거짓말은 아니에요. 그건 절대로 아닙니다. 고토에 님을 잃은 비탄이 너무나도 강해서 환상을 보고 만 거예요. 그런 일은 종종 있는 일이에요, 우사."

타이르고, 상냥하게 가르치는 듯한 이즈미 선생님의 목소리가 귀에도 마음에도 편안하게 다가온다. 거기에 몸을 맡겨 버리기는 쉬운 일이다. 옳은 일일지도 모른다. 아니, 틀림없이 그렇다.

그런데도 왜 내 마음은 저항하는 것일까. 마음에 걸린 것이 사라지지 않을까. 스스로도 화가 날 정도다. 우사는 이즈미 선생님의 말을 그대로 받아들일 수가 없다.

호의 말에서, 그 눈물에서 우사는 진실을 느끼고 만다. 아무리 해도, 그것을 '환상이다'라며 옆으로 밀어낼 수가 없다.

—게다가…….

이즈미 선생님의 시선을 피해 깜박깜박 타오르는 이로리의 불을 바라보며 우사는 생각한다. 어째서 이즈미 선생님은 일부러 우사와 하나키치를 불러서 이런 이야기를 할 기회를 만든 것일까 하고.

혼조지에는 아직 사람이 있었다. 이 고사카 가에서도 주겐中間성문을 지키거나 행렬을 수행하는 등의 일을 했던 고용살이 일꾼이 와 있었다. 이즈미 선생님을 바래다 드리는 것뿐이라면, 본래는 그들이 할 일이다. 하지만 선생님은 일부러 우사와 하나키치에게 말을 걸어 밤길이니 바래다 달라고 말했다. 그리고 사실에까지 초대해 주셨다.

생각해 보면 고토에 님의 이야기도 이즈미 선생님이 먼저 꺼냈다. 우사는 계기가 없어서 곤란해하고 있었다. 게다가 그때 이즈미 선생님은 우사와 하나키치에게,

"고토에 님이 돌아가신 것을 아나요?"

가 아니라,

"고토에 님이 돌아가신 것을 알고 있지요?"

라고 말했다. 이야기를 여기까지 끌고 오셨다.

이즈미 선생님은 우사와 하나키치에게 다짐을 하기 위해 일부러 이렇게 하고 있는 것은 아닐까. 고토에 님은 병사했다, 호의 말은 엉터리라고. 어쩌면 서쪽 파수막에서의 이야기만으로는, 특히 우사가 납득하지 않는 것처럼 보였기 때문에 가스케 대장님이나 와타베 님이 이즈미 선생님께 부탁한 것은 아닐까. 사지인 선생님께서 우사를 잘 타일러 주십시오, 하고.

그렇다면 실제로 일어난 사건은 반대이고, 호는 진실을 호소하고 있는 것이 아닐까.

우사는 와타베 님의 충혈된 눈을 떠올리지 않을 수 없었다. 그리고 그 눈을 이즈미 선생님의 차분한 눈빛과 비교하지 않을 수 없다. 겉모습은 다르지만, 두 개의 눈빛은 그 속에 무언가를 감추고 있다. 틀림없이 그렇다. 우사에게는 아무래도 그렇게 여겨진다.

왜? 어째서, 무엇을 숨기는 걸까?

이렇게 의심하는 내가 이상한 것일까. 하나키치가 바보 취급하

는 것처럼 경솔한 걸까. 이 가슴에 치밀어 오르는 의심도 역시 몽환에 지나지 않는 것일까.

　이즈미 선생님은 우아한 손놀림으로 차를 마시고 있다. 하나키치는 주먹밥을 하나 더 먹으면서 '뭘 또 멋대로 생각에 잠겨 있는 거냐, 이 바보는' 하고 수상해하는 표정으로 우사를 바라보고 있다.

　여기에서 이즈미 선생님을 물고 늘어져 봐야 선생님이 대장님이나 와타베 님과 같은 편에 계시다면 시간을 헛되게 할 뿐이다. 이 노우에 가의 작은선생님께 여쭤보는 것이 가장 좋은 방법이다. 진지하게 열기를 담아 머리를 숙이며 사실을 가르쳐 달라고 부탁하는 것이다.

　그리고 어째서 다들 사실을 숨기려고 하는 것인지 그 이유도 가르쳐 달라고 하자.

　우사는 머리를 한 번 끄덕이고 "잘 알겠습니다, 이즈미 선생님" 하고 말했다. "호의 마음은 저도 압니다. 그 애는 진심으로 고토에 님을 따르고 있었어요. 지금은 슬픈 나머지 마음이 부서져 버릴 것 같겠지요. 어떻게든 기운을 북돋워 줄 수 있도록 최선을 다하겠습니다."

　이즈미 선생님은 생긋 미소를 지었다. "고마워요. 잘 부탁해요."

　"그 아이는 가스케 대장님이 맡았습니다." 하나키치가 말한다. "이제 안심이지요."

　"게다가 이노우에 가에서 자주 얼굴을 보곤 했던 우사가 함께해 준다면 더욱 안심이에요." 이즈미 선생님은 대답했다. 우사는 다시 한번 고개를 끄덕이고 선생님과 똑같이 미소를 지으려고 했다. 잘

되었는지 어떤지 스스로는 알 수 없다.

아주 잠깐이지만 이즈미 선생님이 갑자기 강해진 눈빛으로 우사를 응시했다. 우사가 선생님을 의심하는 것처럼 선생님도 우사의 마음을 의심하고 계시는 건지도 모른다.

가만히 있으면 선생님께 마음속을 읽힐 것 같은 기분이 든다. 우사는 주전자 뚜껑을 열고 물을 더 채워 오겠습니다 하며 일어섰다. 물병은 어디에 있습니까? 그 장지문 안쪽이 부엌이에요, 부탁해요, 우사—.

그 김에 빈 접시를 치우고 이로리 옆을 떠나 부엌의 어둠 속에 숨자 우사는 갑자기 가슴이 답답해졌다. 고토에 님의 죽음이 실감 나게 느껴진다. 호의 눈물이, 이제 와서 새삼 울음을 자아낸다.

하나키치가 주먹밥을 입 안 가득 넣으면서 선생님과 이야기하고 있다.

"저어, 선생님, 그건 그렇고 관리들이 가가 님을 보통 두려워하는 게 아니더군요. 세우다 만 대울타리가 쓰러졌을 뿐인데 이것도 가가 님 때문이라는 둥, 마치 귀신이라도 나타난 것 같은 소동이었습니다."

이즈미 선생님의 목소리에는 부드러운 웃음이 머금어져 있다.
"하지만 가가 님은 정말로 귀신일지도 몰라요. 에도에서는 그렇게 불리고 있는 모양이더군요."

"예? 그런 평판이 있습니까? 그럼 그거, 곤란하지 않습니까? 우리는 가가 님 이야기는 입 밖에 내선 안 된다고 매우 단단히 주의를 받았습니다. 멀리 떨어진 마루미도 그러니, 쇼군이 계시는 에도에서는 더욱 엄하게 입단속을 시키고 있지 않을까요?"

"에도에는 마루미와는 비교도 되지 않을 만큼 많은 사람들이 살고 있어요. 물론 공공연히 입에 담는 것은 꺼리겠지만……."

사람의 입에는 자물쇠를 달 수 없다고 하잖아요, 하고 선생님은 가르치듯이 말했다.

"요미우리세간의 사건을 와판瓦版에 인쇄해, 내용을 재미있게 읽어 주며 팔러 다니던 것나 라쿠쇼세간의 일을 비판·풍자한 익명의 문서. 길에 떨어뜨리거나 문·담장에 붙이곤 했다 등으로 가가 님이 하신 일이 완전히 유명해져서 아이들도 알고 있다나요. 가가 님 노래까지 있다고 하니까요."

"흐음, 노래요?"

"늦게까지 안 자고 있으면 가가 님 귀신이 와서 잡아간다는 내용이래요."

그래서야 마치 귀신, 요괴나 괴물과 같은 취급이다. 에도 거리에는 꽤나 대담한 기풍이 있나 보다.

눈물을 흘린 탓에 눈이 빨개졌을 것이다. 하나키치에게 들키고 싶지 않다. 우사는 봉당 끝에서 이로리 쪽을 슬쩍 들여다보았다. 이즈미 선생님과 하나키치는 완전히 친밀한 분위기가 되어 마주앉아 있다.

"그런 노래를 불러도 죄가 되지 않는 걸까요?"

"들키면 혼나겠지요." 이즈미 선생님은 웃었다. "고사카 가는 에도나 오사카의 약재상과 옛날부터 교분이 있어요. 가가 님 사건에 대해서는 출입하는 사람이 여러 가지 이야기를 가져와서 들려주었지요. 물론 그 가가 님을 마루미에서 맡게 되고 나서는 웃을 일이 아니게 되고 말았지만요."

사건이 일어나고 곧 에도 거리에서는, 가가 님은 사람이 아니다, 이미 이 세상의 존재가 아니다—라는 소문이 퍼졌다고 한다. 뭔가 나쁜 것에 씌어 정신이 나가서 그런 짓을 저지른 거라고.

"가가 님은, 재정 부교직 중에서도 갓테카타라고 해서, 쇼군의 돈의 출입을 직접 다루는 중요한 직책을 맡으신 분이었어요. 매우 유능해서 명부교라는 칭송도 드높았다더군요. 비천한 신분에서 스무 해 남짓 만에 그렇게까지 출세했으니 주위 사람들의 존경과 동경을 한 몸에 받고 있었어요."

그런 사람이 갑자기 부하와 처자식을 참살했다.

"대체 이유가 무엇인지, 어째서 그런 짓을 했는지, 오메쓰케들이 아무리 묻고 조사해도 확실한 것을 알 수 없었어요. 가가 님도 엄숙하게 쇼군의 처벌을 받아 죽는 것이 바람이라는 말씀밖에 하지 않으신대요. 그게 너무나도 담담하셔서 이것은 필경 제정신이 아닐 것이라고 하더군요."

나쁜 것에 씌었다는 해석 말고는 설명할 방법이 없다는 말일까.

"혼자 힘으로 입신출세하셨으니 그사이에는 다른 사람을 실각시켜 원한을 사는 일도, 가가 님께는 있었을지도 모르지요. 가가님은 그런 원한과 질투가 뭉쳐서 굳어진 무언가에 씌고 만 것은 아닐까요······."

"아하. 할복 명령을 받지 않으신 까닭도 그 때문이었군요."

하나키치는 납득했지만 이즈미 선생님은 잠시 우물거리고 나서 고개를 끄덕였다.

"그렇지요. 그 외에도 자잘한 사정이 있을지 모르지만 유배로 결정된 것에 확실치 않은 점이 너무 많기 때문일 거예요."

가가 님은 더 이상 사람이 아니라 뭔가 불길하고 두렵고 더러운 존재로 변하고 말았다. 섣불리 목숨을 끊으면 더욱 나쁜 존재가 되어 쇼군 가에 재앙을 가져올지도 모른다. 이렇게 되면 멀리 떨어뜨려 봉할 수밖에 없다—.

"나는 에도에 간 적이 없으니 이것도 들은 이야기일 뿐이지만, 지금의 쇼군 가—11대 쇼군이신 이에나리 님은 그런 것을 매우 신경 쓰시기 때문에 더욱 처치가 곤란했다고 하더군요."

"호오……. 쇼군께서요?" 하나키치는 눈을 동그랗게 뜬다. "미신이나 저주 같은 것을 좋아하십니까?"

"좋아하신다기보다, 두려워하고 꺼리는 기분이 강하다고 해야겠지요."

이즈미 선생님은 그렇게 말하며 이로리에 장작을 더 넣었다.

"마루미 번에서도 가가 님을 맡는 일에 관련된 사람들은 이런 사실들을 모두 알고 있어요. 가가 님이 마루미에 온다는 것은 다시 말해 무서운 존재가 오는 것—귀신이나 악령이 오는 것이지요. 그렇다면 앞으로 마루미에서도 무서운 일이나 나쁜 일이 많이 일어나지 않을까 하고 이제 와서 겁먹고 있는 사람들도 있다는군요."

성시 사람들에게 일부러 가가 님에 관한 사실을 감추고 자세한 사실을 알리지 않으려고 하는 것도 그 때문이라고 이즈미 선생님은 말했다.

우사는 혼자 어둠 속에서 눈을 가늘게 떴다.

그래서일까? 그런 소문이 있어서 마루미 사람들의 마음을 뒤숭숭하게 만들지 않기 위해, 고토에 님이 독으로 살해된 사실을 감추어야 하는 걸까? 가가 님이 한 것과 똑같이 독을 써서 사람을 죽이는 사건이 바로 지금, 이 마루미에서 일어나면 곤란하다는 것일까?

이 얼마나 바보 같은 두려움인가. 가가 님이 고토에 님을 죽인 것도 아니다. 가가 님이 한 짓은 설령 아무리 무시무시하다고 해도 이미 끝난 일이다. 고토에 님의 죽음과는 아무런 관련도 없다. 그런데 그저 소문이 무섭다는 이유만으로 모두들 실제 일어난 일을 감추려고 하다니.

와타베 님도 가스케 대장님도, 미간에 주름을 짓고 그렇게 무서운 얼굴을 하면서 천진한 호를 위협하고.

"그러면 마루미는 앞으로 큰일이겠군요."

하나키치는 소리를 내어 차를 홀짝이면서 기가 막힌다는 듯이 말한다.

"그 왜, 표면적으로는 시정 사람들이 가가 님 이야기를 해서는 안 된다고는 해도 그것은 표면상의 것일 뿐 남몰래 수군거리고 있습니다. 마루미는 항구 마을이니 밖에서 여러 가지 이야기가 들려오는 것은 어쩔 수 없잖아요."

이즈미 선생님은 미소를 지으며 고개를 끄덕인다.

"아무것도 탐색해서는 안 된다, 말해서는 안 된다고 하면 오히려 반대로 하고 싶어지는 것이 인지상정이지요. 지금은 모두들 가가 님이 엄청나게 무섭다는 것을 잘 알고 있어요."

분명히 그렇기 때문에 하나키치도 혼자서 여러 가지 정보를 모을 수 있었을 것이다.

"우리도 정신 바짝 차려야지요. 시정에서 이상한 일이 일어나면 가가 님을 맡는 일에 분투하고 있는 분들께 폐가 되니까요. 그렇지요, 선생님?"

"그 말이 맞아요." 이즈미 선생님이 칭찬한다. "세심하게 만전을 기해 빈틈없이 준비해서 무사히 가가 님을 맡기 위해서는 히키테 여러분의 힘도 필요합니다. 잘 부탁드려요."

물론이지요, 하고 하나키치는 상기된 얼굴로 기뻐한다. 우사는 어이가 없었다. 하나키치는 어째서 이런 이야기를 무작정 받아들일 수 있는 것일까. 이상하다고 느끼지 않는 걸까? 가가 님은 가가 님이다. 고토에 님께 독을 먹인 가지와라 가의 미네는 가가 님에게 씐 것도 그 무엇도 아니다. 자신의 악의로 고토에 님을 죽인 것이다. 어떤 이유가 있었는지는 모르겠지만, 그래도 그런 짓을 한 것은 미네이고—.

거기까지 생각하다가 흠칫 놀랐다.

옥지기 두목인 후나바시 님은 모노가시라라는 직책의 장이다. 그리고 가지와라 가도 모노가시라다. 당연히 가지와라 님도 옥지기를 맡을 것이 틀림없다.

그런 가지와라 가의 여식이 지금 같은 시기에 사람을 독살했다.

정말로 곤란한 일, 덮어두어야 하는 일은 그쪽이다.

우사는 어둠 속에서 눈을 부릅떴다. 그렇다. 와타베의 눈이 충혈되고, 가스케 대장이 얼굴을 일그러뜨리고 있었던 것은 그것 때문이다.

가가 님에 얽힌 소문이 무섭다는 것은 두 번째, 세 번째 문제다. 마루미 번이 정말로 두려워하고 있는 것은 중요한 가가 님을 맡는 일에 관여되어 있는 옥지기인 가지와라 가의 추태가 공공연하게 알려지는 것이다.

가스케 대장은 이 임무에 조금이라도 실수가 있으면 마루미 번이 없어지게 될 거라고 말했다. 그만큼 중요한 임무이다. 하필이면 옥지기의 가족 중에서 살인자가 나왔다는 사실은 덮을 수 있다면 덮어 버리는 게 가장 좋다. 그래서 와타베 님과 대장님은 말을 맞추었고, 고토에 님을 처음에 독살로 진단했던 게이치로 선생님이나 이노우에 가의 사람들도 하나같이 입을 다물어 버린 것이 아닐까.

게이치로 선생님은 마루미 번을 없앤다는 둥 하는 가스케 대장의 걱정을 듣고 지나친 생각이라며 웃었다. 하지만 그것은 말하자면 표면적인 모습이 아닐까. 우사에게 그런 이야기를 들려주어서 좋을 게 없으니 웃음으로 넘기신 것이다. 사실은 사지 가의 작은선생님이니 이 임무에 어느 정도의 무게가 있는지 잘 알고 있을 것이다. 아무리 사소한 잘못도 바깥에 들려주기 꺼려지는 보기 드문 사건도 있어서는 안 된다. 있다면, 그것은 없었던 일로 해야만 한다.

그래서 고토에 님을 병사病死로 꾸밀 수밖에 없었다―.

조용히 쪼그리고 앉아 이야기를 듣고 있을 뿐인데도 우사는 숨이 막히기 시작했다. 놀라움과 분노와, 자신이 생각해 낸 이 추측에 마음이 흥분한 탓도 있을 것이다.

어부 마을에서 태어난 우사는 알고 있다. 잔잔하고 온화해 보이는 바다에도 물살의 흐름이 있다는 것을. 인간 세상도 마찬가지다. 조용한 파도 밑에 생각지도 못했을 정도로 강한 소용돌이가 몰아치고 있을 때도 있다.

그렇다 해도 알 수 없는 일은 아직 남아 있다. 가지와라 가의 미네는 고토에 님과 사이가 좋았다. 적어도 우사의 눈에는 그렇게 보였다. 그런 미네가 대체 어째서 고토에 님을 죽였을까.

"우사, 슬슬 물러가자. 아까부터 뭘 하고 있는 거야?"

하나키치가 잘난 척 큰 소리로 불렀다. 우사는 숨을 들이쉬고 애써 안색을 가다듬으며 이로리 옆으로 돌아갔다.

"바람이 불기 시작했습니다, 선생님. 연기 빠지는 곳에서 휘잉 휘잉 소리가 납니다. 밤이 우는 소리지요."

"밤이 운다라. 우사는 예쁜 말을 하는군요."

"쳇, 여자는 그렇다니까."

하나키치가 헐뜯는다. 우사는 웃었고 이즈미 선생님도 웃었다. 그러나 웃고 있는 것은 얼굴 가죽 한 장뿐이라고, 우사는 생각한다.

갑자기 뼛속까지 추워지는 기분이 들었다.

귀신 오다

1

그날 아침 우사는 빠른 북소리에 잠에서 깨었다. 파수막이나 소방용 망루가 아니라 항구의 조수 관망대에서 나는 소리이다.

두 번 치고 한 번 쉬고, 다시 두 번 친다. 우사는 침상에서 일어나 덧문을 열고 엷은 아침놀에 물들어 있는 동쪽 하늘을 올려다보았다.

우사가 사는 공동주택에는 염색집에서 일하는 여자들이 많다. 모두 어부들과 비슷할 정도로 일찍 일어난다. 이미 여기저기에서 사람들이 일을 하고 있고, 음식을 만들고 있어 김이 피어오르고 있다. 항구에서 들리는 귀에 설은 박자의 북소리에 놀랐는지 문이나 창문으로 얼굴을 내민다.

우사는 서둘러 옷을 갈아입고 밖으로 나갔다. 마주친 아주머니 한 명에게 인사했지만 아주머니도 의아하다는 얼굴을 하고 있어서, 저것은 조선船의 도착을 알리는 북소리라고 가르쳐 주었다.

"조선? 흐음, 지금까지 들어본 적이 없어."
"저도 들은 것은 처음이에요. 하지만 항구에서는 배웠지요."
"아아, 그렇구나. 너는 어부 마을 출신이었지."

조선이란, 밤낮을 가리지 않는 급한 용무를 위해 하타케야마 가의 어용선御用船을 이용하는 것을 가리킨다. 배가 오사카에서 올 때는 두 번 치고 한 번 쉬고, 오사카를 향해 출항시킬 때는 세 번 치고 한 번 쉰다.

나가려는 우사에게 아주머니는 말을 걸었다. "우사, 너 얼굴 정도는 씻고 나가지 그러냐?"

우사는 웃으며 말했다. "달리다 보면 상쾌해지면서 잠이 깨요."

아주머니도 웃었다. 달려나가는 우사 뒤를, 여자다운 구석이라고는 하나도 없구나 하는 목소리가 쫓아왔다.

우사는 똑바로 어부 마을로 향했다. 조선에 관한 일이라면 파수막에 가도 소용이 없다. 마루미 항을 끼고 있는 마을의 북쪽 절반은 배 부교의 구역이기 때문에 마을 부교 쪽에는 아무것도 가르쳐 주지 않는다. 그렇다고 해서 항구로 가 본들 우사가 마을관청의 구역인 해자 바깥 서쪽 파수막에서 일하고 있다는 사실은 널리 알려져 있기 때문에 역시 아무도 상대해 주지 않는다. 배 부교 구역의 이소반들에게 호통을 듣는 게 고작이다. 하지만 어부 마을은 우사가 태어나고 자란 곳이다. 알고 지내는 누군가가 뭔가 들은 게 있다면 틀림없이 가르쳐 줄 것이다.

마루미 항은 좋은 항구지만, 조선은 어쨌거나 급한 배이기 때문에 본선을 대기 전에 작은 배를 내어 사람을 옮겨 태우고 먼저 상륙시킨다는 이야기를 들었다. 때마침 항구에 있던 배의 선장들만으로는 일손이 부족해서 어부 마을에서 사람이 나가 있을지도 모른다. 가까운 거리에서 작은 배를 모는 일이라면 어부들이 실력은 더 위다. 우사는 열심히 달렸다.

지금 같은 때에 오사카에서 조선이 온다면, 그것은 그 가가 님을 맞이하는 데에 관련된 긴급한 일일 것이 분명하다. 그게 무엇이든, 우사는 어떻게 해서라도 알고 싶었다. 이번에는 무슨 일이 일어난 것일까.

숨을 헐떡이며 달려가니 그리운 바다 향기가 점점 진해졌다. 성 근처에 있어도 바다 냄새는 느껴지지만 그것은 역시 배에서 생선을 내리는 마을의 냄새와는 다르다. 또 여기까지 오면 조개 염색을 하는 염색집은 전혀 눈에 띄지 않는다. 집들이 납작하니 낮아진다. 여기저기에 널려 있는 것은 붉게 갓 물들인 실묶음이 아니라 그물과 부표다.

이 시기의 내해 낚시에서는 밤낚시는 전혀 하지 않기 때문에 어부들은 당장이라도 배를 띄우려고 준비를 할 무렵이다. 달려가는 동안 우사는 아는 얼굴을 몇이나 만났다. 그들에게 인사하고 시오미 아저씨는 어디에 있느냐고 묻자 항구의 이소반 파수막에 있다고 가르쳐 주었다.

시오미 아저씨의 이름은 우노키치라고 한다. 우사의 돌아가신 아버지의 동료이다. 어릴 때는 꽤 귀여움을 받았다.

영지 내의 다른 어부 마을과는 달리 마루미 성 밑에 있는 어부 마을에서는 선주船主라는 지위가 없다. 어획은 전부 배 부교가 직접 관할하기 때문이다. 그 대신 어부 마을을 대표하는 얼굴 역할로서 '시오미潮見물살을 본다는 뜻'라고 불리는 사람이 있다. 말하자면 어부들의 두목으로 목수들이 말하는 도편수 같은 것이다. 형식적으로는 배 부교에 속해 있는 배 관리에게 임명을 받지만 실제로는 어부들 사이에서 인망 있는 인물로 자연스럽게 정해진다.

우노키치는 우사의 아버지가 돌아가신 지 얼마 안 되어 시오미가 되었다. 그 후로 우사는 '시오미 아저씨'라고 부르고 있다.

우노키치는 이소반 파수막 입구에 서서 한 손을 허리에 대고 긴 담뱃대를 물고 있었다. 밝아져 가는 바다 쪽을 바라보고 있다. 발소리에 금세 알아채고 돌아보더니, "오오, 우사 도령 아니냐?" 하고 말을 걸어 주었다. 오랜 세월 동안 햇빛과 바다에 그을리다 보니 검댕이 듬뿍 배어든 부엌 위 대들보 같은 안색을 하고 있다. 깊은 주름이 새겨진 그 얼굴이 활짝 웃으니 어떤 영험한 부처님의 불상보다도 상냥한 표정이 되었다.

"아저씨, 조선이지요?"

"그래. 큰일났다."

전혀 당황하지 않은 말투다.

"작은 배가 떴나요?"

"가쓰가 노를 젓고 있지."

우노키치의 장남이다. 우사와는 소꿉친구다.

"가쓰 씨가 나갔다면 안심이네요." 우사는 웃으며 우노키치와 똑같이 허리에 손을 대고 바다를 바라보았다. 배는 아직 항구 안에 도착하지 않았나 보다. 여기에서는 보이지 않는다.

"구경이라면 해자 바깥이 더 잘 보일 텐데." 우노키치가 말했다.
"네, 그쪽이 높아서 전망이 좋지요. 하지만 아저씨가 뭔가 알고 계시지 않을까 해서요."

이소반 파수막에는 조선과 관련이 있는 것인지 없는 것인지 사람이 바삐 출입하고 있다. 모두 어부들이지만 우사를 힐끗 보더니 우노키치와 번갈아 바라본다. 그러나 가장 중요한 어부들의 배는 오늘 아침에는 아직 한 척도 바다에 나가지 않았다. 아직도 그대로 해안에 끌어올려져 있다. 조선이 도착하지 않으면 나갈 수 없을 것이다.

우노키치는 호쾌하게 웃었다. "우사 도령은 히키테가 다 되었군."

"아니에요." 우사는 당황하며 말했다. "해자 바깥의 히키테는 항구와 어부 마을 일에는 끼어들지 않는 게 규칙인걸요."

"뭐, 그렇지." 우노키치의 말투는 상냥하지만 대답은 빨랐다.

"하지만 조선이라면 번의 큰일이잖아요. 지금 가장 큰일이라면 가가 님 일일 게 틀림없지요. 그래서 신경이 쓰여서요."

우노키치는 연기를 빼끔 뿜어내고는 우사의 말을 흘려넘겼다.

"느려터졌어." 우노키치가 꾸짖듯이 짧게 말했다. "빨리 끌고 오지 않으면 낚시를 못 하는데."

어부들도 마음만은 불안하지만 모두 할 일이 없어 보인다. 여기저기에 삼삼오오 모여 있다.

"가가 님을 맡는 것은 어려운 일이잖아요." 우사는 계속해서 말했다. "해자 바깥에서는 난리도 아니에요. 그저께는 마른 폭포 저택을 수리하다가 거기에서 다친 사람이 나오기도 하고요."

우노키치는 눈썹 하나 까딱하지 않았지만 담뱃대를 빙글 돌리더니 놀리는 것 같은 눈빛으로 우사를 보았다.

"그런 일이야 성 사람들에게 맡겨두면 되잖냐. 우리하고는 상관없어."

"그렇지만……." 우사는 애썼다. "가가 님은 오사카까지 와 있잖아요. 이 조선은 거기에서 무슨 일이 있었다는 뜻 아닐까요?"

"모르지."

"아저씨도 참."

우노키치는 또 능숙하게 담뱃대를 돌리더니 무릎 바로 위에서 탁 쳐서 담배를 버렸다. 그리고 말했다. "다친 사람이 나왔다더군."

"누가 다쳤는데요?"

"몰라. 다만, 호타 님이 직접 항구에 나오셨다. 구지카타의 관리도 와 있어."

호타 님이란 배 부교인 호타 요시야스를 말한다. 우사는 눈을 크게 떴다.

"호타 님이 오시다니, 그럼 가가 님 본인이 도착한 걸까요? 다친 것은 가가 님이실까요—."

우노키치는 재빨리 우사의 말을 가로막았다.

"그분이 다쳤다면 오사카에서 치료하는 게 더 빠르지. 그보다 마루미에 오는 도중에 가가 님이 다쳤다고 하면 조용히 끝나지는 않을 거다. 쇼군께 알려지면 큰일 날 거야."

우사는 시오미 아저씨의 주름진 얼굴을 물끄러미 올려다보았다. 우노키치는 우사에게 옆얼굴을 향하고 바다 쪽만 보고 있다.

"우리 대장님도 만에 하나 가가 님을 맡는 일에 실수가 있으면 마루미 번은 없어질 거라고 했어요."

우노키치는 아무 말도 하지 않는다.

"그러니 중요한 일이라고요. 게다가 가가 님은 에도에서는 나쁜 평판이 많아서―이 세상의 존재가 아니라는 둥, 악령에 씌었다는 둥, 굉장히 나쁜 악령이라는 둥. 그래서 마루미에도 무시무시한 재난을 가져오는 게 아닐까 하는 거지요."

우노키치는 그제야 우사의 얼굴을 보았다. "너희 대장은 꽤나 수다쟁이구나."

"아니에요! 방금 한 얘기는 대장님한테 들은 얘기가 아니에요."

"그럼 우사 도령이 알아낸 거냐?"

우사는 입을 다물었다.

가까스로 가쓰의 작은 배가 보이기 시작했다. 잔잔하고 빛깔이 옅은 아침 바다를 힘껏 노저어 가까이 다가온다.

"어쨌거나 우리가 끼어들 일이 아니야. 번의 중요한 일은 하타케야마 영주님의 중요한 일이지만 우리는 바다가 있고 배가 있으면 어떻게든 되거든."

우사는 놀랐다. "아저씨, 그런 말을 해도 돼요?"

"왜 안 돼, 응?"

"하지만……."

"우사 도령도 어부 마을에 남아 있었으면 좋았을 것을. 히키테

흉내 같은 걸 내니까 관리를 닮아 버리는 거다. 시시한 일은 머리에서 몰아내고 돌아와. 가쓰의 색시가 되면 되잖냐."

그 이야기는 우사가 서쪽 파수막에서 일하기 시작했을 무렵부터 있었다. 하지만 우사는 그럴 마음이 들지 않았다. 가쓰를 싫어하지는 않지만 그와 가정을 갖고 어부 마을의 아낙으로 만족하는 것은 아무래도 시시한 일로 여겨졌다.

우노키치가 조용히 꾸짖듯이 말을 이었다.

"여기에서 버텨 봐야 조선에 대해서는 아무것도 알 수 없어. 여기 이소반에게 들키면 구역을 어지럽혔다고 우사 도령의 대장님 체면이 뭉개질 뿐이다. 어서 돌아가."

작은 배는 벌써 손이 닿을 것 같은 거리까지 와 있다. 비스듬히 바라보니 항구에는 분명히 관리들이 모여 있는 것 같다.

"우사 도령이 무슨 걱정을 하고 있는 건지 모르겠다." 우노키치는 더욱 목소리를 낮추며 말했다.

"가가 님에 대해서도, 본래는 쇼군의 어엿한 관리고 지금은 유배된 죄인이라는 것 정도밖에 나는 몰라. 하지만 악령이니 나쁜 존재니 그런 소문에 귀를 기울이는 것은 바보가 하는 짓이라는 것 정도는 안다. 바다에 나가면 무서운 것을 만날 때도 있어. 그런 이야기는 흔해 **빠졌지**. 우사 도령도 한두 개는 알고 있잖아."

한두 개가 아니라 열 개, 스무 개는 알고 있다. 우미보즈바닷가나 배 앞뒤에 나타난다는, 알몸에 눈이 커다란 까까머리 요괴나 이소온나바다에서 익사한 여성의 영혼으로 인간을 덮치는 사나운 요괴, 괴어怪魚나 도깨비불.

"세상에는 우리가 알 수 없는 신기한 일들이 많이 있는 게 당연한 거다. 하지만 살아 있는 사람이 신이 될 수는 없어. 그것과 마찬가지로 악령도 나쁜 존재도 될 수 없지."

우사는 갑자기 부끄러운 기분이 들어서 발끝을 꼼지락거렸다.

"네" 하고 작게 대답했다. "그럼 이만 돌아갈게요."

"또 오렴." 갑자기 웃는 얼굴을 되찾은 시오미 아저씨는 말했다. "가쓰의 색시가 되어도 좋겠다는 생각이 들면 언제든지 돌아와. 그 녀석도 좋아할 거다."

왠지 견딜 수 없는 기분이 들어, 우사는 돌아가는 길에도 달렸다. 어부 마을에서 바깥해자 마을로 뛰어올라간 지 상당히 시간이 지나고 나서, 시오미 아저씨가 그렇게 훌륭한 설교를 한 것은, 뒤집어 보면 어부 마을이나 항구에서도 해자 바깥과 마찬가지로 가가 님에 대한 나쁜 소문이 퍼져 있기 때문이 아닐까—하는 생각이 들었다.

2

아니나 다를까, 해자 바깥의 서쪽 파수막에서는 조선에 대해서는 아무것도 몰랐다. 평소처럼 자질구레한 일을 하고 거리를 청소하거나 하면서 우사는 애써 귀를 곤두세웠지만, 조선이 와서 성과 해자 안에서는 소동이 일어난 것 같다는 소문이 있을 뿐 자세한 것은 아무도 모른다. 이번에는 가스케 대장에게 서장이 도는 일도 없었다. 본래 가가 님을 맡는 일에 히키테는 관여해서는 안 되는 것이다.

"나도 전혀, 아무것도 몰라. 어쨌든 오늘 아침의 일이니까." 하나키치도 머리를 긁적인다.

"뭐, 이제 곧 뭔가 새어나올 테니까 알아내고야 말겠지만. 하지만 또 대장님한테 들키면 혼찌검이 나겠지."

방심할 수 없는 녀석이라며 대장이 눈을 부라린 것에 어지간히 타격을 입은 모양이다.

"어쨌든 가가 님 일에는 우리 히키테가 관여해선 안 되니까 상관없지만. 우리한테는 우리의 역할이 있어. 우사, 너도 부지런히 일해."

털썩 앉아서 코 밑을 문지른다. 오늘은 하나키치가 파수막에서 번을 서는 날이다. 우사가 견습으로 여기에 오기 전까지는 하나키치도 견습이어서 갑작스럽게 파수막을 지킬 사람이 필요할 때를 제외하고는 혼자서 파수막을 맡는 일은 없었다. 그런데 우사 덕분에 위로 밀려 올라가는 형태가 되어 지금은 이렇게 제몫을 해내는 어엿한 히키테 같은 얼굴을 하고 있다.

하나키치는 아직 애송이고 대장감도 아니지만 따로 생업을 갖지 않고 히키테 일만으로 먹고살고 있다. 실은 마루미에서는 오래되고 유명한 큰 여관의 삼남이기 때문에 돈이 없어 곤란할 일이 없는 신분이었다.

히키테가 되고 싶다는 생각은 어릴 때부터 했다고 한다. 우사도 몇 번 들었다. 훌륭한 형님이 둘 있기 때문에 하나키치가 가게에 들어갈 여지는 없다. 방탕하게 살기는 쉽지만 그렇게 일족이 싫어하는 존재가 되는 것은 부아가 치민다. 그렇다면 마을관청 밑에서 훌륭하게 일을 해내어 돈을 버는 수밖에 없다. 능력이 없는 형들 보란 듯이 성공해 주자. 어릴 때 그렇게 결심했다고 한다. 그리고 나이가 되자 집을 나와 히키테로 지원했다.

사실인지 아닌지는 알 수 없지만 하나키치는 첩의 자식이라는 소문도 있다. 그렇다면 언젠가 배다른 형들 보란 듯이 성공해 주겠다는 지기 싫은 마음의 출처도 알 것 같은 기분이 든다.

혼자 몸인 우사는 검소하게 살면 가스케 대장이 주는 수당만으로도 먹고살 수 있기 때문에 현재 다른 생업을 가질 생각은 하지 않고 있다. 고작해야 이웃의 일을 돕거나 심부름을 해 주고 용돈을 받는 정도다. 견습이기 때문에 더더욱, 자질구레한 일이라도 부탁받으면 당장 움직일 수 있는 홀가분한 상태를 유지하고 싶다고도 생각하기 때문이다.

하지만 솔직히 말해서 가진 돈이 없어 불안할 때도 있다. 그럴 때는 하나키치가 원망스럽게 여겨진다. 지금처럼 묘하게 거만한 얼굴을 하거나 선배처럼 굴 때는 더욱 그렇다.

소문대로 만일 하나키치가 첩의 자식이라면 그것은 그 나름으로 분하기도 했을 테고 고생도 있었을 것이다. 하나키치도 우사와 마찬가지로 공동주택에서 혼자 살고 있으니 쓸쓸할 때도 있을 것이다. 하지만 호의 신상에 비하면 몇 배, 몇십 배나 행복하다. 호는 첩의 자식이라는 불행에 더해서, 매우 부조리한 일을 당해 왔다. 그러다 마루미에 흘러들어 간신히 친절한 이노우에 가에서 거두어 주었는가 싶었는데, 이번에는—.

"저기, 하나 씨." 우사는 혼자서 거만하게 앉아 있는 하나키치에게 물었다. "고토에 님의 장례식에 대해서 뭔가 들은 이야기가 있어? 하나 씨는 소식이 빠르니까 알지?"

하나키치는 눈을 크게 뜨고는 턱을 당겼다.

"때가 때이니만큼 가족들끼리 조용히 끝낸 모양이야."

"끝냈다고? 벌써? 하지만 돌아가신 건 그저께 낮이잖아."

"하루만 있으면 충분하잖아."

역시 허겁지겁 시체를 치워 버렸다고 우사는 생각했다. 때가 때—다시 말해서 가가 님을 맞을 준비를 해야 하는 중요한 시기라는 것은 얼마나 좋은 구실인가.

"작별 인사를 하고 싶었는데, 나."

"그만둬. 포기해. 아무리 친하게 지내 준다 해도 그쪽은 사지 가문이야. 너하고는 신분이 달라."

하나키치는 단호하게 단정짓더니 갑자기 위로하는 얼굴을 했다.

"고토에 님은 좋은 분이었잖아. 그렇다면 곧바로 극락정토로 가셨을 거야. 서쪽을 향해서 절을 하면 돼. 고토에 님이 보고 계실 테니까."

이렇게 상냥한 구석도 있다.

"그렇구나." 우사는 고개를 끄덕였다. "그렇게 할게. 고마워."

하나키치는 수줍은 듯이 웃었지만, 그 웃음을 어중간하게 단 채 우사의 얼굴을 살펴본다.

"우사, 너, 아직도 이것저것 생각하고 있는 건 아니겠지."

"생각하다니, 뭘?"

하나키치는 입을 삐죽거렸다. "그 입 말이야. 게다가 그 무언가 원망하는 듯한 눈. 역시 너, 뭔가 불만이 있지?"

고토에 님은 병으로 돌아가신 거야, 하고 하나키치는 강한 목소리로 말했다. 우사는 얼굴을 번쩍 들었다. 매달리는 것 같은 기분이 치밀어 오른다.

"그럼 묻겠는데, 하나 씨는 정말로, 진심으로, 진짜로, 이상하다고 생각하지 않아?"

"뭐가 이상하다는 거야?"

"호라는 아이가 한 말 말이야. 어린아이가 그런 이야기를 지어낼까?"

"그건 환상이라니까." 하나키치는 약간 움츠러들었다. "와타베 님도, 가스케 대장님도, 이즈미 선생님도 그렇게 말씀하셨잖아. 어째서 이상하다는 거야? 사지 선생님의 진단이라고."

우사는 대꾸를 하려다가 그만두었다. 역시 소용없다. 하나키치는 전혀 의심을 품고 있지 않으니 무슨 말을 아무리 쌓아 올린다 해도 헛수고다. 차라리 다른 사람들을 알아봐야겠다.

"알았어, 알았어. 그렇게 큰 소리 내지 말아 주세요. 제가 잘못했습니다."

꾸벅 머리를 숙였다. 하나키치는 수상하게 여기는 눈빛이다. 우사는 그것을 뿌리치듯이 기운차게 일어섰다.

"필요한 것 좀 사러 다녀올게. 그리고 혼조지에 들러서 도울 일이 없는지 물어보고 와야겠어. 뒷정리를 하려면 큰일일 테니까."

"아아, 부탁해." 가스케 대장의 말투를 흉내 낸다. "가는 건 좋은데 쓸데없는 소문 같은 걸 들으면서 농땡이 부리지 마. 여자는 수다가 많아서 곤란하다니까."

"소문이라니?"

"그러니까 그, 대울타리가 쓰러진 이야기."

가가 님이 한 짓을 그대로 따라하는 것 같다며 번사들이 소동을 피웠다고 한다. 가가 님의 저주가 쓰러질 리 없는 대울타리를 쓰러뜨리고 번사들에게 생각지도 못한 부상을 입혔다며.

"그 얘기 많이 퍼졌어?"

"어쨌든 마른 폭포 저택 정원 주위가 피바다가 되어 있었다고 하니까. 모두들 벌벌 떨고 있어."

가가 님은 귀신이다. 악령이다. 가가 님은 유배된 것을 원망하며 이 마루미에 온갖 재앙을 가져올 것이다—.

"난 그런 거 안 믿어."

우사의 중얼거림에 하나키치는 호오 하며 눈썹을 치켜떴다. 그러더니 놀리듯이 말했다.

"여자 히키테인 우사 씨는 귀신도 악령도 저주도 무섭지 않다는 거야?"

"심술궂기는." 우사는 일부러 웃어 주었다. "그렇지 않아. 하지만 시오미 아저씨도 그러셨어. 살아 있는 사람이 귀신이나 악령이 될 수 있을 리 없다고."

"그건 뭘 모르고 하는 소리지. 사람이 누군가를 원망하거나 화를 낼 때 그 기분이 너무 강하면 산 채로 귀신이나 사악한 생령^{生靈}

이 되는 일은 옛날이야기에도 틀림없이 남아 있다고."

아는 척 말하지만 하나키치가 스스로 읽은 것이 아니라 소문을 듣는 김에 주워듣고 온 지식일 것이다. 대체 누가 수다쟁이인지 모르겠다.

"내가 들은 이야기로는 굳이 말하자면 가가 님은 남을 원망하기보다 원망의 대상이 되는 쪽에 있는 분이었던 것 같은데."

눈부신 출세를 위해 많은 사람들을 짓밟아 왔기 때문이다.

"그것도 마찬가지야. 타인의 원한을 사면 그것이 나쁜 업이 되어 본인 안에 쌓이니까. 원망을 받으면 원망을 돌려주어서 또 업이 쌓이지. 그래서 쌓이고 쌓인 업에 잡아먹혀서 사람의 마음이 없어지고 괴물이 되는 거야."

이런 일에 대해서는 말을 잘하는 하나키치다.

"설령 그런 일이 정말 있다 해도 가가 님이 마루미에 저주를 내리는 것은 이상하잖아. 가가 님을 유배 보낸 것은 쇼군이야. 저주하거나 주술을 걸려면 쇼군께 하면 되지. 우리 마루미에 재앙을 가져오다니 엉뚱하잖아. 가가 님은 높은 관리였잖아. 그렇게 머리 좋은 사람이 그런 엉터리 짓을 할 리가 없지."

하나키치도 지지 않는다. "뭐가 엉뚱해? 마루미가 가가 님을 맡는 임무를 받아들였다는 것은 쇼군의 편을 들어 가가 님의 적으로 돌아섰다는 뜻이라고."

이상하게 앞뒤가 맞는다. 우사는 말다툼으로 이길 수 없자 입을 삐죽거리고는 순간 공격의 방향을 바꾸었다. "하지만 가가 님은 아직 오사카에 있어. 마루미에 도착하지는 않았다고. 어떻게 마루미 사람들에게 나쁜 짓을 할 수 있다는 거야? 하룻밤 사이에 헤엄쳐서 바다를 왔다갔다하기라도 했다는 말이야?"

하나키치는 홍 하고 코웃음을 치며 너는 그런 것도 모르냐는 듯 더욱 거만한 자세를 취했다.

"바보구나. 나쁜 징조라는 게 있지. 게다가 영혼은 천 리를 간다잖아. 귀신이나 악령도 그렇겠지."

우사는 이번에야말로 대답이 막혔다. 결국, 하나 씨는 시답잖은 강론을 너무 많이 들었다고 대꾸했지만 아무래도 뒤끝이 개운하지 못하다.

"마음대로 떠들어." 하나키치는 우사를 말다툼으로 이겨서 의기양양해 보인다. "가가 님이 마루미에 온다는 것은 재앙이 온다는 뜻이야. 앞으로 어떤 터무니없는 일이 일어날지 알 수 없다고. 그렇게 되면 히키테가 나서야 해. 마루미의 거리를 지키는 게 우리의 임무니까."

가슴을 펴고 말한다. 하나키치는 조금도 두려워하지 않는다. 오히려 엉뚱한 사건이 일어나기를 고대하고 있는 것 같았다.

3

점심때 가까이 되어 우사는 호가 어떻게 지내는지 보러 가 봐야겠다고 생각했다. 가스케 대장의 집에서 이틀을 지냈으니 조금은 진정이 되었을지도 모른다. 어떻게 지내는지 신경이 쓰인다.

오늘은 아직 대장이 서쪽 파수막에 모습을 보이지 않았지만, 집에 느긋하게 있을 사람이 아니니 얼굴을 마주칠 걱정은 할 필요가 없다.

대장의 집은 바로 가까운 곳에 있다. 가는 길에 사탕을 팔러 다니는 행상을 만났기 때문에 몇 개 샀다.

가스케 대장은 집보다 서쪽 파수막이 더 넓어서 지내기 편하다는 말을 웃으며 자주 하는데 확실히 꽤 비좁고 낡은 집이다. 토대가 상했는지 집 전체가 참으로 절묘한 안배로 기울어져 있다. 그 기운 지붕 위에 남자아이 둘이 기어 올라가 있다가 우사의 얼굴을 눈썰미 좋게 발견하고 소리를 질렀다.

"아, 토끼다토끼는 일본어로 '우사기'!"

"토끼가 왔다! 토끼, 토끼, 무슨 일이야?"

대장의 아이들이다. 우사는 웃으며 사탕 봉지를 흔들어 보였다.

"이걸 가져왔어."

아이들은 와아 하고 소리치며 지붕에서 길로 뛰어내렸다. 기울어져서 낮아진 쪽으로 요령 좋게 뛰어내린다.

"엄마는 계셔?" 우사가 물었다. 아이들은 사탕을 입 안 가득 밀어 넣으면서, 어머니는 빨래를 하러 갔고 누나는 공부를 하러 갔다고 바쁘게 이야기했다.

"너희는 지붕에서 볕을 쬐고 있었고?"

"아니야, 콩을 말리는 거야."

"그래서 새를 쫓고 있었어."

"대단하네, 대단해. 저기, 그저께 밤부터 여자아이가 와 있지? 호라는 아이."

아이들은 고개를 끄덕였다. "안에 있어."

한 사람이 사탕을 빠느라 입을 우물거리면서 우사의 소매를 잡아당겼다.

"하지만 지금은 들어가면 안 돼. 손님이 와 있거든."

"손님?"

"응. 그 애가 고용살이하는 데서."

이노우에 가다. 누가 와 있는 걸까?

"그럼 방해가 되지 않도록 밖에서 기다릴게."

우사는 집 뒤쪽으로 돌아갔다. 어쨌거나 작은 집이고, 이 마을에서는 겨울철이 되지 않는 한 어느 집에서나 해가 있는 동안에는 문을 활짝 열어 둔다. 살짝 들여다보기만 해도 호의 것으로 보이는 작은 그림자와 머리를 묶은 여자의 커다란 그림자가 머리를 맞대다시피 하고 있는 모습을 엿볼 수 있었다.

젠슈 선생님의 아내가 돌아가신 이래 이노우에 가에 여자라고는 고토에 님밖에 없었다. 그럼 저 사람은 고용살이 일꾼 중 하나일 것이다. 그러고 보니 대가 세어 보이는 중년의 하녀가 있었다.

역시 호를 살피러 온 것일까. 그건 그렇고 조용하다. 다른 사람에게 들려주기 꺼려지는 이야기일까. 우사는 생각했다. 가스케 대장의 안주인은 눈치가 빠른 사람이다. 빨래를 한다는 것도 자리를 비켜 주기 위한 것일지도 모른다.

우사는 부엌문 바로 바깥에 달라붙어서 귀를 바싹 세웠다. 여자의 목소리가 소곤소곤 이야기하고 있지만 내용까지는 알아들을 수 없다. 호는 잠자코 듣고만 있는 것 같다.

이윽고 꾸며 낸 듯이 산뜻한 목소리로 손님인 여자가 '그럼 착하게 지내야 한다' 하고 말했다. 그대로 일어서서 밖으로 나간다. 그러고는 다시 지붕 위로 돌아간 듯한 아이들에게 '실례 많았습니다' 하고 말하는 것이 들려왔다.

우사는 슬쩍 안으로 들어갔다. 호는 납작하게 정좌를 하고 고개를 떨어뜨리고 있다. 기척을 알아채고 얼굴을 들더니 우사를 발견하자 눈이 약간 커졌다.

"안녕." 우사는 생긋 웃어 보였다. "어떻게 지내나 해서."

호의 무릎 옆에 작은 보자기가 있는 것을 알아차렸다. 그렇군.

"그거, 네 옷이구나. 이노우에 가의 사람이 가져다준 거지?"

호는 고개를 끄덕였다. 자세히 보니 몹시 초췌하다. 우사는 마루 입구에 걸터앉아 호의 어깨에 손을 올려놓았다.

"기운이 없구나."

가스케 대장님도 안주인도 정이 많은 사람들이다. 야무지게 보살펴 주고 있을 것이 분명하다. 오히려 호가 적응하지 못하는 것이리라.

"방금 그 사람, 하녀던가?"

호는 또 한 번 고개를 끄덕이고 귀를 가까이 하지 않으면 들리지 않을 정도의 작은 목소리로 대답했다. "시즈 씨예요."

"그래, 그래, 무서운 아줌마. 나도 본 적 있어."

우사는 웃으며 말했지만 호는 따라 웃지 않는다. 살짝 눈물이

고여 있는 것 같다.

"야단맞았니?"

호는 당황하며 고개를 저었다. "전혀요."

"그럼 울지 마. 뭐가 슬픈 거지?"

잠자코 있다.

"그 하녀는 뭐라고 하든? 이제 돌아오면 안 된다고 했니?"

눈을 깜박거려 눈물을 거두고 나서 호는 "네" 하고 말했다. "저는 에도로 돌아가는 게 좋겠대요."

"어떻게 돌아가? 혼자서."

"겐슈 선생님이, 편지를 써 주신대요. 요로즈야에."

"요로즈야―그게 너희 집이니?"

호는 더듬거리는 말투로 자신의 신세에 대해서 이야기했다. 도저히 호의 머리에서 나왔다고는 생각할 수 없을 만큼, 묘하게 잘 정리된 신상 이야기였다. 우사는 들으면서, 호는 자신의 말로 이야기하고 있는 것이 아니라 네 신상은 이러이러하게 비참하고 창피한 것이라고 누군가 어른이 가르친 것을 그대로 따라 말하고 있을 뿐이라고 느꼈다.

그건 그렇고―본래 이 아이가 아득히 먼 마루미까지 흘러오게 된 이유에도 '저주'라는 것이 얽혀 있었을 줄이야.

"그런 사정이 있었다면, 아무리 겐슈 선생님이 중재를 해 주셔도 요로즈야에서 누가 널 데리러 올 거라는 생각은 들지 않는구나."

호는 고개를 끄덕인다. 아까보다 기세가 있었다.

"너도 돌아가고 싶지 않지?"

"네" 하고, 이 또한 아까보다 힘 있는 목소리로 대답했다.

"하지만 이노우에 가도 이제 돌아갈 수 없다는 말이구나."

"어째서일까요?"

호는 그렇게 물으며 그제야 우사의 얼굴을 보았다. 우사가 문득 가슴이 철렁해질 정도로 어쩔 줄 몰라 하는 불안한 눈이다.

"네가 잘못을 한 건 아니야. 하지만…… 네가 있으면 모두들, 고토에 님이 돌아가셨을 때의 일이 생각나기 때문에 그러는 게 아닐까."

이노우에 가도 번을 위해, 집안을 위해 굳이 고토에 님의 원통한 죽음의 진상을 덮어 두어야 한다. 거짓말을 하고 뚜껑을 덮어 두어야만 한다. 그 뚜껑을 누르고 있는 모습을 이 아이의 맑은 눈동자가 응시하는 것이 괴로운 것이다. 어쨌거나 이 눈동자는 진짜 일어난 일의 일부를 목격했으니까.

"작은선생님이" 하고 호는 말하려다가 입을 다물었다.

"게이치로 선생님이?"

할 말을 잃어버렸는지 상당히 뜸을 들이고 나서 호는 가까스로 말을 이었다.

"호는 잘못하지 않았다고 말씀하셨대요. 열심히 일했고 착한 아이라고. 호가 마음에 들지 않아서 집에서 내보내는 게 아니라고. 시즈 씨가 그랬어요."

게이치로다운 상냥함이다. 우사는 미소를 지었다.

"그렇지? 넌 잘못한 거 없어."

우사는 손을 뻗어 호의 손을 잡아 주었다. 작은 손은 차가웠다. 본래 야위어서 뼈가 도드라져 있었지만 고작해야 하루이틀 사이에 더욱 가늘어진 것처럼 느껴졌다.

"너, 밥은 먹고 있니?"

가스케 대장님과 안주인이 이 아이를 굶길 리가 없는데.

"먹고 싶지 않은 거니? 먹을 수가 없는 거니?"

잠깐 동안, 정말로 난처한 듯이 얼굴을 일그러뜨리고 나서 호는 사과하듯이 말했다.

"밥은, 먹을 수 없어요."

"어째서?"

"저는—아무 일도 하지 않았어요. 저처럼 쓸모없는 아이는, 일하지 않으면 밥을 먹어선 안 됩니다."

이노우에 가에서 그런 것을 가르쳤을 리가 없다. 이것은 아마 에도에서 호가 살았던 돈놀이꾼의 집이나 요로즈야에서 배운 것이리라.

대장님도 안주인도 꽤나 곤란했을 것이다—그렇게 생각하고 있는데 마침 안주인이 돌아왔다. 빨래가 들어 있는 대야를 양팔로 안고 있다.

"어, 우사 왔어?"

우사는 일어서서 인사를 하고 근처까지 올 일이 있어 호의 얼굴을 보러 들렀다고 말했다.

"빨래 너는 일 도와드릴게요."

대야를 받아든다. 뒤뜰로 나가려고 하자 안주인이 힐끗 부엌을 들여다보고 호에게 물었다.

"주먹밥 안 먹었니?"

안주인도 뒤뜰로 나왔기 때문에 우사는 빨래를 널던 손을 쉬지 않은 채 말했다. "저 아이, 밥을 안 먹는 모양이네요."

안주인은 한숨을 쉬었다. "먹지도 않고 말도 안 해. 내가 무슨 말을 해도 죄송하다면서 머리만 숙인다니까. 저런 애도 드물지."

즉흥적인 생각이었지만, 우사는 큰맘 먹고 말해 보았다. "부인, 저 아이 제게 맡겨 주세요."

"네게?"

"네. 저는 혼자 살고 있고 여동생이라고 생각하면 딱 알맞으니까요. 저 아이는 하녀 일을 하고 있었으니 집안일 정도는 도와줄 것 같고요."

안주인의 뺨에 웃음이 어렸다. "그래. 물론 그렇게 해 주면 나야 고맙지만 우리 바깥양반한테 혼나지 않을까?"

"대장님이라면 제 쪽에서 부탁해 볼 테니 괜찮을 거예요."

"저기. 아니, 나도 여자아이 하나쯤 맡는 것은 별일 아니라고 생각하고 있었지만 오요시가 눈엣가시처럼 여기고 있어서 말이야."

오요시는 지붕 위에 있던 아이들의 누나로 올해 열두 살이다.

"우리 바깥양반이 저 호라는 아이의 기분을 맞춰 줄 생각이라도 했는지, 과연 에도 아이는 세련됐다 머리카락도 예쁘고 피부도 희고 귀엽다고, 성격에도 안 맞는 아부를 하는 바람에 오요시가 토라졌거든. 고작해야 이틀인데 나는 벌써 녹초가 됐어."

우사는 아하하 하고 웃었다. 어느 모로 보나 가스케 대장님답다.

"오요시도 그럴 나이지요."
마음속으로는 절실하게 호를 가엾게 생각했다. 떠돌이가 자신의 자리를 찾기란 얼마나 어려운 일이란 말인가.

시즈가 가져다준 보따리를 그대로 안은 채 우사에게 손을 잡힌 호는 우사가 사는 공동주택으로 왔다. 공동주택은 큰길로 나가서 모퉁이를 하나 돌면 서쪽 파수막이 보이는 곳에 있다. 우사의 방은 가장 구석진 곳으로 두 평 반. 희미하게 뒷간 냄새가 났다. 그래도 우물이 가까우니 물 긷기는 편하다고 우사가 말했다.
 쌀은 여기, 물독은 이것. 밥을 지을 때는 옆집의 풍로를 빌릴 것. 생활하는 데 필요한 자잘한 것들을 대충 배우고 여러 가지로 도와달라는 말을 듣자 호는 마음이 놓였다. 대장님이라고 불리는 사람의 집과 달리 여기서는 일을 해도 되는 모양이다.
 우사는 봉당과 방을 같은 빗자루로 쓰는 모양이다. 호가 놀라서 뚫어져라 빗자루를 보고 있자니 우사는 거북한 듯이 얼굴을 붉히며 하나 더 사도 된다고 돈을 주었다.
 바느질이 필요해 보이는 옷이 몇 벌 있지만 바느질 도구는 없다. 바느질은 이웃집 아주머니에게 부탁하고 있다고 한다. 그럼 이웃집에서 도구를 빌려와도 되느냐고 물었다.
 "너, 바느질 할 줄 아니?"
 "꿰매는 정도라면 할 수 있어요. 시즈 씨에게 배웠습니다."
 "그럼 부탁할게."
 그러고 나서 우사는 벽에 붙인 달력을 노려보다가, 그러고 보니 오늘은 진일辰日이구나, 하고 말했다.

"저, 달력은 아직 못 읽어요."

"아, 그래? 그럼 읽고 쓰기는?"

"히라가나라면, 조금 알아요. 작은선생님이 가르쳐 주셨습니다. 하지만 저는 머리가 나빠서."

"그건 나도 마찬가지야." 우사는 웃으며, "진일이면 게이치로 선생님은 울타리저택에 왕진을 가시는 걸로 정해져 있지."

분명히 작은선생님은 한 달에 몇 번 울타리저택에 왕진을 나가곤 했다.

"왕진 가시는 곳이 세 군데 정도 있어. 내가 알아." 우사는 혼자서 납득하고 물독을 들여다보며 재빨리 머리카락을 매만졌다. 그리고 서둘러 나갔다.

호는 혼자 남았다. 방을 둘러본다.

먼지가 상당히 많다. 이불도 오랫동안 햇볕에 말리지 않았다. 여러 가지로 할 일이 있을 것 같다.

마음 깊은 곳에서 뭔가가 부드럽게 풀어졌다. 자, 일을 해야지. 여기라면 일할 수 있다.

그러니 그 전에 밥을 먹자. 호는 나올 때 가스케 대장의 안주인이 싸서 들려 보내 준 주먹밥을 품에서 꺼냈다.

4

아무래도 누군가 뒤를 밟고 있는 것 같다.
울타리저택을 나와서 바깥해자를 건너 집으로 돌아가는 완만한 언덕길 중간에서, 게이치로는 알아챘다.
길 양쪽에 나란히 늘어서 있는 집들의 판자 울타리와 빈틈을 메우는 잡목림의 빛깔 속에서 하얀 고소데_{소맷부리가 좁고 옷자락을 앞에서 교차시켜 여미는 의복}가 눈에 띈다. 뒤를 밟고 있다기보다는 뒤를 따라오고 있다고 하는 편이 정확할지도 모른다.
오른손에 든 약상자를 추스르면서 게이치로는 천천히 걸음을 늦추었다. 상대방이 거리를 좁혀오면 뒤로 돌아 말을 걸자─그렇게 생각했지만, 한동안 가다 보니 반 정町_{50미터 정도}이 약간 못 되는 앞쪽에 또 다른 그림자가 언뜻 보였다. 밝은 햇빛을 받고 있어 잘못 볼 수도 없는 저 머리 모양은, 우사다. 아직 이쪽을 알아차리지는 못한 것 같다.
게이치로는 걸음을 멈추고 천천히 몇 걸음 되돌아가면서 하얀 고소데를 향해 말을 걸었다.
"미네 님. 제게 볼일이 있으십니까?"
하얀 고소데의 주인이 흠칫하며 튀어 올랐다. 자그마한 얼굴이 판자 울타리 그늘에서 천천히 내다보았다.
게이치로는 온화하게 말을 이었다. "이 앞에 제가 잘 아는 파수막 사람이 있습니다. 제가 왕진에서 돌아오기를 기다리고 있나 보지요. 화급한 용건인지도 모르지만, 어쨌든 미네 님이 연관되실 만한 신분의 친구가 못 됩니다. 빨리 이 자리를 뜨시는 게 좋을 겁니다."

가지와라 가의 미네는 머뭇머뭇 시선을 들었다. 몸집이 작고 어깨가 가냘파, 덧없는 분위기를 가진 여자다.

"게이치로 님." 입을 열어 부르는 목소리에는 어린아이처럼 달콤하게 기대는 것 같은 울림이 있었다.

"말씀드리고 싶은 것이 있어, 실례인 줄 알면서도 뒤를 쫓아왔습니다. 용서해 주십시오."

게이치로는 잠자코 있음으로써 다음 말을 재촉했다. 미네는 머뭇거리며 시선을 피한다.

"저는…… 게이치로 님은 저를 어떻게 생각하시는지 모르지만."

가슴속 깊은 밑바닥에서 분노와 혐오가 서서히 치밀어 오른다. 고토에의 상냥하게 웃는 얼굴이 언뜻 뇌리를 스친다. 그러나 게이치로는 표정을 바꾸지 않았다. 말투도 여전히 온화했다.

"미네 님의 이야기는 이런 곳에 서서 할 이야기가 아닌 겁니까?"

"아뇨…… 그……."

"얼핏 듣자 하니, 가지와라 가에서는 며칠 동안 미네 님의 외출을 자제토록 하고 계신다더군요. 무슨 사정이 있는지는 모르겠으나, 어쨌든 이렇게 돌아다니시다가는 꾸중을 들으시는 게 아닙니까?"

"저는……."

미네는 갑자기 소매로 입가를 누르고 눈을 깜박거리더니 가까스로 말했다. "게이치로 님은, 호타 님의 저택에 왕진을 다녀오셨지요?"

이 말에, 게이치로는 자신의 뺨이 굳어지는 것을 느꼈다. 입을 꼭 다물어 그것을 감춘다.

"호타 신노스케 님은 오사카에서 상처를 입으셔서, 오늘 아침 조선으로 돌아오셨다고 들었습니다. 상태는 좀 어떠신가요?"

"글쎄요, 모르겠습니다."

선뜻 대답하며, 게이치로는 자신의 목소리가 떨리지 않기를 기도했다.

"분명히 울타리저택에 왕진을 다녀오는 길이지만 이것은 진일이면 늘 하는 일입니다. 저는 호타 가를 담당하고 있지도 않고요."

약상자를 살짝 들어 올려 보이며,

"사지 가문이라고는 해도 저는 아직 견습의원 신분입니다. 그래서 주겐 하나 거느리지 않고 이렇게 약상자도 직접 들고 다니지요. 이런 비천한 신분의 의원이 배 부교를 맡고 계시는 호타 가 같은 중신의 댁에 드나들 리가 없지 않습니까."

"그럼 겐슈 선생님이 가셨나요?"

"아버지 일은, 저는 모릅니다. 사지가 불려가 진맥을 한다는 것은 곧 번의 내정과 관련되는 중요한 일이지요. 부모자식이라 해도 가볍게 입에 담을 일이 아닙니다."

얌전히 고개를 떨어뜨렸지만, 미네는 분명히 불만인 것 같았다. 발끝이 불안한 듯 움직인다. 초조한 것이리라.

"저는…… 게이치로 선생님이 신노스케 님을 보아 드리러 가셨다고만 생각하고 있었습니다."

왜 그렇게 생각한 거냐. 게이치로의 마음속 목소리가 날카롭게 외치며 목구멍 바로 앞에서 날뛰고 있다. 호타 신노스케가 고토에의 혼약자였기 때문인가. 부상을 입고 돌아온 그에게, 무엇보다도 먼저 고토에가 죽었다는 사실을 알리는 것이 남은 오라비의 역할이라고 생각했기 때문인가.

그렇다. 실제로 게이치로는 호타 가를 방문했다가 돌아오는 길이었다. 신노스케의 청을 받고, 의원으로서가 아니라 조만간 그의 처남이 될 예정이었던 사람으로서 은밀히 방문한 것이다. 그러나 그런 사실을 미네에게 말해야 할 의리는 없다.

무엇보다 게이치로가 고토에의 죽음의 진상을 신노스케에게 전했느냐 아니냐 하는 점을 미네는 진정으로 알고 싶어 할 것이다. 신노스케에게 사실을 고자질했는지 아닌지를 알고 싶어 하는 것이다.

말할 리가 없다. 말할 수 있을 리가 없는데.

아버지 겐슈는 게이치로에게 말했다. 철저하게 감춘다는 것은 철저하게 거짓말을 한다는 뜻이다. 실제로 일어난 일이 전혀 없던 일인 양 행동해야 한다. 거짓은 거짓, 진실은 진실로 나누어, 상대를 보아 가며 진실을 이야기하는 어중간한 짓을 해서는 절대로 안 된다. 한 사람의 귀에 진실이 들어가면 언젠가는 열 명의 입에 오르내리게 된다. 열 명의 입에서 돌고 돌아 막부 밀정의 귀에도 들어가게 될지 모른다. 그러면 감추는 의미가 없다.

알겠느냐, 게이치로. 그러니 설령 당사자인 미네가 묻는다 해도, 너는 이렇게 대답해야만 한다. 고토에는 심장병으로 급사했습니다, 라고. 진실이 흔들려서는 안 돼. 가지와라 미네가 고토에를 죽인 것이다. 우리는 그걸 알고 있어. 이제 와서 미네를 다그칠 필요는 없다. 그런 상황에서 철저하게 감추기로 결정했다면, 지어낸 거짓말을 네가 제일 먼저 믿어야 한다.

게이치로는 조용히 미네의 얼굴을 바라보았다. 말할 수 없는 마음을 담아. 우리는 당신이 한 짓을 알고 있다. 알고 있지만, 바로 당신이 계획한 대로 그것을 겉으로 드러낼 수 없게 되었다. 그 사실도 당신은 알고 있다. 당신은 이겼다. 이겼을 때는 깨끗하게 물러나야 하는 법이다. 깊이 파고드는 게 아니다.

미네는 희미하게 미소를 지었다.

"실례했습니다" 하며 깊이 머리를 숙인다. "저는 호타 신노스케 님과는 먼 친척에 해당합니다. 소꿉친구지요. 어릴 때는 같이 놀기도 했습니다. 그래서 다쳐서 돌아오셨다는 소문을 듣고 그만 걱정이 앞서고 말았습니다."

머리를 들었을 때에는 웃음이 얼굴 가득 퍼져 있었다. 하지만 곧 그것이 사라지고 미네의 모양 좋은 눈썹이 일그러졌다. 게이치로의 등 뒤를 보고 있다.

돌아보니 두세 간閒 떨어진 곳에 우사가 서 있다. 게이치로와 눈이 마주치자 마치 남자 히키테들이 하는 것처럼 양 무릎에 손을 얹고 허리를 굽혀 인사를 했다.

"저는 이만."

미네는 그런 말을 남기고 등을 돌려 울타리저택 쪽으로 걸어갔다. 도망치는 듯 빠른 걸음에 처음으로 낭패의 빛이 떠올라 있었다. 죄가 있는 자는 쫓기지 않아도 도망친다. 고토에가 죽은 날 밤 아버지가 중얼거린 말이 문득 게이치로의 머리를 스쳤다.

"우사는 발소리를 죽이는 것이 능숙해졌구나" 하며 게이치로는 미소를 지었다. "어느새 뒤에 있었느냐? 전혀 알아차리지 못했어."

생긋 웃지도 않고 미네가 떠나간 방향에 시선을 고정한 채 우사는 대답했다. "본래 수풀 속의 토끼입니다. 잡목림 속을 소리도 내지 않고 뛰지요."

"그렇군."

"작은선생님." 우사는 게이치로를 보았다. "방금 그 사람이 가지와라 미네 님이십니까?"

그냥 이름을 묻는 말투가 아니었다. 우사의 눈은 깊게 빛나고, 입을 악물고 있다.

고토에의 죽음의 진상을 감출 거짓말을 지어내기 위해 게이치로는 아버지 겐슈와 집안사람들과 함께 이야기를 나누었다. 구지카타의 관리들과 이야기를 나누었다. 와타베 가즈마와 이야기를 나누었다. 그걸로 끝이라고 생각했다. 하지만 별것 아닐 거라고 만만하게 보고 있던 호가 혼조지에서 소동을 일으키는 바람에, 고사카가의 이즈미와 서쪽 파수막의 가스케도 끌어들이고 말았다.

게다가 가스케에게서, 호를 서쪽 파수막으로 옮겼을 때 우사와 또 한 명, 하나키치라는 젊은 히키테가 그 자리에 있었다는 이야기를 게이치로는 들었다. 두 사람에게는 엄하게, 호는 환상을 본 것이다, 호가 무슨 말을 해도 그것은 헛소리라고 말해 주었습니다,

그러니 걱정하지 마십시오—하고.

하지만 이 우사의 표정을 보아하니, 그것은 가스케의 공수표인 모양이다.

"왜 그렇게 무서운 얼굴을 하는 것이냐?" 게이치로는 물었다. "마치 가지와라 미네 님이 네 원수라도 되는 것 같다."

우사는 딱 한 번, 재빨리 눈을 깜박거렸다. 눈동자 밑바닥에 분노의 칼날이 보인다. 방금 그 깜박임은 눈꺼풀의 움직임이 아니라 칼날의 섬광이었을지도 모른다.

"원수입니다, 작은선생님. 아닙니까? 저는 틀린 말씀을 드리고 있습니까?"

게이치로는 대답하지 않고 발치로 시선을 떨어뜨렸다.

"걷지."

우사 옆을 지나쳐 앞장섰다. 우사는 몸을 굳히고 우두커니 서 있었지만, 곧 발길을 돌려 따라왔다.

잡목림 속에서 새된 새소리가 들린다. 바람이 불어 지나가고 나뭇가지들이 울다가 조용해진다.

"지어낸 이야기로는 널 납득시킬 수 없다는 사실을 알고 있었다."

게이치로는 앞을 향해 걸으면서 말했다. 우사는 넘어질 듯이 비틀거리고, 그러고 나서 서둘러 게이치로와 나란히 섰다. 매달리는 것 같은 눈을 하고 있다.

"역시, 역시 그렇군요. 고토에 님은 심장병이 아니었어요. 호의 말이 사실이군요?"

그 말이 맞다고, 게이치로는 인정했다. 우사는 갑자기 걸음을 멈추었다. 이번에는 좀처럼 따라오지 않는다. 거리가 벌어지고 만다. 게이치로는 멈추어 서서 돌아보았다.

우사는 우뚝 선 채, 양손으로 얼굴을 가리고 울고 있었다.

게이치로는 세 발짝 되돌아와 우사에게 다가갔다. 우사는 얼굴을 덮은 채 머리를 숙인다. 죄송합니다, 죄송합니다 하며 신음한다.

"사과할 것은 없다. 고토에의 죽음을 애도해 주어서 고맙다."

우사는 얼굴을 들었다. 뺨은 눈물로 젖었고, 눈이 새빨갛다. 정말로 토끼의 화신 같다.

"저, 생각했습니다."

흐느껴 울면서 우사는 말한다.

"작은선생님이나 이노우에 가 여러 분들께서 분한 마음을 억누르고 고토에 님이 병으로 죽었다고 말씀하시는 이유는, 미네 님의 가지와라 가가 옥지기를 맡고 계시기 때문이지요."

우사는 날카롭다. 이 아가씨가 총명하다는 사실을 게이치로는 잘 알고 있고, 그 총명함을 키우기 위해 약간의 조력도 해 왔다고 생각한다. 그래도 눈을 휘둥그렇게 떴다.

"지금 이런 시기에 옥지기를 맡은, 중요한 임무를 맡은 분의 집에서 살인자가 나왔다. 그런 일이 세상에 알려지면 마루미 번은 큰일이 나고 말겠지요. 그래서 사실을 감춰야만 하는 거지요?"

이 아가씨는 이해해 주고 있다. 게이치로는 말했다. "어디에서 어떤 눈이 번득이고 있을지 모르거든."

우사는 소매로 얼굴을 북북 문질러 닦았다. "언젠가 작은선생님은 말씀하셨습니다. 가스케 대장님이, 가가 님을 맡는 일에 실수가 있으면 마루미 번은 없어질지도 모른다고 했더니, 그것은 지나친 생각이라고. 하지만 사실은 그럴지도 모른다고 걱정하고 계시지요? 가가 님을 맡는 일은, 마루미 번에는 그만큼 어려운 일이로군요."

게이치로는 품에서 종이를 꺼내 우사에게 건넸다. 우사는 부끄러운 듯이 그걸로 코를 풀었다.

"본래는 그렇게 어려운 일이 아니었는데 여러 가지 꿍꿍이가 얽혀서 점점 부풀어 오르고 있을 뿐이다만."

우사는 둥글게 뭉친 종이를 품에 밀어 넣었다.

"작은선생님도 겐슈 선생님도, 아무리 괴로워도 참고 계십니다. 저는 결코 방해하지 않을 것입니다."

아직도 울음 섞인 목소리지만, 말투는 단호했다.

"두 번 다시 이 일로 작은선생님을 번거롭게 해드리지 않겠습니다. 굳게 약속드립니다. 하지만 한 번만, 어떻게 해서라도 사실을 확인해 두고 싶었습니다. 그래서 이런 곳에서 기다리고 있었지만 실례가 된다는 것은 잘 알고 있었습니다. 용서해 주십시오."

허리를 반으로 접으며 머리를 숙였다. 게이치로는 그 등을 가볍게 두드렸다.

"괜찮다, 우사. 나도 네게는 사실을 얘기하고 싶다고, 그렇게 하는 게 마음이 편하겠다고 생각하고 있었다. 너는 고토에와 친하게 지내 주었고."

"저어, 작은선생님. 저는 호랑 같이 살기로 했습니다."

놀라는 게이치로에게, 우사는 살짝 웃음을 지으며 이러이러하게 되었다고 경위를 이야기했다.

"그러냐……." 게이치로는 미소를 지었다. "그 아이에게는 너와 함께 있는 것이 더 행복할지도 모르지. 잘 부탁한다."

"예. 저는 많이 부족하고, 고토에 님이나 작은선생님처럼 그 아이를 가르치는 것은 도저히 불가능합니다. 하지만 적어도 호가 쓸쓸해하지 않도록 열심히 돌보겠습니다. 아주 착한 아이더군요."

두 사람은 이노우에 가 쪽을 향해서 천천히 걷기 시작했다. 햇빛이 쨍쨍하게 비치는 길에 잡목림이 드문드문 그늘을 드리운다.

"호에게는 미안한 짓을 했다."

게이치로의 말에 우사는 고개를 젓는다.

"작은선생님이 그 일에 신경을 쓰실 필요는 없습니다. 작은선생님의 책임이 아니니까요."

"아니, 우사. 내 책임이야. 이노우에 가의 책임이다."

"어쩔 수 없었습니다. 달리 방법이 없잖아요." 우사의 목소리가 높아진다. "무엇보다, 가장 나쁜 사람은 가지와라 미네 님이 아닙니까!"

매도하듯이 말해 버리고 나서, 흠칫하며 입가에 손을 댔다. 슬그머니 게이치로의 옆얼굴을 올려다본다.

"작은선생님. 이런 것은 제가 여쭐 일이 못 된다는 것은 알고 있습니다만……."

"어째서냐는 거지." 게이치로는 앞질러 말했다. "왜 미네 님이 고토에를 죽였는가, 그 이유는 무엇인가 하는 말이겠지."

우사는 입을 한일자로 다물고 고개를 끄덕였다.

게이치로는 말을 고르며 생각했다. 결국 지극히 직설적으로 말했다. "연적이다."

"예?"

"고토에에게는 혼담이 있었다. 좋은 혼처라 이야기를 진행하고 있었지."

당혹스러운 듯이 흐려져 있던 우사의 눈이 갑자기 맑아졌다. "그럼 아까 미네 님이 말씀하시던 신노스케 님이라는 분이ㅡ."

"아니, 그것도 들었느냐?"

"송구합니다." 우사는 목을 움츠렸다.

"그런 것이다." 일단락을 짓듯이 말하고, 게이치로는 한숨을 한 번 내쉬었다. "우사도 시집갈 나이가 되었지. 조금이라도 좋으니 미네 님의 마음도 좀 헤아려 주지 않겠느냐."

그럴 수 없습니다, 하고 우사는 내뱉듯이 잘라 말했다. 허둥거리며 머리를 숙인다.

"죄, 죄송합니다."

"용서할 수 없겠느냐?"

"작은선생님도 못하시지 않습니까."

할 수 있을 리가 없다. 할 수 없는 것을 봉하고 있다. 게이치로는 대답하지 않고, 대신 타이르는 말투를 유지하며 말했다.

"나나 이노우에 가 사람들은 더 이상 걱정하지 마라. 네가 걱정해 주지 않아도 어떻게든 될 테니."

우사는 고개를 떨어뜨리고 게이치로에게서 조금 떨어졌다. 언덕을 오르고 언덕을 내려간다. 잠자코 걷는 길 앞쪽에 이노우에 가의 담장이 보이기 시작했다.

"우사는 내게 화가 났겠지."

게이치로는 말했다. 우사가 흠칫하는 기척이 느껴진다.

"고토에의 원수를 갚으려 하지도 않고, 그 아이를 죽인 여자가 눈앞에 나타나도 비난도 하지 않고 모르는 척하며, 철저하게 거짓말을 하려 하고 있다. 나를 책망한다 해도 어쩔 수 없어."

"마, 말도 안 돼요!" 우사는 펄쩍 뛰어오를 듯이 게이치로의 얼굴을 들여다보았다. 소매에 매달리려고 하다가 당황하며 손을 집어넣는다.

"아닙니다! 저는 그런 생각은 하지 않았습니다. 저는 다만, 다만―작은선생님의 슬픔을―조금이라도―."

가련할 정도로 허둥거린다. 늘 기운차게 일하며 웃는 얼굴이 끊이지 않는 이 아가씨의 이런 얼굴을, 게이치로는 처음 본다.

그것도 가슴이 아프다.

"송구합니다. 주제넘은 말씀을 드렸습니다."

당장이라도 땅바닥에 손을 짚을 듯한 기색의 우사를, 게이치로는 말렸다. "괜찮다, 우사. 미안하구나. 네게도 정말 미안하게 생각한다. 사과해야 할 사람은 나야."

거짓말을 하고 거짓말을 지킨다는 일은 이런 것이다. 게이치로는 괴로웠다. 아버지나 집안사람들과 있을 때보다도, 지금이 가장 괴로웠다. 스스로도 생각지 못했을 정도로 우사의 눈을 보기 괴로웠다.

자신의 어깨가 축 늘어지는 것을 느꼈다.

"우사, 우리 집 하녀 시즈를 알지? 네 얼굴만 보면 무엇이 마음에 안 드는지 떽떽거리며 화만 내는."

"제, 제가 부족해서 그렇습니다."

"그런 시즈가 바로 어제, 이런 말을 하더구나."

―가지와라 미네 님을 용서하다니 저로서는 절대로 할 수 없는 일입니다. 그럴 수 없습니다, 작은선생님. 하지만 이대로는 숨을 쉬기도 괴롭고 매일매일이 고문 같으니 스스로를 속이기로 했습니다.

"속인다고요?" 우사는 고개를 갸웃거렸다.

"미네 님은 자신의 의사로 고토에를 죽인 것이 아니다. 사랑의 괴로움으로 마음이 약해져 있었기 때문에, 나쁜 것에 씌어 조종당하는 바람에 고토에에게 독을 먹였다고 생각하기로 했다더군."

나쁜 것이라니―

"가가 님, 말씀이십니까?"

게이치로는 고개를 깊이 끄덕였다. 뺨이 굳어진다. 좀더 상냥하게 웃음을 띠고 싶은데, 잘되지 않는다.

"어쨌든 독을 먹인다는 수법이 가가 님과 똑같지. 고토에의 죽음을 목격했을 때, 가나이는 순간적으로 가가 님이 한 짓을 되풀이하고 있는 것 같다고 말했다. 시즈도 거기에서 생각해 냈겠지."

이노우에 가가 점점 가까워져서, 게이치로는 걸음을 늦추었다.

"마른 폭포 저택에서 많은 부상자가 나왔을 때도, 주위가 피투성이에 너무나도 참혹한 모습이라 역시 가가 님이 한 짓과 비슷하다며 소동이 있었다고 했습니다."

"사람들 생각에는 큰 차이가 없지."

조금 망설이듯이 입을 다물고 있다가, 우사는 게이치로의 옆얼굴에 대고 말했다.

"고사카의 이즈미 선생님께 들었습니다. 에도에서 가가 님이 어떤 말을 듣고 있는지."

귀신이다, 악령이다. 가가 님의 귀신이 와서 어린아이를 잡아간다―.

"지금의 쇼군은 악령이나 귀신이나 저주, 그런 것을 매우 무서워하신다고 하더군요. 그래서 가가 님을 사형에 처하지 않고 유배를 보냈다고요. 살아 있을 때부터 귀신이나 악령 같은 가가 님이 정말로 사령死靈이 되어 더욱더 무서운, 감당할 수 없는 존재가 되면 큰일이니까요."

"살아 있는 동안이라면 다른 곳으로 유배를 보내 떠넘길 수도 있다. 그 지방에서 악령이 날뛴다면 그것은 악령을 봉하는 데 실패한 그 지방 사람들의 책임이지."

게이치로는 그렇게 말하고 가볍게 웃었다.

"마루미는 그런 재수 없는 패를 뽑게 된 셈이다."

"하지만 작은선생님, 그건 이상한 거지요?"

걸으면서, 우사는 양손을 굳게 움켜쥐고 있었다. 호소하는 눈빛이 게이치로를 눈부시게 찌른다.

"사람이 나쁜 짓을 하는 것은 자신이 멋대로 하는 짓이지요? 악령이나 귀신 탓이 아닙니다. 작은선생님은 제게 그렇게 가르쳐 주시지 않았습니까."

우사의 말은 옳다. 분명히 그가 그런 사고방식을 우사에게 가르쳐 왔다.

그는 우사에게 기회가 있을 때마다 의학에 대해서 이야기해 왔다. 세상에 대한 호기심으로 넘치는 이 명랑한 아가씨에게, 그가 배우고 있는 것들에 대해서 이야기하는 것은 즐거웠다. 논리정연하게 자신의 생각을 정리하고, 세상 사물을 이해하는 일이 얼마나 중요한지 가르치는 것은 즐거웠다.

그것은 잘못이었을지도 모른다. 이 아가씨는 제멋대로 자라는 편이 나았던 것이다.

―나는 쓸데없는 짓을 했다.

게이치로는 씁쓸한 후회를 곱씹는다.

"가가 님이 귀신이나 악령이다, 뭔가 나쁜 것에 씌었다니, 그렇게 생각하는 것은 잘못입니다. 애초에 쇼군께서 틀리셨습니다. 작은선생님, 쇼군 주위에는 높으신 분들이 많이 있지요? 쇼군의 생각이 틀렸다면, 그것은 틀렸다고 말씀드릴 수 있는 분들이 계시겠지요? 어째서 그렇게 해 주시지 않을까요. 어째서 그렇게 되지 않는 걸까요. 가가 님이 그냥 사형에 처해졌다면―유배가 되었다 해도 단순한 죄인으로 유배되어 오는 것뿐이라면, 마루미 번은 이렇게 괴로운 기분을 맛보지 않아도 되지 않습니까."

게이치로는 생각했다. 그렇다면 정말 얼마나 좋을까. 이 바다처럼 아무것도 가로막는 것이 없는 곳을 똑바로, 옳은 일만을 좇을 수 있다면.

"유감이지만 그렇게는 안 된다, 우사."

"작은선생님······."

"네 말대로 쇼군께서 틀린 생각을 했을 때 그것을 바로잡는 역할을 하는 사람들은 분명히 있다. 하지만 이번 일만은 그 사람들에게 의지할 수 없어."

"어째서입니까?"

"전에 이야기했지? 가가 님에게는, 우리는 알 수 없는 복잡한 사정이 있다고."

멀리 떨어진 에도의 일이지만 그래도 게이치로는 알고 있고 짐작도 하고 있다. 막부 안에는 후나이 가가노 가미모리토시가 살아 있으면 곤란한 자도 있고, 죽으면 곤란한 자도 있다. 죽으면 곤란하지만 말을 해도 곤란한 자도 있다. 그가 산 채로 악령이나 귀신으로 타락해 주는 것이 유리한 자도 있다.

그리고 물론, 쇼군 이에나리가 악령이나 저주를 두려워하면 두려워할수록 좋다는 생각을 가진 자들도 있다.

"그 복잡한 사정을 전부 다 알 수는 없고, 또 그럴 필요도 없다. 안다고 해서 어떻게 할 수도 없으니까. 단 하나 확실한 사실은, 우리 마루미에 사는 사람들은 이제 이 부역에서 벗어날 수 없다는 것이다. 그리고 실수는 허용되지 않는다는 거야. 가가 님을 확실하게 맡아서 엄숙하게 지켜나갈 수밖에 없다. 무슨 일이 일어나도, 어떤 고역을 참아내야 하더라도, 몇 개나 되는 비밀을 품게 되더라도."

우사의 목소리가 겁먹은 듯이 떨렸다.

"그렇게 엄청난 일입니까?"

"그렇게 엄청난 일이지." 게이치로는 말했다. "쇼군이 보기에는,

우리는 천한 역할이다. 그것을 완수하도록 요구받고 있어."

"작은선생님은 가가 님을 맡는 일을 제대로 해내지 못한다고 해서 마루미 번이 없어질 걱정은 없다고 말씀하셨지 않습니까!"

"그것을 이유로 없어지지는 않겠지. 하지만 결과적으로 없어질 가능성은 매우 크다. 우사는 똑똑하니까 그 차이를 알겠지? 그래도 결과는 같다. 많은 번사들이 길에 나앉게 될 거야."

우사는 양손으로 머리를 눌렀다.

"우사, 미안하다. 미안하지만 부탁한다."

게이치로는 얼굴을 들고 이마에 바람을 느끼며 눈을 가늘게 떴다. 그리고 다시 한번 머리를 숙였다.

"납득이 가지 않더라도, 차라리 너도 가가 님은 귀신이다, 악령이라고 생각해 주면 안 되겠느냐. 마루미에 귀신이 온다. 재앙을 가져온다고. 사악한 일이나 재앙이 일어나면 그것은 전부 귀신 탓이라고."

우사가 불쑥 중얼거렸다. "이즈미 선생님께 같이 이야기를 들은 하나키치는 그런 말을 했습니다……."

하나키치는 영혼은 천 리를 간다는 말까지 했다고, 우사가 이야기했다. 게이치로는 그 말이 맞다고 조용히 대답했다.

"너도 하나키치를 따라 주었으면 좋겠다. 믿으면 거짓도 진실이 되지. 거짓인 줄 알면서도 거짓을 계속 믿는 척하는 것은 괴롭지만, 정말로 믿어 버리면 훨씬 편하다."

비겁한 줄 알면서, 덧붙였다.

"그편이 고토에게도 구원이 될 것이다. 내게도 구원이 되고."

우사는 대답하지 않았다. 그저 게이치로를 바라보았을 뿐이다. 그래도 우사가 약속한 대로, 앞으로 두 번 다시 이 일로 그를 귀찮게 하지는 않으리라는 것을 게이치로는 알았다.

게이치로는 우사와 헤어져 혼자 집에 돌아가서 곧장 진찰실에 틀어박혔다. 고토에의 목소리가 나지 않는다는 것, 약연을 사용하는 소리도 들리지 않고 가벼운 발소리도, 기모노에 먹인 향의 냄새도 나지 않는다는 것에 아직 익숙해질 수는 없다. 누이를 잃은 아픔은 너무나도 컸다.

하지만 지금은 그것보다도 해야만 할 일이 있다.

가가 님을 맡기로 결정된 이래 그는 일지를 쓰고 있었다. 지난 며칠 동안 그 기록이 갑자기 길어졌다. 지금도 약선반 한쪽 구석에 숨겨져 있는 일지를 꺼내 펼치고, 천천히 먹을 갈면서 써 두어야 할 사실을 머릿속으로 정리했다.

호타 신노스케는 어제 새벽, 후나이 가가가 마루미로 건너올 배를 기다리며 머물고 있는 오사카의 보조숙사에도 시대에는 신분 높은 사람들이 묵을 수 있도록 역참에 숙사를 두었는데, 빈방이 없을 경우를 대비해 보조숙사를 두기도 했다에서 자객을 만났다고 했다.

물론 그것은 가가 님을 맞아들일 번의 입장으로서는 정식으로 인정할 수 있는 견해가 아니다. 표면적으로는, 호타는 가가 님을 경호해야 할 중요한 임무를 맡고 있으면서도 보조숙사 밖에서 사소한 일로 사투私鬪를 일으켜 부상을 당한 것으로 되어 있다. 그 벌로 직위에서 해임되어 서둘러 마루미로 돌려보내진 것이다.

신노스케는 자신의 입장을 잘 알고 있었다. 자객을 만난 이야기를 대체 누가 들어준단 말인가. 가가 님에게 자객을 접근시키고 말았다는 불미스러운 일을, 어떻게 마루미 번이 인정할 수 있을까.

여기에서도 거짓이 진실을 밀어낸다. 그러지 않으면 신노스케는 목숨을 부지할 수 없다.

"저는 얌전히 근신하고 있을 생각입니다."

신노스케는 말했다.

"다만, 고토에 님께는 거짓말을 하고 싶지 않아요. 저는 사투 따위 하지 않았습니다. 사실은 무슨 일이 있었는지, 고토에 님께서는 알아 주셨으면 했습니다. 그래서 처남께 와 주십사 했습니다."

게이치로는 그런 신노스케에게 고토에가 죽었다는 사실을 알려야만 했다.

―자객.

게이치로는 붓을 들었다.

―어느 세력이 보낸 것일까. 어디에서 숨어든 것일까.

안일까, 바깥일까.

귀신, 악령이라고 불리는 남자의 목숨을 노리는, 진정 사악한 힘은 지금 어디까지 다가와 있을까.

5

어제는 빠른 북소리가 울리나 싶더니, 오늘 아침에는 또 일찍부터 파수막의 두목들이 마을관청에 불려 나가 모이게 되었다.

이윽고, 무슨 일인가 하며 기다리고 있던 서쪽 파수막의 우사 일행이 있는 곳으로 돌아온 가스케 대장은, 마을관청에서 내려졌다는 촉서觸書 쇼군, 다이묘 등 위정자의 명령을 서민에게 전달하던 공문서를 들고 있었다.

"오시午時를 알리는 종소리와 동시에, 성의 정문 앞에도 이 촉서가 내걸릴 걸세. 염색집 사람들 중에는 글을 못 읽는 사람도 있으니, 자네들은 지금부터 분담해서 한 집 한 집 돌면서 여기에 씌어 있는 내용을 모두들 제대로 지킬 수 있도록 알기 쉽게 가르쳐 주고 오게. 부지런히 하지 않으면 시간에 댈 수 없을 거야. 어쨌든 중요한 일이니 만에 하나라도 실수가 있었다간 목이 날아가게 될 걸세. 잘해야 하네."

히키테들은 이마를 맞대고 촉서를 읽었다. 달필인 서기가 곧 베껴 쓰기 시작한다.

모레 아침, 드디어 가가 님이 마루미에 들어오시기로 결정되었다―고 한다.

전날 밤에 오사카 항을 떠나, 하룻밤이 걸리는 뱃길을 지나서 새벽 전에 마루미 항으로. 그곳에서 작은 배로 옮겨 타고, 마을 서쪽을 달리는 해자를 통해 아케노하시 다리에서 하선. 마른 폭포 저택으로 가는 길을 오른다는 여정이다.

그날은 새벽이 되기도 전에 빠른 북이 울리고, 그 후에는 마을관청에서 별다른 지시가 있을 때까지는 시간을 알리는 종을 포함해 일체의 종을 금지한다. 시정에 있는 집, 염색집, 상점들은 바깥문과 창을 모두 닫고 길에 나가는 것도 엄금. 취사를 포함해서 불기,

연기도 내서는 안 된다. 염색집에서는 염료 솥의 불도 꺼야 한다. 여기에는 우사도 놀랐다. 염색집에서 조개 염색을 하는 염료를 끓이는 솥은, 한여름에도 정월에도 불을 끄는 법이 없다. 염색을 시작하기 전에 식어 버리면 염료가 탁해지기 때문이다.

"창을 열어서는 안 된다, 밖에 나가서는 안 된다."

하나키치가 어이없다는 듯이 중얼거렸다.

"이거 또 지극정성인데. 가가 님의 행렬을 잠시라도 봐서는 안 된다는 뜻이겠지요?"

"그렇다. 마을의 길뿐만이 아닐세. 항구에서는 배를 육지로 끌어올리고, 그물도 부표도 정리하고, 부두도 물로 씻어 청소한다. 내일은 큰 소란이 일어나겠지."

가스케 대장은 엄격한 얼굴로 그렇게 말했지만 곧 씩 웃으며 말했다. "뭐, 실수 없이 진행하면 반각 정도면 끝날 일일세. 마을관청에서 지시가 내려지면, 그 후에는 더 이상 우리가 세세하게 관여할 필요는 없어질 거야. 마을의 생활은 곧 원래대로 돌아가겠지. 폭풍이라도 왔다고 생각하면 되네."

가가 님은 황송하게도 쇼군께서 이 마루미 번에 맡기시는 죄인이니, 이분의 도착을 삼가 맞이하는 것은 결코 불길한 일이 아니다. 모쪼록 처마 밑에 소쿠리, 마을 쫓는 부적 등을 걸어 두는 일이 없도록. 가로에 물통이나 짐수레 등, 통행을 방해하고 보기 싫은 물건을 방치하는 일이 없도록. 촉서의 내용은 상세하다.

우사는 가가 님이 지나는 길을 떠올려 보았다. 아케노하시 다리는, 전에 마른 폭포 저택에서 대울타리가 쓰러졌을 때 우사가 그 사실을 알리기 위해 뛰어 내려온 번사와 스쳐 지나간 장소보다 좀 더 북쪽에 있다. 아슬아슬한 차이로 서쪽 파수막이 맡고 있는 길에서는 벗어나 있다. 조금 안도했다.

"염색집에서는 솥의 불을 끄기 싫어하겠지요." 고참 히키테가 씁쓸한 얼굴로 말했다.

"그러니 그 점을 잘 이야기해 주는 것이 자네들이 할 일일세."

"아이들이 얌전히 있으려나."

"촉서를 어길 시에는 목을 벤다는 말을 들으면 모두들 얌전해질 테지. 게다가—."

가스케 대장은 히키테들을 둘러보고,

"마을 사람들은 가가 님을 무서워하거든. 명령에는 따를 걸세."

대장은 손가락으로 관자놀이 언저리를 벅벅 긁었다.

"가가 님을 맡기로 결정되었을 때부터 이 일에 대해서 수군거리면 안 된다고 그렇게 엄하게 말해 왔는데, 사람의 입에는 자물쇠를 달 수 없다더니 옛 사람들 말이 그른 게 없군."

히키테들은 저마다 켕기는 구석이 있는지 하나같이 눈을 내리깔았다. 우사도 그러지 않을 수 없었다.

"가가 님이 에도에서 소행이 어땠는지, 이제 어린아이도 알고 있네. 덕분에 평판이 대단해. 귀신이다, 악령이다. 자네들도 들었겠지?"

"예에……." 하나키치가 머리를 긁적였다. "우리는 대장님의 명령을 지키려고 노력했습니다. 하지만 정말로 다들 소식이 빨라서."

"나도 자네들을 탓하는 것은 아닐세. 지금은 오히려, 그렇게 나쁜 소문이 있기 때문에 막상 가가 님이 올 때가 되어도 쓸데없는 소동이 일어나지 않아서 도리어 잘되었는지도 모르겠다고 생각하고 있어. 모두들 무서워하고 있으니 어디 가가 님의 얼굴 한 번 보자는 구경꾼 근성도 일어나지 않을 테지."

"어차피 얼굴은 안 보이잖습니까. 가마 문은 꼭 닫혀 있을 거예요. 죄인이니까."

"그런 뜻으로 말한 게 아닐세." 가스케 대장은 날카롭게 윽박질렀다.

우사는 멍하니 이노우에 게이치로의 말을 떠올리고 있었다. 그가 우사에게 머리를 숙이며 했던 부탁을 떠올렸다.

―차라리 너도 가가 님은 귀신이다, 악령이라고 생각해 주면 안 되겠느냐.

결국 가가 님에 대해서 수군거리지 마라, 탐색하지 말라는 엄한 지시가 효력을 발휘하지는 못했다. 반대의 결과가 되었다. 금지되면 흥미가 생긴다. 누구나 그렇다.

가스케 대장은―아니, 마을관청은 그것을 내다보고 처음부터 이렇게 될 것을 노리고 있었던 것은 아닐까. 우사에게는 그렇게 생각될 뿐이다. 지금 이렇게 '정말, 어쩔 수 없군' 하는 얼굴을 하고 있는 가스케 대장도 속으로는 게이치로 선생님과 똑같이 생각하고 있으니까.

그것이 쇼군의―쇼군 가의, 막부의 높은 사람들이 바라는 일이니까. 악령이 된 가가 님을 이 마루미에 봉하는 것이.

하지만 그러면 마루미 사람들은 어떻게 되는 것일까? 앞으로 계속 가가 님이라는 악령을 안고 살아가라는 말인가?

"항구 쪽에서도 여러 가지 소문이 나돌고 있습니다" 하고 히키테 중 한 명이 말했다. "원래 뱃사람은 미신을 많이 믿으니까요. 가가 님이 마루미에 오면 물고기가 도망가지 않을까 하고."

"실제로 요즘 고기가 잘 안 잡히는 모양이던데."

"그야, 모두들 안절부절못하고 있으니까 그렇지."

우시는 얼굴을 들고 대장에게 말했다. "제가 어제 **빠른 북**이 칠 때 시오미 아저씨한테 다녀왔는데, 아저씨는 가가 님이 악령이니 귀신이니 하는 것은 시답잖은 헛소리라고 했습니다. 살아 있는 사람은 악령도 나쁜 존재도 될 수 없다고요."

가스케 대장은 표정을 바꾸지 않았다. 뚱해 있을 뿐이다.

"그리고 해자 바깥의 히키테가 항구 일에 끼어들지 말라며 저를 야단쳤습니다. 하지만 저는—시오미 아저씨가 일부러 그런 말을 해야만 하는 것은 항구나 어부 마을에서도 가가 님에 대한 나쁜 소문이 퍼져 있기 때문이 아닐까 생각했어요."

"그런 뜻이지. 우사는 예리한데." 하나키치는 매우 감탄하고 있다.

우사는 슬쩍 그에게 얼굴을 돌렸다. "당신은 믿고 있지? 가가 님은 이미 살아 있는 사람이 아니라고."

하나키치는 움츠러들었다. 다른 사람들의 안색을 잠시 살핀다.

"음……."

"어제, 똑똑히 그렇게 말했잖아."

우사는 하나키치보다 반 보 앞으로 나가, 일부러 가스케 대장만

빼고 모든 사람들에게 물었다.

"여러분은 어떻습니까? 역시 가가 님은 마루미에 재앙을 가져오는 귀신이라고 생각하세요?"

남자들은 왠지 가볍게 웃었다.

"뭐, 반신반의지."

"마을 사람들이 그렇게 믿고 있다면 번거롭긴 하지만."

가스케 대장은 전혀 웃지 않은 채 반격해 왔다. "그러는 자네는 어떤가, 우사."

우사의 뇌리에 게이치로 선생님의 말이 다시 되살아났다. 이번에는 얼굴까지 보였다. 우사에게 머리를 숙일 때의, 슬프게 일그러진 입가까지 똑똑히 생각나고 말았다.

―그건 전부 귀신 탓이다.

"저는…… 저도 조금 믿고 있습니다."

우사는 몸을 움츠리고 발치에 시선을 떨어뜨리며 대답했다. 이제 그렇게 대답할 수밖에 없다. 부탁을 받았는걸.

"그래서 굉장히 무서워요" 하고, 우사는 더욱더 작은 목소리로 덧붙였다.

"뭐, 우리 히키테들이 있으면 괜찮아."

"우사, 너도 힘내야지."

등을 툭 두드린다. 우사에게는 그 동작이 몹시 연극적으로 느껴졌다.

"귀찮은 일은 또 있네."

가스케 대장이 낮은 목소리로 말을 꺼냈다. 우사의 착각이겠지만, 그 말투는 내용에 어울리지 않게 만족스러운 것처럼 들렸다.

"가가 님이 들어가게 되어 있는 마른 폭포 저택일세. 거기에도 전부터 내력이 있네. 그쪽도 이제 와서 다시 말이 나오고 있어."

"아아, 아사기 가의 병 이야기 말이군요."

우사는 한숨을 한번 쉬고 말했다.

"그 저택에 사람이 들어가는 바람에 잠들어 있던 나쁜 기를 깨우고 만 것이 아닌가 하는 이야기 말이지요? 저도 들었습니다."

그러고는 야마우치 가의 안주인 이야기를 했다. 놀란 것은 하나키치뿐이라는 것이 우사에게는 의외였다. 다른 히키테들은 그것에 대해서 우사보다도 잘 알고 있는 것 같다.

"마른 폭포 저택에 씌어 있는 것은 아사기 가에 씌어 있는 것인데, 단순한 병이 아니야. 그쪽도 귀신이지. 본래 이 마루미 땅에 있었어. 아주 오래된 귀신이야" 하고 고참 히키테가 손짓 발짓을 섞어가며 가르쳐 주었다.

"바로 최근에 내가 들은 이야기로는, 가가 님을 맞이하기 위해 작사방에서 들어갔을 때부터 저택 안에 밤이면 밤마다 검은 그림자가 어슬렁거리게 되었다더군. 머리에 뿔이 돋고 천장까지 닿을 것 같은 커다란 귀신의 그림자가 말이야. 가끔 으르렁거리는 소리도 난대. 상인이나 염색집의 직공이나, 이 눈으로 봤다, 이 귀로 들었다는 녀석들이 몇이나 있어. 아사기 님께 씌인 귀신이 깨어났다면서 말이야."

"옛날부터 마루미에 살고 있던 오래된 귀신이, 어째서 아사기 님께만 저주를 내리는 겁니까?" 하나키치가 물었다.

그런 유래 이전에, 마을 사람들이 마른 폭포 저택에 가까이 가는 것은 금지되어 있는데 어떻게 상인이나 직공이 그런 것을 보고 들을 수 있는지 그게 더 이상하다. 우사는 그렇게 대꾸하려고 했다.

"옛날이야기이니까 하나키치와 우사가 모르는 것도 무리는 아니지."

생각을 가로막듯이 가스케 대장이 끼어든다.

"아사기 가는, 먼 조상을 따져 보면 히다카야마 신사에서 신을 모시던 신관의 가계일세. 하타케야마 님이 마루미의 영주가 되기 이전부터 쭉 이 땅과, 히다카야마의 신을 지켜 온 집안이지."

"호오……. 그건 처음 들어요." 하나키치는 순순히 놀란 얼굴을 한다. "하지만 히다카야마 신사에서 모시는 신체神體는 뇌수雷獸천둥소리를 내는 상상의 동물를 쓰러뜨린 들개잖아요?"

신체로 모셔진 후, 이 들개의 신은 신관 집안의 딸 중 하나와 정을 통하여 아이를 낳아 분가를 잇게 하고, 신관의 지위에서 내려와 활과 화살을 들고 마루미를 다스리는 영주에게 대대로 충성을 다하며 마루미를 지킬 것을 명령했다고 한다. 그것이 아사기 가의 선조이다.

아사기 가의 선조는 이 명령을 잘 지켜 오랜 세월 동안 마루미 사람들을 위협하는 귀신이나 괴물을 퇴치하며 수호의 역할을 맡아 왔다. 본래 땅을 갖고 있는 향사鄕士에 지나지 않았던 아사기 가가 하타케야마 가라는 외부 출신의 영주에게 두터운 신뢰를 받고 있는 것도 그런 사연이 있기 때문이라고 가스케 대장은 말했다.

"그래서 아사기 가는, 지금까지 퇴치해 온 귀신이나 괴물들에게는 두려움의 대상인 동시에 깊은 원망의 대상이지."

"그게 저주가 되어 씌었군요."

하나키치는 크게 고개를 끄덕인다. 우사는 물었다. "옛날이야기는 잘 알겠지만, 그런 귀신이나 괴물의 원한이 어떻게 지금 일어나는 재액과 연결됩니까?"

가스케 대장은 한순간 우사를 날카롭게 노려보았다. 그러고 나서 조용한 말투로 말을 이었다. "나쁜 존재는 나쁜 존재를 불러들이는 걸세."

오랫동안 봉인되어 있던 마른 폭포 저택의 나쁜 존재가 가가 님을 불렀다는 말이다. 함께 손을 잡고 마루미에 재앙을 내리려고, 이제나저제나 가가 님의 도착을 기다리며 움직이기 시작했다는 것이다.

"그렇군요······." 하나키치는 눈을 가늘게 뜨고 생각에 잠긴 얼굴을 한다. 우사는 저도 모르게 내뱉는 듯한 말투가 되고 말았다.

"이상해요. 어째서 일부러 가가 님을 마른 폭포 저택으로 맞아들이는 겁니까? 다른 곳으로 하면 되잖아요."

"바보로군, 우사." 하나키치가 재빨리 대꾸했다. "다른 장소라니, 대체 어디에 그렇게 알맞은 장소가 있단 말이야?"

"산을 깎아서 저택을 지으면 되잖아."

"쉽게 말하는군. 대체 얼마나 많은 돈과 수고가 들 것 같아? 하타케야마 영주님께는 그런 여유는 없어."

"더러움은 더러움으로 다스린다는 걸세." 가스케 대장이 말했다. "나쁜 것끼리 서로 상쇄되어 사라져 주기를 바라는 마음도 있지."

아아, 맞아요, 맞아, 하고, 하나키치를 비롯한 모든 사람들이 고개를 끄덕인다. 우사는 기가 막혔다. 그것이 우사가 찾는 대답일까. 쇼군도 그것을 바라고 계실까? 그래서 쇼군은 가가 님을 마루미로 유배 보내신 것일까?
그런 것이다. 우사는 자신의 물음에 스스로 대답했다. 지금의 쇼군은 악령이나 저주를 몹시 두려워하는 분이니까. 두려워한다는 것은 깊이 믿고 있다는 뜻이니까.
결국 우사를 비롯한 마루미 사람들에게 그 생각을 받아들이는 것 외에는 길이 없다. 그렇다면 순순히 믿어 버리는 것이 편하다.
게이치로 선생님의 말이 옳았다.
"우사."
정신을 차려 보니, 하나키치가 불만스러운 듯이 입을 삐죽거리며 우사를 노려보고 있었다.
"너, 그렇게 '아아, 바보 같다' 하는 얼굴을 하는데, 너무 심한 거 아니야?"
"나는 바보 같다는 생각 안 했어."
그것은 사실이다. 고토에 님의 죽음의 진상에 관여하지 않고, 호라는 여자아이의 필사적인 눈동자를 들여다보지도 않고, 사실에 대해서는 아무것도 모른 채 그냥 이런 이야기를 듣기만 했다면 우사도 아무런 의심도 갖지 않았을 것이다.
우사로서는 자신과 똑같이 고토에 님의 죽음의 진상을 알면서도 매우 쉽게 그것을 옆으로 치우고, 미네 님도 가가 님의 독기에 당한 거라며 이런 이야기를 받아들일 수 있는 하나키치가 차라리 부러울 정도였다.

"정말로, 바보 취급 같은 거 안 했어."

하나키치는 물러나지 않았다. "했어. 얼굴에 씌어 있다고. 하지만 우사. 너희 어부 마을 사람들은 바다의 신이나 괴물에 대해서 언제나 이야기하잖아. 자신의 눈으로 보지 않아도, 이야기로 듣기만 해도 믿잖아. 그런데 우리 해자 바깥 마을 사람들이 믿는 신이나 괴물 얘기가 나오면 아예 받아들이지 않는 것은 너무하다고 생각하지 않아?"

대장도 포함해서 다른 히키테들은 쓴웃음을 띠고 있다. 그것을 자신에 대한 찬동으로 받아들였는지, 하나키치는 기세가 더욱 등등해졌다.

"그건, 너는 어차피 어부 마을 사람이고 우리 동료는 아니라는 뜻이지. 너는 해자 바깥의 히키테는 될 수 없어. 얼른 어부 마을로 돌아가는 게 좋아."

그 정도로 해 두라며 가스케 대장이 가로막았다. 하나키치는 흥 하고 콧대를 바짝 세우며 우사에게 등을 돌렸다.

"자, 이야기는 이게 다일세. 자네들, 부지런히 움직여야 하네. 아까도 말했지만 한 가지만 실수해도 목이 날아가. 웃을 일이 아니란 말일세."

대장의 굵은 목소리에, 일동은 예에 하고 대답했다.

모두들 나가도, 우사는 남으라는 말을 들었다.

대장은 한동안 우사의 얼굴을 바라보며 침묵을 지켰다. 어떻게

나가야 할지 생각하고 있는 것이다.

우사는 앞질러서 입을 열었다.

"저는 괜찮습니다. 이제 쓸데없는 말은 한마디도 하지 않을 것입니다."

가스케 대장은 문득 어깨를 늘어뜨리며 한숨을 쉬었다.

"이즈미 선생님과 이야기했다더군."

알고 있는 것인가. 우사는 고개를 끄덕이며,

"어제 이노우에 게이치로 선생님과도 이야기를 했습니다" 하고 말했다.

"그래……."

대장은 아직 어린 남자아이처럼, 손가락으로 코 밑을 쓱쓱 문질렀다.

"사지 선생님들은 입이 가벼워서 곤란해. 입을 맞춰 거짓말을 하려는 건데 그 거짓말의 이면을 자네 같은 녀석에게 털어놓다니."

진심으로 하는 말이라고는 생각할 수 없었지만, 우사의 마음에는 상처가 되는 말투였다.

"선생님들이 잘못하신 게 아닙니다. 제가 고집을 부린 게 잘못입니다."

"그렇군." 대장은 선선히 인정했다. "무턱대고 화를 내도, 예, 그렇군요, 하고 얌전히 따르는 것이 혼기가 된 처녀의 좋은 점일세. 자네도 조금은 생각을 해 봐."

우사는 기분이 좋지 않았지만 웃었다. "앞으로는 그러겠습니다."

가스케 대장은 웃지 않았다. "그럼 그 아이를 우리 집으로 돌려

보내게."

　호를 말하는 것이다.

"멋대로 데리고 나갔지 않은가. 마누라도 따끔하게 야단쳐 두었네. 그 아이는 내가 돌볼 거야. 무슨 꿍꿍이가 있는지 모르겠지만, 자네한테는 무리일세."

"호를 저희 집으로 데려온 것은, 딱히 꿍꿍이가 있어서 한 짓이 아닙니다. 저한테는 그럴 머리도 없고요. 다만 아이가 가엾어서."

"우리 집에 있으면 가엾다는 뜻인가?"

"부인께 듣지 못하셨습니까? 오요시가 그 아이를 마음에 들어 하지 않습니다."

　대장은 처음 듣는 모양이었다. 얼굴을 찌푸린다.

"어째서? 오요시는 자네 같은 고집쟁이가 아닌데."

"대장님, 호의 기분을 맞춰 주려고 추어올리셨지요? 오요시는 그것이 기분 나빴던 겁니다. 여자아이의 질투지요."

　그런 것은 대장님보다 제가 더 잘 안다고 말해 주었다.

　과연 대장도 말이 막혔다. 콧등이 약간 빨개졌다.

"자네, 그 아이를 누를 수 있겠나? 이노우에 고토에 님이 가지와라 미네 님께 독살되었다며 떠들고 다니면 큰일 난단 말일세."

"압니다."

"아는 것만으로는 소용없네. 어쩔 셈이지?"

"타이르겠습니다. 그런 일은 없었다고. 네가 본 것은 환상이라고."

"잘할 수 있겠나? 그 아이는 바보라면서. 어른이 하는 말을 알아들을지."

"바보라면 구슬리기도 쉽겠지요. 저도 어떻게든 할 수 있을 것입니다."

우사의 말을 확인하듯이 입 속으로 중얼중얼 되풀이해 보고 나서, 대장은 말했다. "이노우에 가에서는 그 아이를 에도로 돌려보내려 하고 계시네."

"들었습니다. 하지만 소용없을 것입니다. 대장님은 그 아이의 신상 이야기를 듣지 못하셨지요? 에도에 있는 집은 '요로즈야'라는 꽤 큰 가게라고 하는데, 마루미에 혼자 남겨진 경위로 보아 그 아이를 데리러 올 리가 없습니다."

"곤비라 신사에 대리 참배를 온 거라면서?"

그 정도의 이야기는 알고 있는 것일까. 이노우에 가에서 들었을 것이다.

"저주를 씻어내기 위해서라나 하는……."

말하다가, 대장은 입을 다물었다. 호의 신상에도 저주가 얽혀 있다는, 얄궂은 우연을 생각한 것이리라.

"그런 나이의 아이를 대리 참배 보낸다니 진심일 리가 없습니다. 그런 것은 명분일 뿐이고 실상은 그저 그 아이를 치워 버리고 싶었을 뿐이겠지요."

어쨌거나 호는 제가 돌보겠습니다, 하며 우사는 일어섰다.

"여러 분께 폐가 되지 않도록 하겠습니다. 그 아이는 일솜씨가 좋은 것 같으니 생활에 익숙해지고 안정이 되면 염색집에 맡겨도 될 것 같습니다. 직공이 될 수 있을지도 모르지요."

알았다는 뜻의 말을, 가스케 대장은 웅얼웅얼 말했다. 우사는 그 어두운 얼굴에 등을 돌리고 파수막을 나섰다.

"오늘내일은 저희들이 모두 뛰어다녀야 하니, 대장님이 파수막에서 계속 자리를 지키셔야겠네요"라고 놀리는 말을 남기고.

6

우사는 곧바로 자신의 집으로 향했다. 염색집을 돌기 전에 호의 얼굴을 봐 두고 싶다. 갑자기 걱정이 되었다.

오늘 아침에 만났을 때는 가스케 대장의 집에 있을 때보다는 약간 밝은 얼굴을 하고 있었다. 이불을 널어 말리고, 바느질을 해 두겠다고 했다.

공동주택 입구에 접어들자 때마침 나온 주민이 우사의 얼굴을 보고 놀란 듯이 눈을 크게 뜨며 소매를 붙잡고, "우사, 너희 집에 관리가 와 있어" 하고 빠른 말투로 말했다.

"관리?"

"응. 마을관청의. 붉은 하오리를 입었던걸."

우사는 심장이 덜컹 튀어 오르는 것을 느꼈다. 달음질을 쳤다. 방의 장지문은 닫혀 있었다. 뿐만 아니라 덧문도 반쯤 닫혀 있다. 마루미는 바닷바람이 세기 때문에 공동주택의 문에도 덧문이 있다.

"호?"

부르면서 문을 열자, 이쪽에 등을 돌리고 봉당에 버티고 서 있던 붉은 하오리가 돌아보았다.

와타베 가즈마다. 호는 방 끝에 정좌한 채 몸을 작게 움츠리고 있다. 무릎 언저리에는 바느질거리가 잔뜩 놓여 있다.

"와타베 님!"

공포가 목구멍까지 치밀어 올라, 우사의 목소리가 잠겼다. 순간적으로 생각했다. 이 사람은, 호를 베러 온 것일까? 이 아이의 입을 막기 위해?

"뭐야, 자넨가?"

와타베는 귀찮은 어투로 말하더니 곧 호 쪽으로 시선을 옮겼다. 우사는 무턱대고 그의 앞에 끼어들었다.

"무슨 볼일이십니까?"

와타베는 짙은 눈썹을 찌푸렸다. 고토에가 죽고 호가 서쪽 파수막에 실려 왔을 때 만난 것이 마지막인데, 지난 며칠 사이에 뺨이 홀쭉하게 야위어 있었다. 아무렇게나 수염이 돋아 있다. 흐린 하늘을 비추는 바다처럼 눈이 탁하게 가라앉아 있다.

"볼일이라고 할 정도의 일도 아닐세. 어째서 호가 여기에 있는지 물으러 왔지."

"그거라면 제가 말씀드리겠습니다. 이 아이를 윽박지르지 말아 주십시오."

"윽박질러?" 와타베는 손을 약간 펼쳤다. "나는 아무 짓도 하지 않았네."

"서쪽 파수막에서는 윽박지르지 않았습니까."

호는 무릎 위에서 양손을 꼭 움켜쥐고 떨고 있다. 우사는 그쪽으로 몸을 내밀었다.

"호, 쌀이 다 떨어졌어. 사러 다녀오렴. 쌀가게 알지? 모르면 길에서 물어보고. 돈은 여기, 자. 자루는 선반 위에 있으니까."

자, 가렴—손을 잡아끌고 서둘러 밖으로 쫓아냈다.

와타베는 아무 말도 하지 않았다. 그저 호를 물끄러미 바라보고 있다. 호가 나간 후에도 문을 바라보고 있었다.

우사는 등을 곧게 펴고 관리와 마주했다. "지금은 저도 사정을 잘 알고 있습니다. 결코 경솔한 짓은 하지 않을 것입니다. 호에게도 잘 타이르겠습니다. 그러니 저 아이는 그냥 내버려두십시오. 부탁드립니다."

딱딱한 말투에, 와타베는 당혹스러운지 침묵을 지킨다. 봉당 한가운데에 우두커니 서 있는 그가 우사의 작은 집에서는 거추장스러울 정도로 크게 느껴졌다.

"사정을 알고 있다고?"

갑자기 졸린 말투로 중얼거리던 와타베는 그제야 우사의 얼굴을 보았다.

"무엇을 어떻게 알았단 말인가?"

우사는 목을 꿀꺽 울렸다. "제가 말씀드려야 합니까?"

"누구에게 들었지?"

잠시 망설이던 우사는 이즈미 선생님과 게이치로 선생님의 이름을 댔다. 그리고 자신이 안 사실과 지금의 생각을 이야기했다. 우사는 말을 하는 데 익숙하지 못하다. 이야기는 횡설수설했다. 그래도 와타베는 끼어들지 않고 도중에 눈을 감고는 가만히 듣고 있었다.

우사가 숨을 헐떡이며 입을 다물자 와타베는 깊이 숨을 내쉬었다. 그러더니 방 끝, 방금 전까지 호가 정좌하고 있던 자리에 털썩 주저앉았다.

그리고 눈을 떴다. 흰자위가 빨개져 있는 모습을, 우사는 알아차렸다.

"우사, 자네는 상당히 영리하군."

억양 없는 목소리여서 칭찬하는 건지 비꼬는 건지 파악할 수가 없었다.

"영리해. 나보다 훨씬 분별력이 있어."

우사는 두근거리는 가슴을 한 손으로 눌렀다.

"걱정하지 말게."

와타베는 우사를 올려다보더니 입 끝을 내리며 희미하게 웃었다.

"나는 더 이상 호에게 화를 내거나 윽박지르지 않을 걸세. 물론 베러 온 것도 아니야."

"그럼…… 저 아이에게 무엇을?"

떨리는 목소리로 묻는 우사의 얼굴에서, 또 와타베가 시선을 피했다. 초점을 잃은 듯이 흐릿하다.

"나는, 호에게 사과하러 왔네."

생각지 못한 말이었다. 우사는 해석하려고 했다.

"서쪽 파수막에서 저 아이에게 큰 소리를 낸 일을 말입니까?"

와타베는 대답하지 않는다. 우사가 거기에 있다는 것 따윈 잊어

버린 것 같다.

"와타베 님?"

응? 하며 눈을 깜박인다.

"아아……. 아니, 그게 아닐세. 사과해야 하는 것은 그보다 더 전에 있었던 일이야. 나는, 저 아이에게 이상한 말을 했거든."

"이상한 말?"

"고토에 님이 돌아가신 직후의 일일세. 구지카타가 이노우에 가로 달려가고, 나도 곧 뒤를 쫓았네. 참견할 수 없다는 것은 알고 있지만, 게이치로에게 소식을 듣고 가만히 있을 수가 없었거든. 그리고 저 아이를…… 호를, 미네 님을 보았다는 약초밭으로 데리고 나가 이것저것 물었지."

그때 부탁했다고 한다.

"나는 마을관청의 관리이니 구지카타의 일에는 참견할 수 없다. 그래도 이대로 있을 수는 없으니 누군가 히키테를 보내 뭔가 할지도 모른다, 그때는 도와달라고."

우사는 귀를 의심했다.

"그런 어려운 일을, 저런…… 철없는 아이에게?"

"응, 그렇다네." 와타베는 또 흐물흐물 무너지듯이 웃었다. "나는 제정신이 아니었어."

그 아이는 남들이 말하는 것처럼 바보가 아니라고, 고토에 님께 들었거든—하고 중얼거렸다.

"예, 그것은 옳은 말씀입니다. 하지만 와타베 님, 아무리 똑똑한 아이라도 그런 부탁은 무리입니다. 어른에게도 어려운데요."

"그렇지. 자네에게 부탁할걸 그랬나."

우사는 웃는 와타베의 얼굴을 바라보았다.

"저 같은 게 감당할 수 있는 일도 아닙니다."

"그래? 그렇겠지."

와타베는 턱을 문질렀다. 아무렇게나 자란 수염이 자르륵자르륵 소리를 낼 것 같다.

"그런 변변치 못한 부탁을 어린아이의 머리에 불어넣고는 얼마 지나지도 않아 서쪽 파수막에서는 그것과 정반대의 말을 했네. 고토에 님은 심장병으로 돌아가셨다, 미네 님은 이노우에 가를 찾아가지 않았다, 네가 잘못 보았다고 밀어붙였지. 호에게는 미안한 짓을 했어."

"그래서 사과하러……."

나는 소심하거든, 하고 와타베는 누군가 다른 사람을 힐책하는 것 같은 말투로 스스로를 평했다.

"약초밭에서 호와 이야기했을 때는 의욕이 넘치고 있었네. 나는 아무것도 몰랐어. 갖은 수를 다 쓰면 진실을 밝혀낼 수 있다고만 생각하고 있었지."

바로 어제까지의 우사와 똑같다. 의심하고, 고민하고 있다. 진실을 파내어 큰 소리로 말하고 싶어서 견딜 수가 없었다.

"나는 사태를 만만하게 보고 있었던 걸세." 와타베는 말했다. "생각이 모자랐어. 나 같은 게 혼자서 아무리 버텨 본들, 번의 의향을 거역할 수는 없네."

말도 안 되는 착각이었다고, 처음으로 한순간 분노를 드러내며 내뱉었다.

"게이치로가 깨우쳐 주어 간신히 그 착각에서 깨어났네. 하지만 호는 모순된 내 태도에 많이 곤란했겠지. 그 아이 편은 어디에도 없어. 그러니 사과하고, 앞으로는 얌전히 있어 달라고. 약초밭에서 본 것은 잊어버리라고 말하러 온 걸세."

두근거리던 가슴은 가라앉고 대신 조용하게 슬픔이 치밀어 올랐다. 우사는 말했다.

"호에 대해서라면 제게 맡겨 주십시오. 잘 말해 두겠습니다."

"정말로, 제대로 알게 해 주게."

와타베는 진지했다. 눈에 빛이 깃들었다.

"그런 얼굴을 하시지 않아도 틀림없이 그렇게 할 것입니다."

"자네도 아직 빈틈이 많아. 목숨이 걸려 있는 일일세. 호의 목숨도, 자네의 목숨도."

우사는 등골이 오싹해졌다. 와타베는 그것을 알아챈 듯이 고개를 끄덕였다.

"그래, 목숨이 걸려 있네. 자네나 호의 목숨은, 가가 님을 맡아야 하는 일의 무게에 비할 것까지도 없지. 잠시도 버티지 못할 걸세, 우사."

나는 소심하다고, 와타베는 다시 한번 말했다.

"그래서 무섭네. 고토에 님께 이런 꼴을 보이지 않아도 되어 다행이야."

하고 싶은 말을 다 하고 나자, 와타베는 돌아갔다. 우사는 와타베가, 자신이 짊어지고 있던 뭔가 더럽고 무겁고 싸늘한 것을 봉당에 두고 간 것 같은 기분이 들어 견딜 수가 없었다. 호가 온 지 겨우 이틀 만에 몰라볼 정도로 깨끗하게 정리해 주었다. 헌데 지금은 희미하게 썩은 냄새를 풍기는 것이, 눈에는 보이지 않아도 분명히 뭔가 남아 있는 것 같은 기분이 들어 참을 수가 없었다.

그날 밤, 나란히 얇은 이불에 누워 베개에 머리를 올려놓고 나서, 우사는 호에게 간곡하게 말했다. 호가 본 것은 존재하지 않는 환상이었다고. 사람은 잘못 볼 때도 있다. 호는 그날 약초밭에서 가지와라 미네 님의 모습을 보았다고 생각했을지도 모르지만, 그것은 착각이었다고.

호는 좀처럼 납득해 주지 않았다. 말대꾸는 하지 않는다. 하지만 말없이 천장을 올려다보는 작은 얼굴이 점점 완고하게 굳어져 간다.

호는 작은 목소리로 이렇게 말을 했다. "역시, 저는 바보라서 그런 착각을 한 것일까요."

"아니야. 그건 아니야. 영리한 사람도 잘못 볼 때가 있어."

"하지만 있지도 않은 것을 보다니, 바보가 하는 짓이잖아요."

아무리 어린아이 상대라도, 아니, 어린아이 상대이기 때문에 더더욱, 단순히 잘못 본 것이라고 밀어붙일 수는 없다. 우사는 자신이 받아들인 방식으로 호를 설득하기로 했다. 가가 님은 악령이라는 것. 그런 가가 님이 마루미에 오기를 마른 폭포 저택에서 기다리고 있는, 또 하나의 악령이 마루미에 살고 있다는 것.

"그러니까 말이지, 호. 넌 속은 거야."

"속는다."

"응. 그래. 가가 님이 오는 바람에 마른 폭포 저택에서 깨어난 나쁜 존재가 마루미 사람들에게 원한을 갚으려고 고토에 님을 노리고 목숨을 빼앗았어. 고토에 님은 정말로 착하고 좋은 분이기 때문에 노린 것인지도 모르지. 마른 폭포의 나쁜 존재는 고토에 님이 돌아가신 일을 둘러싸고 우리가 많이 고민하거나 괴로워하게 하려고, 너에게 미네 님의 환상을 보여 주어 미네 님이 고토에 님을 죽인 것처럼 보이게 했어. 나쁜 존재는 사람의 마음을 조종해서 괴롭히기 위해 그런 짓을 하거든."

앞으로도 나쁜 존재는 더욱더 나쁜 짓을 할 것이다. 마루미 사람들을 겁먹게 하고, 곤란하게 하려고 갖은 짓을 할 것이다. 그러니 우리는 마음을 단단히 먹고 그것을 극복해 나가야 한다. 반쯤은 스스로에게 들려주듯이, 우사는 이야기했다.

"우사 씨." 꺼질 것만 같은, 작은 목소리다.

"왜?"

"그러면 이 세상에는 나쁜 존재가 정말로 있나요?"

"응."

"마루미에는, 마른 폭포 저택에 있나요?"

"그렇지. 가가 님도 모레가 되면 거기에 들어갈 테니까."

호가 입을 다물자 밤바람이 울었다. 해명海鳴도 들렸다. 오늘 밤에는 북풍이 분다. 이런 계절에 드문 일이다. 이것도 역시 가가 님 탓일까. 아니, 정말로 그런 기분이 들기 시작했다. 가가 님은 사람이 아닌 존재다.

"요로즈야에서, 저는." 더욱더 가느다래진 목소리로, 호는 말을 이었다. "어머니가 저주를 하고 있다고 들었어요. 저는 그런 건 싫다고 생각했어요. 아니라고 생각했어요. 하지만 나쁜 존재가 정말로 이 세상에 있다면, 요로즈야에서 들은 이야기도 거짓말이 아닐지 몰라요. 제가 바보라서 몰랐을 뿐이고, 사실인지도 몰라요. 제 어머니도, 가가 님처럼 나쁜 존재가 되어 버렸는지도 몰라요."

슬픔이 가슴을 찔러, 우사는 아무 말도 할 수 없었다. 한동안 바람 소리를 듣고 나서 간신히 이렇게 말하는 것이 고작이었다.

"무슨 일이 있어도 내가 같이 있을 테니까, 넌 괜찮을 거야."

드디어 가가 님의 배가 도착하게 되었다―.

그날 아침 마루미에는 격렬한 뇌우$_{雷雨}$가 몰아쳤다. 날이 밝기 전에 뇌우라니, 이 지방에서도 지극히 드문 일이다. 마치 벼락을 막는 영험한 히다카야마 신사가 강한 적이 몰아닥치자 겁을 먹은 증거인 것 같다는 생각마저 들었다.

우르릉거리는 천둥소리에 지워질 것만 같은 빠른 북이 울렸을 때, 우사와 호는 아직 누워 있었다. 벼락이 무서우면 이불을 머리까지 뒤집어써도 된다고 우사가 말했다. 어차피 밖에는 나갈 수 없으니까.

자신도 똑같이 이불을 뒤집어썼다. 그러나 마음은 밖으로 뛰어나가고 있었다. 가가 님은 어디까지 왔을까. 지금은 항구일까, 해자일까. 아케노하시 다리에 내렸을까. 이 거친 하늘을, 어떤 눈을 하고 올려다볼까. 에도에서 멀리 떨어진 시골인 마루미를 어떤 얼굴로 바라볼까.

　우사는 눈을 감고 모든 것이 잘되기를, 모든 것이 빨리 지나가기를 강하게 기도했다. 그 옆에서는 이불 밑으로 숨으면서도 호가 똑똑히 눈을 뜬 채, 번개와 호우 속을 남몰래 지나가는 '나쁜 존재'의 기척을 느끼기 위해 귀를 기울이며 숨을 죽이고 있었다.

어둠은 흐른다

1

가가 님이 마른 폭포 저택에 들어가고 나면 마을의 생활은 곧 원래대로 돌아가겠지. 폭풍이라도 왔다고 생각하면 되네―.
가스케 대장의 예측은 틀리지 않았다.
마치 아무 일도 없었던 것처럼 마루미 성시의 생활은 원래대로 돌아갔다. 해자 바깥에서도 어부 마을에서도, 히키테들이 귀를 곤두세워야 할 만한 변사變事는 일어나지 않았다.
이상한 일이라면 단 하나, 그날 가가 님이 마른 폭포 저택에 도착하자 격렬했던 뇌우가 딱 멎은 것이다. 바다토끼가 소란스럽고 갑자기 바람이 불며 비가 내리는 일은 해변 마을에서는 드물지도 않지만, 대낮부터 벼락이 치는 것은 장마가 끝난 후의 지극히 한정된 시기에만 일어나는 일이다. 그런데 이제 겨우 장마철을 맞으려 하는 달에 일어났고, 가가 님이 마른 폭포 저택에 갇힘과 동시에 멎었으니 더욱 이상했다. 마을 사람들은 모이기만 하면 이 이야기만 했고 이야기하면서 마치 짜기라도 한 듯이 마른 폭포 저택이 있는 산 쪽을 슬쩍 바라보았다.

그러나 그런 수군거리는 소문이 유행한 것도 겨우 며칠뿐이었다. 히키테들이 가가 님이 오기 전보다 더욱 엄하게 눈을 빛내며 이런 류의 '밑도 끝도 없는' 소문을 단속한 탓도 있지만, 가장 큰 원인은 이야기하고 싶어도 이야깃거리가 없다는 것이리라.

가가 님은 글자 그대로, 마른 폭포 저택에서 한 발짝도 밖으로 나오지 않았다. 게다가 마을 사람들은 엄중하게 둘러쳐진 대울타리 안쪽을 들여다보기는커녕 저택으로 통하는 산길에 발을 들여놓는 것조차 금지되어 있다. 이래서야 가가 님이 어떻게 지내는지; 아니, 그 이전에 어떻게 생긴 사람인지도 전혀 알 수가 없다. 아득히 먼 에도에서 들려온 나쁜 소문도 계속 반복되면서 부풀 대로 부푼 후라 지금은 뿌리가 말랐다. 소란을 피우고 싶어도 그럴 근거가 없어지고 말았다.

그래도 우사는, 그것은 해자 바깥 마을에서나 그렇고 해자 안쪽의 번사들에게 가가 님은 아직 생생한 문제라고 생각하고 있었다. 하지만 열흘쯤 지나자, 아무래도 그것도 지나친 생각이었던 것처럼 여겨지기 시작했다. 해자 안에 있는 번사들의 집에서도 하녀나 하인, 주겐들은 마을에서 고용살이 일꾼으로 고용되어 간 사람들이다. 그들이 가져오는 소문 중에도 가가 님은 등장하는 일이 줄어들었다. 역시 씨가 마른 것이다.

물론 가가 님을 맡은 것이 마루미 번의 명운을 좌우하는 중요한 일임에는 변함이 없다. 하지만 그 일에 관여하고 있는 것은 번 안에서도 지극히 한정된 몇몇 사람들이고, 그 입은 돌처럼 단단한 모양이다.

가가 님의 존재는 마루미 번의 품 속 깊이 숨겨졌다. 그렇다면 더 이상 민초들과는 상관이 없는 일. 번의 내밀한 일은 내밀한 곳에 맡겨 두면 된다. 지금까지도 그랬던 것처럼 앞으로도 그렇게 해나가는 것이다.

마음에 응어리가 남을 시기는 이미 지났다.

우사의 마음에도 일단은 평온이 돌아왔다.

지금 신경이 쓰이는 일이라면 호의 신상뿐이다.

"저기, 밥을 잘 안 먹는구나."

해풍도 그치고 끈끈하게 산들바람이 불던 저녁. 우사는 작은 집에서 호와 저녁상을 둘러싸고 앉아 있었다. 보리밥에 잡고기, 짠지와, 짠맛이 강한 마루미의 적갈색 된장으로 끓인 된장국. 변변치 않은 밥상이긴 하지만, 우사 혼자 있을 때는 이만큼을 차리는 것도 귀찮아서 냄비와 솥에서 그대로 밥과 국만 떠서 먹을 때도 많았다. 그런데 호가 오고 나서 식기함^{평소에는 식기를 넣어두는 상자인데, 식사를 할 때는 뚜껑을 밥상으로 썼다도} 샀고 그릇도 이웃 사람들이 나눠 준 것을 받고 해서 밥상다운 모양새를 갖추게 된 것이다.

밥상의 반찬은 그대로라도 혼자서 먹을 때보다는 맛있다. 우사는 그렇게 느끼고 있었다. 그런데 호는 점점 먹는 양이 적어지고, 오늘 밤에는 반찬뿐만 아니라 밥도 절반을 먹는 것이 고작이었다.

본래 허약해 보이고 야윈 아이였지만 혈색만은 좋았고 뺨도 매끈매끈했다. 그런데 지금은 어떤가. 턱은 더욱 갸름해지고 뺨은 움 푹 패어 있고, 열 살 남짓밖에 안된 나이인데 눈 밑의 피부가 거칠어져 버석거린다. 지난 며칠 동안 아침저녁으로 이불을 펴고 갤 때 요와 이불에 달라붙은 머리카락의 수가 눈에 띄게 늘어난 것도, 우사는 신경이 쓰였다.

무엇보다도 어린아이답게 맑은 눈동자에서 밝은 기색이 완전히 사라지고 없다.

이노우에 가에서 보내 준 호의 짐은 작은 보따리 하나였지만, 옷도 속옷도 아마 고토에가 마련해 준 것인지, 소박하면서도 색깔이 예쁘고 하나하나 꼼꼼하게 바느질이 되어 있었다. 마루미에서는 장마철 전이면 이미 홑옷으로 갈아입기 때문에, 지금 호가 입고 있는 파란 잔물결 무늬 고소데는 마가 섞인 얇은 것이다. 고토에가 자신의 낡은 옷을 풀어 다시 지어 주었는지도 모른다.

본래 같으면 어린아이에게는 사치스러울 정도인 그 푸른색이 호의 흙빛 얼굴을 더욱 어둡게 만들고 있어 슬프다.

우사는 젓가락을 놓고 입에 남아 있던 잔가시를 천천히 씹어 부순 후 삼켰다. 그러고 나서 가만히 말해 보았다.

"너, 점점 기운이 없어져 가는구나."

호는 밥그릇과 젓가락을 손에 들고 고개를 떨어뜨리고 만다.

"혹시 내가 너한테 뭔가 심하게 대한 것이라도 있니?"

호는 집안일은 잘해 주었지만 읽고 쓰기나 계산은 서툴었다. 이노우에 가에서는 게이치로나 고토에에게 배웠다고 하니 전혀 못할 리는 없다. 그래서 굳이 시켜 보았지만 히라가나도 전부 다 읽고 쓰지는 못했고 덧셈 뺄셈도 제대로 하지 못했다. 그러고 보니 심부름을 보내면 거스름돈을 잘못 받아 오고도 우사가 말할 때까지 알아차리지 못할 때도 있다.

자신의 이름을 쓰게 해 보니 처음에는 '하'라고 썼다. 가르치면서 몇 번이나 고치게 해서 간신히 '호'라고 썼지만, 얼마 후 다시 한번 쓰게 했더니 이번에는 '하'도 '호'도 쓰지 못한다.

우사는 놀랐다. 어지간한 습자 선생보다 게이치로나 고토에가 훨씬 잘 가르쳤을 텐데.

우사는 원래 끈기 있는 성격은 아니다. 가르치다 보니 초조해져서 말이 강해지거나 어이없는 얼굴이 된 적도 있을 것이다. 그런저런 일들이 호에게는 힘들었을지도 모른다.

고개를 숙인 채, 호는 작은 등을 웅크리고 머리를 숙였다. "용서해 주세요."

"사과할 거 없어. 넌 잘못한 게 하나도 없는걸."

"저는, 바보라서." 호는 입으로 씹기 힘든 것을 씹듯이 말했다.

"누가 그런 말을 했다고 그래."

"성님이 여러 가지를 가르쳐 주는데, 저는 조금도 익힐 수가 없어요."

마루미의, 특히 어부 마을의 말로, 연상의 친한 여자를 부를 때 '언니'라는 뜻으로 '성님'이라고 말한다. 우사가 이웃에 사는 친한 여자를 부르는 것을 들었는지, 어느새 호도 우사를 그렇게 부르게 되었다. 그런 점은 조금도 둔하지 않은데.

"네 잘못이 아니야. 고토에 님이나 게이치로 선생님은 나보다 훨씬 훌륭한 선생님이고 잘 가르쳐 주셨을 거다. 내가 상대이다 보니, 너도 지금껏 하던 것과 달라서 잘되지 않는 거지."

틀림없이 그럴 것이다. 고토에와 게이치로는 아무리 호가 잘 기억하지 못해도 칭찬하거나 달래면서 천천히 진행해 나갔을 것이 틀림없다.

고토에의 이름을 듣자, 호는 고개를 떨어뜨린 채 격렬하게 눈을 깜박이기 시작했다. 눈물을 참고 있으리라.

"이노우에 가가 그립니?"

대답은 없다.

"참을 것 없어. 나도 고토에 님이 그리운걸."

게이치로 선생님도 그립다. 이노우에 가 옆의 잡목림에서 만난 지 벌써 보름 가까이 지났다. 그 후로 우사는 이노우에 가에 가까이 가는 것조차 꺼려졌다. 그때의 대화와, 우사를 향해 머리를 숙이던 게이치로 선생님의 모습을 잊을 수가 없다. 이제까지는 특별히 용무가 없어도 이노우에 가에 들르는 것을 즐거움으로 삼고 있었는데, 앞으로는 설령 히키테 견습으로서 심부름을 가게 된다 해도 누군가 다른 사람에게 바꿔 달라고 해야 할지도 모른다.

뵙고 싶지만, 게이치로 선생님의 얼굴을 보면 어떻게 행동해야 할지 알 수 없어서 나무인형처럼 우두커니 서 있게 될 것이다. 선생님, 저는 선생님께서 시키신 대로 하고 있습니다, 하고 얌전한 얼굴을 하면 될까. 아니면 은밀한 공감을 담아 생긋 웃기라도 해야 할까.

어느 쪽이건, 게이치로 선생님이 이전처럼 우사를 기쁘게 맞아

주고, 학문에 대해서 알기 쉽게 풀어 이야기해 주시는 일은 없을 것이다. 우사 쪽에서 그렇게 해 달라고 조르면, 강요처럼 되어 버릴 것이다.

호의 오른쪽 눈에서 눈물이 뚝 떨어졌다. 젓가락을 든 손 등으로 호가 그것을 닦는 모습을, 우사는 보고 있었다.

"읽기, 쓰기, 주산 따위는 못 해도 괜찮아."

우사는 식기함을 옆으로 끌어당기고 호 옆으로 다가앉았다.

"너는 부지런하니까 일할 곳을 찾아줄게. 전부터 생각하지 않았던 것은 아니지만 너랑 같이 사는 게 즐거워서 말을 꺼낼 수가 없었단다."

호는 얼굴을 들었다. 두 눈 가득 눈물이 고여 있다.

"너, 염색집에 가 보지 않을래? 염색공도 그렇고 직공도 그렇고, 거기에서 일하는 사람들은 모두 너만 한 나이부터 작업을 시작한단다. 열심히 해서 제몫을 해낼 수 있게 되면, 너 하나 정도는 충분히 먹고살 수 있을 거야."

마루미의 특산품인 조개 염색을 한 옷감은 오랜 기간의 착실한 노력이 결실을 맺어 요즘은 우아한 빛깔과 좋은 품질이 교토나 에도에까지 널리 알려지게 되었다. 이번에 가가 님을 맡게 된 것도 조개 염색 덕분에 마루미의 살림이 풍요로워졌기 때문에 그것을 시기한 쇼군이 부추긴 것이라는 소문이 드문드문 나왔을 정도다. 실제로는 이 특산물이 번의 재정을 아주 조금 나아지게 하는 데에는 공헌했지만 윤택하게 할 정도까지는 아니었다. 그런 소문의 근원이 되었다는 사실은 염색집으로서는 명예일 테지만.

직공도 염색공도 마루미에서는 소중한 존재이고, 항상 새 일꾼을 찾고 있다. 아무나 다 되는 것은 아니다. 우선 꼼꼼하고 손재주가 좋은 사람이어야 한다. 염료를 끓이는 솥에 불을 때는 것은 여름에는 덥고, 옷감을 물에 씻는 것은 겨울철에는 힘든 일이다. 물을 길어 나르는 등의 힘쓰는 일도 있다. 근성과 인내가 가장 필요하다.

"처음에는 솥에 가까이 가지도 못해. 해변에 가서 붉은 조개를 찾고 그것을 골라내는 일부터 시작하지. 여름에는 햇볕이 쨍쨍 내리쬐고, 겨울의 해변은 발이 베일 정도로 추워. 우선 그것을 참아내지 못하면 아무것도 할 수 없어. 해변에서 일을 하는 동안에는 다른 사람들의 밥을 짓고 청소도 해야 해. 염색집은 어디나 하나의 염색집이 한 가족이라 많은 사람들이 모여서 살고 있거든. 그래도 너라면 괜찮을 거야."

해변에서 일을 한다는 것은 해변에서 붉은 조개를 골라 모으는 일을 말하는데, 말하자면 염색집의 허드렛일꾼을 가리킨다. 어른도 있지만 대개는 나이 어린 아이들이다. 마을의 아이들뿐만 아니라 가난한 어부나 농가의 아이들이 염색집에서 살면서 일을 하는 경우도 많다. 해변의 일로 시작하여 직공이나 염색공까지 될 수 있는 것은 열 명 중 한 명이라고 한다. 나머지 아홉 명은 일이 너무 힘들어 도망쳐 버린다.

"실은 말이지, 돌아가신 우리 어머니는 날 직공으로 만들고 싶어 했어. 여기저기 염색집에 다리를 놓아 어떻게든 일하게 하려고 했지. 나는 손재주도 없고 참을성이 부족해서 안 되었지만."

우사는 목을 움츠리며 웃어 보였다.

"너는 밥 짓는 일이나 청소도 아주 잘하고, 성실하고 손재주가 좋으니 붉은 조개를 고르는 일도 분명히 금방 요령을 배울 수 있을 테지. 어때? 해 보지 않겠니?"

호는 그제야 젓가락과 밥그릇을 놓았다. 그것을 여태 들고 있었다는 사실을 잊고 있었던 모양이다. 그러더니 작은 손을 턱에 대고 머뭇머뭇 긁는 것 같은 동작을 했다.

"그러면…… 이제 성님하고는 같이 있을 수 없겠네요."

"그렇지만 네가 익숙해질 때까지는 여기서 다녀도 되잖아."

그런 응석이 통할지 어떨지는 확실치 않지만 그것은 이야기하기 나름이다. 우사는 장담했다. 지금은 조금이라도 호의 불안을 지우고 기운을 주고 싶었다.

"성님."

"응."

호는 눈치를 살피듯이 머뭇거리며 우사를 올려다보았다.

"염색집에는 많은 사람들이 있지요?"

"많이 있지. 시끌벅적하고 즐겁단다."

"그 사람……들은." 호는 말을 더듬었다. "저…… 저는 바보니까, 또 있지도 않은 것을 잘못 볼지도 몰라요. 나쁜 존재에 속을지도 몰라요. 그러면 많은 사람들이 다함께 화를 내지는 않을까요?"

우사는 마루방에 손을 짚고 저도 모르게 약간 몸을 뒤로 빼며 호의 얼굴을 새삼 바라보았다.

이것은 물론 고토에가 죽었을 때의 일을 말하는 것이다. 호의 마음에는, 어른들이 떼로 덤벼들어 약초밭에서 가지와라 미네의 모습을 보았다는 것은 네 착각이다. 있지도 않은 환상을 보았노라고 윽박지른 것이 이런 식으로 쌓여 있는 것이다.

응어리는 풀리지 않았다. 호에게는 남아 있었다. 우사는 내심 입술을 깨물었다. 우사도 같은 죄를 지었다. 몇 번이나 되풀이해서 호에게 그런 말을 들려주었으니까.

"그런 일은 앞으로 두 번 다시 없을 거야."

헛된 다짐이었다. 어째서냐고 묻는다면 설명은 할 수 없다. 그렇기 때문에 말투만 강해지고 만다.

"없다면 없는 거야. 그런 걱정은 하지 마."

"하지만."

"없을 거야. 괜찮아."

호의 입가가 작게 떨렸다.

"제게는 어머니의 저주도 붙어 있고. 저는, 저주를 짊어지고 있어요. 그대로 염색집에 갔다간, 염색집에도 나쁜 일이 일어날지 몰라요."

그러면 저는 요로즈야에서 쫓겨난 것과 마찬가지로, 또 염색집에서도 쫓겨나고 말 거예요. 마지막에는 울음 때문에 목소리가 갈라졌다.

우사의 마음은 둘로 갈라졌다. 갈라져서 깔쭉깔쭉한 면이 피를 흘리고 있었다. 마음의 절반은 그런 것 때문에 계속해서 훌쩍거리지 말라고 호에게 고함을 치려 하고 있다. 나머지 절반은 호의 머리를 끌어안고 미안하다고 사과하려 하고 있다.

그것은 거짓말이다. 전부 지어낸 이야기다. 고토에 님은 정말로 가지와라 미네에게 살해되었다. 너는 분명히 미네를 보았다. 나쁜 존재에게 속은 것이 아니다. 너야말로, 정말로 진실을 보고 알고 있다. 하지만 그것을 밝힐 수 없기 때문에, 우리는 다함께 네게 거짓말을 들려준 것이다.

네가 나쁜 존재에게 속았다고 들려주려면 이 세상에는 나쁜 존재가 있고 저주나 재앙을 가져온다고 주장해야 했다. 너는 거짓말의 근거인 거짓말을 또 짊어지고 이렇게나 괴로워하고 있다―.

일단은 억지로 받아들인 거짓이 우사의 목구멍까지 치밀어 올라와 당장이라도 토할 것만 같다.

하지만 여기에는 호의 목숨이 걸려 있다. 전에 이곳을 찾아왔을 때의, 와타베 가즈마의 충혈된 눈.

―잠시도 버티지 못할 걸세, 우사.

활달해 보이는 그 마을관청의 관리가 실은 진심으로 겁을 먹고 있었다.

―자네의 목숨도, 호의 목숨도.

진실과 목숨, 어느 쪽이 무거운가.

우사가 다시 한번 거짓을 삼키고 배 밑바닥으로 밀어 넣기까지는 잠시 시간이 걸렸다.

"널 속인 나쁜 존재는 이제 마른 폭포 저택에 갇히고 말았어. 걱정할 거 없다."

가까스로 그렇게 말하고 억지로 미소를 지었다.

"마른 폭포 저택에도 원래부터 나쁜 존재가 있었다는 소문이야.

가스케 대장님이 그러시더라. 그래서 가가 님은 거기에 들어가셨다고. 나쁜 존재끼리 서로를 쳐서 얌전해지게 하려고. 그러니 이제 안심해도 돼."

호는 우사의 말뜻을 아는지 모르는지, 아직도 손가락으로 턱을 긁고 있다. 그 모습이 확실히 불안하다.

"그리고 말이지." 할 말을 찾느라 잠시 뜸을 들였을 때, 우사의 머리에 하늘의 계시가 번득였다.

"너희 어머니의 저주 말인데, 그거라면 좋은 방법이 있어."

나랑 같이 히다카야마 신사에 참배를 가자고, 우사는 말했다.

"원래 너는 곤비라 신사에 참배를 드리러 왔지? 나는 도저히 너를 곤비라 신사까지 데려 줄 수는 없지만 히다카야마 신사라면 당장이라도 갈 수 있어. 열심히 기도를 하고 오면 어머니의 저주도 깨끗이 씻어 주실 거야. 너는 이제 마루미의 아이니까."

그래, 그렇게 하자. 우사는 손뼉을 쳤다. 간신히 호를 활짝 웃게 할 수 있었다.

2

다음 날 아침, 우사는 일찌감치 일어나 서쪽 파수막으로 향했다. 숙직을 서고 있던 히키테를 깨우고 파수막 안팎을 청소하고, 구비되어 있는 포박 도구나 소방 도구 손질도 끝냈다. 마침내 가스케 대장이 얼굴을 내밀었을 무렵에는 대충 일이 끝나 있었다.
"오늘 아침에는 왜 이렇게 일찍 왔나?"
우사는 호를 점찍어 둔 염색집으로 데려가려고 한다고 밝혔다. 대장은 무뚝뚝한 얼굴에 웃음을 지었다.
"자네, 전에도 그런 말을 했지. 얘기가 잘되었으면 좋겠군."
우사는 기운이 솟아 공동주택으로 돌아와서 호의 손을 이끌고 나갔다. 우사의 어머니와 오랫동안 친하게 지내던 오산이라는 아주머니가 직공 우두머리를 맡고 있는 염색집이 두 골목쯤 지나 북쪽으로 가면 모퉁이에 있다. 우선은 거기에 물어볼 생각이었다.

오산이 있는 염색집은 본래 마루미에서 제일 처음 조개 염색을 시작한 염색집의 시초라고도 할 수 있는 가게의 분점인데, 그래서 마을 사람들에게는 '별채'라고 불리고 있었다. 별채의 염색은 다른 염색집보다 푸른빛이 강해 그 특징을 잘 살린 '푸른 물결 버드나무'라는 잎사귀 문양이 자랑이다.

호는 여전히 멍한 얼굴에 발걸음에도 기운이 없었지만, 우사는 이제 일일이 신경 쓰는 것은 그만두기로 하고 오산이 상냥한 아주머니라는 것, 직공으로서의 실력은 마루미에서도 세 손가락 안에 들어간다는 것을 열심히 이야기했다.

염색집은 가마방 천장에 탑처럼 높은 굴뚝이 솟아 있다. 거기에서 피어오르는 연기와 김은 일 년 내내 끊기는 일이 없다. 정월에도 마찬가지다. 따라서 가가 님이 마루미에 들어올 때의 엄한 명령에 염색집 사람들은 자못 당혹했을 것이다.

올려다보이는 염색집 굴뚝은 우사의 가운뎃손가락만 한 폭밖에 되지 않는 가느다란 나무판자를 얼기설기 짜서 만든 것이다. 연기와 김으로 굴뚝이 상하면 팔 년에서 십 년 정도를 기점으로 발판을 쌓아 다시 만든다. 그러나 그렇게 굴뚝을 다시 지을 때에도 염료를 끓이는 솥의 불은 끄지 않기 때문에 창이나 문을 활짝 열어 둔다. 이것을 '염색집 열기'라고 부르는데, 연기나 김 냄새로 이웃에 폐가 되기 때문에 염색집에서는 각자 고안해 낸 과자나 잡화를 만들어 이웃에 돌리는 풍습이 생겼다.

조개 염색이 시작된 지 아직 얼마 되지 않았기 때문에 '염색집 열기'도 마루미에서는 새로운 풍습이다. 우사가 기억하고 있는 것은 여덟 살 때의 가을이다. 별채에서 염색집 열기를 한다고 해서, 어머니가 우사를 데려가 별사탕이 들어 있는 작은 꾸러미와 별채에서 염색한 옷감으로 만든 앞치마를 받았다. 오산도 이때 처음으로 만났다. 어부 마을의 여자들과는 달리 피부가 희고 통통하게 살이 쪘으며 큰 소리로 잘 웃는 아주머니라고 생각했다.

염색집 안에서는 염료 만들기부터 실 염색, 염색한 실을 말리고 감아서 옷감으로 짜내는 작업까지 전부 이루어진다. 염색에서 직조까지 전부 하나의 염색집에서 하고, 그렇기 때문에 염색집마다 다른 느낌을 낼 수 있는 것이 장점이기 때문이다. 따라서 건물은 전부 크다. 가마방이 있는 건물과 실을 감거나 옷감을 짜는 베틀방이 있는 건물 사이, 실을 말리는 안뜰을 사이에 둔 단층 건물에, 대개의 경우는 같은 부지 안에 염색집에서 일하는 사람들이 사는 숙소가 지어져 있다. 큰 염색집이면 하급 번사들이 사는 울타리저택보다도 훌륭한 건물인 경우도 드물지 않다.

별채는 분가이기 때문에 염색집으로서는 중간 정도의 크기이지만, 그래도 이 모퉁이 땅을 떡하니 차지하고 있다.

이노우에 가에 있을 때도, 우사의 집에 몸을 의탁하게 된 후에도, 호는 혼자서 돌아다니는 경우가 지극히 적었기 때문에 염색집 건물을 가까이서 보는 것은 처음일 것이다. 정문 앞에서 우사가 걸음을 멈추자, 호는 우사와 손을 잡은 채 뚫어져라 굴뚝을 올려다보고 있었다. 별채의 굴뚝은 바로 작년 봄에 새로 지은 것이다. 아래쪽으로는 아직 판자 조각의 옹이가 보인다. 새로 지어야 할 정도로 오래된 굴뚝은 그을음과 김과 증기가 되어 피어오른 염료의 색깔을 빨아들여 짙은 조청빛으로 변색되고, 판자와 판자의 이음매조차 보이지 않게 되고 만다.

오월부터 팔월까지는 염색집 정문의 장지에 종이를 붙이지 않기 때문에 뼈대만 드러나 있고 그 사이로 안의 모습을 엿볼 수 있다. 말을 걸기 전에 가마방에 서서 일하고 있던 여자 중 한 명이 알아차리고 이쪽을 보았다. 우사는 목례를 했다.

"실례하겠습니다. 서쪽 파수막의 우사입니다. 오산 아주머니 계십니까?"

"오산 씨라면 베틀방에 있어. 아까 해변에서 돌아왔으니 이제 베틀에 앉아 있을 때가 됐지."

직공 우두머리쯤 되면 앉아서 옷감만 짜고 있어도 될 것 같은데 오산을 비롯해 염색집의 직공들을 거느리고 있는 여자들은 하나같이 해변에 자주 나간다. 더 뛰어난 조개 염색 천을 짜려면 조개를 보는 눈을 잃어서는 안 되기 때문이라고, 오산은 말한다.

"베틀방 쪽으로 찾아뵙고 싶은데, 안으로 지나가도 괜찮을는지요?"

가마방에는 무럭무럭 김이 피어오르고 있다. 이야기하는 상대방의 얼굴도 잘 보이지 않아, 우사는 목소리를 높였다.

"괜찮긴 한데, 조심해."

우사는 예 하고 대답하며 호를 데리고 안으로 들어갔다. 이러면 지나는 길에 호에게 염색집 안을 보여 줄 수 있다.

별채에는 약 열 개 정도의 가마가 있다. 흙을 굳혀 높게 쌓고 아래쪽에 구멍을 뚫어 아궁이를 만든 후, 위에 바닥이 둥근 솥을 놓는 형태의 가마이다.

"뚜껑이 덮여 있는 솥에서는 조개를 끓이고 있어. 염료를 우려내는 거지. 뚜껑을 덮지 않은 솥에서는, 그렇게 우려낸 염료로 실을 끓인단다. 잘 보렴. 김을 조심하고."

열기와 조개 냄새에, 호는 얼굴을 잔뜩 구기고 있다. 우사는 웃었다.

"익숙해지기 전에는 냄새가 좀 괴로울지도 모르겠구나."

솥을 나란히 놓고 끓이다 보면 염료만 있을 때와 실을 넣었을 때 어떤 차이가 생기는지 금세 알 수 있다. 그래서 이렇게 같은 곳에서 끓인다고, 우사는 이야기해 주었다.

가마방을 가로질러 건물 반대편의 장지문을 열자 안뜰이 나왔다. 나무 말뚝을 박아 그 위로 대나무 장대를 걸친 것이 몇 개나 늘어서 있다. 거기에, 중간을 묶어 고리 모양으로 만든 실이 셀 수도 없을 정도로 많이 걸려 있었다.

"저쪽에도 건물이 보이지?"

우사는 오른쪽을 손으로 가리켰다. 초가지붕이 건물에서 튀어나와 있다.

"저기에는 조개를 우려서 만든 염료를 병에 넣어 재워 두고 있어. 열흘에서 보름 정도 재워서, 그 후에 염색에 쓰지. 그리고 염색한 실을 이렇게 볕에 말리는 거란다."

그 실을 실감개로 감아 짜는 곳이 베틀방이다. 우사는 갖가지 농담濃淡의 화려한 붉은색 실묶음 사이를 누비듯이 지나갔다.

"베틀방에서 짠 옷감은 흐르는 물에 빨아선 안 돼. 옛날에는 해자의 물로 빨았지만 그러면 해자가 더러워진다고 해서 금지되었지. 지금은 우물물을 퍼서 쓰고 있어. 그래서 해변에서 일하는 사람들에게는 물을 긷는 일도 중요하단다. 너, 물은 잘 긷지? 이렇게 가느다란 팔이지만 힘은 꽤 세더구나."

안뜰 오른쪽 끝에 우물이 있다. 지금도 거기에서 젊은 여자 두 명이 소매는 끈을 매어 걷어붙이고 옷자락도 걷어 올려 무릎까지 드러낸 채 씩씩하게 천을 물에 빨고 있다. 커다란 대야에 물을 받아 그 안에 낙낙하게 접은 옷감을 담근 후 발로 밟아 빠는 것이다. 그것을 두세 번 되풀이한다. 난폭한 방법 같지만 이렇게 하지 않으면 우아한 느낌을 주는 조개 염색의 유일한 결점인 염료 냄새를 씻어낼 수가 없다.

우사는 베틀방 문에서 다시 한번 기척을 내고 문을 열었다. 들어가자마자 바로 있는 입구에는 다다미가 깔려 있고 실감개 세 대가 놓여 있다. 그 너머에는 마루가 깔려 있고 여섯 대의 베틀이 두 대씩 좌우로 나란히 서서 달각달각 소리를 내고 있었다.

"아니, 우사 아니냐."

실감개 앞에 앉아 있던 노파가 말을 걸었다. 우사가 어릴 때부터 노인이었고, 지금도 노인이다. 이렇게 나이를 먹고 나면 십 년 정도로는 오히려 겉모습이 변하지 않는다.

"안녕하세요."

베틀방은 가마방보다 훨씬 더 넓다. 그것은 베틀방 왼쪽, 삼분의 일 정도의 장소가 봉당으로 되어 있기 때문이다. 거기에 물에 빨고 난 옷감이 평평하고 길게 널려 있다. 실과 달리 밖에서 말리지 않는 이유는, 옷감이 된 후에는 비와 햇빛을 피해야 하기 때문이다.

가장 앞쪽에 선명한 호랑나비 무늬 옷감이 널려 있다. 호는 거기에 넋을 잃었는지 가까스로 표정이 움직였다. 조개 염색의 특징인 연한 붉은색에 별채의 자랑거리인 푸른빛을 맞물리게 하여 허공에서 날아다니는 환상의 나비를 짜낸 것이다. 시선을 빼앗길 만큼 아름다웠다.

"예쁘지, 응?"

우사는 몸을 굽히고 호의 귓가에 말했다.

"직공이 되어서 저런 것을 짤 수 있다면 얼마나 자랑스러울까."

안쪽 베틀의 움직임이 멈추더니 작고 통통한 여자가 내려와 생글생글 웃으면서 우사 일행에게 다가왔다. 목에 두른 수건으로 땀을 닦는다. 오산이다. 색깔이 빠지고 옷자락이 해진 낡은 옷에 심지가 없는 낡아빠진 띠를 매고 있다. 아름다운 옷감을 짜는 직공은 막상 자신의 몸에는 신경을 쓸 수 없다.

"꽤 오랜만이네. 잘 지냈니?"
"죄송합니다. 가까이 있다 보니 오히려 찾아뵙기가 어려워서."
오산은 뺨뿐만 아니라 눈꺼풀까지 통통해서 작은 눈이 그 속에 감추어지고 만다. 그러나 그 눈은 날카로워서, 우사의 손에 잡혀 있는 호를 힐끗 본 것만으로도 뭔가 알아챈 모양이다.
"이런, 손님이구나."
오산은 생긋 웃으며 호 쪽으로 몸을 굽혔다.
"못 보던 아이구나. 우사, 언제 동생이 생겼니?"
동생—. 우사는 수줍게 웃었다.

오산은, 이야기라면 숙소 쪽에서 하자며 안내해 주었다. 베틀방을 나서서 건물 뒤쪽으로 돌아가니, 벌써 우거지기 시작한 여름풀 사이에 사람이 밟아 다져서 낸 길이 나 있다. 그 너머에 염색집보다는 훨씬 조촐하고 아담한 이층집이 서 있었다. 문도 창도 닫혀 있지만, 이층 정면 창만이 활짝 열려 있고 거기에 차양이 걸려 있다. 지나가다가 힐끗 시선을 든 우사는 차양 뒤에 역병을 막는 붉은색 목판화가 붙어 있는 것을 알아차렸다.
저것은 천연두를 막기 위한 것일까. 누군가 앓아누워 있다면 호를 가까이 가게 하고 싶지는 않다.
안내받은 곳은 벽을 터서 만든 넓은 마루방으로 구석에는 방석이 몇 개나 쌓여 있었다. 숙사에 사는 사람들이 아침저녁으로 밥을 같이 먹는 곳이라고 한다. 오산은 손수 부엌에 가서 보리차를 따라 내와서 우사와 호에게 권하면서 우선 자신이 꿀꺽꿀꺽 마셨다.

"나는 아무래도 더위를 많이 타서 아직 장마철도 되지 않았는데 너무 목이 마르지 뭐냐."

무난한 잡담을 시작으로 아직 본론에 들어가기 전에 우사는 틈을 보아 이층의 붉은 목판화 얘기를 꺼냈다.

"누가 아픈가요?"

오산은 기세 좋게 고개를 끄덕였다. 숨기는 표정이 아니라 이야기하고 싶었던 모양이다.

"병이라고 할 것은 아닐지도 모르지만 오키쿠 씨와 하치가 계속 앓아누워 있어."

오키쿠는 이곳 직공이다. 하치타로는 그 아들로, 나이는 아홉 살. 오키쿠는 행상인인 남편과의 사이에 다섯 아이가 있고, 위의 넷은 각자 고용살이를 나가거나 혼인을 했지만 막내 하치타로는 어머니와 함께 숙사에서 살고 있었다. 염색집에서는 이런 일이 드물지 않다.

"상태가 어떻습니까?"

"그게 말이지……."

오산은 힐끗 호를 곁눈질로 보고 수건으로 얼굴을 닦았다. 호는 얌전히 정좌하고 양손을 무릎에 얹은 채, 또 넋이 나간 얼굴로 돌아와 있다.

"왠지 말하기가 어렵구나. 우사는 히키테니까."

그렇게 말하면 오히려 신경 쓰인다.

"너무하세요, 아주머니. 저는 아직 견습인걸요. 게다가 다른 데 흘리면 안 되는 이야기라면 반드시 입을 다물고 있겠어요."

그건 알고 있지만, 하며 오산은 여전히 꾸물거렸다.

"실은 말이지, 마른 폭포 저택."

우사는 흠칫 놀랐다. "아아, 네."

"거기가 아직 비어 있을 때, 이 근처 염색집 아이들이 해가 지고 나서 담력 시험을 한다며 나간 적이 있어. 하치도 그때 같이 갔는데 말이다."

담력 시험이라. 어느 모로 보나 아이들이 생각할 만한 일이기는 하다.

"언제쯤인데요?"

오산은 손가락을 꼽아 헤아리다가 도중에 고개를 저었다. "며칠 전인 것 같구나. 아이들이 담력 시험을 하러 나간 다음 날, 그곳에서 대울타리가 쓰러져 부상자가 나왔다나 하며 소동이 있었지."

우사는 고개를 끄덕였다. 그렇다면 보름은 지난 일이다.

옆에서 호가 몸을 꼼지락거렸다. 마른 폭포 저택에서 대울타리가 쓰러진 날—이노우에 가의 고토에가 죽은 것도 그날이다. 담력 시험은 그 전날인 셈이다.

"대여섯 명이 신나서 떠들어 대며 나갔는데 반각도 지나기 전에 다들 새파래져서 돌아왔어. 나는 거기 있던 하급 무사에게 야단이라도 맞고 도망쳐 돌아온 거라고 생각했지. 마른 폭포 저택은 수리에 들어가 있었고, 밤에도 모닥불을 피우고 순찰도 하고 있었으니까."

가가 님을 맞이하기 위해 공사를 하고 있었던 것이다.

"하지만 아이들을 달래가며 물어보아도, 야단맞았다거나 그런

게 아니라고 하는 거야. 무엇보다 마른 폭포 저택에는 가까이 가지도 않았대. 저택이 보이는 산길까지는 갔지만 거기에서 도망쳐 돌아왔다는 거야."

달밤이라 불빛이 없어도 아이들에게는 길도 보였고, 멀리 달빛이 내려앉은 마른 폭포 저택의 기와지붕도 보였다고 한다.

"그…… 지붕 위에 말이지."

오산은 목소리를 바싹 낮추면서, 또 입가를 수건으로 닦았다.

"귀신이 웅크리고 있었대."

몸은 시커맸다. 머리에 뿔이 돋고 형형하게 빛나는 눈을 부릅뜬.

"모두들 다리가 풀려 버려서 당장은 움직일 수 없었다는 거야. 그러자 귀신 쪽에서 아이들을 발견하고, 지붕에서 뛰어내려 쫓아오더래."

아이들은 우르르 도망쳤다. 좁은 산길에서 쓰러지고 구르며 앞다투어.

"하치는 짚신 끈이 떨어져서 뒤에 남겨지고 말았지. 정신없이 도망치던 아이들도 산길을 다 내려갔을 때 하치가 없다는 사실을 알아채고 허둥지둥 돌아가 보았대. 그랬더니 하치가 흰자위를 드러내고 벌렁 자빠져 있어서, 다함께 짊어지고 돌아왔다는 거야."

자식을 안아든 오키쿠는 하치타로의 오른쪽 어깨에서 등에 걸쳐 날카로운 손톱이 달린 손으로 긁은 것처럼 찢어진 옷을 보았다. 벗겨 보니 피부에는 무참하게 긁힌 상처가 남아 있었다.

하치타로는 그날 밤부터 고열이 나서 앓아눕고 말았다. 다행히 사흘 정도 지나자 열은 내렸지만 아직도 상태가 이상해서, 밤이면 가위에 눌리고 낮에도 멍하니 헛소리를 하는 형편이라, 오키쿠는 걱정이 된 나머지 야위고 말았다고 한다.

우사는 서쪽 파수막에서 가스케 대장님에게 들은 이야기를 떠올렸다. 그렇구나, 이런 일이 일어나고 있었던 것인가.

"그러니 담력 시험 따위 그만두라고 말했는데."

오산은 불평하듯이 입가를 일그러뜨렸다.

"그런 일이 있은 바로 다음 날 대울타리가 쓰러지는 소동도 있고 했으니 아주머니들은 더 기분이 찝찝하셨겠네요."

우사는 그렇게 말하며 위로하듯이 오산에게 미소를 지었다. 오산은 씁쓸한 얼굴이다.

"본래 나쁜 소문이 있었던 저택이니까. 어린아이가 겁쟁이여도 곤란하지만 앞뒤 안 가리는 짓도 정도껏 해야지."

이층의 붉은 목판화는 진제이 하치로 다메토모_{미나모토노 다메토모의 별칭.} _{거한에 강궁웨라으로 유명했던 헤이안 말기의 무장} 님의 그림이라고 오산은 말했다.

"강한 무사니까 귀신을 퇴치해 줄 거다, 그러니 이제 무서워하지 않아도 된다고 하치에게 말해 주었지. 같은 하치로이기도 하고."

"아주머니는…… 그 귀신이 어디에서 왔다고 생각하세요?"

오산은 작은 눈을 크게 떴다. "어디라니, 그 저택에 사는 거겠지."

"옛날에 아사기 가 사람들에게 원한을 갚은 그 귀신일까요?"

"그래, 그래. 그렇지 않겠니? 우사도 아사기 님 댁에서 병자가 나와 큰일이었다는 이야기는 알고 있지?"

"네, 이야기로 들었을 뿐이지만요."

"십오 년이나 지난 일이니까. 그때도 엄청난 소동이었어."

우사는 호의 표정이 신경 쓰였다. 계속 얌전히 있었는데 지금은 또 끊임없이 눈을 깜박이고 있다.

"그 저택은 그때 불에 태워 버렸어야 해. 그런데 계속 놔두더니 이제 와서 수리를 한다며 사람을 들이니까 모처럼 잠들어 있던 귀신이 깨어나고 만 거야."

"하지만 지금은 사람이 살고―."

오산은 가시에 찔린 것 같은 얼굴을 하고 짧게 웃었다.

"에도에서 유배되어 온 그분도 귀신이라면서. 가가 님이라고 했나? 차라리 저택째 태워 버리는 것은 어떨까? 귀신 두 마리를 한꺼번에 퇴치할 수 있잖아."

오산에게 호를 부탁한다는 용건은 어떻게든 전달할 수 있었지만 왔을 때의 신나는 기분이 사라진 우사는 별채에서 나왔다. 편할 때 언제든지 아이를 데려오렴. 우리 염색집에서 돌봐줄 테니―하고 오산이 보증해 주었지만, 그런 사정으로 앓아누워 있는 하치타로라는 아이가 있는 곳에, 하필이면 지금 호의 신병을 맡기다니……. 갑자기 마음이 내키지 않게 되고 말았다.

길로 나오자, 우사는 잡은 손을 끌어당기며 쪼그려 앉아 호의 얼굴을 보았다.

"저기, 무서운 이야기였지?"

호는 잠자코 우사의 얼굴을 마주 보았다.

"하치타로라는 아이도 나쁜 존재에게 속은 건지도 몰라."

호는 눈을 내리깔고 우사의 손을 놓았다.
"그래서 있지도 않은 것을 보았는지도 몰라. 그런 일은 있는 법이거든. 너만 그런 게 아니야."
호는 작은 주먹을 쥐었다. 그것을 물끄러미 바라본다.
"자, 히다카야마 신사에 가자."
우사는 일어섰다. 같이 우울해해서는 안 된다.
"열심히 참배를 드리는 거야. 그러면 넌 괜찮을 테니까."
손을 잡아끌며 걷기 시작한다. 호는 몸을 돌려 염색집을 보았다. 우사는 알아차리지 못했지만 몹시 골똘히 생각에 잠겨 있었고, 완고한 빛이 그 눈에 깃들어 있었다.

3

히다카야마 신사는 그 이름대로, 마루미의 성시에서 보아 남동쪽 방향의 히다카야마 산이라는 높다란 산꼭대기에 있다.
우사가 어머니에게 들은 이야기로는 신사로 통하는 참배길은 상당히 가파른 산길로 소나무 뿌리가 멋대로 뻗어 있고 바위나 돌이 흔하게 널려 있었다고 한다. 군데군데 통나무를 늘어놓아 조금이라도 걷기 쉽게 하려는 노력은 하고 있었지만 큰비가 내리자 그것이 떠내려가 길이 무너져서 오히려 뒤처리하기가 어려워졌다고 했다. 마루미의 겨울은 거의 눈을 볼 수 없지만 우사의 어머니가 젊었을 때 섣달 그믐날에서 설날에 걸쳐 놀랄 만큼 큰눈이 내려, 히다카야마 신사에 새해 첫 참배를 하려는 사람들을 매우 곤란하게 만든 적도 있었다고 들은 적이 있다. 그 해에는 내린 눈이 얼어붙을 정도로 추위도 심해 정월의 절반이 지날 때까지는 여자나 아이들, 노인의 다리로는 신사로 통하는 산길을 걸을 수가 없었다고 한다.

지금 그 길은 대부분이 훌륭한 돌계단으로 되어 있다. 산길은 멋진 참배길로 바뀌고 요소요소에는 돌로 만든 등롱도 세워졌다. 참배길 입구 바로 앞에 서서 구불구불하게 위로 위로 뻗어 있는 돌계단을 눈을 크게 뜨고 올려다보고 있는 호에게, 우사는 웃음을 지었다.

"이렇게 훌륭한 돌계단 참배길이 있는 곳은 곤비라 신사뿐이라고 생각하고 있었니?"

그러나 호는 곤비라 신사의 그 유명한 돌계단에 대해서 모르는 것 같았다. 에도에서 대리 참배를 보낼 때 그런 것도 가르쳐 주지 않았나 보다. 우사는 호와 손을 잡고 돌계단을 오르면서 사누키의 곤비라 님이 해상을 지키는 신이라는 것과 히다카야마 신사의 유래 등, 자신이 알고 있는 사실들을 호에게도 알기 쉽게 풀어서 이야기해 주었다.

이야기하면서 문득 생각했다.

우사는 어릴 때부터 히다카야마 신사에 참배를 올 때는 이 돌계단을 오르곤 했다. 그것을 어머니의 이야기와 맞추어 보면, 이 돌계단은 언제 만들어진 것일까.

옆에 있는 석등을 보니 그것은 염색집 회합에서 기증한 것인지 염색집 우두머리의 이름이 몇 개 새겨져 있다. 기증한 날짜를 보니 십사 년 전의 이월이다. 수십 계단을 더 올라가 다음 석등을 보니 거기에도 같은 날짜가 들어가 있었다.

히다카야마 신사는 아사기 가와 관련이 깊다. 아사기 가의 선조는 대대로 히다카야마 신사를 지켜온 신관이다. 바로 최근에 우사는 그 사실을 가스케 대장에게 배웠다.

그런 아사기 가에 기분 나쁜 돌림병이 생겨 많은 사람들이 병에 걸리고 마른 폭포 저택이 지어진 것은 십오 년 전의 일이다. 또 석등에 새겨져 있는 날짜는 이 돌계단이 만들어졌을 무렵과 크게 다르지는 않을 것이다. 그렇다면 아사기 가에 재앙이 닥친 이듬해에 참배길이 훌륭하게 정비되었다는 뜻이 되지 않는가.

어림짐작이지만 납득을 한 우사는 돌계단을 오르면서 혼자서 작게 고개를 끄덕였다. 정체불명의 돌림병에 겁을 먹은 아사기 가가 재삼 히다카야마 신사의 가호를 정성껏 기원하며 큰돈을 들여 신사의 모양새를 갖추기 시작했고, 그것이 이듬해에 완성을 보았다는 것은 있을 법한 일이다. 이런 대규모 공사는 아무리 강하게 바란다 해도 아사기 가의 힘만으로 할 수 있는 일은 아니고 마루미 번의 살림살이—자금 사정에 여유가 있어야만 가능하므로, 무조건 딱 잘라 말할 수는 없지만.

어린 호의 다리로는 돌계단을 오르기가 버겁다. 절반쯤 왔을 때 한 번 쉬었다. 이 높이에서는 소나무숲 사이로 성시를 널리 내려다볼 수가 있다. 항구의 선창 위를 날아다니는 갈매기의 하얀 날개에 햇빛이 반사한다. 해안에 나가 있는 어선의 수도 하나하나 셀 수 있을 정도로 잘 보인다. 아침부터 구름 하나 없는 맑은 날씨다. 바다는 잔잔하고, 토끼도 날지 않는다.

"기분이 좋네."

우사는 한껏 기지개를 켜면서 말했다. 호는 숨을 헐떡이면서도 생긋 웃으며 우사를 올려다보았다. 우사는 마을 사이로 머리를 내밀고 하얀 김을 피워 올리고 있는 염색집의 탑을 하나하나 가리키며, 오전에 둘이서 찾아갔던 오산 아주머니가 있는 염색집은 저기라고 호에게 가르쳐 주었다.

"서쪽 파수막은 작아서 여기에서는 안 보이는구나. 오산 아주머니의 염색집 바로 밑에—저기쯤일까?"

높은 곳에서 내려다보면 우사가 태어나고 자란 항구의 어부 마을에서 서쪽 파수막 사이는 한달음밖에 되지 않을 것처럼 보인다. 손가락으로 재어 보아도 한 치 정도의 길이밖에 안 된다. 그래도 어부 마을에서 나와 히키테의 동료가 되고 나서, 우사의 생활은 꽤 많이 변했다.

하물며 호는 아득히 먼 에도에서 여기까지 흘러왔다. 저 바다 저편, 우선 오사카의 항구가 있고, 거기에서 도카이도를 쭉 따라 내려가 수십 일이나 여행을 해야 간신히 닿을 수 있는 아득히 먼 곳에서, 호는 이 작은 발로 여기까지 온 것이다.

갑자기 안타까워져서 우사는 눈을 깜박이고 바로 옆에서 작은 손을 이마에 대고 즐거운 듯이 풍경을 바라보고 있는 호를 바라보았다.

정말, 먼 곳에서 용케도 여기까지 왔구나, 호. 인연이 있어서 이곳에 오게 된 너를, 마루미의 산과 바다와 해님이 이렇게 따뜻하게 맞아 주고 있어.

호는 앞으로 마루미에 뿌리를 내리고 제몫을 해내는 어엿한 여자로 자라갈 것이다. 그래, 우사, 그러니 이제 사소한 일에 가슴앓이할 것 없어. 이 아름답고 온화한 풍경이 그렇게 마음에 말을 걸어오는 것을 느꼈다.

정말 즉흥적이었지만 신사에 오길 잘했다―는 생각이 들었다.

"자, 조금만 더 힘내면 돼. 가자."

우사는 호의 손을 잡아끌었다.

돌계단의 마지막 열다섯 단 정도가 특히 가팔라서 두 사람은 땀을 흘리며 올라갔다. 꼭대기의 한 단에 발을 올려놓고 함께 와아 하며 비명 섞인 환호성을 질렀다.

"후우, 힘들다, 힘들어." 우사는 웃었다. "나, 살이 쪄서 몸이 무거워졌나 봐. 아니, 호, 너는 얼굴이 새빨개."

경내에는 인기척이 없어서 두 사람이 떠들어 대는 목소리가 새파란 하늘에 울려 퍼졌다.

품에서 수건을 꺼내 자신과 호의 얼굴을 닦았다. 이제부터 참배를 드려야 하기 때문에 흐트러진 목 언저리와 옷자락을 가다듬고 머리카락도 단정하게 매만진다.

호는 우사의 보살핌을 받으면서 고개를 돌려 신기한 듯이 히다카야마 신사 경내를 둘러보고 있다. 붉은색이 바래어 끝자락에 원래 나뭇결이 보이는 커다란 도리이_{신사의 참배길 입구에 세우는 문} 너머에는 아담하게 생긴 본전이 있다. 멋지게 휘어진 사면의 기와지붕과 우사의 팔로는 다 껴안을 수도 없을 만큼 굵은 기둥으로 받쳐져 한편으로는 중후하게 느껴지기도 한다. 산꼭대기라서 경내를 에워싸고 있는 소나무나 은행나무, 칠엽수 들은 하나같이 키가 작은데다 우아하고 아름다운 무용수처럼 옆으로 가지를 뻗고 있지만, 도리이 바로 뒤에 딱 한 그루, 하늘까지 닿을 듯한 굵은 소나무가 서 있다. 줄기는 갈라지고 껍질이 회색으로 벗겨져, 수령은 당장 짐작이 가지 않을 정도다. 하지만 수백 년이나 이곳에 서 있었을 이 소나무는 한 번도 벼락을 맞지 않았다. 이것이 또 신체인 들개의 뇌수 퇴치 유래와 어우러져, 이 소나무는 신목神木으로 숭앙받고 있다.

손 씻는 곳에서 손을 씻고 입을 헹군 후, 두 사람은 본전을 향해 열심히 참배를 올렸다. 우사는 머릿속으로 여러 가지 소원을 생각하고 있었지만 막상 합장을 해 보니 그 모든 것들은 사라지고, 저와 호가 건강하게 살 수 있도록 지켜 주십시오 하고 열심히 기도할 수밖에 없었다.

우사가 몸을 일으키고 얼굴을 들자, 호는 한껏 발돋움을 해 가며 본당 벽에 걸려 있는 커다란 판자 그림을 바라보고 있었다. 산 정상에 꼬리를 세우고 바짝 긴장해 있는 새하얀 들개가, 구름 사이로 달려 내려오려 하는 금색 짐승에게 이를 드러내고 맞서 싸우려 하는 모습을 그린 그림이다. 낡아서 색깔이 바래고, 구름의 금색도 소나무의 녹색도, 들개의 순백의 털도 흐릿해지긴 했지만, 바라보는 사람의 눈앞에서 당장이라도 움직일 것만 같은 박력이 있다. 으르렁거리는 소리까지 들릴 것 같다.

"저 하얀 들개가 히다카 님이야." 손가락으로 가리키며 가르쳐 주었다. "금색 짐승이 뇌수란다."

"뇌수?"

"벼락을 자유자재로 다룰 수 있는 짐승이래. 하늘 위에 살면서 구름 사이를 뛰어다닌단다. 큰 소리로 울면, 그것이 그대로 천둥과 번개가 된대."

호는 매료된 모양이다.

"성님, 이 그림을 그린 사람은 정말로 이런 짐승을 보았을까요?"

우사는 웃었다. "이것은 히다카 님이 뇌수를 퇴치하는 그림이야. 먼 옛날에 일어난 일이니 이 그림을 그린 화가가 그 자리에서 보고 있었던 것은 아닐 테지. 틀림없이 이랬을 것이다, 하고 생각해서 그린 거야."

금색 뇌수의 입은 귀까지 찢어져 있고 눈에는 날카로운 빛이 깃들어 있다. 몸에는 번개를 두르고 꼬리는 불꽃으로 바뀌어 있다.

"뇌수를 보았다는 전설이라면 있어."

"정말인가요?"

호는 두려워하고 있다. 우사는 또 아하하 하고 웃었다.

"걱정하지 않아도 히다카 님이 여기 계시는 한, 뇌수가 마루미로 내려오는 일은 없을 거야. 전설도, 뇌수가 구름 위를 달려갔다거나 바람을 일으키며 지나갔다거나, 그런 이야기인걸."

우사는 호를 데리고 본전 옆에 있는 작은 사당으로 향했다. 거기에는 다다미 반 장 정도 크기의 평평한 돌이 모셔져 있다. 돌 한가운데쯤에 커다란 들개의 발자국 모양과 비슷한, 움푹 팬 흠집 같은 것이 있다.

"이것은 '들돌'이라고 해. 히다카 님이 뇌수를 쓰러뜨리기 위해 하늘에서 내려오셨을 때, 힘껏 발을 버티셨기 때문에 발자국이 남은 거래. 열심히 참배를 드리면 다리와 허리가 튼튼해질 거야."

호는 무릎을 굽혀 쪼그려 앉더니 손을 모았다. 우사는 자신도 그렇게 하려고 몸을 굽히려다가, 곧 몸을 일으켰다.

본전 뒤에는 작은 악전樂殿 신을 모시는 음악을 연주하는 건물과 신관들이 머무는 건물이 서로 벽을 맞대고 나란히 서 있다. 신관들이 머무는 건물의 정문이 열리고 거기에서 낯익은 사람이 모습을 나타냈던 것이다.

이노우에 가의 겐슈 선생님이다.

여기서 '사지' 선생님을 불러야 할 만한 병자가 나온 것일까. 순간적으로 우사는 그렇게 생각했다. 히다카야마 신사의 신직神職을 맡고 있는 집안에게는 성 밑에 저택이 주어진다. 이곳 건물에서는 살지 않는다. 그래도, 가령 참배를 하러 온 번의 중진 중 누군가가 몸이 안 좋아졌다거나 다쳤다거나 하는 일이 있으면, 사지가 불려와도 이상하지는 않기 때문이다.

그러나 겐슈 선생님은 혼자 오신 모양이다. 약상자를 든 주겐을 데리고 있지 않고 다른 시종이 있는 것 같지도 않다. 정문을 열고 배웅을 하고 있는 것은, 틀림없이 신직에 있는 노인이지만—.

겐슈 선생님은 우사를 알아차리지 못한 모양이다. 우사는 호를 재촉해 일으켜 세우고, 입술에 손을 대어 "쉬잇" 하고 신호를 보내고 나서 서둘러 가까운 나무그늘에 숨었다.

신관 노인과 겐슈 선생님은 비슷한 나이이다. 한쪽은 멋진 대머리에 하얀 신의^{神衣}를 입고 있고, 잘 닦은 것처럼 매끈매끈한 머리에 햇빛이 비치고 있다. 한편 겐슈 선생님은 덥수룩한 백발을 소하쓰_{머리카락 전부를 뒤로 넘겨 정수리에서 묶은 것. 유학자나 의원, 수도승이 했던 머리 형태}로 묶고, 회색빛 기모노와 하오리, 검은 하카마를 입고 있다. 하카마는 발목에서 묶을 수 있도록 끈이 달린 형태로, 겐슈 선생님이 마을을 다닐 때 착용하는 옷이라는 사실을 우사는 알고 있었다.

겐슈 선생님은 신관 노인과 인사를 나누고, 신관들이 머무는 건물 쪽으로 얼굴을 돌려 뭐라고 한두 마디 말을 했다. 그러자 작업복에 작은 보따리를 짊어진 남자가 서둘러 달려나왔다.

"아" 하고 호가 목소리를 냈다.

"너, 아는 사람이니?" 우사는 작은 목소리로 물었다.

"큰선생님이세요."

"응, 겐슈 선생님은 나도 알아. 저쪽에 있는 작업복 입은 사람은? 이노우에 가의 사람이니?"

호는 고개를 끄덕였다. "모리스케 씨예요."

그러면 옷차림으로 보아 이노우에 가의 하인일 것이다. 우사는 얼굴을 본 적이 없었지만 허드렛일꾼이라면 그것도 이상하지는 않다.

겐슈 선생님은 하인인 모리스케만 데리고 히다카야마 신사의 신관을 찾아온 것이다. 무슨 일일까. 우사는 스스로도 모르는 사이에 눈을 가늘게 뜨고 험악한 표정을 지었다.

―그러고 보니⋯⋯.

모리스케는 이노우에 고토에 님이 살해되던 날, 그녀를 찾아온 가지와라 미네의 모습을 호와 함께 목격했을 것이다. 우사는 곁눈질로 호의 표정을 살폈다. 생각지도 못한 모리스케의 얼굴을 보고 호가 또 그날의 일을 불길하게 떠올리지 않았으면 좋겠는데. 그것은 없었던 일, 일어나지 않은 일, 환상이니까.

신관 노인의 전송을 받으며, 겐슈 선생님이 앞장서고 모리스케가 뒤따르며 이쪽을 향해 걸어오기 시작했다. 우사는 목을 움츠리고 호의 머리에도 손을 얹어 한껏 몸을 움츠리게 했다.

햇빛이 눈부신지, 겐슈 선생님은 약간 눈을 내리깔고 자갈 밟는 소리를 내면서 빠른 걸음으로 걸어온다. 뒤에 있는 모리스케도 야단맞은 것처럼 고개를 떨어뜨리고 있다. 두 사람 다 우사 일행을 알아보지는 못한 것 같다.

우사는 안도했다. 이제 와서 호가 이노우에 가 사람과 얼굴을 마주친다 해도 좋을 일은 하나도 없다.

겐슈 선생님이 눈앞을 지나간다. 선생님은 몸집이 작고 피부가 가무잡잡하며, 이렇게 옆얼굴을 보면 약간 주걱턱 기미가 있는 것이 몹시 눈에 띈다. 이 턱 모양 때문에, 겐슈 선생님은 늘 입을 시옷자로 다물고 계신다. 언뜻 보면 까다롭고 심술궂은 노인으로 보인다. 그러나 이야기를 해 보면, 실은 상냥하고 환자를 많이 생각해 주며 소탈한 말장난을 매우 좋아한다. 그렇기 때문에 자신의 저택 담장에 낙서가 되어 있어도 그것이 재미있는 것이면 아까우니 지우지 말라고 명령하는 사람이라는 것을 알고, 우사는 단숨에 선생님이 좋아졌다. 성 밑에서도 선생님은 인기가 많다. '야단맞는 겐슈'라는 별명에도 친밀감이 가득 담겨 있다.

 겐슈 선생님의 하오리에 짜 넣어져 있는 은실이 햇빛을 받아 반짝반짝 빛난다. 그 모습이 선생님의 새하얀 소하쓰와 잘 어울렸다. 그러나 하오리를 입고 오신 것을 보면 뭔가 중요한 이야기가 있었던 것일까.

 선생님과 모리스케는 우사 일행 앞을 쓱 지나 도리이 근처까지 가 버렸다. 그때, 거기서 겐슈 선생님이 갑자기 모리스케를 돌아보며 느긋한 말투로 말을 거는 것이 들려왔다.

 "토끼가 날고 있군."

 우사는 흠칫 놀랐다. 더욱 몸을 낮춘다.

 "예에?" 하며 모리스케는 걸음을 멈춘다. 도리이 옆까지 가면 멀리 아래쪽에 펼쳐져 있는 바다가 잘 보인다. 모리스케는 겐슈 선생님보다는 머리 하나쯤 키가 크지만 더욱 발돋움을 하다시피 하면서 푸른 바다를 바라보았다.

 "글쎄요······. 오늘은 잔잔합니다, 선생님."

 "아니, 날고 있네. 아기토끼도 있어." 겐슈 선생님은 말했다. "마루미의 토끼는 기운이 넘쳐야 제일 좋지. 좋은 날씨로군."

 그렇게만 말하고 다시 부지런히 걸음을 옮겨 도리이를 지나서 돌계단 쪽으로 나아간다. 잠시 어리둥절해 있던 모리스케는 아직도 바다를 둘러보고 있다가 서둘러 그 뒤를 쫓아갔다.

 우사는 천천히 일어섰다. 아직도 성실하게 쪼그리고 있는 호의 손을 잡아 일으켜 주고는 생긋 웃었다.

 "방금 그 말, 들었니?"

호는 모리스케와 똑같이 어리둥절해하고 있다.

"선생님은 네가 건강하게 지내는 것 같아 다행이라고 말씀하신 거야."

호는 우사의 얼굴을 올려다본다.

"성님, 우리, 숨어 있었잖아요."

"응, 그럴 생각이었지만 선생님한테는 들킨 모양이다. 들켜서 다행인 것 같아."

자, 벼락을 피하게 해 주는 부적을 사서 집에 가자, 하고 우사는 말했다. "너는 바느질을 잘하니까 직접 옷깃에 꿰매 넣을 수 있지? 장마도 얼마 안 남았고. 앞으로는 우르르릉 번쩍번쩍 하는 일이 많아질 거야. 벼락을 맞지 않도록 잘 대비해야지."

"네에."

고토에 님을 잃고 겐슈 선생님도 낙담하셨을 것이다. 뒷모습이 한층 작아지셨어—그렇게 생각하면서도, 우사는 여기에 왔을 때보다도 훨씬 더 마음이 가벼워진 것을 느꼈다.

4

그 후로 오륙 일 동안, 우사는 부지런히 오산의 염색집에 얼굴을 내밀며 하치타로의 문병을 다녔다.

아이의 상태에는 별로 특별한 점이 없었다. 다만 어머니 오키쿠의 말에 따르면 밤에 나쁜 꿈에 시달리는 일도 없어졌고, 지금 앓아누워 있는 것도 절반은 밥도 먹지 않고 앓느라 몸이 약해진 탓, 나머지 절반은 어리광이 늘어난 탓이 아니겠느냐고 한다.

오키쿠는 우사의 문병을 몹시 기뻐하는 것 같았다.

"하치타로에게 말해 줬어. 매일 여기에 얼굴을 보여 주는 우사 씨는 여자지만 히키테라고. 그러니까 너는 이제 무서워할 것이라곤 아무것도 없다고, 만일 또 귀신이 나와도 너한테는 파수막의 히키테 분들이 있으니까 괜찮다고. 아무래도 그게 효과가 있었나 봐."

우사로서는 하치타로가 기운을 되찾아, 담력 시험을 하던 날 밤에 본 것과 들은 것을 완전히 마음 한구석으로 치워 주지 않으면 안심하고 호를 염색집에 맡길 수 없기 때문에 신경을 쓰고 있었던 것이다. 그것을 이렇게 받아들이다니 뜻밖의 행운이다. 게다가 제 몫을 해내는 어엿한 히키테로서 다른 사람이 의지해 주는 것은 낯간지러우면서도 기쁜 일이었다.

그날은 장마의 시작을 알리는 가랑비가 내리고 있었다. 차가운 비로 장마 특유의 찌는 듯한 날씨는 아니었다. 하지만 하늘에는 묵직한 구름이 뚜껑을 덮고 있고, 습기가 몸에 달라붙어 귀찮기는 마찬가지였다. 그래도 이 정도라면 이제 호를 오산의 염색집에 데려와도 괜찮겠지—하고 우사는 밝게 생각했다.

파수막으로 돌아가기 전에 마른 폭포 저택으로 통하는 산길로 발걸음을 옮겨 보았다. 산길 입구에는 하카마의 좌우 자락을 접어 띠에 끼우고 하얀 다스키를 매고 창을 든 번사가 보초를 서고 있다. 우사가 가까이 다가가자 무서운 얼굴로 노려보았다.

가가 님이 마른 폭포에 들어간 이래로 계속 이렇다. 마을 사람들은 물론이고 번사들조차, 용건이 없는 자는 결코 가까이 갈 수 없다. 허가를 얻고 출입하는 자들도 출입하는 시간이 엄격하게 정해져 있다고 한다.

—옥지기 사람들도 힘들겠지.

누군가에게 하나라도 실수가 있으면 즉시 목이 날아간다. 이것은 그만큼 중요한 일이라고, 가스케 대장은 말했다. 하지만 그 말투는 가가 님이 마른 폭포에 들어가기 이전에 비하면 훨씬 느긋해져 있었다.

"그렇게 무사히 저택에 들어갔으니 이제 우리 히키테들과는 상관없는 일이야."

유폐가 어떤 것인지 우사에게는 짐작도 가지 않아서, 가가 님은 역시 막부에서 내린 옷을 입고 판자가 깔린 옥에 갇혀 있는 것일까 하고 말해 본 적이 있다. 그러자 가스케 대장뿐만 아니라 다른 히키테들도 크게 웃으며 그런 바보 같은 일은 없다고 가르쳐 주었다.

"죄인은 죄인이라도 웬만한 도둑이나 살인자와는 사정이 달라. 원래는 재정 부교를 맡고 있던 높으신 분이란 말이다. 더 융숭한 대접을 받고 있을 게 틀림없지."

"그러면 도망치지 않을까요?"

"도망칠 수야 없지. 마른 폭포 저택에는 항상 감시의 눈이 번쩍이고 있거든. 게다가 가가 님도 이제 와서 도망치는 꼴사나운 짓은 하지 않으실 거다."

"그러면 가가 님은 마른 폭포 저택에서 무엇을 하고 있을까요.

그냥 예복을 입고 앉아 있을 뿐인가요?"

가스케 대장도 모를 것이다. '그야 당연히' 하고 기세 좋게 말하려다가 갑자기 말을 우물거렸다.

"그러니까—어려운 책이라도 읽고 있거나, 그렇지 않을까? 응, 틀림없이 그럴 거다."

"전쟁 이야기에 나오는 신분 높은 죄인은 대개 불경을 필사하곤 하지 않습니까?" 하나키치가 말을 꺼냈다.

"오오, 그래, 그거야."

"옥지기 사람들과 이야기를 하거나 하지는 않을까요?"

"그건 금지되어 있다고 하던데. 옥지기는 가가 님과 이야기를 해서는 안 되고, 설령 가가 님이 말을 건다 해도 절대로 대답을 해서는 안 된다더군."

가스케 대장은 갑자기 험악한 눈빛을 했다.

"하나키치, 자네 그런 이야기를 어디에서 들었나?"

하나키치는 웃으며 얼버무렸다. "뭐, 그냥요. 뭐 어떻습니까, 대장님."

우사는 마음에 떠오른 의혹을 불쑥 말해 보았다. "그렇게 아무 하고도 말을 나누지 않고 갇혀 있으면 여러 가지를 떠올리거나 생각하기만 할 뿐이겠지. 가가 님도 자신이 한 짓을 떠올리거나 하지 않을까?"

처자식과 부하를 죽였다. 발견되었을 때 가가 님이 앉아 있던 방은 피투성이여서 지옥도 같았다고 한다.

살아 있는 한 잊을 수 없을 것이다. 그런 짓을 하는 원인이 된 분노나 원한도, 그리 쉽게 풀리지는 않을 것이다.

"우사." 가스케 대장은 꾸짖듯이 말했다. "자네는 어째서 또 그런 쓸데없는 생각만 하는 겐가?"

머리를 딱 얻어맞고 말았다.

"그런 것보다, 얼른 순찰이라도 다녀오지 못해?"

그러고 보니—하고, 우사는 해자 안의 울타리저택으로 야마우치의 아내를 찾아가 보기로 했다. 생각해 보면 십오 년 전의 아사기 가에서 일어난 사건과 마른 폭포 저택의 유래를 우사에게 가르쳐 준 사람은 야마우치의 아내다. 가가 님을 맞는 일 때문에 마른 폭포에 사람이 들어가, 또 뭔가 일어나는 것은 아닐까 하고 겁먹고 있던 그 아내도 지금은 속이 후련해졌을까.

붉은 한텐을 껴입고 안쪽 해자를 건넜는데, 오늘은 비 때문인지 마장에는 말지기들의 모습도 없고 비를 흡수한 검은 땅바닥에는 발자국조차 남아 있지 않다. 이것도 날씨 탓이겠지만 울타리저택 전체가 잠든 것 같았다.

정중하게 방문을 알렸다. 대답하며 나온 소녀를 뒤따라 곧 안주인이 나타났다. 풀린 다스키를 바삐 소매에 밀어 넣은 안주인은 우사의 얼굴을 보자 문득 의아한 표정을 띠더니 "아아, 그때 그 히키테시군요" 하며 웃는 얼굴이 되었다.

"그 후로 좀 어떠신지 여쭙지도 못하고 실례를 저질렀습니다. 어떻게 지내십니까?"

봉당 입구에 정좌하고 웃는 얼굴을 한 채, 야마우치의 아내는 덕분에 모두 쾌차했다고 대답했다.

"그거 다행입니다. 부인도 얼굴빛이 좋아지셨네요."

야마우치의 아내는 조금 수줍어했다. "그때는 저도 쓸데없이 평정을 잃고 말아서, 부질없는 걱정을 끼쳤습니다. 도베 선생님께도 나중에 야단을 들었지요."

"여러분이 건강해지셨다니 무엇보다 다행스러운 일입니다." 마음 쓸 것은 없었던 모양이다. 우사는 다시 한번 정중하게 인사를 하고 물러나려고 했다. 그때 야마우치의 아내가 우사를 불러 세웠다. 우사는 문득 전에 여기 왔을 때의 일을 떠올리고, 또 머리 묶는 법에 대해서 묻는 것이 아닐까 생각했다. 그때도 꽤 흥미를 갖고 있었던 것 같았으므로.

하지만 야마우치의 아내는 다른 것을 물었다. "저어, 당신은 또 누군가의 명령을 받고 여기에 오신 겁니까?"

"예……?"

"도베 선생님?"

"아뇨, 부인. 어떤 분의 명령도 아닙니다. 그 후로 좀 어떠신지 찾아뵙지도 않았다는 것이 생각나서 온 것입니다."

야마우치의 아내는 그러냐고 중얼거리며 고개를 갸웃거린다.

"뭔가 마음에 걸리는 일이 있으십니까?" 우사는 조심스럽게 물었다.

"아니, 그렇지 않습니다." 야마우치의 아내는 서둘러 미소를 띠었다. "그런 게 아닙니다. 다만 그저께, 마을관청에서도 사람이 와서요."

우사는 눈을 크게 떴다. "여기서 식중독이 발생한 일을 조사하러요?"

"아뇨. 그 이야기도 결국은 하게 되었지만 물어보신 것은 다른 일이었어요."

바로 얼마 전까지 야마우치 가에서 고용하고 있던 늙은 하인이 해자 바깥에 있는 집에서 급사하였는데, 그 죽은 모습에 약간 이상한 데가 있어 이곳에서 일할 때 어땠는지에 대해 가르쳐 달라는 용건이었다고 한다.

우사는 의아해졌다. 서쪽 파수막에는 마을에서 변사가 있었다는 이야기는 들어오지 않았다. 다른 파수막에서 다루고 있는 사건일 것이다. 그래도 어지간히 수상한 죽음이었다면 서장이 돌아올 정도는 아니라 해도 귀에 들어왔을 것이다. 대단한 일이 아닌 것일까…….

"그 일로 찾아뵌 것은 저 같은 히키테가 아니라 마을관청 관리인—."

네, 네, 하며 야마우치의 아내는 고개를 끄덕인다. "도신인 와타베 님이라는 분이었습니다."

와타베 가즈마다. 우사의 뇌리에 그의 충혈된 눈과 조급하고 갈라진 목소리가 되살아났다.

―나는 사태를 만만하게 보고 있었던 걸세.

―잠시도 버티지 못할 걸세, 우사.

와타베는 떨고 있었다. 마른 폭포 저택에서도, 가가 님의 일에서도, 이노우에 고토에 님의 사건에서도 전부 손을 떼겠다며.

그 말대로 와타베는 자신의 직무로 돌아가 열심히 일하고 있을 것이다. 울타리저택에 관련된 일이라면 이것도 이노우에 가와 마찬가지로 구지카타의 일이지만, 죽은 하인이 이미 야마우치 가의 고용살이에서 물러나 해자 밖에 살고 있었기 때문에 그가 관여하게 된 것이 틀림없다. 히키테를 보내지 않고 직접 찾아온 것은 야마우치 가를 배려했기 때문일 것이다.

우사는 약간 마음에 걸리는 것을 느꼈다. 마음이 끌렸다고도 할 수 있다. 죽은 모습이 이상하다니, 어떻게 이상한 것일까.

"그 사람은 언제쯤까지 여기에서 고용살이를 하고 있었나요?"

"바로 얼마 전까지요. 전에 당신이 이곳을 찾아와 주었을 때는 아직 일하고 있었습니다."

"그러면 그 사람도 역시 식중독에 걸렸습니까?"

"예. 우리보다는 훨씬 가벼웠던 것 같지만, 어쨌든 나이가……일흔에 가까웠을 테니까요."

식중독은 나았지만 몸에 힘이 돌아오지 않아, 이래서는 더 이상 도움이 안 된다며 스스로 내보내 달라고 청했다고 한다. 그가 야마우치 가를 떠난 때는 전에 우사가 이곳을 찾아온 이틀 후였다고 한다.

"허드렛일뿐만 아니라 밭을 가꾸는 것도 도와주어서 많이 의지가 되던 할아범이었지만, 어쩔 수 없었습니다."

늙은 하인은 시게사부로라는 이름으로, 야마우치의 아이들도 시게 할아범이라고 부르며 따랐다고 한다. 야마우치의 아내는 정말로 유감스러워 보이는 얼굴이었다.

"죽은 줄은 몰랐기 때문에 저도 놀랐지요. 열심히 일해 주었고,

우리 집에서 병에 걸린 것이 계기가 되었을지도 모르는데 돌봐 주지도 못했으니, 몹쓸 짓을 했습니다" 하며 풀이 죽어 있다.

"증세가 가벼웠고 한 번은 나았으니, 식중독 때문은 아니겠지요. 수명이 다한 것입니다, 부인."

그렇군요, 하며 한숨을 쉬었다. "새 하녀가 와 준 것은 좋은데, 할아범만큼은 일을 해 주지 않아서요. 어려운 문제지요."

손가락으로 관자놀이를 문지르는 몸짓이 지쳐 있었다.

야마우치처럼 신분이 낮은 집은 어디나 번에서 받는 봉록만으로는 생계를 꾸려갈 수가 없다. 아내들은 모두 몰래 부업에 힘쓰고 있다. 울타리저택 안에서는 공공연한 비밀인데, 신분이 낮은 평민인 염색집 우두머리 밑에서 직공으로 일하는 처녀도 있을 정도이다.

시계사부로가 공동주택 중 한 간인 그의 집에서 죽어 있는 것이 발견된 것은 나흘 전 아침의 일이라고 한다. 우사는 거기까지만 듣고 야마우치 가를 나섰다. 자, 와타베 가즈마는 어디에 있을까.

여기저기 걸어다녀 보았지만, 결국 이날 우사는 와타베 가즈마를 발견할 수가 없었다. 아무리 히키테라 해도 다른 파수막의 일에 머리를 들이민다고 여겨지면 위험하고, 하물며 우사는 아직 견습의 신분이기 때문에 야마우치 가의 시계사부로 사건에 대해서도 노골적으로 묻고 다닐 수는 없다. 해가 지기 시작한 후 약간 가슴이 답답한 기분으로 서쪽 파수막으로 돌아갔다.

'이상한 죽음'이라는 말에 흥미가 끌리다니 마음만은 이미 충분히 유능한 히키테다. 뭔가 재미있는 사건이 있고, 그 일에 관여하여 바빠지면 여러 가지 일을 털어낼 수 있다. 짧은 동안이기는 하지만 한 지붕 아래에서 사이좋게 지내던 호와 헤어지는 쓸쓸함도 잊을 수 있을 것이다. 망측하기는 하지만 색다른 사건이 일어나기를 바라는 마음이 있다는 것은 스스로도 알고 있었다.

서쪽 파수막에는 하나키치가 있었는데, 저녁 식사인지 도시락을 게걸스럽게 먹고 있었다. 우사의 얼굴을 보더니 밥풀을 튀기면서 크게 소리를 질렀다.

"아아, 이제야 돌아왔군. 찾고 있었어. 어디를 쏘다니고 있었던 거야?"

묘하게 고자세다. 우사는 그가 봉당에 튀긴 밥풀을 밟지 않도록 옆으로 피하며 한 손을 허리에 댔다.

"나한테 무슨 볼일이라도 있었어?"

"뭐야, 그 말투는."

하나키치는 잔뜩 골이 났다. 화를 내면서 밥을 먹는 것은 좋지 않다.

"그럼 말을 바꾸지요. 죄송합니다, 제게 무슨 용무가 있으셨습니까, 하나키치 씨."

심술궂게 눈을 치뜨며, 하나키치는 흥 하고 말했다. "자잘한 일거리가 여러 가지 있었는데, 전부 나한테 떠넘기고."

"그래서 사과했잖아. 왜 그렇게 기분이 나쁜 건데?"

"도대체가 너는 건방지단 말이야. 여자 주제에 히키테가 되고 싶어 하는 것이, 우선 잘못된 생각이야."

우사는 노려보는 것 같은 하나키치의 시선에서 눈을 피하며 봉당 구석에 설치되어 있는 작은 부뚜막으로 다가가 물을 끓이기 시작했다.

"그렇게 화내지 마세요."

주전자를 올리고 한참 사이를 두고 나서 우사는 말했다.

"제가 뭔가 거슬리는 일을 했다면 사과할 테니까요. 오늘 밤에 숙직이지요? 낮에 멋대로 돌아다녔으니 제가 대신 하겠습니다."

하나키치는 도시락통을 옆으로 내팽개쳤다. "견습 따위에게 파수막 숙직을 어떻게 맡겨?"

우사는 말없이 하나키치의 얼굴을 보았다. 어쩔 도리가 없다. 기분이 풀릴 때까지 골을 내게 놔둘 수밖에 없다.

하나키치도 본성이 심술궂은 남자는 아니다. 투덜거리며 한바탕 불평과 우사의 욕을 늘어놓고는, 자신의 말에 뒤끝이 언짢아진 것처럼 얼굴이 푸르죽죽해지며 입을 삐죽거렸다.

"너, 겐슈 선생님 마음에 꽤나 들었나 보지."

갑작스러운 말이었기 때문에, 우사는 "뭐?" 하고 말했다.

"무슨 소리야?"

"언제 환심을 산 거냐? 정말이지 방심할 수 없다니까."

"환심 산 적 없어."

"한때는 뻔질나게 드나들었잖아. 요즘은 좀 발길이 뜸한 것 같지만."

하나키치는 우사를 자세히 관찰하고 있었던 모양이다.

"게이치로 선생님과 고토에 님께 여러 가지를 배우러 찾아뵈었던 거야. 하지만 고토에 님이 돌아가신 후로 찾아가기 어려워졌어."

고토에를 떠올렸는지, 하나키치는 갑자기 얌전한 표정이 되었다. 내던졌던 도시락통을 주워 들어 정리한다.

"상냥한 분이었지."

"응."

"나, 동경했어."

"나도 그래."

하나키치는 한참 동안 자신의 손을 응시하더니, 그제야 우사의 얼굴을 제대로 보았다. 눈가가 흠칫거리긴 하지만 이제 노려보지는 않는다.

"네가 없는 사이에 이노우에 가의 야모리인 가나이 님이라는 분이 여기에 와서, 겐슈 선생님께서 볼일이 있으니 우사를 보내 달라는 전언을 남기고 갔어."

우사는 놀랐다. "무슨 일이실까?"

하나키치는 침을 탁 뱉었다. "내가 어떻게 알아? 히키테에게 용무가 있으신 거라면 제가 찾아뵙겠다고 말했는데 우사가 아니면 안 된다고 아주 냉랭하게 대답하더군."

과연, 그래서 기분이 상한 것이다.

"나한테는 전혀 짐작 가는 데가 없는데……."

우사는 중얼거리면서 히다카야마 신사에서 겐슈 선생님과 스쳐 지나갔을 때의 일을 생각했다. 그때 분위기로는 우사에게 급한 용무가 있는 기색은 전혀 느낄 수 없었다.

"틀림없이 갑자기 여자 일손이 필요하다거나, 그런 일일 거야.

지금은 호가 없으니까."

거기에서 생각이 미쳤다. 눈앞이 환해졌다. 뭔가 호에 관련된 일이 아닐까. 와타베 가즈마는, 이노우에 가에서는 호를 에도로 돌려보내고 싶다는 의향이라고 말하지 않았던가.

"그렇지, 틀림없이 호에 관한 일이야."

우사의 밝은 목소리에, 아아, 그런가 하는 표정이 문득 하나키치의 얼굴을 스쳤다. 하지만 굳이 그 생각을 밀어내고 과장되게 토라진다.

"그 아이에 관한 일이라면 대장님께 이야기해야 할 것 같은데. 어째서 너야?"

"몰라. 호가 우리 집에 있어서 그런 게 아닐까. 그럼 나는 언제 이노우에 가로 찾아뵈면 돼?"

오늘 밤 여덟 시에 찾아오도록 하라는 분부였다고 한다. 아직 꽤 시간이 있다.

"하녀나 하인을 보낸 게 아니라 일부러 야모리인 가나이 님이 왔다고. 네가 없어서 낙담한 것 같았어. 원래는 당장이라도 같이 데리고 가고 싶어서 마중을 온 것 같은 눈치였어."

우사는 눈썹을 찌푸렸다. 게이치로 선생님을 찾아뵐 때 가나이 님께는 꼭 인사를 빼먹지 않도록 신경을 썼다. 그 집에서는 다른 누구보다도 가나이 님이 가장 사지 가의 격식이라는 것에 까다로울 것 같다는 느낌이 들었기 때문이다. 게이치로 선생님도, 할아범은 무조건 날카롭게 굴어 곤란하다며 웃으신 적이 있다. 그 사람이 직접 오다니 분명히 대단한 일이다.

"사지 가에서 마중을 보내시다니, 넌 대체 얼마나 대단한데?"

하나키치는 또 생각난 듯이 기분 나빠했다.

"나한테 비밀로 소곤거리며 몰래 돌아다니고 말이야, 비열해."

"하나 씨. 나는 그런 짓 하지 않았어. 정말로 하지 않았어. 뭔가 중요한 일이 있으면 반드시 하나 씨와 상의할게. 약속해."

진심이 아닌데도 거짓말이 술술 입을 뚫고 나온다. 이것도 처세술이다. 그러나 하나키치가 그렇게 보고 있다니 놀랐다. 시계사부로의 일로 와타베 가즈마를 물고 늘어져 본다 해도 하나키치에게 새어 나가면 일이 귀찮아질 것 같다. 앞으로는 더 주의 깊게 행동해야겠다.

"꼭 그래야 해. 혼자 앞서 공을 세운다 해도 인정해 주지 않을 테니까. 나뿐만이 아니야. 파수막 사람들이 모두 그렇게 생각하고 있어. 너는 반편이라는 사실을 잊지 마, 우사. 지금까지도 나는 여러 가지로 너 때문에 손해를 보아 왔지만 계속 참아 왔다고—."

때는 이때라는 듯이 시작된 하나키치의 불평과 설교를, 우사는 얌전히 네, 네 하며 들었다. 마음은 딴 데 가 있었다. 겐슈 선생님의 용무 쪽이었다. 에도로 돌려보내실 생각이라면 마음을 바꿔달라고 부탁드려야 한다. 그 아이를 염색집에 맡기겠다는 생각을 말씀드리자.

하나키치의 말이 우사의 머리 위로 흘러가는 사이, 시간은 지나간다. 우사는 여덟 시가 몹시도 기다려졌다. 겐슈 선생님의 용무는 우사에게도 호에게도 생각지 못한 내용이고, 그 밑바닥에는 당장이라도 마루미를 감싸려 하고 있는 초저녁 어스름과 비슷한, 은밀하고 소리도 없는, 그러나 도로 밀어낼 수 없는 어둠이 흐르고 있다는 것을 알지도 못한 채.

고독한 죽음

1

해자 바깥의 북동쪽 거리에, 통칭 '밥 짓는 공동주택'이라고 불리는 열 간짜리 공동주택이 있다.

길 쪽으로 나 있는 공동주택에는 채소 가게나 반찬 가게, 잡화점 등이 늘어서 있고, 어느 한 군데도 '밥 지음'이라는 간판을 걸고 있지는 않다. 안쪽으로 면해 있는 공동주택으로 돌아가 보아도, 아기자기하게 나 있는 장지문에 '밥 지음'이라고 씌어 있는 것도 아니다. 무엇보다 밥을 짓는 일이 독립적인 생업이 되리라고 생각하기는 어렵다.

그러면 이 보기 드문 통칭의 유래는 어디에 있을까.

이 공동주택에서 혼자 조용하고 검소하게 생활하는 노인들 중에는, 원래 마루미 번 번사들의 저택에서 일하는 하인이었던 자가 많다. 그것도 어느 정도 이상의 격식 있는 가문의 주인 밑에서 저택 안에 살면서 고용살이를 하던 자들이다.

마루미처럼 작은 번에서는 번사라 해도 몇 안 되는 상층부와 그보다 낮은 대다수의 자들 사이에 돈 씀씀이의 차이가 크다. 어떤 직책이든 거기에 '우두머리'라는 직함이 붙을 정도의 신분이 아니면 쉽사리 고용살이 일꾼을 집에 데리고 살 수는 없다. 허드렛일을 하는 소녀라도 데리고 산다는 것은 다시 말해 먹일 입이 하나 늘어난다는 뜻이므로.

따라서 반대로 말하면, 이렇게 주인의 집에 들어가 사는 고용살이 일꾼들은 나름대로 먹고살 걱정이 없는 입장에 있다고도 할 수 있다. 주인이 어지간한 불상사를 일으켜 봉록을 잃는 처지라도 되지 않는 한은 최저한의 생계를 보장받기 때문이다.

그러나 그들도 나이를 먹는다. 어설프게 오래 살아 노령이 되고 체력이 약해져 일을 할 수 없게 되면, 당연한 일이지만 내보내지게 된다. 그러면 그들은 일과 동시에 살 집도 잃고 만다.

매일의 생활 중 대부분이 주인의 저택 안에만 한정되어 있던 그들은 가족도 없는 경우가 많기 때문에 의지할 곳도 없다. 물론 고용주들도 상당히 격식을 차리는 집안이므로, 일할 수 없게 된 하인을 쓰레기처럼 버렸다간 체면이 상하기 때문에 약간의 돈을 주어 내보낸다. 그러나 그 정도의 돈으로는, 늙어 빠진 후에 갑자기 해자 바깥의 마을에 내팽개쳐져 이제부터 전부 혼자 힘으로 어떻게든 살아야 한다는 불안을 도저히 막을 수 없다.

밥 짓는 공동주택의 집주인은 도모에야 하치로베라는 쉰 살이 넘은 남자로, 그의 집은 대대로 멀리서 곤비라 님께 참배를 오는 여행자들을 상대로 밥집이나 기념품 가게를 경영해 왔다. 애초에 마루미라는 작은 번에 대상인이 있을 리도 없지만 그럭저럭 유복하다는 사실은 틀림없다. 또 마루미에서 기념품 가게라는 장사는 번의 갓테카타나 회계 담당들과 실은 꽤 밀접한 관련이 있다.

이 하치로베에는 남 돌보기를 좋아하는 남자이기도 하다. 눈치가 빠르고 태도가 겸손하며 눈앞의 이해득실에만 눈을 부라리는 성격도 아니기 때문에 이래저래 관계가 있는 번의 관리들에게 이런저런 부탁을 받는 경우도 많다.

그러던 중 회계 담당의 서기 역할을 맡고 있는 어느 관리에게서, 대대로 자신의 가문에서 고용살이를 해 온 늙은 하인이 완전히 기력이 쇠하여 이만 내보내게 되었는데, 앞으로의 일이 걱정되니 어떻게 좀 처우를 생각해 주지 않겠느냐는 상담을 받은 것은 팔 년쯤 전의 일이었다.

그쪽에서는 하치로베에가 열 간짜리 공동주택의 집주인이라는 사실을 알고 상의한 것이다. 하치로베에도 쾌히 받아들여, 당시에는 아직 하치로베에의 기념품 가게였던 '도모에야'에 늙은 하인을 맞아들였다.

상대는 할아버지다. 역시 체력이 약해져 힘쓰는 일은 도저히 무리다. 그러나 머리는 아직 또렷했고, 본인도 얼마 안 되는 재산을 축내면서 불안하게 살아가느니 가능하면 일을 하기를 원했다.

하치로베에는 머리를 썼다. 염색집이라는 곳에는 많은 직공이나 염색공들이 살고 있다. 대개가 여자들이지만 어린아이도 많다. 일년 내내 잘 시간도 아까울 정도로 바쁜 이 여자들은 가사도 서로 도와가며 해내고 있지만, 하나의 염색집이라도 많은 곳에서는 서른 명이 넘는 식구이다 보니 하루에 두 번 하는 식사 준비만으로도 상당한 부담이다.

그곳으로 할아버지를 들여보내자는 것이다. 장작을 패거나 물을 긷는 일은 무리라도 밥 짓는 일이라면 할 수 있지 않은가. 노인인 만큼 아침에는 말도 안 되게 일찍 일어난다는 점도 그 일에 맞는다.

본인에게 물어보니 고용살이를 하던 저택에서는 부엌일은 하녀들의 몫이었지만, 할아버지도 대충 할 줄은 알고 있다고 한다. 하인이란 자잘한 일이라면 무엇이든지 해야 하는 입장이니 이상할 것은 없다. 본인도 꼭 일을 하고 싶다고 해서 하치로베에는 큰맘 먹고 마음에 둔 염색집에 이야기를 해 보았다.

염색집에서도 좋아하며 할아버지를 불러들였다. 한 곳에서 일이 잘되니 다른 염색집에서도 도와줄 수 없겠느냐는 말을 하기 시작한다. 할아버지는 기쁘게 일한다. 세 집, 네 집 염색집 일을 한꺼번에 맡게 되고, 다섯 집째에는 역시 무리라며 즐거운 비명을 지를 정도로 일이 잘 풀렸다.

마루미의 성시에서 직업 소개소는 대개 번사들에게 고용살이 일꾼을 주선하는 것이 전문이고, 마을 사람들의 일에는 끼어들지 않는 관습이 있다. 그런 주선은 해자 바깥의 마을에서는 집주인이, 어부 마을에서는 시오미가 하는 일이다. 따라서 하치로베에의 계획이 잘 들어맞자 직업 소개소 중에는 시끄럽게 불평을 하는 자도 있었지만 하치로베에는 상대하지 않았다.

앞으로 번사의 저택에 들어가려는 자를 주선했다면 잘못된 조치지만, 내보내져서 마을로 돌아온 고용살이 일꾼의 처우를 생각해 주는 것이라면 이쪽이 할 일이다.

게다가 직업 소개소 사람들은 간판만 그렇게 내걸고 있지, 이런 작은 번에서는 그것만으로는 먹고살 수 없기 때문에 실은 번사를 상대로 하는 돈놀이가 본업이다. 마을에 있어도 마을의 생활과는 거의 상관이 없다. 주선하려 해도 연줄이 없지 않은가.

그러다가, '실은 우리 집 하녀 우두머리가', '우리 집에서도 하인이' 하는 이야기가 하치로베에게 들어오게 되었다. 하치로베에는 이런 이야기에도 기꺼이 애를 써 주었다. 마루미에는 염색집이 수없이 많다. 거기에서 일하는 여자들은 밥 짓는 일뿐만 아니라 오랜 무가 생활로 예의범절도 어느 정도 몸에 익힌 고용살이 일꾼들에게 어린아이를 돌보거나 교육시키는 일도 부탁하고 싶어 한다. 하인이나 하녀이니 무가의 예의범절이라 해도 고작해야 뻔하지만, 그래도 '우리보다야 훨씬 나을 테니'라는 마음이다.

이렇게 해서, 어느새 도모에야에는 세 사람, 네 사람, 다섯 사람, 하인과 하녀였던 자들이 살게 되었다. 팔 년 사이에 하치로베에가 마지막 가는 길을 지켜봐 준 사람도 벌써 세 명이나 있다.

이것이 '밥 짓는 공동주택'이라는 통칭의 유래였다.

야마우치 가에서 열심히 일해 준 하인, 아이들도 시게 할아버지라고 부르며 잘 따랐다는 시게사부로도 밥 짓는 공동주택에서 살고 있었다. 두 평 반짜리 작은 집에서 죽어 있는 그를 발견한 것도 하치로베에 본인이다.

시게사부로가 야마우치 가에서 물러난 것은 겨우 보름쯤 전의 일이므로 밥 짓는 공동주택에서는 신참이다. 꽤 몸이 약해진 것 같았다. 그래서 당장은 염색집에서 일하기는 무리일 거라고 생각하고 있었다. 그러나 본인이 일을 하고 싶어 했기 때문에 상태를 보면서 타협이 잘될 만한 염색집을 찾아 줄 생각이었다. 하루에 한 번은 찾아가거나 가게 사람을 보내, 시게사부로의 얼굴을 보도록 하려고 마음도 쓰고 있었다. 이것이 하치로베에의 살가운 점이다.

그런데 나흘 전 아침의 일이었다. 전날 심부름을 보낸 가게 사람이 시게사부로 씨가 왠지 축 처지고 기력이 없었다고 해서 직접 밥 짓는 공동주택으로 찾아갔다. 말을 걸어도 대답이 없어서 문을 열고 들여다보니, 시게사부로가 얇고 보잘것없는 이불을 깔고 단정하게 누운 채 숨이 끊어져 있었다. 이불이 흐트러지지도 않았고 얼굴도 잠든 얼굴 그대로인지라 죽었다는 사실을 금세 알 수는 없었다. 야윈 손을 잡았더니 차가웠기 때문에, 그제야 이것은 하고 깨달았다. 하치로베에는 고인에게 합장을 하고 그대로 가까운 파수막으로 향했다.

그렇게 약해져 있었으니 병사病死일 거라고 생각했다. 가엾기는 하지만 수명이 다한 것이리라고. 파수막에 간 것은 어디까지나 절차 때문이다.

하치로베에가 달려간 곳은 동쪽 파수막으로, 이곳의 두목인 쓰네지 대장과는 잘 아는 사이다. 아침이라 아직 쓰네지 대장은 없었지만 부하가 알리자 곧 달려와 함께 밥 짓는 공동주택으로 가 주었다. 한편으로는 히키테를 마을관청에 보내 검시를 할 관리를 불러 달라고 손도 써 주었다.

쓰네지도 시게사부로를 병사한 것으로 보았다. 나이는 몇인가. 일흔이라고 했습니다. 그러면 많이 살았군. 그때 검시 관리가 느릿느릿 나타났다. 하치로베에는 이자키라는 이 도신을 전에도 만난 적이 있다. 마을관청에서는 벌써 이십 년 이상이나 검시관을 맡고 있는 분이기 때문에 세입자 한 명이 조용히 죽기라도 하면 싫어도 얼굴을 보게 되고, 또 성 밑에서는 돌림병으로 죽은 사람이 나오거나 많은 사람들이 한꺼번에 식중독에 걸렸을 때에도 이 나리가 오기 때문이다.

이자키는 시게사부로의 시체를 한바탕 살펴보고는 하치로베에게 이 남자도 밥 짓는 사람 중 하나냐고 물었다. 밥 짓는 공동주택의 유래를 알고 있었던 것이다. 그래서 하치로베에가 자세한 사정을 이야기하자 이자키의 멍한, 보기에 따라서는 야무지지 못해 보이는 얼굴이 갑자기 일그러졌다.

"야마우치 가에 있던 하인인가?" 그는 중얼거렸다.

"거기에서 고용살이를 하던 중에 식중독에 걸렸다는 말은 하지 않았나? 아주 최근일세. 역시 보름쯤 전이니, 시게사부로가 고용살이를 그만두기 직전일 것 같은데."

하치로베에는 처음 듣는 이야기였다. 시게사부로는 그런 말은 전혀 하지 않았다. 다만 나이를 먹어 몸이 약해져서 하인으로 고용살이를 할 수 없게 되었다고 이야기했을 뿐이다.

분명히 야마우치 가 사람들은 식중독으로 고생했다. 도베 선생이 진찰을 하고 약을 내 주었으니 틀림없다. 자신은 그것을 선생에게서 직접 들었다고 이자키는 말했다.

"좀 조사해 봐야겠군." 이자키는 말했다.

하치로베에도 쓰네지도 놀랐다.

"병사가 아닙니까?"

"좀 수상한 데가 있네."

하치로베에와 쓰네지는, 이번에는 그냥 놀라는 것이 아니라 크게 놀라고 두려워했다. 솜씨 좋은 검시관인 이자키가 하는 말이니 대수롭지 않은 '수상함'이 아니다.

헌데…… 하며, 이자키는 멍하니 공동주택의 낮은 천장을 올려다보았다.

"나는 지금 일이 바빠 이 일에 깊이 관여할 수는 없네. 내가 보아둔 젊은 도신을 대신 보내 알아보게 할까 하네만."

와타베 가즈마라는 남자라고 이자키는 말했다.

"쓰네지, 자네는 아는가?"

"예, 마을 순찰을 도시는 분이지요."

"음. 조금 성질이 급해서 손해를 보는 데가 있는 친구지만 꽤 감이 좋아. 아직 본인에게 물어본 적은 없지만 검시관이 되기에는 성격이 맞는다네."

아무도 깨닫지 못하고 있지만 나도 이제 슬슬 나이가 됐다고 이자키는 말한다. 검시 하면 이자키라고 사람들의 신뢰를 받으며 여기까지 왔지만 슬슬 자리에서 물러날 때가 되었다. 후계자를 키워야 한다.

"하지만 검시관 같은 자리에 앉아 버리면 출세의 길에서 멀어지니 말이야."

이자키는 느긋하게 웃었다. 이 나리는 어쩐 셈인지 늘 머리를 느슨하게 묶기 때문에 몸을 흔들며 웃으면 머리카락도 함께 불안하게 움직인다.

"저희들은 이자키 나리가 그렇게 보셨다면 틀림없다고 생각합니다."

"그럼 곧 와타베를 보내지. 시체는 아직 이대로 놔두게. 시게사부로의 물건에도 손을 대서는 안 되네. 문 앞에는 감시할 히키테를 두게. 아무도 안에 들어가지 못하게 해."

그러고 나서 야마우치 가에 사람을 보내 시게사부로가 죽었다는 사실을 알려 주라고 덧붙이고는 돌아갔다.

와타베 가즈마는 곧 찾아왔다. 몸집은 작지만 탄탄한 체구에 부리부리한 눈과 굵은 눈썹은 확실히 성질이 급해 보였다. 나이는 아직 서른 전일 것이다. 다만 야윈 턱이나 눈 주위의 엷은 그늘에 묘하게 지친 기색이 떠돈다. 하치로베에는 그것이 신경 쓰였다.

반각쯤, 와타베는 시게사부로의 시체와 그의 방을 조사했다. 그러고는 겨우 나오더니 충견처럼 대기하고 있던 쓰네지에게 수하의 히키테를 한 명 빌려 달라고 말했다.

"특별히 수완가가 아니라도 되네. 시킨 일을 제대로 할 수 있는 자라면 누구든 상관없어."

이 말투도 성급하다.

"시체는 아직 그대로 놔두게. 장사를 치러선 안 되네. 이 방도 당분간 닫아 둬야겠네."

아직 더 조사할 것이 있다고 한다. 그리고 하치로베에에게 시게사부로가 밥 짓는 공동주택에 왔을 때의 경위를 한바탕 묻고는 돌아갔다.

그 후로 하루가 지나고 이틀이 지나도 와타베는 아무 말도 하지 않는다. 시체는 그대로 방치되어 있다. 이것은 곤란했다. 몹시 속을 끓이다가 쓰네지 대장을 통해 부탁하자, 그렇다면 장례를 지내도 좋다는 대답이 왔다. 이 또한 성질 급한 말투였다며 쓰네지 대장은 눈썹을 찌푸렸다.

"그 나리, 정말 믿어도 될까?"

세입자를 저승으로 보낼 준비를 하는 것은 처음이 아니기 때문에 하치로베에는 시원시원하게 움직였다. 와타베의 잘라서 내던지는 것 같은 말투에 쓰네지도 말을 붙일 엄두가 안 나는지, 그저 예, 예 하는 대답만 했다.

하치로베에가 장소를 물색하여 시게사부로는 혼조지에 묻었다. 일이 일어난 지 사흘째 되던 날 낮에, 그는 흙 속에 영원히 잠들었다. 야마우치 가에서도 특별히 찾아오지 않았고 친척도 찾을 수 없었기 때문에, 결국 하치로베에 혼자 주지의 독경을 들었다.

그때가 되어서야 어렴풋하게나마 생각했다. 오랫동안 검시관을 맡아 온 이자키 나리의 '일이 바쁘다'는 것은 무슨 일 때문일까······.

2

와타베 가즈마는 망설였다.

시게사부로가 죽은 지 오늘로 벌써 나흘째다. 이자키에게 이 일은 전부 자네에게 맡길 테니 잘 해결해 달라는 말을 들은 게 끝이다.

"검시관 따윈 거절하겠다고 한다면 어쩔 수 없지만, 조금이라도 할 마음이 있다면 솜씨를 한번 보여 주게."

마루미의 마을관청에서는, 검시관의 일은 그저 변사자의 사인을 알아내는 것만으로 끝나지 않는다. 그 후의 탐색과 지휘를 한다―는 것은 과장이지만 길을 내는 데까지는 해야만 한다.

마을에서 일어나는 사건 중에서 앞뒤 사정을 잘 알 수 없는 '죽음'이란 얼마 되지 않는다. 싸우다가 상대방을 때려 죽인다거나 남녀 사이의 다툼으로 발끈해서 칼로 찔러 버리는 일이라면, 범인은 그 자리에서 잡힌다. 또 남의 집에 들어간 강도나 통행인을 베어 죽인 무사가 있어도―이 또한 일어나는 일 자체가 드물지만―검시관은 나서지 않는다. 마을관청에는 그쪽 수사를 맡고 있는 '반가타'라는 담당이 있기 때문이다.

시체가 있고 아무래도 수상한 죽음이다―그럴 때에만 검시관이 나서게 된다. 그렇기 때문에 지금까지 이자키 혼자로도 충분했다.

와타베는 그 뒤를 이을 후계자로 점찍히고 말았다.

본래 와타베도 출셋길 따윈 바라지 않는다. 그의 아버지도 마을관청의 도신이었지만 지금의 와타베와 똑같이 계속 마을 순찰을 돌았고, 만년에만 몇 년 동안 상품감시부라는 여러 물가를 감시하는 직책에 있었을 뿐이다. 이것은 주로 참배객의 숙박비를 둘러싼 부정이 일어나지 않도록 감시하는 일인데, 실은 한직이다. 마루미는 곤비라 신사로 가는 통과점에 불과하기 때문에 물건값, 숙박비, 말값, 인부의 수당 모두 곤비라 신사 밑에 있는 여관 마을이나 경내의 상점가에서 매기는 이상의 값을 매길 수는 없다. 그것이 자연스럽게 감시 역할을 한다.

아버지와 똑같은 관리 인생을 걷는다. 와타베는 길이 그렇게 정해져 있다고 생각하고 있었다. 자신에게 대를 물려주고 안심한 듯이 곧 죽고 만 아버지도 그 이상을 바라지는 않았을 것이다. 무엇보다 마을관청의 도신이나 도신 고가시라가 되는 집안사람들이 번정藩政의 주류에 관여할 정도가 되기란 처음부터 불가능하다. 현재 빼어나게 재정에 뛰어난 것도 아니라면 거기에서 발탁되어 위로 올라갈 수는 없다. 검술 실력 같은 것을 단련해도 아무런 의미도 없는 것은 물론이다.

어차피 더 이상 가망이 없다면, 울타리저택에 죽 늘어앉은 하급 관리들 사이에 섞여 매일 정해진 등성과 하성을 반복하고 윗사람들에게 꾸벅꾸벅 인사를 하면서 적은 봉록에 급급하고 처자식이 부업에 나서게 한다. 그렇게 곤궁하게 사는 것보다 마을 관리가 훨씬 마음이 편하다. 그것이 와타베의 결심이었다.

그런 자신이 분수를 잊은 채 잠시라도 꿈을 꾼 것은, 사지 가문의 아가씨에게 마음을 기울인 한때뿐이었다. 그러나 그 꿈은 깨졌다. 이노우에 고토에가 와타베에게 시집을 오는 일은 천지가 뒤집힌다 해도 일어날 리가 없는 일이니, 어차피 조만간 깨질 꿈이기는 했다. 그러나 고토에의 횡사라는 형태로 깨질 줄은, 이만하면 세상 물정을 알고 있다고 생각했던 와타베도 예상하지 못한 결말이었다.

그것은 그에게 깊은 상처를 입혔다. 고토에의 비참한 죽음과, 거기에 대해 전혀 참견을 할 수 없는 자신의 비참함이 그의 마음속 깊은 곳을 부숴놓았다.

고토에의 죽음을 감추려 하는 어둠의 깊이와 흉포함에 두려움을 느끼고 달아나 버렸다. 그런 자신에게 정나미가 떨어졌다. 그래도 밤에 잠들고 아침에 일어나면 또 하루가 시작되고, 어슬렁어슬렁 마을을 둘러보아야 한다. 고토에가 없어진 마루미에서 더 이상 무언가를 지키는 보람도 전혀 느끼지 못하는데도.

술을 과하게 마시면 윗사람에게 주의를 받는 경우도 종종 있다. 도가 지나친 음주는 피부를 거칠게 하고 눈을 상하게 하므로 숨길 수 없다.

그런 와타베를, 오로지 검시만 하며 살아온 이자키가 '점찍었다'고 한다.

울적해져 있던 와타베는 처음에 이자키의 이야기를 귓등으로 흘려들었다. 요즘 이자키가 묘하게 바쁘다는 사실은 알아채고 있었지만, 그의 움직임에 특별한 흥미를 갖고 있지는 않았기 때문에 그가 알아서 하면 되지 않느냐고 생각하고 있었다. 그러나 이자키는 몹시 열심히 와타베를 부추겼다. 그리고 이런 말을 했다.

"자네는 사지인 이노우에 가와 친하다면서. 작은선생님이신 게이치로 님과 절친하다고 들었네. 마을관청의 검시관에게 사지 가문과의 관계는 중요하지. 평소부터 여러 가지를 배우고, 그것을 일에 살릴 수가 있네. 나도 도베 선생님, 그 이전에는 고사카 선생님께 가르침을 청해 왔어. 내가 자네를 점찍은 데에는 그 사실도 포함되어 있다네."

순간 와타베는, 저와 이노우에 가의 관계는 끊어졌습니다, 라고 대꾸할 뻔했다. 그러나 그 말이 나오지 않았다. 고토에의 상냥하게 웃는 얼굴이 문득 뇌리를 가로질렀기 때문이다.

―그렇게 자포자기하시니까, 와타베 님이 성급함 때문에 늘 손해를 보시지 않습니까.

이노우에 가에 게이치로를 찾아가 이야기를 나누고, 때로는 함께 술을 마시고, 그런 자리에서 와타베가 날카롭게 말을 내뱉으면 고토에는 늘 그렇게 부드럽게 타일러 주곤 했다.

고토에가 살해되고 진상을 감춤으로써, 게이치로와 와타베는 공통의 어두운 비밀을 갖게 되었다.

고토에 사건은 구지카타의 담당이기 때문에 애초에 와타베가 참견할 수 없다는 사실은 알고 있었다. 그래도 손쓸 방도는 있다. 그 호라는 소녀의 이야기만 듣고 곧바로 범인은 가지와라 미네라고 확신했기 때문에, 그때는 정말로 그럴 작정이었다. 증거를 굳혀 압력을 가하면 구지카타도 모르는 척은 할 수 없을 거라고 생각하고 있었다.

따라서 구지카타가 이노우에 가에서 물러나자마자 와타베는 게이치로와 만났다. 그리고 그에게 일이 와타베의 생각만큼 단순하지 않다는 것, 고토에 사건의 진상을 밝히는 것이 그대로 마루미 번의 부침浮沈과 연결된다고 설득당했다.

처음에는 누이가 살해되었는데 무슨 얼빠진 소리를 하는 거냐며 화를 냈다. 그러나 차근차근 설득하는 게이치로의 이야기를 듣다 보니 점차 부글부글 끓던 속이 식고 결국에는 등까지 오싹해졌다.

가가 님을 맡는 일과 관련하여 에도에서도 이미 불온한 사건이 몇 번 일어났다고 한다. 가가 님이 무사히 마루미에 들어올 때까지, 아니, 들어온 후에도 한시도 긴장을 늦출 수는 없다고 게이치로는 말했다.

─고토에의 일이 없었다면 이것은 본래 자네 귀에 들어가야 할 이야기가 아닐세. 마루미의 마을 치안을 담당하는 자네는 자네의 임무를 다해 주면 그것으로 족하니까.

그러나 가지와라 미네를 체포하고 싶다며 머리에 피가 올라 있는 와타베를 진정시키려면 깊은 사정을 알리는 것 말고는 방법이 없다고, 게이치로는 사과하듯이 말했다.

성질이 급한 사람은 모두 비슷하지만 와타베도 본래는 소심하다. 겁쟁이이기 때문에 금세 화를 내는 것이다. 고토에의 원수를 갚고 싶다는 마음을 불태우면서도, 파고들 틈이 없는 게이치로의 항변에 머리에서부터 물을 뒤집어쓰는 기분을 맛보았다.

이것은 나 같은 게 감당할 수 있는 일이 아니다.

그래서 그 후, 혼조지에서 착란을 일으킨 호를 상대로 필요 이상으로 무서운 얼굴을 하고 말았다. 그 아이에게는, 사건 직후에 만났을 때 흥분된 기분으로 자신을 도와달라고까지 말했다. 그런 아이를 향해 입에 침이 마르기도 전에 완전히 반대되는 태도를 취했다. 숨겨야 한다. 전부 숨겨야 한다. 이것은 중요한 일이다. 상관하지 마라. 모르는 척해라. 올라갔다 내려갔다 반나절 사이 심하게 요동치던 와타베의 마음은, 그 자신에게서 튀어나와 멋대로 행동하고 있었는지도 모른다.

그래서 히키테인 우사라는 계집에게도 똑같은 말을 하며 위협했다. 자신이 무서워하는 만큼 우사도 무섭게 해 주고 싶었던 것이다.

이 얼마나 소심한가.

한심하고 부끄럽고 분하다. 그러나 무섭다. 빙글빙글 돌기만 할 뿐 출구 없는 생각이, 보름 남짓 되는 시간 동안에 완전히 와타베를 초췌하게 만들고 말았다.

고토에에 대해서는 애써 떠올리지 않으려고 노력해 왔다. 볼 낯이 없다.

그래서 이자키의 제안에, 그것을 떠밀듯이 되살아난 고토에의 웃는 얼굴에, 와타베는 진심으로 놀랐던 것이다. 마치 자신의 비겁하고 비참한 변절을 용서하려는 것 같지 않은가―.

물론 그것도 와타베의 제멋대로인 착각에 지나지 않는다. 고토에는 이미 죽었고, 죽은 자는 말을 하지 않는 법이니까.

그래도 뇌리에 떠오르는 고토에의 웃는 얼굴은 와타베가 귓등으로 흘려듣고 있던 이자키의 말을 제대로 듣고, 받아들이라고 말해 왔다.

그래서 와타베는 받아들였다. 자신이 이자키의 뒤를 이을 수 있을 거라고는 생각되지 않지만 어쨌거나 눈앞에 있는 시계사부로의 변사라는 사건과 마주해 보자고.

그리고 지금, 주저하고 망설이고 있다.

시게사부로 주변은 대충 알아보았다. 그가 야마우치 가를 떠나기 직전에 이상한 식중독이 돌아 집안사람들도 시게사부로도 고생했다는 사실까지 확인했다. 시게사부로는 야마우치의 아내에게 식중독으로 몸이 완전히 약해지고 말았으니 이제 도움이 되지 않는다며 내보내 달라고 청했다고 한다.

이자키는 독물을 의심하고 있었다. 시게사부로가 스스로 마신 것인지 모르는 사이에 누군가가 먹인 것인지는 알 수 없지만 그것은 병사도 늙어 죽은 것도 아니라며.

"입가에서 이상한 냄새가 났네. 자네도 코를 가까이 대고 맡아보게나."

독이라는 말을 듣고 와타베에게 곧장 생각나는 것은 쥐를 퇴치할 때 쓰는 이와미 은산 쥐약의 일종. 독약으로도 쓰였다 정도이다. 하지만 그 냄새와는 다르다고 이자키는 말했다.

"지금까지 맡은 적이 없는, 시큼하고 이상한 냄새일세. 나도 독사毒死는 꽤 많이 봐 왔다고 생각하네만 그 냄새는 짐작가는 바가 없어."

본래 같으면 곧장 도베 선생님께 물어야 하지만, 하고 말하더니 여기에서 이자키는 목소리를 낮추었다.

"자네는 모를 테지만, 도베 선생님은 지금 가가 님을 담당하는 의원이라는 중요한 임무를 맡고 계시네."

사지 칠가 중에서는 신참인 도베 가문이 가가 님을 보살피는 의원으로 뽑히기까지 상당한 우여곡절이 있었다고 한다. 막부에서 맡긴 죄인의 맥을 짚는 것이니 당연히 번의 전의^{典醫}인 사지 가의 의원이어야 한다. 그러나 가가 님은 대죄를 지은 죄인이다. 번주의 주치의라고 할 수 있는 사지의 필두를 담당 의원으로 삼으면, 막부에 무례가 될지도 모른다. 그런 대역 죄인을 번주와 똑같이 후하게 대하는 거냐고 묻는다면 변명을 할 수가 없다.

당초에는 이노우에 겐슈 선생님이 스스로 담당 의원이 되겠다고 자청했지만 기각되었다. 이노우에 가는 사지 필두인 스기타 가 다음 가는 집안이다. 죄인의 담당 의원이 되기에는 어울리지 않는다며 당사자인 스기타 가에서 반대를 했다. 한참 갑론을박이 오간 끝에 결국은 도베 선생님이 담당 의원을 맡고, 나이가 젊어 경험이 적은 선생님을 겐슈 선생님이 후견한다는 이단 구성의 형태로 결정되었다고 한다.

"본래 겐슈 선생님은 도베 선생님과 사제 같은 사이이니 말일세."

오랫동안 검시관을 맡아 온 이자키는 사지 가의 사정에도 정통한 모양이다.

"도베 선생님은 마음고생이 많으시겠군요."

가까스로 그렇게밖에 말할 수 없었지만, 이자키는 깊이 고개를 끄덕이고는 말을 이었다.

"그래서 나도 지금 선생님을 번거롭게 할 수는 없다네. 자네는 이노우에 게이치로 선생님을 찾아가 보게. 작은선생님도 실력이 좋다는 평판이더군. 시계사부로의 죽은 모습과 독물일 의혹이 있다는 사실을 잘 이야기하고 지혜를 빌리란 말일세."

가능하다면 작은선생님에게 시계사부로의 시체를 봐 달라고 하면 좋을 거라는 말도 했다.

"이노우에 가에서는 마을 사람들의 진찰도 하고 계시고, 겐슈 선생님이 아니라 작은선생님이니 나와 주신다 해도 그리 큰일로는 보이지 않을 걸세. 다만, 마을 사람들의 입에 자물쇠를 달 수는 없으니 눈에 띄지 않도록 해야 할 거야."

고토에가 죽기 이전의 와타베라면 그 말을 듣고 곧장 이노우에 가로 찾아갔을 것이다. 우선 게이치로에게 사정을 이야기하고 그 후에 함께 밥 짓는 공동주택으로 간다.

그러나 그럴 수 없었다. 고토에를 볼 낯은 없지만 게이치로와는 얼굴을 마주하고 싶지 않다. 서로의 얼굴에 꺼림칙함이 비친다. 적어도 와타베는 그런 생각이 들어 견딜 수 없다.

되도록 게이치로에게 기대지 말고 자신의 머리로 어떻게든 해 보자. 그렇게 생각했다. 그러나 마음만 초조할 뿐 잘되지 않는다. 독물에 관해서는 초보자가 조사해 봐야 금세 벽에 부딪힐 뿐이다. 그러고 있는 사이 시체를 계속 놓아둔 밥 짓는 공동주택에서 우는 소리를 해 오고, 여기에서도 성급한 성격이 튀어나와 그러면 이제 장례를 치러도 좋다고 대답하고 말았다. 아마 장례식은 어제 낮에 치러졌을 것이다. 혼조지라고 들었다. 그곳에는 연고 없는 사람을 장사 지내는 묘지가 있다.

같은 자리만 맴돌고 있다고, 스스로도 생각한다.

가까스로 이노우에 가로 통하는 언덕길을 오르면서 아직도 꾸물거리며 뒷걸음질 치려 하는 자신이 진심으로 싫어졌다.

아무 일도 없었다는 얼굴을 하고 게이치로를 만날 수 있을까. 게이치로는 괜찮을 것이다. 그는 그런 사람이다. 얌전해 보이지만 본래 배짱이 두둑하다. 소중한 누이를 잃고 상처를 덮어 가렸을 때, 그 배짱이 더욱 무겁고 깊은 곳까지 자리 잡고 말았다. 그래도 틀림없이 기꺼이 와타베의 힘이 되어 줄 것이다. 와타베가 정신을 차리고 임무로 돌아온 것을 기뻐해 주기까지 할 것이다.

그러나 나는 자신이 없다. 게이치로와 마주하면 장황하게 변명을 하거나 한탄하거나 고토에의 죽음을 도로 파내고 말 것 같은 기분이 든다.

이번에야말로 이자키와 이야기했을 때 문득 스친 고토에의 웃는 얼굴을 애써 떠올리려고 해 본다. 모처럼 의욕을 되찾았으니 지금까지 하던 대로 오라버니와 친한 사이로 돌아와 주세요. 고토에가 그렇게 말해 주고 있다고 자기 자신에게 들려줘 본다.

와타베는 무거운 다리를 질질 끌며 걷는다. 이노우에 가의 문이 보이기 시작했다.

그런데 그때 뒷문 쪽에서 나왔는지 이노우에 가의 담장 모퉁이를 돌아 이쪽으로 다가오는 히키테 계집, 우사의 모습이 눈에 들어왔다.

무슨 용무가 있었던 것일까. 우사도 다리를 질질 끌고 있다. 숙인 얼굴은 아직 잘 보이지 않지만 결코 명랑한 분위기는 아니다.

마주치기 싫은데—하고 생각했지만 숨는 것도 이상하다. 와타베는 걸음을 멈추고 기다렸다.

거리가 좁아지자 우사가 계집에게는 어울리지 않는 험악한 표정을 하고 미간에 주름까지 짓고 있는 것을 알 수 있었다. 뭔가 깊은 생각에 잠겨 있는지 거기에 와타베가 있다는 사실을 전혀 알아차리지 못하는 것 같다.

"어이" 하고 말을 걸었다.

우사는 글자 그대로 펄쩍 뛰어올랐다. 길 옆의 잡초가 우거져 있는 데까지 펄쩍 뛰더니 몸을 긴장시킨다. 와타베는 저도 모르게 웃음을 터뜨리고 말았다.

"과연 토끼로군. 잘 뛰는데."

우사는 눈을 아직도 튀어나올 듯 크게 뜨고 있었지만 뺨에는 핏기가 올라 있었다. 어금니를 악물고 있는 것 같다. 턱이 굳어 있다.

"미안하네. 놀라게 할 생각은 없었어."

사과하는 말에도 귀를 기울이지 않는 듯 시선을 피하더니 바로 옆을 지나간다. 와타베는 조금 당황했다.

"게이치로를 만나고 온 겐가?" 우사의 마른 등을 향해 물었다.

"나도 지금부터 볼일이 있어서ㅡ."

우사는 성큼성큼 가 버린다. 건방져서 부아가 치민다기보다 뭔가 불온한 것을 느끼고 와타베는 두세 걸음 쫓아갔다.

"이봐, 인사 정도는 하지그래!"

우사는 돌아보지도 않고 도리어 걸음을 빨리 했다.

순간적으로 와타베의 머릿속에 떠오르는 생각이 있었다. 소리를 지른다.

"이봐, 자네가 있는 서쪽 파수막에는, 밥 짓는 공동주택 사건 이야기는 안 들어갔나?"

우사는 부지런히 걸음을 옮기다가 고꾸라지듯이 멈추었다. 고개만 틀어 이쪽을 본다.

"밥 짓는 공동주택?"

"음." 와타베는 두 걸음 더 다가가며 고개를 끄덕였다.

"쓰네지에게 무슨 얘기 못 들었나?"

우사는 잠시 눈을 깜박였다. 몸을 이쪽으로 돌린다.

"동쪽 파수막에서 다루고 있는 일이라면 저희들은 모르는 것도 있습니다."

진지한 말투이기는 했지만 뺨도 여전히 굳어 있고, 마음이 딴 데가 있는 것 같은 눈빛에도 변함은 없다.

"그래?" 와타베는 약간 목소리를 누그러뜨렸다.

"자네, 기운이 없군. 아까는 마치 귀신 같은 얼굴을 하고 있었네. 게이치로에게 야단맞았는가?"

간신히 우사의 표정이 정말로 움직였다. 또 빨개진다.

"와타베 님과는 상관없는 일입니다."

"뭐, 그렇지." 와타베는 웃어 보였다. 그리고 밥 짓는 공동주택의 일이 아니라 우사에게는 정말로 묻고 싶은 것이 있다는 사실을 떠올렸다.

"그, 호라는 아이 말일세. 잘 지내나? 지금은 어떻게 지내지? 가스케 대장 집에 신세를 지고ㅡ."

순간 우사의 얼굴이 구깃구깃해지고 당장이라도 울 것처럼 일그러졌기 때문에, 와타베는 말을 이을 수 없었다.

"뭔가? 왜 그래?"

자갈을 밟으며 다가가, 와타베는 우사의 어깨에 손을 얹었다. 가슴에 불안의 검은 구름이 피어올랐다. 혹시 그 아이에게 무슨 일이 생긴 것일까. 그래서 우사는 제정신이 아닌 것일까?

우사는 어깨를 흔들어 와타베의 손을 뿌리쳤다. "아무것도 아닙니다."

"거짓말하지 말게."

"거짓말이 아닙니다. 와타베 님과는 상관없는 일이라고 말씀드렸을 뿐입니다."

"그 아이가 어떻게 되었는가? 나는—나는 그 아이에게 좀 미안한 짓을 했기 때문에 신경이 쓰인단 말일세."

"호는, 제가 돌볼 것이니 괜찮습니다." 우사는 강한 말투로 내뱉었지만 어조와는 반대로 눈동자에는 눈물이 고이기 시작했다.

"자네가 돌보고 있는 건가? 그래서—그렇군, 그 아이가 병에 걸린 게로군."

그래서 우사가 게이치로를 찾아온 것이다. 타고난 성급함으로, 와타베는 외곬으로 그렇게 생각하고 말았다.

"게이치로는 뭐라고 하던가? 병이 무겁나?"

우사는 느닷없이 주먹을 쥐고는 마구 휘두르며 외쳤다.

"그렇지 않아요! 아닙니다. 그냥 내버려두십시오!"

거칠게 움직인 탓에 고여 있던 눈물이 굴러 떨어졌다. 우사는 울면서 어깨를 들썩이고 있다. 와타베는 정말로 주먹에 맞은 것은 아니지만 그와 비슷할 정도로 놀라서 그저 뚫어져라 우사를 바라볼 뿐이었다.

"죄, 죄송합니다."

우사는 당황해서 손등으로 얼굴을 닦고 와타베에게 머리를 숙였다. 냅다 고함을 지르고 나니 제정신으로 돌아온 모양이다.

"실례했습니다. 저, 빨리 파수막으로 돌아가지 않으면 가스케 대장님께 야단을 듣습니다."

우사는 등을 돌리고 도망치듯이 달려갔다. 와타베는 어안이 벙벙해서 우사의 뒷모습이 나무 너머로 사라져 버릴 때까지 지켜보기만 했다.

3

오랜만의 방문이고, 고토에 사건 때는 이노우에 가의 누구에게도 애도의 말을 하지 않고 지금에 이르고 말았기 때문에, 오늘은 제대로 현관에서 방문을 알릴 생각이었다. 하지만 우사의 모습에 마음이 술렁거려 아무래도 침착할 수 없었다.

결국 지금까지 쭉 그래왔던 것처럼 담장을 돌아 저택 뒤쪽에 있는 생울타리의 빈틈으로 들어가기로 했다. 이렇게 하면 게이치로의 진료실 바로 옆으로 나갈 수 있다. 남의 집이지만 제 집처럼 잘 알고 있다.

이렇게 찾아올 때 진료실에 고토에가 있으면 곧 눈썰미 좋게 발견하고는 '오라버니, 와타베 님이 오셨어요' 하고 상냥한 목소리로 게이치로를 부르곤 했다. 게이치로는 진료로 바쁘거나 정신없이 책을 읽고 있다거나 하면, 와타베가 진료실 툇마루 앞까지 와서 말을 걸어도 알아차리지 못할 때가 있었다. 한 번은 와타베가 그의 내방을 알아챈 고토에에게 '비밀, 비밀' 하며 손가락을 세워 보이고, 고토에도 장난스럽게 고개를 끄덕여, 대체 언제가 되면 게이치로가 눈을 들고 와타베를 볼지 시험해 보려고 한 적이 있다. 그때 게이치로는, 나중에 들으니 나가사키에서 갓 도착했다는 의학서를 읽고 있었다고 하는데, 와타베가 툇마루 끝에 걸터앉아도 에헴 하고 헛기침을 해도 전혀 반응을 하지 않았다. 그때의 고토에는 다른 의학서를 필사하고 있는 중이었는데 결국 참다못해 붓을 놓고 입가에 손을 대며 깔깔 웃고 말았다. 와타베도 따라서 웃었다. 그제야 게이치로도 알아차리고 "아니, 그런 데서 뭘 하고 있나? 왜 웃는 거지?" 하고 마치 잠꼬대처럼 말했기 때문에, 고토에와 와타베는 더욱 웃었다.

그리운 추억이다. 고토에는 웃는 얼굴도 아름다웠다. 거리낌 없이 명랑하게 소리 내어 웃곤 했다.

게이치로는 진료실에 있었다. 툇마루 끝의 밝은 곳에서 약연藥研을 쓰고 있다. 혼자다. 환자들을 보는 시간이 아닌 모양이다. 아니면 날이 아닌 것일까. 발길이 뜸했던 것은 한 달도 채 되지 않은 동안의 일인데 이제 와타베는 짐작도 가지 않았다.

와타베가 미처 말을 걸지 못하고 있는데 놀랍게도 게이치로 쪽에서 먼저 불렀다.

"가즈 아닌가."

게이치로는 늘 와타베를 그렇게 부른다. 도장에서 동문이었다는 인연의 친밀함이 배어나온다.

와타베는 응 하고 대답하며 나무를 돌아 가까이 다가갔다.

"오랜만일세." 게이치로는 건조한 **삐걱삐걱** 소리를 내면서 익숙한 손놀림으로 약연을 움직이고 있다. 그의 모습만 보자면 달라진 것이라고는 아무것도 없다. 당장이라도 고토에가 '아, 와타베 님' 하고 말하면서 저기 있는 장지문 뒤에서 나올 것만 같은 기분이 든다.

분명히 오랜만이다. 의리 없는 행동을 계속해 왔다. 그 이상으로 거북하고 괴로운 것도 있다. 와타베는 그것들이 뒤섞인 감정의 산에 짓눌릴 것만 같은 기분이었다. 가슴이 무겁다.

"급한 일인가? 미안하지만 이 약을 만들고 나면 왕진 약속이 하나 있네. 울타리저택까지 가야 해."

"상관없네. 나야말로 방해해서 미안하군."

"무슨 섭섭한 말을 하는 겐가." 게이치로는 온화한 표정으로 눈을 가늘게 뜨며 웃었다. "고토에가 있었다면, 와타베 님은 어째서 그렇게 딱딱한 얼굴을 하고 계시느냐며 걱정했을 걸세."

갑자기 고토에의 이름이 나왔기 때문에 와타베는 저도 모르게 눈을 내리깔고 말았다.

문득 후회의 구름이 갑작스런 폭풍처럼 뭉게뭉게 피어올라 와타베의 가슴을 짓누른다. 고토에는 독사**毒死**했다. 그 상처를 안고도, 다른 독사로 의심되는 변사에 대해서 게이치로의 의견을 물으려

하다니 역시 무모한 짓이었다. 할 수 없다. 나는 할 수 없다.

우두커니 서 있는 와타베에게 게이치로가 말을 걸었다.

"왜 그러나? 귀신 같은 얼굴을 하고."

와타베는 아무 말도 하지 못한다.

"알고 있네." 게이치로는 말을 이었다. "나도 자네와는 얼굴을 맞대기 불편하다고 느끼고 있었어. 어떻게든 하고 싶다고 생각은 하고 있었지만 내 쪽에서 가볍게 만나러 가기도 어렵고, 오히려 그런 짓은 하지 않는 게 나을 것 같기도 하더군. 좀더 시간이 지나서―여러 가지로 치유될 때까지는."

와 주어서 다행이라고 게이치로가 말했다. 와타베보다 먼저 말을 꺼냈다.

"그건 뭔가?" 약연 속에 들어 있는 것을 가리키며 와타베는 가까스로 물었다. 건조시킨 나뭇조각 같은 것이 들어 있다.

"사지 이노우에 가에만 전해지는 해열제일세."

"호오, 엄청난 것처럼 들리는데."

"그야 그렇지. 사지 가에는 각각 후계자에게만 전해지는 비약이 있네. 이것은 우리 집에만 전해지는 처방이야."

"그런 중요한 것을 나 같은 사람에게 보여 줘도 되는가?"

"가즈 자네는 봐도 모르네."

게이치로는 웃고 있다.

"뭔가를 물어보려고 찾아온 겐가? 내가 도움이 될 수 있는 일이 있을까?"

"……눈치가 빠르군."

"거북하고 귀찮은 걸 무릅쓰고 가즈 자네가 찾아왔다면 일에 관련된 사안이 분명하지. 조만간 그런 일이 있을 거라고 기다린 보람이 있군."

정말로 머리가 잘 돌아가는 남자다.

"그래. 그렇긴 하네만……. 여기에 오고 보니 역시 나는 움츠러들고 말았네. 자네를 찾아온 이유는 검시관인 이자키 님이 권하셨기 때문인데……. 하지만……."

말을 흐리는 와타베를 또 앞질러 온화한 말투를 유지한 채 게이치로가 물었다.

"그럼 독사의 의혹이 있는 변사인가?"

와타베는 잠자코 있었다. 입가가 흠칫흠칫 경련한다.

"그렇다면 이야기해 보게." 게이치로는 스스럼없는 친구의 말투가 되어서 말했다.

"그렇군, 이자키 님은 도베 선생님을 번거롭게 하지 않으려고 마음을 쓰고 계시는 게로군. 이자키 님답네."

꿰뚫어보고 있다. 와타베는 여전히 굳어 있는 몸으로 툇마루 끝에 걸터앉았다.

"이자키 님이 도베 선생님과 친하다는 것은 잘 알려져 있나?"

"응. 사지 가 중에서도 고참인 집은 자존심이 높아서, 마을관청의 하급 관리 따윈 상대하지 않는다는 기풍이 있네. 하지만 도베 선생님은 가장 신참이라 너그럽거든."

"자네의 이 이노우에 가도 고참 집안 중 하나가 아닌가."

"그렇지" 하며 게이치로는 또 웃었다. "하지만 우리 아버지는

'야단맞는 겐슈'일세. 이제 와서 자존심이고 뭐고 있을 리가 있나. 예외일세. 그래서 도베 선생님과도 마음이 맞는 모양이야."

고참인 특이한 사람과 파격적인 신참인가.

아니, 지금은 그보다 먼저 용건이 있다. 숨을 한번 내쉬고 나서 게이치로에게 밥 짓는 공동주택의 시게사부로 사건을 자세히 이야기해 주었다.

이야기가 대충 끝날 무렵에는 약연의 내용물은 부드러운 가루가 되어 있었다. 게이치로는 보조책상 위에 가지런히 늘어놓은 사기 숟가락을 집어 들고는, 가볍게 그 가루를 휘저었다. 그러고 나서 무릎을 꿇고 일어서서 뒤에 있는 작은 서랍에서 약을 싸는 얇고 하얀 종이를 꺼내 들고 돌아왔다.

이 작업들도 전에는 고토에가 부지런히 하곤 했던 일이다.

사기 숟가락으로 정확하게 깎아서 한 숟가락씩 약을 떠서 싸면서 게이치로가 말했다.

"그래서 가즈, 자네는 무엇을 알고 싶은 겐가?"

"무엇이라니……."

"이자키 님은, 시게사부로가 독살되었을 가능성이 있다고 보고 계시는 게 아닌가. 그리고 그 독이, 그렇게 단련된 사람도 생각해 낼 수 없는 독이라고."

"음, 그렇지."

"독의 종류를 점찍어 주었으면 좋겠다는 것이라면, 미안하지만 나는 도움이 되지 못할 걸세. 독사에 관해서라면 나보다 이자키 님이 더 잘 아실 거야. 나는 시체를 보지 못한데다 직접 그 '시큼하고 이상한 냄새'도 맡지 못했네."

와타베는 입술을 비죽거리며 가볍게 무릎을 잡았다. 그러니 좀 더 일찍 게이치로를 찾아왔어야 했다. 시체가 상하기 전에.

"다만……." 게이치로는 말을 끊더니 손바닥 위에 올려놓은 약봉지를 살짝 들어 올려 보였다.

"약과 독은, 사실 같은 뿌리를 갖고 있네. 예를 들어 이 해열제만 보아도, 고뿔에 걸려 고열로 괴로워하는 환자에게는 훌륭한 효능을 보이는 좋은 약으로 기능하지만, 필요 없는 자에게 먹이면 경우에 따라서는 오히려 병에 걸리고 말 때가 있지. 오한이나 복통, 현기증을 일으키기도 한다네."

그런 이야기는 처음 들었다. 와타베의 머릿속에서는 좋은 약은 항상 좋은 약, 독은 언제 어디서나 독이다. 그 구분은 확실하다.

"그러니 독사를 다루는 데 익숙한 이자키 님을 당혹하게 한 그 이상한 냄새라는 것은, 어쩌면 이와미 은산이나 바곳 뿌리 같은 격렬한 '독'이 아니라, 어떤 '약'의 냄새였을지도 모른다—고 추측할 수는 있네."

"말하자면, 시계사부로가 어떤 병에 걸려 있어서 치료를 위해 약을 먹고 있었다는 뜻인가? 그게 지나치게 잘 들어서 죽고 말았다고."

게이치로는 손을 움직여 작업을 계속하면서 고개를 끄덕였다.

"시계사부로는 야마우치 가에서 떠난 이유가 된 식중독 때문에 꽤 몸이 약해져 있었다고 했지. 그런 상태라면 그럴 수도 있다는 얘기일세. 아까 약과 독의 뿌리는 하나라고 말했는데, 바꿔 말하자면 그것은 독의 작용을 완화해 주면 약으로 도움이 되는 경우도 많다는 뜻이니, 몸이 약해져 있으면 그때까지는 약으로 알맞게 잘 들어주던 것이 지나치게 잘 들어서 독이 되고 마는 일도 일어날 수 있다는 것이지."

와타베는 납득하고 깊이 고개를 끄덕였다. 게이치로는 힐끗 그 얼굴을 보고 말했다.

"다만 이 경우에는 시게사부로가 어떤 지병을 갖고 있었고 계속 약을 먹고 있었다는 것이 전제가 되네. 자네, 살던 집을 조사해 보았겠지?"

"음, 완벽하게 조사했네."

"약봉지는 나오지 않았나?"

와타베는 팔짱을 끼었다. "눈에 띄지 않았—던 것 같네."

그런 생각을 갖고 조사한 것은 아니라서 시원스럽지 못한 대답이 되었다.

"충분히 신경을 써서 확인한다면 그리 어려운 일은 아닐 걸세. 의원을 찾아가 보면 돼."

게이치로는 그렇게 말하고 나서 하얀 이를 드러내며 웃었다.

"나는 시게사부로라는 노인을 진찰하지 않았네. 약도 내 주지 않았어. 이걸로 사지 가 중 한 곳은 생략할 수 있겠군."

"그 말이 맞네." 와타베는 매우 진지하게 받아들였다. 게이치로가 뺨에 미소를 올리며 그런 친구의 얼굴을 바라본다.

"죽은 얼굴은 편안했지?"

"마치 자고 있는 것 같았네. 발견한 집주인도, 손을 잡아 보고 차갑다는 것을 알 때까지 죽었다고는 생각하지 않았다고 하네."

"그렇다면 더더욱, 격렬한 고통을 주는 독을 삼킨 것은 아닐 것 같군."

"시게사부로가 스스로 죽음을 선택한 것일지도 모르지" 하고 게이치로는 거기에서 잠시 생각하고는 중얼거리듯이 말을 이었다.

"각오한 자살이란 말인가?"

"아까부터 말했다시피 이것도 추측에 지나지 않네만."

전날, 집주인인 하치로베에가 시게사부로의 상태를 보러 심부름꾼을 보냈을 때에는 몹시 처지고 기운이 없었다고 했다. 와타베는 생각한다. 몸이 약해져 고용살이도 그만두고 노령의 홀몸에 불안이 깊이 파고들어—.

게이치로가 물었다. "시게사부로는 스스로 생약을 조합할 줄 알았을까?"

생각지 못한 물음이었기 때문에 와타베는 앉은 채 눈을 부릅떴다. "무슨 소린가?"

"그런 얼굴 하지 말게. 문득 생각이 났을 뿐이야. 의원이 아니더라도 스스로 생약을 조합하는 사람이 그리 드물지는 않네. 복통약이나 해열제, 상처에 바르는 약 같은 것 말일세. 시정과 달리, 산속 마을에서는 의원을 그리 쉽게 찾을 수 없거든. 반면에 약재가 되는 들풀이나 버섯은 풍부하게 있으니 말일세. 각자 궁리해서 만드는 거지. 그게 또, 어설픈 의원이 처방하는 약보다 잘 들을 때도 있네."

본래 우리가 처방하는 약도, 오랜 세월 동안의 그런 경험치가 쌓여 완성된 것이니 이상할 것은 하나도 없지, 라고 한다.

"하지만 그러려면 도구가 필요하지 않나. 이런 약연이라든가. 시계사부로의 집에는 그런 것은 없었네."

작은 약봉지라면 미처 보지 못했을지도 모르지만 그렇게 큰 것까지 보지 못했을 리는 없다.

"작은 냄비 하나에 절구, 풍로가 있으면 만들 수 있는 약도 있네." 게이치로는 가볍게 받아넘겼다. "어쨌거나 시계사부로라는 노인이 지금까지 어떻게 생활해 왔는지, 좀더 자세히 조사해 볼 필요가 있지 않겠는가?"

"그렇군. 당장 시작하겠네. 덕분에 살았어."

무릎을 탁 치고 기모노 자락을 털며 일어서려고 한 와타베, 게이치로의 목소리가 붙들었다. "이자키 님은 시계사부로가 고용살이를 하고 있던 야마우치 가에서의 식중독을 신경 쓰시지는 않았나?"

와타베는 엉거주춤 일어선 채 게이치로의 얼굴을 보았다.

"무슨 뜻인가?"

"아니, 아무것도 아닐세." 게이치로는 서둘러 부정했다. "아무 말씀도 하지 않으셨다면 됐네. 내 생각이 지나친 거야."

"신경 쓰지 말게. 가르쳐 주게나." 와타베는 다시 자리에 앉아 버렸다.

"경솔한 말은 할 수 없네."

"남의 애를 태우는 것도 좋지 않아."

"그럼 먼저, 내 질문에 대답해 주게. 이자키 님은 식중독에 대해서는 신경 쓰지 않으셨나?"

특별히 무슨 말을 들은 기억은 없다. 이자키가 속으로 뭔가 생각하고 있었다 해도 와타베에게는 알아챌 기회가 없었다.

그렇게 대답하자 게이치로는 갸름한 턱을 쓰다듬었다.

"그렇다면 이건 어디까지나 내 생각으로 들어주게. 야마우치 가에서 식중독이 생기고, 그게 원인이 되어 시게사부로는 고용살이를 그만두었네. 그리고 보름 정도 만에 의혹의 변사를 했지. 이 순서가 신경 쓰여. 실은 아까 시게사부로는 생약을 조합할 수 있었을까 하고 물었을 때도 이 사실이 머리에 있었네."

그렇게까지 알기 쉽게 풀어서 말해 주니 와타베도 짐작이 갔다. 눈을 부릅떴다.

"그럼 게이치로, 자네는 야마우치의 식중독도 실은 식중독이 아니라 독 때문이라는 겐가? 거기에 시게사부로가 관련되어 있다고?"

잠시 망설였지만, 게이치로는 고개를 끄덕였다. "그렇게 생각할 수 없는 것도 아니지."

"답답하군."

"시게사부로가 있는 곳에 독의 존재가 느껴지네. 그런 뜻이야. 식중독의 원인은 모르는 게지?"

"조사하지도 않았네. 야마우치 가에 물어보면 알 수 있을지도 모르지만."

"어떤 증상이었을까."

"그야…… 걸린 사람들이 식중독이라고 생각했으니 복통이나 설사일 테지."

"야마우치 가에서만 일어났겠지."

"그것도…… 물어보지 않았네."

수배가 제대로 되어 있지 않은 것을 은근히 탓하는 기분이 들어서 와타베는 떫은 얼굴이 되고 말았다.

"하지만 애초에 식중독에 걸리는 것과 독에 당하는 것은 전혀 다르지 않은가."

게이치로는 가볍게 반격했다. "다르지 않네. 가즈, 자네는 독이라는 것을 지나치게 특별하게 생각하고 있어. 물론 평소 같으면 입에 댈 리 없는 독이라는 것도 있네. 하지만 수나 종류로 말하자면 그렇지 않은 독이 압도적으로 많지. 독버섯이 좋은 예일세. 잘못해서 먹는 일이 있지 않은가? 음식이 썩어 식중독을 일으키는 경우에도 그것은 썩음으로써 음식 속에 생겨난 독에 당하는 걸세."

이 자리에서 들은 것만으로는, 와타베는 아무래도 석연치가 않았다. 다만 머릿속에서 시게사부로라는 인물의 행동을 조사해 볼 필요가 있다, 과거를 알아보아야겠다는 확신만은 부풀어 간다.

"이자키 님께, 자네에게 지혜를 빌리러 갔더니 이런 말을 하더라고 이야기해도 되겠나?"

"전혀 상관없네."

와타베는 알았다고 말하고 다시 일어섰다. 그때 넓어진 시야 구석으로, 뒷문으로 이어지는 나무 너머에 이 집의 덩치 큰 하녀의 뒷모습, 정확하게는 머리가 언뜻 스쳤다.

시즈인가 하는 하녀장이다. 그 바로 뒤로 가나이 신에몬도 뒤따라 걷고 있다.

"가나이 님이 하녀를 데리고 외출하시는군" 하고 게이치로에게 말했다. "나는 또 고토에 님에 대한 애도의 말을 하지 못하고 말았네."

그때 게이치로의 얼굴이 갑자기 흐려졌다. 그것을 알아차리고 와타베는 당황해서 말을 이었다.

"자네에게도 말하지 않았군."

"그런 것은 됐네. 말이야 의례일 뿐이지. 가즈 자네는 이미 충분히 고토에를 애도해 주지 않았는가."

게이치로는 고개를 저으며 그렇게 말했다. 그러나 표정의 그늘은 사라지지 않는다. 무슨 일이 있는 걸까 하고, 와타베는 의아하게 생각했다.

나무 너머로 시선을 돌려보니 가나이 신에몬은 집 안으로 돌아오는 참이었다. 시즈를 거느리고 나가는 것이 아니라 배웅을 했을 뿐인가. 이상한 일이다. 야모리가 하녀의 외출을 배웅하다니.

누군가 손님이라도 와서 하녀가 그 손님을 배웅하러 나가는 것일까. 그러나 사지 가에 찾아오는 손님이라면 가나이 신에몬이 배웅하는 것이 더 이치에 맞다.

오늘은 이 집에서 묘한 일만 계속 보는군―그렇게 생각하고 있자니 그 의혹이 우사의 우는 얼굴과 연결되었다.

"게이치로, 여기 올 때 때마침 나가던 히키테 여자와 마주쳤네."

와타베의 말에 왠지 게이치로는 몹시 풀이 죽었다. 물은 와타베가 더 당황할 만큼.

"우사라는 기가 센 여자 말일세. 그런데 오늘은 어쩐 셈인지 울상을 짓고 있더군. 걱정이 되어서 왜 그러느냐고 물으니 와타베 님과는 상관없는 일이라며 호통을 치더란 말이야."

게이치로는 미간에 주름을 짓고 다 싸서 깔끔하게 늘어놓은 약봉지에 시선을 떨어뜨리고 있다. 여전히 입을 다물고 있다.

"그 여자, 뭔가 여기서 실수를 저질러 가나이 님께 야단이라도 맞은 겐가?"

게이치로는 작게 숨을 내쉬며 얼굴을 들고 와타베를 보았다.
"뭐, 그 비슷한 걸세. 집안일이니 더 이상은 묻지 말아 주게."

"그래?" 와타베는 고개를 끄덕이고 목덜미를 긁적였다. "나도 악의는 없었네. 녀석이 너무 무서운 얼굴을 하고 있어서 말을 걸었을 뿐이야. 게다가 그 왜, 호라는 아이도 신경이 쓰여서 어떻게 지내는지 묻고 싶었고."

게이치로도 "그런가?" 하고 대답했다. 이야기는 그걸로 끝이라고 은연중에 말하고 있었다. 그렇지, 왕진을 간다고 했지, 하며 와타베는 분위기를 얼버무리는 듯한 어색함을 느끼면서 툇마루를 떠났다.

4

와타베는 일단 마을관청으로 돌아갔다.

시내 순찰을 맡고 있는 도신이 사는 저택은, 당연한 일이지만 낮에는 텅 비어 있어 다른 사람은 아무도 없다. 이웃하고 있는 반가타의 저택에서는 사람 소리가 난다. 검시관 이자키는 반가타에 속해 있기 때문에 돌아오자마자 집에 있는지 없는지 들여다보았으나 외출로 부재중이었다. 와타베는 이자키가 돌아오면 불러 달라고 부탁해 두고 혼자 작은 책상 앞에 앉았다. 지금까지의 경과와 게이치로에게 들은 이야기를 (추측도 포함해서) 종이에 적어 정리해 두고 싶었다.

시게사부로의 과거를 조사한다. 시작은 야마우치 가에서 고용살이를 하기 전에는 어디에 있었느냐 하는 문제가 될 것이다. 역시 야마우치 가 때와 마찬가지로 하급 무사의 집 몇 군데에서 돈을 추렴하여 그를 고용하고 있었을 테니 울타리저택에 가서 물어보고 다니면 금방 가늠할 수 있을 것이다. 수고는 들지 않는다. 그가 생약 조합에 뛰어났는지 어떤지도, 옛날에 고용살이하던 곳 몇 군데가 판명되면 그곳의 누군가가 알고 있을 가능성이 있다. 하지만 그 전에 시게사부로의 집도 다시 한번 조사해 보자.

순찰 일을 하다 보면 이런 글 쓰는 일은 그냥 서기에게 맡기는 경우가 많기 때문에, 와타베의 문서 궤에 들어 있던 붓은 끝이 거칠어져 몹시 쓰기 힘들었다. 핥고는 먹을 묻혀 쓰고, 또 핥고는 먹을 묻히는 일을 반복하다 보니 입 안이 썼다.

―먹은 독일까?

이것을 먹으면 어떻게 될까, 문득 생각했다. 게이치로의 강의에 완전히 영향을 받고 만 모양이다. 누가 좋다고 이런 검은 물을 마시겠는가.

―아니, 그보다, 가령 이런 붓 끝에 독을 발라 둔다면?

붓을 핥을 때 독도 함께 핥게 된다. 남에게 독을 먹이는 방법은 의외로 많지 않은가.

─그리고 그 독이 식중독과 비슷한 증상을 일으키는 것이라면 아무도 독에 대해서는 의심하지 않을 테지. 오늘 아침에 먹은 것이 이상하지 않았는지, 아니, 물이 잘못된 것이 아닌지, 엉뚱한 곳을 찾게 될 것이다.

독을 먹인 자는 안전하다.

곰곰이 생각하고 있는데 이자키의 목소리가 들렸다. 장지문을 열고 들이민 얼굴을 보고 와타베는 깜짝 놀랐다. 새파랗다. 지칠 대로 지친 모양이다.

마을관청의 장지를 바르는 종이는 전부 마루미에서 만들어지는데, 끝자락 쪽이 붉은 조개의 염료로 엷은 붉은색으로 물들여져 있다. 다만 부교나 도신 고가시라가 사는 저택은 일 년에 한 번 반드시 새로 바르는 종이도 와타베처럼 하급 관리가 있는 곳에서는 보기 흉하게 찢어지지 않는 한 몇 년이고 그대로 놔두기 때문에, 지금은 붉은색이 완전히 바랜데다가 햇빛에 그을려 희미한 갈색 기가 강해졌다. 와타베에게 가까이 다가와 책상 옆에 앉은 이자키의 두 눈은 흰자위 있는 데가 그 종이와 똑같은 색이 되어 있었다. 어디에 가 있었는지는 모르지만 어지간히 힘든 검시였나 보다. 게다가 어젯밤에는 자지 못한 것이 틀림없다.

그러나 와타베가 뭔가 말을 꺼내기 전에 이자키가 먼저 입을 열었다.

"이노우에의 작은선생님께는 다녀왔나?"

와타베가 이야기했다. 그리고 이야기가 게이치로가 제시한 시게사부로에 대한 의혹으로 접어들자 이자키의 눈가가 순식간에 굳어졌다.

"역시 그렇군" 하고 신음하듯이 말한다.

"그러면 이자키 씨도 야마우치 가의 식중독이 시게사부로의 짓이 아닌지 의심하고 계셨습니까?"

"내 생각도 추측이네만. 그래서 그 자리에서는 섣불리 말할 수 없었네. 하지만 작은선생님도 순간적으로 똑같은 생각을 하셨다면……."

품에 손을 집어넣고 턱을 내린다. 어깨가 딱딱하게 굳어 있다.

"어쨌거나 저는 시게사부로의 신변을 조사해 보겠습니다."

"음, 그렇게 해 주게. 실은, 나는 아무래도 그 얼굴이 낯이 익단 말이야."

"예?"

"시게사부로의 죽은 얼굴을 보고, 옛날에 어디선가 한번 본 적이 있는 것 같다는 생각이 들었네."

와타베는 생각했다. "여기저기 떠돌며 고용살이를 하는 하인이니까요. 게다가 몇몇 변사의 집에서 한꺼번에 일을 하고 있었어요. 전에 그중 어디에선가 이자키 씨가 나서야 할 만한 변사가 있어, 그때 보신 것은 아닙니까?"

"나도 그렇게 생각하네. 변사인 경우에는 그 집 사람들에게 꼼꼼하게 이야기를 듣도록 하고 있으니까. 분명 그렇겠지."

다만, 확실히 생각나지가 않는다며 고개를 갸웃거린다.

"시게사부로가 더 젊을 때의 일이었을지도 모르지."

이자키는 이십 년이나 검시 일을 해 오고 있으니 그런 일은 충분히 있을 수 있다. 열 살만 차이가 나도 사람의 인상은 많이 바뀌는 법이다.

"그런데, 새까맣군." 이자키가 말했다. 턱 끝으로 와타베의 얼굴을 가리키고 있다. "혀 말일세, 혀. 붓을 핥다니, 어린애나 하는 짓이야."

와타베는 수줍음을 감추려고 웃었다. "저는 글을 쓰는 일에는 서툽니다."

"확실히 서툰 글씨로군." 이번에는 와타베가 쓴 글씨를 보며 이자키는 말했다.

"그보다 이자키 씨야말로 얼굴이 엉망이십니다. 많이 힘든 일인가 보지요. 저를 점찍어 주셨다면, 하는 김에 그쪽도 좀 도와드릴까요?"

와타베로서는 아무 생각 없이 해 본 말이지만, 이자키는 갑자기 표정이 험악해지더니 방바닥으로 시선을 떨어뜨렸다.

"쓸데없는 말씀을 드렸습니까?"

서둘러 덧붙였지만 그 이상은 어떻게 할 수도 없어서 와타베도 입을 다물었다.

이자키는 품에서 손을 빼고 양 무릎 위에 손을 올려놓았다. 그리고 와타베 쪽으로 몸을 내밀었다. 어깨 너머로 옆에 있는 반가타의 방을 힐끗 신경 쓰며 목소리를 낮춘다.

"내가 자네에게 일을 맡긴 것을 다른 사람에게 이야기했나?"

와타베의 목소리도 따라서 낮아진다.

"아니요. 아무에게도 이야기하지 않았습니다."

"그러면 됐네. 앞으로도 입 다물고 있어 주게. 순찰 일과 같이 해도 괜찮겠나?"

"지장 없습니다. 본래 시내를 어슬렁거리는 것이 제 일이니 조사는 그 김에 하면 됩니다."

음음, 하며 이자키는 고개를 끄덕인다.

"내가—지금 배명하고 있는 일은 자네가 추측한 대로 매우 힘든 일일세."

이자키는 와타베의 작은 책상 모서리에 시선을 고정하고 천천히 그렇게 말했다.

"여기에는 자네를 끌어들일 수 없네. 이는 일이 되어 가는 형편에 따라서—이 일의 처리 결과에 따라서는—내가 직책에서 물러나게 될지도 모르기 때문일세. 뿐만 아니라."

약간 숨을 멈추었다가 크게 토해냈다.

"할복을 해야 할지도 모르네."

그때까지 우선 분위기에 맞춰 목을 움츠리고 목소리를 낮추고 있던 와타베는 심장이 멈추지 않을까 싶을 정도로 놀라 정말로 할 말을 잃었다.

"무슨—말씀이십니까?"

마을관청의 관리는 마루미 번의 번사로서는 가장 하급의 신분이다. 때로는 최하급 무사의 우두머리에게도 비웃음을 당하는 비천한 몸이다. 좁은 마루미 번 안에서도 더욱 작은 어항 같은 곳에 한데 모여 거기에서 나가지 않고 빙글빙글 헤엄치는 것이 마을관청의 관리들이다.

따라서 마을관청의 도신 우두머리나 도신이 실수의 책임을 지고 할복했다는 사례는 지금까지 들어 본 적이 없다. 물론 뇌물을 받거나 싸움을 일으키거나 하는 불상사는 많이 있지만, 대개는 근신이나 감봉, 강등으로 처리되어 왔다. 관직이 박탈되었다는 예조차 와타베가 어엿한 마을 관리로 일하기 시작한 후에는 들어 보지 못했다. 그런데—.

이자키는 대체 얼마나 중요한 일을 다루고 있는 것일까.

멀리서 치는 벼락처럼 불온하고 격렬한 것이 와타베의 뇌리에 번득였다.

"그건—혹시, 이자키 씨가 다루고 있는 일이 마른 폭포 저택과 관련된 것이기 때문입니까?"

이자키는 딱딱하게 굳은 자세로 눈알만 움직여 와타베를 보았다. 천천히, 조금 머뭇거리는 기색으로 고개를 끄덕였다.

그것밖에 생각할 수 없다. 그렇게 중요한 일이 지금의 마루미 번에는 달리 없으므로.

"이것은 다른 데 발설하면 안 되네. 절대로 다른 사람에게 새어 나가선 안 돼. 본래는 자네에게도 털어놓지 말았어야 하는 걸세."

하지만 내게는 짐이 무겁다고, 이자키는 쥐어짜는 것 같은 목소리를 냈다.

"맹세코 아무에게도 이야기하지 않겠습니다."

"음. 이렇게 되기 전부터 나는 자네에게 검시관으로서의 일을 가르치고 싶다고 생각해 왔네. 자네는 감이 좋다고 점찍고 있었던 것은 사실이야. 전부터 그렇게 생각하고 있었지."

이자키는 말했다. 속삭이는 것처럼 작은 목소리다.

"좀더 일찍 시작할 것을 그랬네. 이리 다급해져서는 자네도 정신이 없겠지."

미안하다며 머리를 꾸벅 숙였다.

"저는 상관없습니다."

"고맙네. 어쨌든 짧은 시간만이라도 나는 자네에게 할 수 있는 모든 것을 가르칠 걸세."

와타베는 묻지 않을 수 없었다. "마른 폭포 저택에서 무슨 일이 일어난 것입니까?"

이자키의 얼굴 위로 망설임과 분노와 불안과 다 셀 수 없을 정도의 어두운 감정이 스쳤다가 사라졌다. 마지막으로 남은 표정은, "전혀 모르겠네"라는 말과 똑같이, 의문의 표정이었다.

"무엇이 원인인지 짐작도 가지 않네"라고 말하며 이자키는 시선을 들었다.

"마른 폭포 저택에서 허드렛일을 하던 하녀가 갑자기 죽었네. 나흘 전의 일이지."

와타베는 모골이 송연해졌다. 소심한 자의 혼이 도망치려고 몸속에서 날뛰고 있다. 나는 이제 가가 님이 질색이다. 상관하고 싶지 않다는데도!

"일을 하다가 갑자기 외마디 비명을 지르더니 그대로 쓰러져 죽고 말았네. 병사인지, 독사인지. 우선 그것을 알 수가 없네. 병사라면 왜 그런 위험한 자를 마른 폭포 저택에 들였는지. 옥지기가 책임을 지게 될 테지. 독사라면 더 큰일일세. 언제 어디에서 어떻게 독을 먹었는지, 누군가가 먹인 것인지. 그 독은 가가 님을 노린 것이 분명하네. 아니면, 다음은 가가 님이라는 협박일지도 모르지. 그것은 자네도 알겠지? 가가 님이 이 마루미에서 죽고, 그에 의해 하타케야마 가가 막부의 문책을 받아 멸문하기를 바라는 세력이 분명히 있단 말일세. 아니, 애초에 막부에서 마루미 번에 가가 님을 맡긴 것은 로주^{老中}에도 막부에서 최고의 지위·자격을 가진 집정관들 중에 붉은 조개 염색 등의 화려한 진흥책으로 재정을 불리는 우리 번을, 이번 기회에 주살하려는 자가 있기 때문이라고도 하네. 밖에도 적, 안에도 적일세. 우리 번은 가가 님을 맡으라는 명령을 받은 그때부터 목만 간신히 붙어 목숨을 부지하고 있는 것이나 마찬가지란 말일세."

이자키의 눈의 초점이 작아진다.

"어떻게 해서라도 하녀의 사인을 알아내야 하네. 이런 일을 막부에서 보낸 밀정이 냄새 맡는다면—아니, 이미 냄새를 맡았을지도 모르지. 그래서 우리 번이 어떻게 처리하는지 심술궂게 지켜보고 있는 것일까—."

이마에 땀이 배어 있다.

"그런데도 사인을 모른다는 말씀이시군요."

와타베의 물음에 이자키는 눈을 감고 고개를 끄덕였다.

"모르겠네. 어떻게 해도 알 수가 없어. 이런 말을 하고 싶지는 않지만—마치—마치 가가 님이라는 악령에게 목숨을 빼앗긴 것 같네."

　와타베는 몸 안쪽에서 치밀어 오르는 한기를 가만히 견디며 앉아 있을 수밖에 없었다.

마른 폭포의 그림자

1

 가는 길에 시즈 씨는 아무 말도 해 주지 않았기 때문에, 호는 작은 보따리를 등에 지고 그저 그 뒤를 따라갈 수밖에 없었다.
 이노우에 가를 나서자 시즈 씨는 해자 안으로 향했다. 다리를 건널 때에는 다리지기의 초소에 가서 뭔가 적은 것을 내밀면서 정중하게 인사를 했다. 호는 길가에서 얌전히 기다리며 처음으로 발을 들여놓는 해자 안쪽의 풍경을 바라보고 있었다.
 마루미 성의 모습은 물론 마을 어디에 있어도 올려다볼 수 있다. 이노우에 가의 정원에서는 성의 돌담 위부터 천수각_{성의 중심부에 설치된 큰 성루}까지 통째로 보였다. 마을에 들어가 우사와 함께 살았을 때에는 염색집 굴뚝 사이로 아침저녁으로 벌건 햇빛을 받아 반짝이는 금색 샤치호코_{고래가 물을 뿜어 올리는 모습에서 상상된 바다짐승. 불을 막는 효과가 있다고 하여, 성곽 등의 용마루 양끝에 거꾸로 선 장식을 만들어 달았다}가 보였다.
 여기에서 이렇게 올려다보는 성은, 어쨌거나 지금까지 보았던 것 중에서 가장 가까운 곳에 있는 터라 한층 더 훌륭하게 보인다. 쇼군님의 성보다는 훨씬 작지만 아름다움으로는 뒤지지 않는다고 생각한다.

그러고 보니 고토에 님께 여쭤본 적이 있다. 성의 저 아름다운 하얀 담이나 천수각의 샤치호코는 어떻게 청소를 하는 것일까요. 벽을 구석구석까지 닦기는 힘든 일이고, 샤치호코를 닦으려면 저기까지 올라가야 한다. 그러자 고토에 님은 웃으며 고개를 갸웃거리고,

―그렇구나. 지금까지 생각해 본 적도 없었어. 청소하는 모습을 본 적도 없고.

그리고 호에게 물으셨다.

―에도의 성을 청소하는 모습을 본 적은 있니?

호도 본 적은 없었다.

―쇼군님의 성은 신께서 지키시기 때문에 청소 같은 것을 하지 않아도 항상 깨끗해지는 것은 아닐까요?

그렇게 대답하자 고토에 님은 매우 기뻐했다.

―그렇다면 마루미의 성도 마루미 신의 수호가 있어 깨끗해지니까 청소는 필요 없겠네. 오늘은 호에게 하나 배웠구나.

칭찬받은 것이 기뻐서, 호는 그 일을 똑똑히 기억하고 있다.

시즈 씨에게 이끌려 해자를 건넌다. 앞쪽에는 울타리저택의 판자지붕이 끝없이 이어져 있고, 그 너머에는 기와지붕 저택이 늘어서 있으며, 지붕과 지붕 사이의 틈을 짙은 초록색 나무들이 메우고 있다. 그 너머로 성이 우뚝 솟아 있다. 푸른 하늘을 가르는 하얀 벽

의 곧은 선. 하늘에 그려진 그림 같다.

왼쪽에는 드넓은 마장이 펼쳐져 있다. 지금도 두 마리의 말이 달리고 있다. 하얀 하치마키_{무사가 투구 밑의 모자가 흐트러지지 않도록 가장자리를 감던 천}를 두른 무사를 등에 태우고 있다. 말발굽이 땅을 치는 소리도 가볍게, 긴 목을 앞쪽으로 내민 말들은 기분 좋은 듯이 반호를 그리며 달린다. 저렇게 빠르게 달리는 말을 보는 것은 처음이라 호는 넋을 잃고 말았다. 그러자 시즈 씨에게 쥐어박혔다.

"뭘 멍하니 있는 게냐? 자, 등을 똑바로 펴라. 입 벌리지 말고."

호는 당황해서 네 하고 대답하며 이가 딱 소리를 낼 정도로 세게 입을 다물었다.

이제부터 호는 새로 고용살이를 할 곳으로 간다. 이노우에 가에서는 더 이상 호를 데리고 있을 수 없기 때문에, 겐슈 선생님이 그렇게 손을 써 주셨다고 한다.

고마운 일이라고 생각하고 있었다.

우사의 집에 있을 때도 즐거웠지만 성님은 혼자 살고 있어서 호에게는 별로 할 일이 없었다. 호가 밥을 짓거나 방을 청소하거나 빨래를 하면 우사는 그때마다 '고마워, 고마워' 하고 말해 주었지만, 사실 그 정도 일은 혼자서 전부 할 수 있었을 것이다. 처음에는 일을 할 수가 있어서 겨우 밥을 먹을 수 있다며 안도했지만, 며칠 같이 있다 보니 자신의 일손 따윈 필요 없는데 무리해서 일을 부탁해 주는 게 아닌가 싶어 괴로웠다.

하기야 그렇기 때문에 성님도 호를 염색집에 보내겠다고 말했을 것이다. 성님과 아는 사이인 오산이라는 아주머니에게 단단히 부탁해 주었다는 것이다. 거기에서 일하면 언젠가는 직공이 될 수 있다.

그리고 호를 히다카야마 신사에 데려가 주었다. 네가 걱정하는 어머니의 원한과 저주를 히다카야마 산의 신이 깨끗이 없애 주실 거라며 이제 안심해도 된다고 말했다.

경내에서는 오랜만에 겐슈 선생님과 모리스케 씨의 얼굴을 보았다. 호는 의미를 알 수 없었지만 나중에 성님은 기뻐했다. 겐슈 선생님은 너와 내가 건강해 보여서 다행이라고 말씀하셨어, 라며.

새로 고용살이를 할 곳은 그 겐슈 선생님이 찾아 주신 것인데도 성님은 매우 싫어했다.

어젯밤, 우사는 평소보다 꽤 늦은 시간에 공동주택으로 돌아왔다. 그리고 호에게 마루미에서 도망쳐 어디론가 가라고 말했다. 아닌 밤중에 홍두깨 같은 이야기였기 때문에 호는 멍해질 뿐이었다. 무엇보다, 어디로 도망친다는 것인가. 도망친다는 것은 무슨 뜻일까.

"지금부터 염색집에 일을 하러 가는 건가요?"

"아니야, 아니야."

성님은 초조해하고 있었다. 운 것 같은 얼굴을 하고 있었다.

"네게 고용살이 얘기가 있어. 이노우에 겐슈 선생님이 소개해 주시는 거야. 아니…… 거절할 수 없는 이야기야. 하지만 나는 싫어. 널 그런 곳에 보내고 싶지 않다. 그러니 어디론가 도망치자."

말하다가 얼굴을 덮더니 말을 이었다.

"하지만 어디로도 갈 수 없겠지."

축 늘어져 기운을 잃고 말았다. 그리고 호에게 내일이 되면 시즈 씨가 데리러 올 테니 준비를 해 두라고 말했다. 밤새도록 이불을 뒤집어쓰고 있었지만 자는 것 같지는 않았다.

날이 밝자 정말로 시즈 씨가 데리러 왔다. 여전히 엄격하고 쌀쌀하고 무서웠다. 하지만 그리운 기분도 들었다. 고용살이할 곳에 가기 전에 가나이 님이 너를 만나고 싶다고 하시니 이노우에 가에 들르겠다고 말했다.

"저도 따라가겠습니다, 호를 배웅해 주고 싶습니다."

성님이 그렇게 말하자 시즈 씨는 흥, 멋대로 하라고 대답했다. 셋이서 이노우에 가까지 가는 동안 아무도 말을 하지 않았다.

어색하기도 하고 일의 진행이 너무 성급해서 아직도 영문을 알 수 없었기 때문에, 호는 우사에게 물었다.

"성님, 이 고용살이 이야기는 제가 염색집에 가는 이야기와는 다른 건가요?"

우사는 고개를 숙인 채 "달라" 하고 대답했다. "그 이야기는 없던 일이 되었어. 모처럼 오산 아주머니한테 부탁을 드렸는데."

그리고 나서 자못 증오스럽다는 듯이 시즈 씨를 노려보았다. 등을 노려보았는데, 놀랍게도 앞에서 걷고 있던 시즈 씨가 슥 돌아보며 내뱉었다.

"이렇게 불안정한 아이가 염색집에서 일을 할 수 있겠어? 너는 체면이 구긴 정도로 생각하고 있을지도 모르지만 큰 착각이다. 염색집에도 이런 아이를 떠맡기면 큰 폐가 될 테지."

시즈 씨의 기세에 눌려 성님은 어안이 벙벙한 듯 숨을 삼키고 있었다. 하지만 곧 대꾸했다.

"뭐라고! 한 번 더 말해 봐요."

"아아, 몇 번이든 말해 주마."

시즈 씨는 굵은 허리에 양손을 대고 성님 위로 덮칠 듯이 내려다보았다.

"너는 여자 주제에 히키테 흉내나 내면서 앞에서는 기세등등하게 돌아다니겠지만, 아무것도 하지 못하고 누구의 도움도 되지 못해. 이 아이도 제대로 보살피지 못했잖아. 뭐지, 그 얼굴은? 내가 마음에 안 드나? 좋아, 하지만 내게 대든다는 것은 말이지, 겐슈 선생님께 대든다는 뜻이야. 아직 반편이인 주제에 사지 이노우에 가를 거역한다는 뜻이라고. 알고 있겠지?"

호는 성님이 새파래지는 것을 처음으로 보았다. 성님의 소매를 잡아당기며 열심히 사과했다. 이 말다툼은 자신 탓이라고 생각했기 때문이다.

"네가 사과할 것 없어. 바보."

성님은 그렇게 말하고 호의 손을 잡아 주었다. 떨고 있었다.

이노우에 가에 도착하자 가나이 님이 기다리고 있었다. 성님과는 거기에서 헤어졌다.

"고생했네. 자네는 할 일이 있겠지. 어서 서쪽 파수막으로 가 보지 그러나?"

가나이 님께도 무뚝뚝하게 거절을 당해, 성님은 뒷문으로 들어갈 수조차 없었다. 돌아보고 또 돌아보면서 나갔다. 이노우에 가의 문 앞까지 가서 걸음을 멈추고, 참다못한 듯이 "호!" 하고 불렀다.

"예!"

호는 대답했지만, 성님이 이어서 뭔가 말하려고 하는 것을 막고 가나이 님이 큰 소리로 말했다. "이 천한 히키테가! 이제 우리 집에 출입하는 것은 허락하지 않겠다. 꺼져!"

성님은 누가 떠민 것처럼 비틀거리며 떠나갔다. 호는 그 등을 향해 가까스로 말했다.

"성님, 고맙습니다."

여기에서 고맙다는 인사를 해 두지 않으면 두 번 다시 말할 수 없을 거라는 기분이 들었다. 그때가 되어서야 호도 이것이 심각한 다툼이라는 것을 알았다.

하지만 이미 늦었다. 호는 역시 '바보의 호'다.

가나이 님은 호가 처음에 이노우에 가에서 고용살이를 하게 되었을 때 틈만 나면 어려운 설교를 했다. 말투가 엄한 것은 느껴졌지만 너무 어려워서 내용은 잘 이해할 수 없었다. 이번에도 그런 설교를 듣는 것인 줄 알았는데, 아니었다. 가나이 님은 그저 호를 깔끔한 옷으로 갈아입히기 위해 기다리고 계셨던 것이다. 그 김에 호의 짐도 검사하여 낡은 옷을 전부 버리고 새것을 싸 주셨다. 시즈 씨가 아니라 가나이 님이 손수 그 일을 하고, 그동안 내내 무뚝뚝하게 화를 냈다.

새옷은 기쁘지만 버려진 헌옷은 고토에 님이 주신 것이었기 때문에 아까웠다. 주워서 가져가고 싶었지만 어디에 버렸는지도 모르고, 그런 말을 꺼낼 수 있는 분위기도 아니었다.

호는 곧바로 시즈 씨에게 이끌려 이노우에 가를 나섰다.

"꾸물거리지 말고 따라오너라."

나서면서 시즈 씨는 단호하게 말했다. 지금도 호는 열심히 걷고 있다. 시즈 씨의 빠른 발걸음에 뒤처지지 않도록 종종걸음으로 걷고 있다.

울타리저택을 지나 저택의 회색 기와지붕이 늘어서 있는 곳에 들어섰다. 새로 고용살이를 할 곳은 마루미 번의 높으신 분의 집일까. 그냥 울타리저택 중 한 군데일 거라고 생각하고 있었는데, 아닌 것일까. 시즈 씨는 염색집에서도 일할 수 없는 호가 그런 훌륭한 집에서 고용살이를 할 수 있다고 생각하고 있는 것일까. 그렇게 생각하지 않는데도 데려가야 하니 얼마나 기분이 안 좋을까.

아는 얼굴이 전부 화내거나 울고 있다. 호 때문이다. 눈물이 배어나와 눈앞이 흐려진다. 하지만 걸음이 느려지면 시즈 씨가 더욱 화를 낼 테니 호는 타박타박 걸음을 서두른다.

그제야 시즈 씨가 멈추어 섰다.

시선을 들어 보니 좌우로 판자 담이 이어져 있다. 그냥 나무판자를 친 담장이 아니라 표면을 꼼꼼하게 깎아 다듬고 폭도 맞추어 이어, 판자 담이 구부러져 있는 곳이 보이지 않는다. 엄청나게 넓다. 뒷문 옆에 문지기의 초소가 있는데, 시즈 씨는 거기에서 인사를 하고 있다. 호는 초소 뒤에 서 있는 오래된 벚나무를 올려다보았다. 파랗게 돋아 있는 잎이 산들바람에 흔들리고 있다.

여기까지 오면서 지나쳐 온 저택 중에는, 훌륭한 기와지붕이지만 하얀 회반죽으로 수리한 흔적이 눈에 띄는 집이 많았다. 하지만 이 저택은 다르다. 전부 기와다. 군데군데 아주 조금 색깔이 엷은 부분이 섞여 있는 것은 그 부분만 새것이기 때문일 것이다. 말하자면 새 기와를 얹을 수 있을 만큼 부자라는 말이다.

시즈 씨가 불렀다. 뒷문이 반쯤 열렸는데, 그 맞은편에 무사가 서 있다. 매끈한 사카야키_{성인 남자가 이마에서 머리 중간까지 머리를 깎던 것. 또는 그 부분}에 뺨이 발그레하다. 검을 차고, 미쓰몬_{등과 소매 뒤쪽에 하나씩 세 개의 문장이 있는 예복}에 단정하게 하카마를 입고 있다.

시즈 씨는 황송하다는 듯이 열린 뒷문에서 세 발짝 정도 물러서서 날카로운 눈을 하고 호를 바라보았다.

"자, 가거라." 시즈 씨가 호에게 명령했다. "여기서부터 나는 들어갈 수 없다."

그러고 나서 다시 뺨이 발그레한 무사 쪽을 향해 깊이 머리를 숙였다.

"모쪼록 잘 부탁드립니다."

"알겠네. 수고 많았군."

발그레한 뺨의 무사는 약간 높은 목소리로 그렇게 대답했다. 곧 호를 손짓해 불렀다.

"이리 와 나를 따라오너라."

호는 뒷문의 높은 문지방을 미처 타넘지 못하고 넘어졌다. 서둘러 일어나려고 하는데 무릎이 아파서 잘되지 않는다. 얼굴에서 불이 나 울음이 나올 것 같다. 당장이라도 시즈 씨의 고함소리가 들려올 것 같다―.

강한 손이 호의 두 팔을 잡고 일어나는 것을 도와주었다. 발그레한 뺨의 무사였다. 조금 웃고 있다. 호는 당황해서 옷에 묻은 흙먼지를 털었다. 등에 메고 있던 짐이 흐트러진 것을 무사가 바로잡아 주었다.

"당황하지 않아도 된다. 발밑을 잘 보고 걷도록 해."

그렇게 말하더니 네모난 포석이 깔려 있는 통로를 앞장서서 걷기 시작했다.

키 큰 나무에 잘 다듬어진 정원수. 돌탑이나 특이한 모양의 돌이 군데군데 놓여 있다. 구석구석까지 손질이 잘된 정원이다. 무사는 그 사이로 구불구불하게 뻗어 있는 포석을 밟으며 성큼성큼 걸어간다. 신발 바닥에 징이 박혀 있는지 또각또각 소리가 난다.

뒷문 앞, 정면에 우뚝 솟아 있던 저택으로 향하는 것이 아니다. 같은 저택 안에 있는 단층 건물 별채로 향하려 하는 것 같았다. 매끄러운 삼각 지붕이 보이기 시작했다. 이쪽도 기와지붕이다.

별채의 현관에는 신발을 벗어두는 돌이 있고, 문이 열려 있었다. 거기에도 하카마를 입은 무사가 있었는데 망을 보듯이 우뚝 서 있었다. 발그레한 뺨의 무사는 그 사람과 서로 고개를 끄덕이고는 섬돌 앞에 무릎을 꿇더니 올라서자마자 곧바로 있는 곳에 세워진 병풍 너머로 말을 걸었다.

"이시노입니다. 이노우에 가에서 보낸 사람이 도착했습니다."

곧 안에서 대답이 있었다. "들여보내라."

발그레한 뺨의 무사는 호를 재촉해 안으로 올라서게 했다. 호가 벗은 신발을 가지런히 놓는 모습을 조금 놀란 듯이 보고 있었다.

새로 깐 다다미의 냄새가 났다. 담배 냄새도 조금 풍겼다. 벽을 튼 넓은 방의 위쪽에 남자가 세 명 앉아 있다.

두 사람은 전혀 모르는 사람이고 한 사람은 겐슈 선생님이다.

"호, 수고했구나." 겐슈 선생님이 말을 걸어 주셨다. 목소리도 얼굴도 화가 나 있지는 않았다.

2

세 남자는 호를 둘러싸듯이 앉았으면서도 호가 거기에 있다는 사실을 잊어버린 것처럼 이런저런 이야기를 하고 있다. 겐슈 선생님이 호의 신상에 대해서 이야기한다.

"그렇다 해도 어린아이로군."

나이는 겐슈 선생님과 비슷하게 보이지만 아무래도 이 자리에서 제일 높은 분인 것 같고, 겐슈 선생님이 '후나바시 님'이라고 부르는 무사가 아까부터 끊임없이 그렇게 되풀이한다. 이분은 예복을 입고 있다.

"이렇게 분별없는 어린아이가 과연 해낼 수 있을까?"

겐슈 선생님은 호에게 싱긋 미소를 짓고 곧 후나바시 님께 얼굴을 돌린다.

"저희 집에서는 일을 잘해 주었습니다. 예의범절도 대충 가르쳤고요. 허드렛일이라면 충분히 해낼 것입니다."

"허나……"

"아직 사물의 도리를 모르는 어린아이가 차라리 편하다고 했습니다."

다른 한 사람이 여자처럼 상냥한 목소리로 달래듯이 말한다. 이쪽은 무사가 아니라 겐슈 선생님과 같은 의원님일 것이다. 소하쓰 머리를 하고 있는데, 겐슈 선생님이 '도베 선생님'이라고 부른다. 후나바시 님은 겐슈 선생님도 이분도, '이노우에 님', '도베 님'이라고 부른다.

"그것은 그렇지만, 어머니를 그리워하며 울기만 해서는 곤란하오."

후나바시 님의 말에 도베 선생님이 웃었다.

"후나바시 님은 상냥하시군요."

거기에서 처음으로 도베 선생님은 호에게 얼굴을 돌렸다. 똑바로 본 눈은 맑았다.

"너는 혼자서 에도에서 왔다고 했지."

호는 겐슈 선생님을 보았다. 대답하라는 듯 고개를 끄덕이신다.

"예" 하고 호가 대답했다.

"아비와 어미는 어디에 있느냐?"

호는 또 겐슈 선생님을 보았다. 또 고개를 끄덕이셨다.

"어, 없습니다."

"죽었느냐?"

"예."

"마루미에 와서는 이노우에 가에서 고용살이를 하고 있었지."

"예."

"거기에 친지가 찾아온 적은 없었느냐? 누군가 내가 돌아오기를 기다리며 걱정하는 사람은 없느냐?"

어떤 질문인지, 호는 알 수 없었다. 또 겐슈 선생님을 보니 대신 대답해 주셨다.

"그러니까 말씀드린 대로 호는 에도의 집에서 쫓겨난 것입니다. 친지는 없습니다. 천애고아지요."

도베 선생님은 천천히 눈을 깜박였다. 눈매의 부드러운 선도 여자 같다.

"이 아이는 그런 자신의 신상을 제대로 이해하지 못하는 것 같군요."

"그렇습니다. 그것도 말씀드린 바와 같습니다."

"정말로 지혜가 모자라나 보군." 후나바시 님이 말씀하셨다. 겐슈 선생님은 당장 고개를 끄덕이지는 않고 약간 턱을 당기며 침묵하고 있다.

"그렇다면 더욱 잘된 것인가?"

후나바시 님은 한숨을 쉰다.

"아무래도 이노우에 님의 추천에 따르는 것 외에 길은 없을 것 같소. 이 아이라면 입이 무겁다기보다, 이야기해야 할 것이 무엇인지도 모를 테니."

씁쓸한 말투다. 가나이 님이 지병으로 약을 먹을 때 늘 이런 얼굴을 하던 것을 호는 떠올린다.

"그렇군요. 쓸데없는 것을 고민할 지혜가 없다면 저주에 당하는 일도 없을 테고 무서운 것도 없겠지요." 도베 선생님이 말씀하셨다. 무슨 뜻일까.

"이 아이를 마른 폭포에 넣어 버리면 가지와라 가의 아가씨 일도 단단히 봉할 수 있을 테고. 가지와라 가의 아가씨를 보았다는 것도 이 아이였지요?"

질문을 받은 겐슈 선생님은 "그것은 이미 완전히 수습된 일입니다, 후나바시 님" 하고 조용히 대답했다. 후나바시 님은 짧게 음음 하며 고개를 끄덕인다.

마른 폭포—마른 폭포.

에도에서 유배 온 가가 님이라는 무서운 악령이 봉해져 있는 저택이다. 이 아이를 마른 폭포에 넣는다는 말씀은, 다시 말해 호가 새로 고용살이를 하게 될 곳은 마른 폭포 저택이라는 뜻일까.

전부터 귀신이 살고 있다는 마른 폭포 저택에서 악령의 시중을 들게 되는 것일까?

아까 도베 선생님이 하신 말씀은 귀신과 악령, 두 가지가 한꺼번에 덮쳐 와도 호라면 무섭지 않다는 뜻이었을까.

'바보의 호'니까.

성님은 그래서 호를 여기에 보내고 싶지 않았던 것이다.

—거절할 수 없는 이야기야.

"꾸물거리자면 한이 없지" 하더니 후나바시 님이 얼굴을 들고 문 앞에서 대기하고 있던 아까 그 발그레한 뺨의 무사에게 말을 걸었다.

"이시노, 준비를 해 주게."

"알겠습니다."

일어서려고 하는 후나바시 님과 도베 선생님에게 겐슈 선생님이 말했다. "잠시 동안 호와 이야기를 해도 되겠습니까."

두 사람은 승낙하고 방에서 나가고, 호는 겐슈 선생님과 마주앉았다.

"호, 너는 배우는 속도가 좀 느리지만 그래도 지금 한 이야기는 알아들었지?"

알아들었습니다, 하고 호는 대답했다. 마른 폭포에 간다는 사실로 머리가 가득하다. 건성으로 대답이 나온다.

"너는 이노우에 가에서 열심히 일해 주었다. 마른 폭포에서도 똑같이 일하면 돼. 어려운 일을 하라는 말이 아니다. 청소를 하거나 물을 긷거나 우리 집에서 하던 대로 하면 된단다."

호는 눈을 깜박거렸다. 겐슈 선생님이 건조한 손바닥을 호의 머리 위에 올려놓고 북북 쓰다듬었다.

"마른 폭포 저택이 무서우냐?"

묻는 겐슈 선생님의 말투는 느릿해서, 찬찬히 설명하고 있다는 느낌이 들었다. 호는 '마른 폭포 저택'의 의미를 모를 거라고 생각하고 계시는지도 모른다.

하지만 호는 알고 있다. 알고 있다—고 생각한다.

"무섭지는 않습니다."

"그래? 대단하구나."

그것도 진심으로 해 주시는 칭찬은 아니라는 느낌이 든다.

"성님이."

"음?"

어—아니다. 성님이 아니라, 우사 씨다.

"우사 씨가."

"히키테 우사 말이구나."

"예. 호를 히다카야마 신사에 데려가 주었습니다. 호는 어머니의 저주를 짊어지고 있지만, 저주는 신께서 깨끗이 없애 주실 거라면서. 그래서 참배를 드려 깨끗이 없애 주셨으니 호는 히다카야마 신사의 신께서 지켜 주실 거라고 했습니다."

그러니까 무섭지 않다고 말하고 싶었지만, 말하다 보니 혼란스러워져서 말할 수 없었다. 무엇보다 그것은 진실이 아니었다. 역시 귀신이나 악령은 무서웠다.

마른 폭포에 가는 것은 싫었다.

그래도 성님은 쫓겨나 버렸고, 울고 있었고, 시즈 씨는 화를 내었고, 겐슈 선생님은 호가 고용살이를 하기를 바라고 계시고, 이것은 거절할 수 없는 일이라고 성님이 말했고, 그러니 호는 가는 것이다.

겐슈 선생님은 뚫어져라 호의 얼굴을 보고 있었다. 그리고 다시한번 머리를 쓰다듬어 주셨다.

"착한 아이구나. 그렇군, 그래서 그날 참배를 하러 왔었던 게로군. 음, 네게는 틀림없이 히다카야마 신사의 가호가 있을 것이다."

우리에게도 있으면 좋겠는데…… 하고 작게 중얼거리는 목소리로 덧붙였다. 호에게 들려도 상관없다는 듯한 혼잣말이었다.

"너는 이제부터 곧장 마른 폭포 저택으로 가게 될 것이다. 가마를 타고 갈 거야. 가마는 처음이지?"

어르는 듯한 말투로 웃음을 띤다. 이렇게 가까이서 보니 눈코입이 고토에 님을 많이 닮으셨다. 부녀지간이니 당연하지만 처음으로 깨달았다.

가마 준비가 갖추어지는 동안 호는 별채 앞에서 기다렸다. 겐슈 선생님이 그 자리를 떠나자 대신 뺨이 발그레한 무사가 돌아왔다.

"이시노, 애 보느라 고생이 많군."

망을 보던 무사가 놀리는 목소리로 말했다.

"이런 어린아이가 도움이 될까?" 하며 호의 머리를 가볍게 쥐어박았다. 이시노라고 불린 뺨이 발그레한 무사는 호를 감싸며 "기타지마 씨" 하고 타일렀다.

"뭐야, 벌써 애 보기 시작인가?"

"이 어려운 일에, 사지 이노우에 가에서 빌려 주신 일손입니다. 어린아이라 해도 가볍게 대해서는 안 됩니다."

망을 보던 무사는 헷 하고 내뱉듯이 웃으며 곁눈질을 했다.

"가엾게 됐군. 쓰고 버리려는 게지. 소나 말보다 더 불쌍하다고."

"기타지마 씨!"

"뭐, 이 꼬마가 먼저 죽어 주면 그만큼 자네가 죽을 차례는 늦어질 테지. 한껏 소중히 보살펴 주게나."

"그만 가자."

발그레한 뺨을 한 이시노 님은, 호의 귀를 막듯이 뒷문으로 걸어가기 시작했다.

호는 혼자서 가마에 태워졌다.

앞의 가마에는 후나바시 님이 타고, 가운데 가마에는 도베 선생님이 탔다. 각 가마의 옆에는 시종이 붙고, 호의 가마 옆에도 누군가가 걷고 있었다. 발소리만 들릴 뿐, 모습은 보이지 않는다.

이시노 님은 호가 가마에 올라탈 때 이렇게 앉고, 이렇게 붙잡는 거라고 친절하게 가르쳐 주었다.

"가마가 멈춰도 내리려 하지 말고 가만히 있어야 한다. 내가 내려줄 테니까."

후나바시 님이나 도베 선생님은 높은 사람이니 가마를 타는 것은 당연하다. 하지만 어째서 호까지 태워 주는 것일까.

호가 걸어서 마른 폭포 저택으로 가면 소문이 나기 때문일까…… 하고 멍하니 생각했다. 누군가가 보면 안 되는 것이다, 틀림없이.

후나바시 님. 후나바시 님. 들은 적이 있는 이름이다. 가마에 흔들리면서, 호는 계속 떠올리려 하고 있었다. 도베 선생님은 사지가의 선생님이다. 응, 틀림없다. 하지만 후나바시 님은—

성님이 말한 적이 있었던가?

옥지기! 그렇다, 옥지기 후나바시 님이다. 가가 님을 맡는 일을 담당하고 있는 높은 사람이다.

그렇다면 도베 선생님은 가가 님의 진맥을 하는 것일까. 귀신이나 악령도 병에 걸릴 때가 있는 것일까.

가가 님은 어떤 모습일까. 역시 머리에 뿔이 있을까? 그림책의 괴물처럼, 원한으로 일그러진 무시무시한 얼굴에 발 부분이 흐릿할까? 사람을 잡아먹을까? 아까 망을 보던 무사는…….

—죽는다.

그렇게 말하지는 않았던가?

서걱서걱 흙을 밟는 발소리가 들린다. 가마는 오르막길에 접어든 모양이다.

호는 점점 고민에 빠진다. 혹시 누군가가 벌써 죽은 것일까. 호는 그 대신 들어가는 것일까.

모처럼 히다카야마 신사에서 어머니의 저주를 씻어 주셨는데, 이번에는 가가 님의 저주를 받게 되는 것일까. 하지만 저주란 무엇일까. 저주가 씻겨 나가기 전에도 후에도 호는 아무것도 느끼지 못했다. 저주는 눈에 보이지 않는 것이라고 하지만 그렇다면 어떻게 씻겨 나간 것을 알 수 있을까. 성님께 더 자세히 물어볼걸 그랬다.

가마가 멈추고 사람 목소리가 들린다. 어려운 말로 대화를 하고 있다. 그러고 나서 다시 움직이기 시작한다. 이번에는 잠시 이동했을 뿐, 곧 멈추었다. 땅에 내려진다.

가마 덮개를 들추고 이시노 님이 얼굴을 들이밀었다.

"도착했다. 내리렴."

호를 내려놓은 가마는 서둘러 도망치듯이 온 길을 되돌아갔다.

시야가 트였다.

우거진 덤불을 베어내고 급하게 만든 정원 같은 곳이었다. 드러난 땅바닥에 발자국이 몇 개나 나 있다.

시선을 들어보니 낡은 저택의 외벽이 불쑥 떠올라 푸른 하늘을 가로막고 있었다.

이것이 마른 폭포 저택이다. 빛깔이 바래 허여멀겋고 곰팡이가 난 것처럼 보이는 널빤지에 덮인, 귀신이 사는 곳이다.

"저게 네가 살 오두막이다."

이시노 님이 손가락질로 가르쳐 주었다. 잡목림과 덤불 속에 반쯤 파묻힌 곳에, 조잡한 오두막이 세워져 있다. 문 양쪽에 장작이 산더미처럼 쌓여 있었다.

"장작 창고지만 너 혼자라면 충분히 생활할 수 있을 거다. 저택 안에서 사는 것보다는 마음이 편할 테지."

오두막에서 저택 안으로 들어가려면 일단 이 뒤뜰로 나와 저 문을 이용해야 한다며 다시 손가락으로 가리킨다. 거기에는 창을 든 무사가 서 있었다. 역시 망을 보는 사람이겠지만, 아까 별채 앞에 있던 사람과는 비교가 안 될 정도로 엄격한 표정으로 입을 한일자로 다물고 있다. 이시노 님과 호가 여기에 있어도 돌아보지도 않는다. 덤불 너머를 노려보고 있다.

"네가 할 일은 거의 청소나 빨래, 정리다. 식사 준비나 물 긷는 일은 우리가 직접 하고 있어. 여기에 너 말고 여자는 없거든."

작게 웃으며 덧붙였다.

"뭐, 너도 아직 여자라고 할 수는 없지."

호는 웃지 않았다. 사실을 말하면 이시노 님의 말도 귓등으로 미끄러져 갈 뿐이었다.

여기에 악령이 있다. 귀신이 있다. 여기에 악령이. 귀신이. 호는 그런 곳에 오고 말았다.

자세히 보니 저택 주위에는 빽빽하게 대울타리가 세워져 있지 않은가.

"네 밥은 하루에 두 번, 오두막으로 가져다주마."

이시노 님은 몸의 방향을 빙글 바꿔, 가마가 떠나간 오솔길 쪽을 가리켰다.

"이 길을 따라 저택 주위를 돌아서 정면으로 나갈 수도 있지만 절대로 그렇게 해서는 안 된다. 네가 다녀도 되는 것은 이 뒤뜰의 이곳뿐이야. 저택 안도 순서대로 가르쳐 주겠지만 다녀도 되는 곳은 정해져 있다. 알겠지? 모르겠으면 몇 번이라도 물어보아라. 몇 번이든 가르쳐 주마. 실수로 금지된 곳에 발을 들여놓으면 목숨을 잃게 될 것이다."

이시노 님은 매우 힘주어 말했다. 그리고 그제야 호가 다른 쪽을 보고 있다는 사실을 깨달았다.

"어이, 제대로 듣고 있는 거냐?"

호는 입을 반쯤 벌리고 있었는데 스스로도 생각지 못한 일이지만 거기로 울음소리가 새어나왔다. 대울타리의 풍경이 마음에 꽂힌다. 눈에도 꽂힌다.

여기는 감옥이다. 감옥인 것이다. 호는 감옥 속에, 귀신이나 악령과 함께 갇히고 말았다.

울음소리에, 이시노 님은 당황했다. 허둥지둥 몸을 굽히고 호의 얼굴을 들여다본다.

"우, 우는 것이냐?"

곤란해하는 이시노 님은 더욱더 뺨이 붉다. 어쩌면 성님과 비슷한 나이—아니, 더 어릴지도 모른다. 갓 성인식을 치른 것인지도 모른다.

"어째서 우는 것이냐? 무서운 것이냐? 쓸쓸한 것이냐?"

이시노 님 본인도 곧 울 것처럼 보인다. 호는 문득, 성님의 우는 얼굴을 떠올렸다.

"이젠 울지 않아도 괜찮다."

모호하게 입가를 우물거리며 이시노 님은 그렇게 말했다.

"내가 잘 돌봐 주마. 사지이신 이노우에 선생님과 그렇게 약속했거든."

호는 눈을 크게 떴다. "겐슈 선생님하고요?"

"응."

발그레한 뺨을 한 채, 이시노 님은 고개를 끄덕인다.

"자, 얼굴을 닦아라. 네가 일할 곳을 안내해 줄 테니."

3

요로즈야에 있을 때 호는 집안의 누구보다도 일찍 일어났다.

어린아이는 자고 싶어 하는 법이니 처음부터 그랬던 것은 아니다. 철이 들면서 일찍 일어나는 것을 좋아하게 된 것이다.

날이 밝기 전의 고요함이 기분 좋았다. 다른 사람들은 아직 자고 있다. 그러니 누군가의 고함소리를 들을 일도, 누군가에게 방해가 될 일도, 심술을 당할 일도 없다. 내쫓겨서 일을 해야 할 때까지 아직 시간이 남아 있다.

정적 속에서 집 안의 모든 것이 호를 지켜봐 주는 것 같은 기분이 들었다. 좀 있으면 일어나기 시작할 어른들은 호를 험악하게 대하는 그 요로즈야 사람들이 아니라 호가 모르는, 그러나 틀림없이 호를 소중히 대해 줄 상냥한 부모들일 것 같은 기분도 들었다.

물론 착각이다. 하지만 그 무렵의 호에게는 착각도 위로가 되었다. 바스락거리는 소리 하나 나지 않는 한때는 호의 귀중한 안락의 시간이었다. 고요함이 깊으면 깊을수록 호의 마음은 느슨하게 풀어졌다.

마른 폭포 저택에는 낮부터 그런 고요함이 가득 차 있었다.

저택 뒤쪽의 오두막에서 먹고 자며 일하기 시작하자마자 호는 요로즈야에 있었을 때의 꿈을 꾸게 되었다. 새벽에 아직 불이 들어오지 않은 아궁이나 덧문 사이로 비쳐드는 새벽빛의 징조에 물독의 윤곽만이 흐릿하게 빛나는 것을 바라보면서, 무릎을 안고 넋을 잃고 있는—그런 꿈이다.

어째서 그런 옛날 일이 꿈에 나오는 것인지 처음에는 전혀 알 수가 없었다. 그러나 곧 깨달았다. 이 저택의 도가 지나친 고요함이 요로즈야의 새벽과 비슷하구나, 하고.

마른 폭포 저택에는 많은 사람들이 있었다. 모두 마루미 번의 번사들이고, 옥지기이다. 저택 안에는 그들 각자의 정해진 자리가 있고, 움직이는 것은 그곳으로 갈 때와 그곳을 떠날 때뿐이다. 미끄러지듯이 걷는다. 걸을 때는 숨을 죽이고 있는 것처럼 보인다. 물론 말은 하지 않는다.

그들은 그림자다. 살아 있고, 몸이 따뜻하고, 때로는 냄새도 난다. 하지만 그림자처럼 조용하다.

그렇게 가가 님을 감시하고 있다.

마른 폭포 저택의 구조는 복잡했다. 복도는 몇 겹으로 구부러지고, 생각지도 못한 곳이 막혀 있다. 엉뚱한 곳에 벽이 있는가 하면 막다른 곳인가 싶은 곳에 작은 방이 있다. 호가 '다녀도 된다'고 허락받은 곳은 극히 한정되었지만 그 범위 안에서조차 미로 같다.

호의 일은 처음에 명령받은 대로 정말 일상의 토대가 되는 일뿐이었다. 가장 큰 것은 뒷간과 목욕탕 청소다. 목욕탕은 하루에 한 번이지만 뒷간은 하루에 두세 번씩 청소한다. 그렇게까지 공들여야 하는 이유는, 이런 더러움을 떨어뜨리는 곳에는 나쁜 기가 쌓이기 쉽기 때문이라고 이시노 님이 가르쳐 주었다. 이렇게 큰 저택이고, 실은 사람도 많이 있기 때문에 뒷간도 몇 개나 있다. 그것들을 순서대로 청소하는 것만으로 날이 질 때도 있었다.

청소할 때 지나는 복도는 쓸고 닦아 깨끗하게 한다. 호는 저택 안에는 들어갈 수 없기 때문에 그곳은 옥지기들이 청소하고 있지만 툇마루 밖이나 정원 주변은 호의 담당이다. 비가 계속 내리면 모래를 뿌리고 먼지가 일면 물을 뿌린다.

부엌에서 항상 불씨를 보존해 두는 일도 중요하다. 장작이나 숯도 떨어지면 안 되기 때문에, 부지런히 오두막에서 날라다 놓는다. 이것은 깨어 있는 동안에는 호의 일이지만 호가 잠들고 나서는 옥지기 사람들이 이어받아 한다. 덧문을 여닫는 일과, 집 안의 초나 등롱에 불을 켜거나 끄는 일도 그들의 역할이다.

또 한 가지, 물독을 깨끗하게 유지하는 일이 있다. 이쪽은 뒷간과는 비교가 되지 않아, 하루에 다섯 번 여섯 번도 씻는다. 호는 자신의 어깨만 한 높이의 커다란 물독을, 그것도 한두 개가 아닌 것을, 물을 새로 길을 때마다 바닥에서 가장자리까지 깨끗이 씻고, 마찬가지로 씻은 잔돌을 채운다.

마른 폭포 저택에는 지름이 한 간 반이나 되는 커다란 우물이 있다. 뒤뜰 동쪽 끝에 있는데, 물 긷는 일은 호가 아니라 옥지기의 젊은 번사들이 교대로 한다. 그들은 보초를 서는 번사들과는 또 다른 반(班)으로, 오로지 우물물과 마른 폭포 저택에 들여오는 식재료 검사에만 전념하는 것 같다. 쓰고 남은 식재료는 한 군데 모아 곧 저택 밖으로 실어 나른다.

이 저택에서 밤에 요를 깔고 누워 이불을 덮고 자는 사람은 가가 님 한 분뿐이다. 다른 옥지기들은 이곳에서 근무하는 한은 결코 눕지 않는다. 그래서 사용되는 침구는 한 번에 하나뿐. 그것도 매일 밤 교체된다. 하카마 자락을 걷어 올리고 다스키를 걸친 옥지기가 아침이 되면 뒤뜰로 이불을 실어 내, 죽도로 마구 두들겨 먼지를 털어 내고 햇볕에 말린다. 이불을 말리는 것은 본래는 하녀가 할 일이라, 호는 한번 이시노 님께 물었다. 저것은 제가 할 일이 아닙니까? 하고. 그러자 이시노 님은 상냥하면서도 단호한 말투로, 너는 쓸데없는 생각을 하지 않아도 된다고 말씀하셨다.

저택의 동서남북에 하나씩, 옥지기의 초소가 있다. 호의 출입이 허가되어 있는 곳은 뒤뜰의 오두막에서 가장 가까운 북쪽의 작은 방뿐이다. 아무래도 그곳은 가가 님이 갇혀 있는 저택에서 가장 멀리 떨어져 있는 모양이다. 따라서 밤에 번을 서는 사람들이 야식을 먹을 때는 이리로 온다. 다 먹고 나면 교대로 또 나간다. 그때 호는 그릇을 내가고 물린다든지 차를 나르곤 한다. 그것이 끝나면 오두막으로 물러가 자도 된다.

그 북쪽 초소에서도 옥지기 사람들이 뭔가 이야기를 하는 것을 들은 적이 없다. 임무에 필요한 말은 하지만 그 외의 대화는 일절 없다. 호는 한번, 상을 양손에 들고 갑자기 발을 헛디뎌 넘어질 뻔한 적이 있다. 저도 모르게 앗 하고 소리를 지르자 그것이 정적 속에서 너무나도 크게 울렸기 때문에, 피가 거꾸로 치솟을 정도로 당황하고 말았다. 허둥지둥 자세를 바로 했지만 거기에 있던 옥지기 한 명이 말없이 호되게 무릎을 때렸다. 나중에 보니 맞은 곳에 붉게 멍이 들어 있었다.

호를 보살피는 동시에 실수가 없는지 감시하는 역할을 맡고 있는 것은 이시노 님과 또 한 사람, 고데라 님이라는 옥지기이다. 두 분은 하루씩 교대로 저택에서 근무한다. 이곳에 있는 동안에는 절대로 자지 않는다. 이시노 님은 아직 젊지만 고데라 님은 꽤 나이가 많아, 안 그래도 하루하루 피로가 쌓이고 장마철에 들어서니 무더운 날씨가 박차를 가해 툭하면 졸린 얼굴을 하고 있다. 그러나 피곤한 얼굴을 보이는 것은 호의 상대를 해 주며 뒤뜰이나 오두막에 나와 있을 때뿐이다.

이시노 님은 친절한 분이지만 고데라 님은 붙임성이 없다. 나이는 이미 쉰 살이 넘었을 것이다. 호가 뒤뜰에서 물독을 씻고 있을 때, 장작더미에 걸터앉아 일하는 모습을 감시하면서 고데라 님이 저도 모르게 하품을 했기 때문에 웃어 버린 적이 있다. 그러자 매우 무서운 얼굴로 노려보았다. 그 후로 호는 웃지 않는다. 이대로 있다가는 웃는 법을 잊어버리지나 않을까 하는 생각이 든다.
 가끔 이시노 님이 말을 걸어 주시지 않으면 말하는 법조차 잊어버릴 것이다.

 "어떠냐, 조금은 익숙해졌어?"
 이시노 님은 그렇게 말하며 발그레한 뺨에 싱긋 웃음을 지었다.
 손가락을 꼽아 세어 보니, 마른 폭포 저택에 온 지 오늘로 딱 열흘째다. 아직 장마지만 오늘 하루는 날이 맑아, 호는 빨래터에 나와 있었다. 뒤뜰 우물 옆에 대나무를 갈라 조립한 빨래대가 있다. 오늘 아침 일찍 빨아서 넌 하얀 목면 속옷이나 속바지가 미풍에 살랑살랑 흔들리고 있다.
 가가 님이 입으시는 옷을 바꾸고 빠는 일도 옥지기의 몫이다. 그냥 빠는 것만이 아니라 하나하나 검사하기 때문이다. 다만 장마철이기도 해서, 때를 보아 널거나 걷거나 하는 일은 호가 할 때가 많다. 그렇게까지 엄밀하게 굴다가는 매일 하는 일이라 금세 엉망이 되고 만다.
 예, 익숙해졌습니다, 라고 대답해야 할지 아직 구름을 밟는 것 같다고 해야 할지, 호에게는 판단이 서지 않았다. 자신의 마음을 스스로도 모르겠다. 그래서 꾸벅 머리를 숙였다.
 "오늘은 좀 있으면 뒷간 치는 사람이 올 거다. 그들이 돌아가면 또 처음부터 뒷간 청소를 해야 해. 지금 좀 쉬어 두어라."
 자, 하고 말하면서 이시노 님은 품에서 종이 꾸러미를 꺼냈다. 열어 보니 안에 만주가 두 개 들어 있다.

호는 깜짝 놀랐다. 손을 대지 못한다.

"만주는 싫어하느냐?"

이시노 님도 놀란 얼굴을 했다. 호는 당황해서 고개를 저었다.

"그럼 먹으렴. 사양할 것 없다."

이시노 님은 호에게 종이 꾸러미를 통째로 건네고는 자신은 빨래터 여기저기에 남아 있는 그루터기 중 하나에 걸터앉았다. 마른 폭포 저택은 가가 님을 위해 수리할 때까지 오랫동안 방치되어 있었다. 부지를 둘러싸고 있는 숲도 이번에 새로 한바탕 넓게 베어 냈다고 한다. 그래서 뒤뜰에는 꽤 큰 그루터기가 여기저기 흩어져 있다. 소나무 그루터기에는 아직 베어 낸 자리에 기름이 배어 있다.

호는 이시노 님에게서 너무 떨어지지도 않고 너무 가깝지도 않은 곳을 골라 무릎을 가지런히 모으고 땅바닥에 앉았다. 종이 꾸러미를 무릎에 올려놓고 양손으로 만주를 집어 입으로 가져갔다. 오랜만에 먹는 단것은 혀에서 녹을 정도로 맛있다.

해는 중천에서 약간 서쪽으로 기울기 시작한 참이다. 아침에는 바삐 식사를 끝내 버리고 해가 질 때까지 아무것도 먹을 것이 없는 생활이어서, 사실을 말하면 하루의 이때쯤 되면 눈이 돌아갈 정도로 배가 고프다. 너무 괴로워서, 식기함에 넣어 가져다주는 두 번의 밥을 조금씩 덜어서 주먹밥으로 만들어 오두막에 숨겨 두기도 했다. 그래도 모자랄 때는 물을 마시며 버틸 뿐이다.

그런데 만주다. 게걸스럽게 먹어서는 안 된다고 알고는 있지만, 사실 한 입에서 다음 한 입을 먹기까지의 시간도 아까울 정도였다. 첫 번째 만주는 눈 깜짝할 사이에 호의 뱃속으로 사라졌다. 두 번째는 제대로 맛을 보지 않으면 아깝다. 목이 꿀꺽 울린다.

"더 가져다줄걸 그랬구나."

이시노 님은 웃는 얼굴을 하면서도 미안한 듯이 그렇게 말했다. 당치도 않아요, 충분합니다, 라고 대답하려고 했지만 만주로 입 안이 가득했기 때문에 호는 그저 열심히 고개를 저을 수밖에 없다. 가슴이 먹먹했다. 얼굴이 새빨개진다.

"어이, 괜찮으냐?"

이시노 님은 일어서서 옆으로 다가와 호의 등을 두드려 주었다. 호는 우우 하고 신음하며 가까스로 만주를 삼켰다.

"너는 이 작은 몸으로 웬만한 어른 이상으로 일을 하고 있다. 배도 고플 테지. 조금 밥을 늘려 달라고 식사 당번에게 말해 두마."

갑자기 눈시울이 뜨거워졌다. 만주가 목에 걸려 괴로워서 그런 것이 틀림없다.

"우리는 저택에서 나가면 숨도 돌릴 수 있지만 너는 그러지도 못하니. 괴로울 테지."

호는 고개를 저었지만 이제는 제대로 대답해야 한다고 생각했다.

"그, 그렇지, 않습니다."

이시노 님은 싱긋 웃었다. 파랗게 깎은 사카야키와 발그레한 뺨은 젊다기보다는 어리게 보인다.

"몸에 이상한 데는 없느냐? 밤에는 잘 자고?"

"예, 잘 잡니다."

첫째 날 밤에는 마음이 진정되지 않았지만 일하기 시작하고 나서는 눕자마자 잠들고 만다.

"조금이라도 몸이 안 좋은 데가 생기면 곧장 말해야 한다. 내가 없을 때는 고데라 님께 말씀드려야 해. 알겠지?"

이 당부를 몇 번 들었는지 모른다. 왠지 이시노 님도 고데라 님도, 의외로 호의 건강을 중요하게 생각하시는 것 같다.

―나 말고는 여기서 일할 사람을 찾을 수 없기 때문일 거야, 틀림없이.

더 많은 여자가 있으면, 부엌일은 몰라도 빨래나 청소나 물 긷는 일 등은 옥지기 분들이 아니라 하녀가 하면 될 일이다. 모두들 일손이 부족하기 때문에 어쩔 수 없이 하인, 하녀가 하는 일을 하고 있는 것이라고 생각한다. 가장 더러움이 많은 곳의 일만이 호에게 돌아온다.

"쓸쓸하지는 않으냐? 아니, 쓸쓸하겠지, 음."

이시노 님은 혼자 묻고 혼자 대답하며 고개를 끄덕였다.

"내 막내 누이는 너랑 비슷한 나이다. 아직 어린애라 어머님께 어리광만 부리고 있지. 너는 대단해."

호는 잠자코 만주가 싸여 있던 종이를 깨끗하게 접었다.

"그건 내가 버리마. 누군가에게 들켜서 야단맞으면 안 되니까."

이시노 님은 호의 손에서 종이를 받아들고 일어섰다.

"또 보러 오마. 열심히 해라."

호는 뒷문을 통해 저택으로 돌아가는 이시노 님께 머리를 숙이며 전송했다.

이시노 님에게는 누이가 있는 걸까. 젊으신데 옥지기 중 한 명으로 뽑혀 저택 안의 일을 관리하고 계시니 이시노 님은 틀림없이 훌륭한 가문일 것이다. 누이도 격식 있는 생활을 하고 계실 것이 틀림없다.

그리고 어머님께 어리광을 부리고 계신다. 어머님도 상냥한 분일 것이다.

호는 고토에 님을 떠올렸다. 고토에 님의 좋은 향기를 떠올렸다.

그대로 이노우에 가에 있을 수 있다면 즐거웠겠지. 고토에 님도 건강하시고. 호는 곁에 있을 수 있는 것만으로도 좋았다. 그러고 보니 고토에 님께도 게이치로 님께도 읽고 쓰기를 배웠는데, 요즘의 호는 완전히 잊어버리고 말았다. 여기에 있으면 그럴 필요 따윈 전혀 없다.

나뭇조각을 주워 땅바닥에 자신의 이름을 써 보려고 했지만, 아무래도 글씨가 생각나지 않는다. 호의 '호'는 어떤 모양이었을까.

―흐음, 넌 네 이름을 쓸 줄 아니? 대단하구나.

성님의 공동주택에 있을 때 그렇게 말하며 칭찬해 주었는데. 하지만 그때도 '호'라는 글씨 하나 쓰는 데 몹시 애를 먹었다. 성님은 그래도 감탄해 주었지.

해자 바깥의 마을에서 호의 다리로도 그리 멀리 떨어져 있지 않은 곳인데, 이곳은 마치 이 세상의 끝 같다. 우사는―성님은 어떻게 지내고 있을까. 모처럼 이시노 님이 격려해 주셨는데 호는 오히려 슬픔이 밀려오는 것을 느끼고 말았다.

―훌쩍거려 본들 소용없어.

눈을 북북 문질러 닦고 다스키를 새로 맨다. 빨래를 널었으니 다음에는 무엇을 할까. 그렇다, 삼나무 잎을 모아두자. 뒷간 치는 사람이 온 후에는 잠시 냄새도 강해질 것이다. 향기 좋은 삼나무 잎을 가득 뿌려 둬야지.

아득한 목소리

1

 와타베 가즈마는 늙은 하인의 발자취를 차근차근 거꾸로 더듬어 갔다.
 밥 짓는 공동주택에서 한바탕 사람들의 이야기를 듣고, 이어서 울타리저택도 끈기 있게 돌아다녔다. 생각한 대로 시계사부로는 소위 말하는 떠돌이 하인이라고 할 수 있는 고용살이를 해 왔고 셀 수 없을 정도로 많은 울타리저택에 고용되어 있었다.
 그 사실로 허드렛일을 하는 하인조차 한 집에 한 명 데리고 있기 어려운 마루미의 중하급 번사들의 집안 사정을 미루어 알 수 있다. 붉은 조개 염색의 진홍으로 번의 재정은 어떻게든 나아졌지만, 그것도 말단 번사들에게는 닿지 않는다.
 신분이 낮은 자에게는 드물지도 않은 일이지만 시계사부로는 태어난 해가 확실하지 않았다. 마지막으로 그를 고용한 것은 식중독이 있었던 그 야마우치 가와, 야마우치와 격이 같은 고사카, 미쿠니라는 가치구미徒步組에도 막부의 직명. 쇼군이 외출할 때 도보로 앞장서 달리며 경비 등을 맡았다 번사의 집인데 어디에서도 그의 정확한 나이를 몰랐다. 태어난 해의 간지 얘기라도 나왔다면 단서가 되었겠지만 그런 쓸데없는 이야기를 한 적은 없다고 한다. 약 일흔 정도라는 짐작이 있을 뿐이다. 본인도 그렇게 말했고요, 하며.

와타베도 특별히 시게사부로의 나이에 집착하는 것은 아니다. 다만 마을에서는 일흔 살 정도의 노인은 그렇게 수가 많지 않다. 모두들 더 단명한다. 살아 있다 해도 자리에만 누워 있는 병자가 되어 있어, 이야기다운 이야기를 들을 수 없다. 그 탓인지도 모르지만 꽤 돌아다녔는데도 옛날에 시게사부로와 함께 고용살이를 한 적이 있다는 노인을 전혀 만나지 못하는 것이 불만이었다. 있다 해도 지난 오륙 년의 일이다.

시게사부로는 예순이 넘은 나이에 마루미 밖에서 흘러 들어온 떠돌이였던 것일까 하고, 와타베는 생각했다. 그때까지는 어딘가 다른 지방에 있으면서 하인 생활을 하고 있었다. 무슨 사정인지 주인을 잃고, 마루미에 와서 간신히 또 익숙한 고용살이로 돌아왔다—.

그렇다면 그때의 보증인이 있을 것이다. 일단 울타리저택으로 들어가 하인으로 고용되고 나면 그 후에는 입에서 입으로 소개될 뿐 어느 집이나 일일이 보증인을 세우지는 않는다. 본인이 성실하게 일하는 사람이라면 그 평판만으로 해 나갈 수 있다. 그러나 맨 처음에는 마루미에 자리를 잡기 위해서라도 누군가 뒷배가 되어 줄 보증인이 필요할 터였다.

한번 찾아갔던 길을 다시 한번 더듬으며 이번에는 그것을 묻고 다녔다. 해자 바깥의 직업 소개소 수는 뻔하기 때문에 거기도 동시에 찾아가 보았다.

직업 소개소 주인 중에 시계사부로를 기억하는 사람은 없었다. 그들의 이력서첩이나 기록에도 시계사부로로 보이는 고용살이 일꾼의 것은 없다. 그렇게 되면 더더욱 직업 소개소를 통하지 않고 누군가의 소개가 있었다는 뜻이 된다.

그러고 있는 동안 열심히 돌아다닌 보람이 있어 울타리저택의 어느 집에서 우리 할멈이 시계사부로를 기억하고 있다는 이야기가 들려왔다. 기뻐하며 만나러 가 보니 머리도 몸도 정정하지만 귀가 심하게 먼 할멈이라 와타베는 매우 어려움을 겪어야 했다. 어떻게든 이야기를 들어 보니 지금으로부터 십 년 전 시계사부로가 하인으로 그 집에 고용되었을 때에는 어느 염색집 주인이 보증인이었다고 한다.

"그것은 어느 염색집인가?"

지금은 없는 염색집이라고 한다. 오 년쯤 전에 화재로 타고 말았다. 게다가 과실로 인해 일으킨 화재라고 해서 추궁을 받아 재산과 염색집 자격을 빼앗기고 일가는 뿔뿔이 흩어지고 말았다고 한다.

오 년 전이라면 와타베도 이미 마을관청에서 일하고 있었는데 그러고 보니 성 밑에 화재가 있었던 기억이 있다. 비가 많이 오는 지방색 덕분인지 마루미에는 마을 화재가 적기 때문에 기억에 남아 있다. 겨울철의 건조나 벼락에 의한 산불은 큰 것부터 작은 것까지 다 셀 수도 없지만, 과실에 의한 염색집 화재는 좀처럼 없는 일이다.

다만 유감스럽게도 화재 현장을 검사하는 것은 마을관청에서도 부서가 다르고, 대개의 경우 불을 끄는 일은 산비 부교의 영역이다. 이것도 산불이 많은 탓이다. 그 기록을 뒤져보려 해도 절차를 밟아 수속을 해야만 한다.

그 염색집의 이름은 이소야로, 화재는 정확하게는 육 년 전의 일이었다. 직공이나 염색공이 몇 명이나 타 죽고 화재를 일으킨 죄로 주인 후사고로와 안주인 다쓰 부부는 마루미에서 추방되어 오사카로 떠났다는 사실을 알기까지 사흘쯤 걸리고 말았다.

그런 불행한 사정이 있어서 이소야의 혈족인 사람은 마루미에는 한 명도 남아 있지 않다. 다만, 당시 이소야에서 일하고 있던 염색공이나 직공들 중에서 살아남은 자가 지금도 염색집에서 일하고 있을 것이라고 한다. 그중 한 명이 '별채'라는 염색집에서 직공 우두머리를 하고 있는 오산이라는 여자다.

와타베는 장마가 잠시 개인 푸른 하늘을 머리에 이고 별채로 걸음을 옮겼다. 염색집은 하루 종일 바쁘기 때문에 시간을 골라 봐야 별수 없다. 도착한 시각은 오전이었다.

염색집 입구에서 오산을 찾으니 안쪽 가마방에 있다고 한다. 마루미를 지탱하는 중요한 일이라는 것을 알고 있지만 와타베는 조개염색의 독특한 냄새가 고역이다. 본인을 불러달라고 하고 입구 옆의 작은 방 앞에 앉아 있자니 이윽고 포동포동하고 늠름한 느낌의 중년 여자가 나왔다. 혼자가 아니다. 우사라는 계집이 같이 있다.

"어이, 자네가 이런 곳에서 뭘 하고 있나?"

와타베는 저도 모르게 따져 물었다. 전에 이노우에 가 앞에서 만났을 때 타박을 들은 이후 처음 만나는 것이다. 자연스럽게 목소리가 커졌다.

"제가 묻고 싶은 말입니다."

우사가 오산을 뒤로 물리고 앞으로 나선다.

"오산 씨에게 무슨 용무이십니까?"

"일일이 네게 말해야 하나? 제몫을 하는 히키테도 아닌 주제에 잘난 척하는군."

또 게이치로에게 혼나겠다고 말하려다가 역시 그 말은 그만두었다.

"공무를 보시느라 수고 많으십니다."

오산 쪽에서 황송해한다. 일 년 내내 염료 색깔을 머금은 증기를 쐬는 탓인지, 매끈매끈한 안색이지만 왠지 모르게 푸르뎅뎅하다.

"자네가 오산인가? 크게 시간을 빼앗지는 않겠네. 옛날에 자네가 일하던 이소야에 대해서 조금 묻고 싶을 뿐이야."

우사가 가느다란 눈썹을 추켜올린다. "이소야라니, 그 불탄 염색집 말입니까?"

"시끄럽네. 자네는 물러나 있어."

"저는 오산 씨에게는 어린 시절부터 신세를 져 왔습니다. 절반은 어머니나 마찬가지지요. 와타베 님이 그렇게 무뚝뚝하게 말씀하시면 오산 씨가 걱정됩니다."

흥, 하고 와타베는 코웃음을 쳤다. 그렇다면 거기서 마음이 풀릴 때까지 감시하고 있으라고 말하고 싶지만 그럴 수도 없다.

시계사부로의 변사에 대해서는 동쪽 파수막의 우두머리인 쓰네지가 담당하고 있다. 히키테의 파수막끼리도 공을 다투는 일은 있고, 영역도 있다. 우사의 귀에 쓸데없는 이야기가 들어가게 하고 싶지 않았다. 검시관 이자키가 직접 맡겨 준 일이니 조금의 실수도 하고 싶지 않다.

당사자인 이자키는 지난 열흘 동안에 어떻게든 안색을 회복했다. 할복해야 할지도 모른다—고 말했을 때만큼 절박한 분위기는 사라졌다. 아무래도 마른 폭포 저택에서 급사한 하녀는, 공교롭기는 지나치게 공교롭지만 단순한 병사였던 모양이다.

그러나 마른 폭포에 맡겨져 있는 커다란 짐이 있는 동안에는 이자키의 마음이 편해질 새가 없다. 그에게 선택받은 몸이니, 와타베는 어떻게든 시계사부로 사건은 자력으로 순조롭게 수습하고 싶었다. 그러려면 무슨 일에나 코를 처박는 이 우사라는 계집에게서는 떨어져 있는 것이 가장 좋다.

"오산, 정말로 대단한 일은 아닐세. 하지만 임무로 하는 일이니 상관없는 사람의 귀에 이야기가 들어가는 것은 꺼려지는군."

공격의 방향을 바꾸어 오산에게 부탁했다. 그녀는 부지런한 사람답게 살집이 좋은 팔로 우사의 어깨를 안았다가 "괜찮다" 하고 속삭이며 밀어냈다.

"저는 안에서 기다릴게요."

우사는 분한 듯이 물러났다.

한 판 이긴 상황이 된 와타베지만 오산은 시계사부로라는 남자에 대해서 전혀 기억하지 못했다. 당시의 이소야에서 일하고 있던 하인이었다면 몰라도 이소야의 주인이 보증인이 되어 다른 곳에 고용살이를 중개해 주었을 뿐이니 무리도 아니지만…….

"이소야의 주인인 후사고로는 남 돌보기를 좋아하는 남자였겠지."

"글쎄요……."

오산은 한 손을 뺨에 대고 얼굴을 찌푸렸다.

"그렇게 누군가의 보증인이 되어 준 일이 그 외에도 있었을까?"

"죄송하지만 저는 그저 직공에 불과하고, 나리나 마님이 하시는 일을 전부 알고 있었던 것은 아닙니다."

이소야와 이 별채는 주인이 먼 친척에 해당한다. 따라서 오산은 직공으로서 그럭저럭 실력이 생기자 청을 받고 별채 쪽으로 옮겼다고 한다. 이소야에 화재가 일어났을 무렵에는 이미 별채의 직공이 되어 있었다. 하기야 이소야에서 화재가 난 지 육 년이다. 그 정도 세월로는 처음부터 별채에 있었던 것도 아닌 오산이 직공 우두머리가 될 수 있었으리라고는 생각할 수 없다.

당시의 조사가 잘못되어 있었다며 와타베는 혀를 찼다.

"자네가 아는 범위에서 이소야의 주인 부부를 잘 아는 자가 마루미에 없을까?"

"글쎄요. 어쨌든 많은 사람이 죽었으니까요. 아래에서 불이 났기 때문에 모두들 도망치지 못했습니다. 나리와 마님은 추궁을 받고 쫓겨나 버렸고……."

"엄청난 화재였군."

"가마방에 멍텅구리가 있었거든요. 나리도 참 안되셨지요."

오산은 그것이 아주 최근에 일어난, 자기 수하의 실수라도 되는 것처럼 화를 내고 있다.

"이소야는 오래된 염색집이었나?"

"우리—별채 쪽이, 염색집이 된 것은 먼저입니다. 이소야는 가게 이름대로 옛날에는 해산물을 파는 이소는 '해변'이라는 뜻 소매상이었습니다. 별채가 번성하자, 권유를 받고 그쪽으로도 일을 벌였다고 합니다. 붉은 조개 염색을 취급하는 상인에게는 돈이 내려졌으니까요."

진흥책의 일환이다.

"그렇군. 게다가 먼 친척이고."

"하지만 이소야도 결코 기울고 있었던 것은 아닙니다. 제가 고용살이를 시작했을 무렵에는, 아직 염색집 쪽은 부업에 지나지 않았고요……."

아이고, 너무 옛날 이야기네요, 하며 오산이 웃는다.

"해산물도 그럭저럭 잘 팔려서 번내의 큰 저택에는 대부분 출입이 허가되어 있었을 겁니다. 도미나 조개 같은 것은 특히 품질 좋은 것들을 취급하고 있었으니까요."

말하자면 생선 가게인데, 마루미에서 이 장사를 총괄하는 것은 배 부교이다. 풍부한 해산물로 번의 재정을 윤택하게 해 왔다는 자부심을 갖고 있는 배 부교는, 번의 조개 염색 진흥책에 달가운 얼굴을 하지 않았다. 그것은 지금도 마찬가지이다. 이소야가 본래의 장사를 계속하면서 염색집 진흥에도 힘을 쏟을 수 없었던 것은 그 때문일 거라고 오산은 말한다.

와타베는 고개를 끄덕였다. 매우 있을 법한 일이다. 어설프게 번의 명문가가 단골로 있었던 만큼 이소야는 둘 사이에 끼어 난처한 상황이었을 것이다. 그리고 어느 한쪽을 선택할 수밖에 없게 되어 조개 염색을 진흥하는 세력 쪽에 걸었다. 내기에는 이겼지만 생각지도 못한 화재가 모든 것을 수포로 만든 셈이다.

어쨌든 이 실을 더듬어 가 봐야 소용없을 것 같다. 와타베는 속으로 한숨을 쉬었다.

시게사부로는 어디에서 온 것일까? 어째서 이소야의 주인이 보증인이 되어 그를 울타리저택에 소개하게 된 것일까? 아니면 이소야와 친하고 출입을 허가하고 있던 어느 집에서 부탁한 것일까?

그러나 그렇다면 그 집이 직접 보증인이 되지 않은 것이 이상하다. 시게사부로가 고용살이한 곳은 울타리저택이었다. 상가商家에 소개된 것이 아니다. 완전히 반대다.

오산이 곤란한 듯 발끝을 꼼지락거리고 있다. 와타베는 웃었다.

"이거 미안하네. 아니, 이야기는 잘 알았네. 일로 돌아가게."

오산은 머리를 숙이고 안채로 돌아갔다. 교대하듯이 우사가 나왔다. 아까처럼 험악한 눈빛은 아니지만 뭔가 묻고 싶은 것 같다.

와타베는 선수를 쳐서 물었다.

"전에도 물었네만 그 아이는 잘 지내나?"

순간 우사의 안색이 슥 엷어졌다.

"뭐야. 왜 그런 얼굴을 하지?"

전에도 그랬다. 호에 대해 물으면 우사의 분위기가 이상해진다.

"그 아이의 몸에 무슨 일이 있는 게로군? 자네, 무엇을 감추고 있는 겐가?"

우사는 바싹 다가서는 와타베에게서 얼굴을 돌리고는 옆으로 빠져나가려고 했다. 와타베는 팔을 잡았다.

"여기에서는 이야기할 수 없습니다." 우사가 낮은 목소리로 속삭였다. 그리고 갑자기 싸움을 거는 것 같은 눈빛으로 와타베를 노려보았다.

"게다가 와타베 님은 모르시는 편이 좋을 것으로 사료됩니다."

"그건 무슨 뜻인가?"

"말 그대로입니다."

우사는 와타베의 손을 뿌리치고는 염색집 밖으로 나갔다. 와타베는 빠른 걸음으로 쫓아갔다.

"다시 한번 묻겠네. 모르는 편이 좋다니 무슨 뜻인가?"

강한 햇빛에 순간 눈이 어지러워졌다. 두 사람의 그림자가 먹을 틀에 부어 넣은 것처럼 또렷하게 땅바닥에 떨어진다.

그래도 가마방의 증기로 가득 찬 염색집에서 멀어지자 시원한 바닷바람을 느낄 수 있었다. 목덜미 언저리가 시원해진다. 하지만 그때 와타베는 우사의 목덜미나 팔에 소름이 돋아 있다는 사실을 깨달았다.

가슴속에서 심장이 꿈틀거리는 느낌이 들었다. 형태가 없던 불안이 단단하게 뭉쳐 목구멍에 걸리는 느낌도 들었다.

"그 아이는―죽은 건가?"

우사는 대답하지 않고 무작정 걷기 시작한다. 어디로 가는 거냐며 와타베는 쫓아갔다.

"정말로 알고 싶으십니까?"

"신경 쓰이네."

"그렇게 무서워하셨으면서."

내뱉는 것 같은 우사의 말에 화가 나기보다 먼저 흠칫 놀랐다.

"내가 무서워하고 있었다고?"

"떨고 계시지 않았습니까."

―잠시도 버티지 못할 걸세, 우사.

와타베는 걸음을 멈추었다. "가가 님을 맡는 일 말인가? 그 아이가 가가 님과 무슨 상관이 있다는 겐가?"

우사는 도망치듯이 걸음을 빨리하여 염색집이 늘어서 있는 길을 빠져나간다. 와타베는 우사의 등을 보면서 그 뒤를 따라갔다.

이윽고 해자가 나왔다. 왼쪽으로 멀리 올려다보면 마른 폭포 저택이 있는 울창한 산과 숲이 보인다. 우사는 해자 끝에 멈추어 서더니 한없이 푸르게 우거져 있는 키 큰 풀 사이에 쪼그려 앉았다.

주위에 인기척은 없다. 숲 속에서 기름매미가 울고 있다. 해자의 물은 미지근하게 고여 푸른 하늘을 흐릿하게 비추면서 낮잠을 자듯이 느릿느릿 흐르고 있다.

"호는 마른 폭포 저택으로 갔습니다." 우사가 말했다. "겐슈 선생님의 분부입니다. 그 아이는 거기서 고용살이를 하고 있습니다."

와타베는 그제야 납득했다.

"그렇군……."

그렇게 대답하고 우사 옆에 쪼그려 앉았다.

"그런 거였나."

우사는 그의 얼굴을 마주 보았다. 의아한 듯이 눈을 가늘게 뜨고 있다.

"별로 놀라지 않으시네요. 무섭지 않으십니까? 와타베 님은 말단 관리에 불과하니, 마른 폭포 일에는 절대로 관여하고 싶지 않으시잖아요?"

나는 이 처자에게 그런 식으로 말하고 있었던가 하고 와타베는 생각했다. 자못 칠칠치 못한 겁쟁이로 보였을 것이다.

아니, 겁쟁이인 것은 지금도 마찬가지이다. 번의 어두운 부분에 닿는 것도 싫다. 싫지만—.

"놀라지 않는 것은 나는 내 나름으로 아는 것이 있기 때문일세."

마른 폭포에서는 그 하녀가 급사하여 일손이 부족해진 것이다. 그러나 허드렛일이라고는 해도 저택에 아무나 집어넣을 수는 없다. 그러면 누가 갈 것인가? 누구를 보낼 것인가? 또 급사한다면?

하녀는 병사했다. 이자키의 진단은 틀림없다. 하지만 어제까지 건강하고 팔팔하던 사람이 덜컥 죽어 버리는 것을 목격하면 어떤 논리도 날아가 버린다.

이것은 가가 님의 저주다. 마른 폭포에 살고 있는 악한 존재에 가가 님의 힘이 더해져 더욱더 강대해졌다. 가까이 가는 자를 잡아 죽이고 마루미에 재앙을 내리려 하고 있다—.

그런 곳에 누구를 보낼 것인가? 옥지기로 일하고 있는 번사들도 할 수만 있다면 지금 당장 도망치고 싶을 것이다.

그래서 호가 희생자로 뽑힌 것이다. 그 아이는 타지 사람이고, 철없는 어린아이다. 게다가 약간 머리가 둔하다. 좋지 않은가, 딱 알맞은 인신공양이다.

"무엇을 알고 계십니까?"

이번에는 우사 쪽에서 물고 늘어지듯이 물었다. 와타베는 고개를 저었다.

"자네는 모르는 게 좋아."

"어째서 감추십니까? 저는 호가 걱정되어서—."

날카로운 눈을 하고 노려보아도 와타베는 계속 고개를 저었다.

"그 아이를 마른 폭포에 보내 버린 이상 여기에서 아무리 걱정해도 이제는 소용없네."

우사는 한층 더 작아져서 추운 듯이 무릎을 껴안았다. 와타베는 가슴이 따끔하니 아팠다.

"겐슈 선생님의 분부이니 자네가 거스를 수 없었다 해도 어쩔 수 없어."

위로할 생각으로 한 말이지만 스스로 각오하고 있던 것 이상으로 거짓말처럼 들렸다.

"요전에 이노우에 가 옆에서 만났을 때 자네는 새파란 얼굴을 하고 있었지. 그때도 이상하다고 생각했지만 그것은—그렇군, 그때 겐슈 선생님께 불려가, 호를 마른 폭포에 고용살이로 보내라는 명령을 받았군?"

우사는 고개를 끄덕였다.

"이 일을 또 누가 알고 있나?"

"아무도 모릅니다."

"가스케 대장도?"

"겐슈 선생님께서 아무에게도 말하지 말라고 하셨습니다. 표면상으로 호는 일단 이노우에 가로 돌아갔다가 에도의 부모 곁으로 돌려보내진 것으로 되어 있습니다."

"그럼 자네 혼자서—."

끌어안고 있었느냐고 말하려다가 입을 다물었다. 우사는 눈물을 짓고 있다.

"그 아이를 도망치게 해 주고 싶었지만 저는 어떻게도 할 수 없었어요."

와타베는 여름풀을 한 움큼 뜯어내 해자를 향해 던졌다.

"자네가 아니라도 어쩔 수 없었을 걸세. 자네가 나쁜 게 아니야."

"하지만……."

"머리를 식히고 생각해 보게. 도망치게 한다 해도 어디로 도망치게 한단 말인가? 그 아이 혼자서 어디로 도망칠 수 있겠나? 에도까지는 돌아갈 수 없어."

우사는 와타베가 던진 풀이 해자를 둥실둥실 흘러가는 것을, 눈부신 듯이 눈을 가늘게 뜨고 바라보고 있다.

"곤비라 신사 앞 마을까지 데려가면 일할 곳 정도는 있지 않을까 하고."

"그건 다시 말해서 자네도 같이 가겠다는 뜻인가?"

"그렇습니다. 둘이서 여관이든 식당이든 숨어들어 같이 일하면 된다고 생각했습니다. 설마 추격자까지 보낼 정도는 아닐 테니까요."

와타베는 알 수가 없었다. 겐슈 선생님의 생각에 따라서는 추격자를 보냈을지도 모른다.

"그렇게 잘되었을까? 자네는 마루미의 마을밖에 모르지? 곤비라 신사 앞 마을은 확실히 북적대지만 그만큼 마루미보다는 훨씬 빈틈이 없고 마음씨 나쁜 상인도 많이 있네. 자네 같은 사람은 속아서 몸을 파는 처지가 되었을지도 몰라."

"그래도 상관없었어요." 우사는 주먹을 쥐고 결국 넘쳐버린 눈물을 힘껏 닦았다.

"하지만 자네는 그러지 않았네."

와타베는 알아챘다.

"겐슈 선생님을 거스르고 싶지 않았기 때문이야. 그보다는 게이치로를 곤란하게 만들고 싶지 않았기 때문이지. 아닌가?"

우사는 울음 섞인 목소리로 항변했다. "아닙니다. 이 일에 대해서는, 게이치로 선생님은 아무 말씀도 하지 않으셨습니다."

"겐슈 선생님 뒤로 게이치로의 얼굴이 보였겠지. 자네가 호를 데리고 도망치면 호를 바치겠다고 번의 높으신 분들께—옥지기 두목인지 가로인지 모르겠지만—장담한 겐슈 선생님의 체면이 엉망이 되네. 그것은 사지 이노우에 가가 면목을 잃는다는 뜻이기도 하지. 자네는, 그런 짓을 하고 싶지 않았던 거야."

그래서 따를 수밖에 없었다.

우사는 무릎에 이마를 처박고 흐느껴 울기 시작했다.

이 처녀는 게이치로에게 반해 있다. 결코 이루어질 리 없는 사랑이지만 그래도 진심으로 반해 있다. 호와 게이치로 중 어느 쪽을 취하느냐 하는 선택에, 게이치로를 선택한 것이다.

그리고 스스로를 탓하고 있다.

"이제 신경 쓰지 말게. 호는 괜찮아."

"대강대강 말씀하시는군요."

울음 섞인 목소리로 탓하는 말에 와타베는 조금 씁쓸하게 웃었다. "그렇군. 나는 만사에 대강대강이야."

와타베는 또 풀을 뜯었다. 긴 잎을 입에 물고 씹었다.

"어중간하게 해 두면 자네가 또 신경을 쓸 테니 제대로 가르쳐 주지. 하지만 이 사실도 다른 사람에게 말하면 안 되네."

마른 폭포 저택이 절실하게 허드렛일을 할 여자를 필요로 하게 된 것은 전부터 거기에 있던 단 한 명의 하녀가 급사했기 때문이라고 와타베는 이야기해 주었다.

"당황하지 말게. 그 하녀는 병사였어. 살해된 것이 아닐세. 그저 때가 안 좋았을 뿐이야."

그것은 확실하다. 이자키 씨가 검시를 했으니까. 와타베는 힘주어 그렇게 말했다.

"번으로서는, 본래는 마른 폭포에 옥지기 번사들만 들여보내고 싶었겠지. 하지만 놈들은 번사란 말이야. 그게 임무라고는 해도 무사 체면에 일상의 사소한 일들은 아무래도 하고 싶지 않았을 테지. 거기에는 허드렛일을 할 사람이 필요하네. 그래서 딱 한 명 하녀를 넣었는데 어이없게 죽고 말았네. 이게 무슨 뜻인지 알겠나, 우사. 아마 하녀를 추천한 번의 누군가는 문책을 당했을 걸세. 검시를 했을 뿐인 이자키 씨도 어쩌면 할복해야 할지도 모른다고 각오하고 있었으니까."

우사는 아직 잘 모르겠는지, 눈물 어린 눈을 의아한 듯 가늘게 뜨고 있다.

"모르겠나?"

와타베는 풀을 씹으면서 쓴웃음을 지었다.

"그렇다면 좀더 자세히 말해 주지. 본래 하녀가 죽은 것만으로도 당장 옥지기 두목인 후나바시 님의 실수일세. 죽음이라는 부정함을 막부에서 맡긴 소중한 사람인 가가 님이 계시는 저택에 들여놓고 말았으니까."

"하지만······ 그런 건 이상해요. 가가 님은 사람을 몇 명이나 죽였잖아요. 죽음의 부정함 같은 건 벌써 들러붙어 있을 텐데요."

"그렇지만 이건 의미가 다르단 말일세. 쇼군이 가가 님께 할복을 명하지 않고 물론 참수도 하지 않고 유배를 보낸 것은 가가 님이 살아 있어 주지 않으면 곤란하기 때문일세. 가가 님이 죽어서 진짜 사령死靈이 되어 쇼군 가에 저주라도 내리면 곤란하거든. 아무래도 쇼군은 이 세상의 무엇보다 사령이나 악령의 저주를 두려워하시는 것 같으니까. 이 일이라면 자네도 알고 있겠지?"

우사는 천천히 고개를 끄덕였다. 눈물자국이 뺨에 남아 있다. 여름풀 냄새가 이 이야기에는 어울리지 않을 정도로 향긋하게 두 사람을 감싸고 있다.

"그래서 '죽음'에 관련된 어떤 일도 가가 님 곁에 가까이 가게 해서는 안 되는 걸세. 허나 하녀가 죽고 말았네. 그러면 왜 죽은 것일까. 아픈 데라곤 한 군데도 없는데 갑자기 죽은 것이라면 하녀는 가가 님의 나쁜 기에 당했다는 뜻이 되니 이 또한 후나바시 님의 실수가 겹쳐지게 되지. 다시 말해서, 가가 님을 봉하지 못하고 죽는 사람이 나오게 하고 만 셈이니까."

그렇구나—하고 우사가 중얼거렸다.

"그럼 하녀가 병으로 죽었다는 사실을 알면 어떻게 될까. 이번에는 하녀를 추천한 자의 실수가 되네. 그렇게 몸이 약한 자를 마른 폭포 저택에 집어넣은 책임을 추궁당하게 되는 걸세."

검시관 이자키는 사실이 그중 어느 쪽인지를 알아내야만 했다. 그가 어떤 결론을 내리더라도 누군가의 체면이 엉망이 된다. 이자키의 책임은 중대하다. 좌우 어느 쪽 깃발을 들든 책임을 추궁당하게 되는 쪽은 격렬하게 저항할 것이다. 따라서 여차하면 이자키는 할복을 해서라도 자신이 내린 결론을 밀어붙여야만 했다. 그런 각오가 필요했던 것이다.

"하녀는 병사였네." 와타베는 말을 이었다. "그 결론이 통했어. 이자키 씨가 할복하지 않아도 돼서 다행이었지. 어쩌면 영주님의 배려로 죽은 하녀를 추천한 자의 처분이 의외로 가볍게 끝난 것인지도 모르지. 할복이니 면직이니 하는 소동이 일어나면 아무래도 나 같은 마을 하급 관리의 귀에도 들어올 테니까. 금족령이나 강등 정도라면 해자 안쪽 깊은 곳에서 사는 사람이 아니면 알 수 없네. 어쨌든 하녀를 추천한 사람은 번의 중신이 분명하니까."

우사는 코를 훌쩍거리고는 와타베의 얼굴을 들여다보았다. 새삼 불안 때문에 눈동자를 흐리고 있다.

"그렇다면 그 하녀의 후임자를 추천한 젠슈 선생님은 지금까지보다 더 무거운 책임을 짊어지게 되신 거잖아요?"

"그렇지."

"그러면, 만일—만일 호의 몸에 무슨 일이 생긴다면 그것은 이 노우에 가의 책임도 되는 거지요?"

와타베는 풀을 휙 뱉어내고는 입가를 시옷자로 구부리며 우사의 얼굴을 똑바로 마주보았다.

"그러니 그 아이는 괜찮다고 말한 걸세. 겐슈 선생님이 믿고 들여보냈으니까."

타지 사람이니 죽어도 아깝지 않다는 말은 하지 않았다. 호는 머리가 둔하니 오히려 나쁜 기에 당하지 않을 테고, 강할지도 모른다는 말도 하지 않았다. 설령 호가 죽더라도 이번에는 이자키의 손 따윈 빌리지 않고 사지 가의 겐슈 선생님이 직접 진단을 하면 어떻게든 얼버무릴 수 있다는 말도 하지 않았다. 그런 말을 해 봐야 우사를 안심시킬 수는 없기 때문이다.

우사는 잠시 동안 와타베가 한 말을 곱씹듯이 생각에 잠겨 있었다. 그리고 나서 조금은 기운을 차렸는지 또렷한 말투로 돌아와 물었다.

"와타베 님이 말씀하시는 이자키 님이라는 분은 대단한 분입니까?"

"훌륭한 검시관일세. 왜 그러나?"

"마른 폭포에는 사지인 도베 선생님이 들어가 계시잖아요? 도베 선생님을 제치고 죽은 사람을 진단하다니 매우 실력이 높으신 분이지 않습니까."

"도베 선생님은 죽은 사람을 진찰할 수 없네. 매일 가 님의 진맥을 하고 있거든. 같은 손으로 죽은 사람을 만질 수 있겠나?"

아, 그런가 하고 우사는 눈을 깜박인다.

"복잡하네요……."

"아아, 정말 그래."

와타베는 머리 뒤에서 손을 깍지 끼고 벌렁 드러누웠다. 머리 위에는 드넓은 푸른 하늘. 마침 코앞으로 한 덩어리의 하얀 구름이 흘러간다. 붙잡아 입에 넣을 수 있을 것 같다.

"그 아이는 괜찮을 걸세." 구름을 향해 와타베는 말했다. "생각해 보게. 그 아이는 운이 강해. 영문도 모른 채 에도에서 끌려와 혼자 버려졌어도 지금까지 살아왔네. 그때그때 힘이 되어 주는 인물이 나타나 도와주었기 때문이지. 이노우에 가도 그렇고 자네도 그래. 마른 폭포에서도 틀림없이 잘할 걸세."

우사는 잠자코 있다. 드러누워 있는 와타베에게는 그 어깨 위밖에 보이지 않는다. 묘하게 얌전하고 여자다워 보여서 이상했다.

"괜찮아." 와타베는 다시 한번 말했다. 다만 이번에는 의미가 달랐다.

"그 아이는 자네를 원망하지 않을 걸세. 그럴 만한 지혜가 없다는 뜻이 아니야. 그 아이는 자네를 좋아했네. 자네가 한 짓을 용서해 줄 거야. 자네도 괴로웠겠지. 호와 게이치로를 저울에 올려놓아야만 했으니까."

그리고 호 쪽이 가볍다는 것을 확인했다. 그럴 수밖에 없었다. 와타베는 잘 안다.

와타베는 스스로도 의외일 정도로 가볍게 말해 버렸다.

"나는 고토에 님께 반해 있었네."

우사의 등이 흠칫했다. 머뭇머뭇 와타베 쪽을 돌아본다. 와타베는 하얀 구름을 보고 있었다.

"반해 있었지만, 고토에 님의 죽음이 살인이라는 것을 밝히고 가지와라 미네를 붙잡아 넣을 수는 없었지. 내 나름대로 저울에 올려놓을 것이 있었고, 어쩔 수 없었다고 스스로 자신에게 변명하면서 말이야. 우사, 나와 자네는 한 일은 반대지만 뿌리는 하나일세. 자신에게 소중한 것들 중에서 하나를 고르라는 말에 고른 거야. 내 선택은 비겁했네. 그나마 자네가 훌륭해."

우사는 게이치로를 지켰는데 와타베는 고토에를 버렸다. 진실에서 도망치고 지금도 거기에서 얼굴을 돌리고 있다.

"나는 겁이 많고 칠칠치 못한 놈일세. 자네가 훨씬 더 나아."

잠시 동안 두 사람 다 침묵을 지키고 있었다. 가만히 있는데도 기름매미 우는 소리가 멀어졌다 가까워졌다 한다.

"호는 어떻게 지내고 있을까요."

어느새 우사는 마른 폭포 저택이 있는 쪽으로 얼굴을 돌리고 아련한 눈을 하고 있었다.

"일하고, 밥을 먹고, 밤에는 푹 자고, 잘하고 있겠지."

와타베는 에잇 하고 기세를 붙이며 벌떡 일어났다.

"자, 슬슬 갈까?"

옷에 묻은 여름풀을 털고 있자니 우사도 일어섰다.

"와타베 님, 오산 씨에게 무엇을 물으셨습니까?"

"별것 아닐세."

"며칠 전에 울타리저택의 야마우치 님을 찾아가셨지요? 야마우치 부인께 들었습니다. 시게사부로라는 하인 할아버지가 죽었는데 그 죽은 모습이 조금 이상해서 조사하고 있다고 말씀하셨다면서요."

와타베는 눈썹을 추켜올렸다. "자네, 소식이 빠르군. 야마우치 가에 드나들고 있나?"

"거기서 식중독이 나왔을 때 이것저것 여쭤 보러 간 적이 있습니다. 아직 가가 님이 마루미에 오기 전의 일이었습니다. 그 후에 어떻게 지내시나 싶어서 문안을 여쭈러 찾아 뵈었더니, 시게 할아버지가 죽었다고."

죽은 모습이 이상하다니 어떻게 이상한 거냐고 우사는 물었다.

"서쪽 파수막에서는 이 사건에 대해서 아무도 이야기 한마디 듣지 못했습니다. 동쪽 파수막의 쓰네지 대장님이 담당하고 계시는 거지요."

"뭐…… 그렇네만."

와타베는 목덜미를 어루만졌다. 거기에도 여름풀 몇 개가 달라붙어 있었기 때문에 그 김에 떼어냈다.

"본래 마을을 순찰하는 내가 관여할 일은 아닐세. 부탁을 좀 받아서 말이야."

"동쪽 파수막의 히키테를 부리고 계시지요?"

"응."

그렇긴 하지만 처음에 제대로 손을 쓰지 못했기 때문에 별로 신뢰받지 못하고 있다는 기분이 든다.

그래, 우사는 야마우치 가를 알고 있는 건가. 이것도 무슨 인연이 아닐까 하고 와타베는 생각했다.

"자네, 나를 도와주지 않겠나?"

"예?" 하며 우사는 눈을 크게 떴다. "저는 서쪽 파수막의—."

"어차피 반편이 아닌가. 서쪽 파수막 녀석들도 자네를 일손으로 꼽고 있지는 않을 걸세."

이 사건은 이자키 씨가 직접 맡겼다고, 와타베는 우사에게 설명했다. 독물에 대해서 게이치로에게 가르침을 청한 것도 오산을 찾아간 이유도 이야기했다. 우사는 열심히 들었다.

"그러면 아직 시게사부로 씨가 어디에서 왔는지, 옛날에는 어디에서 고용살이를 하고 있었는지, 아무것도 모르는 거로군요."

"그렇게 되지."

확실하게 지적을 받은 와타베는 조금 부끄러운 기분이 들었다. "어쨌거나 단서다운 단서도 없고—."

우사는 개의치 않는다. 매끈한 미간에 주름을 지으며 말했다.

"하지만 이자키 님은 시게사부로 씨의 얼굴이 낯익다고 말씀하셨잖아요."

마을관청에서는 그렇게 말했다.

"그거, 중요한 게 아닐까요?" 우사는 야무진 표정이 되었다.

"어째서?"

"시게사부로 씨가 울타리저택에서 하인으로 고용살이를 할 때에는 이소야의 주인이 보증을 섰잖아요? 이소야 주인은 마루미의 명문가와 줄이 닿아 있는 상인입니다. 시게사부로 씨의 보증인이 된 것도 그런 중요한 거래처에서 부탁을 받았기 때문이 아닐까요?"

확실히 있을 수 있는 일이다. "그래서?"

우사는 답답하다는 듯이 발을 굴렀다.

"두 가지를 연결해 보세요. 이자키 님은 웬만큼 수상하게 죽은 사람이 나왔을 때가 아니면 검시하러 가시지는 않지 않습니까. 그렇다면 이자키 씨가 시계사부로 씨의 얼굴을 본 적이 있다는 것은 옛날에 어디선가 수상한 시체가 나와서 이자키 씨가 조사를 하러 들어가셨을 때 거기에 마침 시계사부로 씨가 있었다는 뜻이 아닙니까. 그러면 그곳은 그때 시계사부로 씨가 고용살이를 하고 있던 집이 아니었겠습니까?"

거기까지 듣고 와타베도 간신히 눈앞이 환해졌다. 과연, 그런 뜻인가.

"그곳이 이소야 주인에게 시계사부로 씨의 보증인이 되어 달라고 부탁한 집일지도 모릅니다. 순서로 보면 있을 수 있는 이야기지요. 그러면 꽤 이름 있는 집일지도 모릅니다. 이자키 님은 검시를 하게 되면 어디로든 불려 가시지요? 거기에도 구지카타니 마을관청이니 하는 구역이 있는 것은 아니겠지요."

"그건 없네. 구지카타도 이자키 씨에게 의지할 때가 있지."

"그렇다면 이자키 님께서 좀더 생각해내 주셔야지요. 대체 어디에서 시계사부로의 얼굴을 보았는지. 어떤 검시를 할 때였는지. 이자키 님을 흔들어 생각나게 해서 알아내 주십시오, 와타베 님."

와타베는 턱을 당기며 우사의 자그마한 얼굴을 찬찬히 다시 보았다. "자네, 머리가 잘 돌아가는군."

"입에 발린 말은 됐습니다. 저는 야마우치 부인께 한 번 더 이야기를 들어 보겠습니다. 아무리 작은 것이라도 좋으니 시게사부로 씨가 이야기한 것이나 여러 가지 뭔가 생각나는 것은 없느냐고요. 울타리저택에서 일하던 시절의 시게사부로 씨를 알고 있는 사람들도 모두 찾아가 보겠습니다."

"쓸 만한 이야기는 안 나올 걸세."

우사는 기가 세 보이는 웃음을 지었다. "와타베 님이 그렇게 성미 급해 보이는 얼굴로 기세등등하게 물어보시면 모두들 입을 다물고 말 겁니다. 뭔가 생각나더라도 그게 사소한 일이면 오히려 꾸중을 들을 것 같다고 생각하고 말하지 않겠지요."

"반편이인 자네가 그 일에는 더 맞으려나?"

"예, 맞고말고요. 저는 바느질이나 물 긷는 일을 도우면서 그 김에 이야기를 할 수도 있으니까요."

방금 전까지 축 늘어져 있었으면서 갑자기 기운이 넘친다.

"제가 돕겠습니다. 돕게 해 주십시오." 우사는 정색을 하며 와타베에게 머리를 숙였다. 그러다가 와타베가 뭐라고 말을 하기도 전에 밝은 얼굴로 손뼉을 딱 쳤다.

"이소야는 본래 해산물을 파는 가게였지요? 그렇다면 어부 마을 쪽에도 얼굴이 알려져 있었을 겁니다. 시게사부로 씨가 고용살이를 하던 집은 시오미의 집이었을지도 몰라요. 그렇지요?"

와타베는 우사의 기세에 조금 눌리면서 으응 비슷한 목소리를 냈다.

"어부 마을이라면 말하기는 뭣하지만 와타베 님보다 제가 더 살 압니다. 저는 그쪽에서 태어났거든요. 시오미 아저씨께 물어볼 수도 있습니다."

"그, 그럼 부탁하네."

"맡겨 주십시오. 와타베 님은 이자키 님 쪽을 부탁합니다. 멀거니 얼굴을 마주 보며 그냥 떠올려 달라고 해서는 무리입니다. 마을 관청에는 검시에 관한 옛 기록이 남아 있겠지요? 두 분이서 그것을 다시 조사해 보면 실마리가 될지도 모르지요."

그 정도는 자네가 말하지 않아도 알고 있다고 대꾸하려다가 와타베는 웃음을 터뜨리고 말았다.

"제가 무슨 우스운 말을 했습니까?"

"아니, 우습지는 않네. 좋은 생각이야. 당장 그렇게 해 보지."

그럼 시작하겠다는 듯이 우사가 달려가려고 했기 때문에 와타베가 붙들었다.

"이제부터 자네와 상의를 할 때는 어떻게 하면 되겠나? 내 쪽에서 서쪽 파수막의 가스케에게 이야기해 줄까? 우사가 정식 히키테가 아닌 것은 충분히 알고 있지만, 내 조사에는 여자가 필요하니 잠시 빌려 달라는 말이라도."

그래서 가스케가 허락해 준다면 와타베로서도 여자 히키테가 없는 동쪽 파수막의 쓰네지에게 변명을 할 수 있다.

우사는 내키지 않는 기색이었다.

"가스케 대장님은 괜찮지만 하나 씨가 시끄러울 것 같아서요."

"동료인가?"

"그렇습니다. 하나키치라는 히키테인데 친절하긴 하지만 제가 하는 일에는 시끄럽게 참견을 하는 사람이라."

와타베는 품에 손을 집어넣고 코끝을 여름 하늘로 향했다. 그 자세 그대로 말했다. "어쨌거나 동서 파수막의 대장에게는 양해를 구해 두지 않으면 여러 가지로 일이 귀찮아지네. 마루미는 좁은 동네야. 자네도 순조롭게 공을 세워 정식으로 히키테가 된다면 좋겠지만 따돌림을 당하게 되면 불편할 테지."

우사는 고개를 끄덕이고는 곤란한 듯이 버티고 서 있던 다리를 바꾸었다.

"뭐, 그 하나키치라는 녀석은 눈치를 잘 살펴 따돌려야겠지. 그런 방법을 익히는 것도 여자의 몸으로 히키테 노릇을 해 나가려면 중요할 걸세. 무슨 일이든 수업이라고 생각하게, 우사."

한껏 잘난 척하며 말해 주었는데 우사는 표정을 누그러뜨리며 웃음을 터뜨렸다.

"너무 기어오르지 말게. 나는 관리라고."

"예, 알겠습니다."

우사는 염색집 쪽으로 달려갔다.

와타베는 잠시 더 그곳에 있으면서 하늘을 바라보고 수로의 물에 그림자를 비춰 보았다.

기름매미가 끊임없이 운다. 어느 숲의 어느 나무에 있는지 전혀 짐작도 가지 않는다. 시계사부로의 과거도 이렇게 멀고 가깝게 우는 한 마리의 기름매미와 똑같이 종잡을 수 없다.

하지만 지금은 그런 불안한 것이라도 쫓을 일이 생긴 만큼 와타베에게는 구원이 되고 있다. 그래서 우사에게도 똑같이 해 주고 싶었다.

호는 어떻게 지내고 있을까. 마른 폭포 저택은 어떤 상황일까. 여기에 대해서 고민하는 것은 이번을 마지막으로 하자고 생각하면서, 와타베는 숲 너머로 시선을 주었다.

2

우사는 부지런히 어부 마을을 돌아다녔다.
맨 먼저 시오미인 우노키치를 찾아가 사정을 이야기했다. 어부 마을 안에 시게사부로의 태생을 알고 있는 자는 없는지. 옛날에 그와 같은 곳에서 일한 적이 있는 자는 없는지. 불에 타서 없어진 이 소야와 관련이 있었던 자는 없는지.
"무슨 목표가 있어 찾아다니는 거냐?" 우노키치가 물었다. 우사는 없다고 솔직하게 대답했다. 즉흥적인 생각에 불과하지만 조사란 그런 착상에서 시작되는 법이고, 조사해 보아서 아무것도 나오지 않으면 그 착상을 옆으로 치우고 다음 착상에 덤벼들면 되니 이것은 중요한 순서라고.
"히키테는 별난 직업이로군."
우노키치는 웃었지만 우사의 열심인 모습에 감명을 받았는지 이 자의 문의에 대답해 달라는 간단한 서장書狀을 써서 들려 주었다. 덕분에 우사의 입장은 훨씬 좋아졌다. 어부 마을 안에는 우사가 태어난 이 마을을 버리고 해자 밖으로 나가서 마을관청의 앞잡이인 히키테가 된 것을 좋게 생각하지 않는 사람들도 있기 때문에 더욱 그렇다.

대단한 성과는 없었다.

이소야가 해산물을 취급하던 시절에는 당연히 어부 마을과의 관계도 깊었을 것이다. 시오미라면 모두 이소야를 알고 있다. 또 어부들 중에는 옛날에 자기 딸이 거기에서 고용살이를 하고 있었다거나, 매일 아침 해산물을 짐수레에 싣고 이소야까지 부리러 가는 것이 자신의 일이었다는 사람들이 있었다. 그런 사람들을 찾는 것은 어렵지 않았다. 고작해야 오 년 전의 일이니까.

하지만 아무도 시계사부로라는 남자를 기억하지 못한다. 인상착의를 보여 주어도 이런 얼굴은 본 적이 없다고 한다. 그렇다면 역시 시계사부로는 어부 마을에서 온 것이 아닐 것이다.

인상착의는 와타베에게 부탁해 만들어 달라고 했다. 우사가 그 생각을 해냈을 때 와타베는 또 감탄했다. 자네는 나보다 훨씬 야무지다고 말했다.

우사는 인상착의를 들고 다시 야마우치 가를 찾아갔다. 야마우치의 아내는 그림이 매우 비슷하다며 놀랐다. "누구에게 듣고 이 그림을 그렸나요?"

우사는 시계사부로가 살던 밥 짓는 공동주택에 대해서 이야기했다. 집주인 하치로베에가 시계사부로를 보살펴 주고 있었던 것도 이야기했다. 야마우치의 아내는 눈물을 지으며 중얼거렸다.

"계속 우리 집에 있어도 아무런 지장 없었는데."

"시계사부로 씨는 스스로 그만두겠다고 말했지요?"

"그래요. 우리는 그가 있어 주기를 바랐습니다."

표면상으로 시게사부로는 야마우치 가의 하인으로 되어 있었지만 울타리저택의 다른 집에서도 자잘한 일을 하고 있었고, 그 대가는 야마우치 가에 지불하고 있었다. 적은 봉록으로 생계를 꾸려 가는 신분 낮은 번사들 사이에서 이것은 전혀 드문 일이 아니다. 시게사부로의 일과 그에 대한 지불을 둘러싸고 다른 집과 시비가 있었던 적도 없다고 한다.

시게사부로는 야마우치 가의 사람들과 똑같이 식중독을 일으켰고 그것 때문에 몸이 약해져서 고용살이에서 물러났다. 그러나 밥 짓는 공동주택에서는 하치로베에가 시게사부로를 위해 염색집 중에서 일할 곳을 찾아 줄 생각이었다. 본인도 그것을 바라고 있었다. 시게사부로는 건강해지면 일할 마음이 있었다. 또 그러지 않으면 먹고살 수 없었다. 시게사부로의 신변을 조사한 와타베는 그 늙은 하인은 모아둔 돈이 거의 없었다고 말했다.

이상한 일이 아니다. 다른 집에 들어가 먹고 자면서 일하는 고용살이 일꾼의 급료는 쥐꼬리만 하다. 전혀 지불하지 않는 집이 더 많을 정도다. 고용하는 쪽에서 보자면 재워 주고 먹여 주고 입혀 주는 것만으로도 충분하다. 어지간히 유복한 대갓집에서 오랫동안 일하고 고용주가 관대한 경우에는 일꾼이 고용살이를 그만둘 때 다소의 위로금을 주는 경우도 있지만 극히 드물다. 병으로 일할 수 없게 되면 쫓겨나 그대로 객사하는 경우도 있다. 하치로베에의 밥 짓는 공동주택이 운영되고 있는 것은, 그렇게까지 가혹한 짓은 하고 싶지 않지만 일을 할 수 없게 된 고용살이 일꾼을 데리고 있을 수 있을 만큼의 여유는 없는 번사들의 집이 마루미에는 많이 있다는 사실을 대변하고 있다.

화려한 조개 염색 진흥의 성공도 번 전체를 살찌우고 있는 것은 아니다. 물론 번의 재정이 호전되고 일부 관리와 상인은 돈을 벌었지만 그것은 극히 위쪽의, 한정된 사람들에 지나지 않았던 것이다.

우사는 시게사부로라는 하인의 과거를 쫓으면서 처음으로 그것을 통감했다.

우사는 아직 젊고, 돈은 없어도 건강이 있다. 자기 한 사람 정도는 어떻게든 벌어먹을 수 있다는 낙관이 있다. 한편으로 마루미의 조개 염색이 인기를 얻는 것은 자랑스럽지만 자신과는 상관없는 일이라는 생각도 있었다. 조개 염색이 벌어들이는 돈이 번의 어디에서 어떻게 쓰이고, 도움이 되고 있는가 하는 일을 신경 쓴 적도 없었다.

야마우치 가에서는 시게사부로의 뒤를 이어 일할 하인을 구할 수 없어서 곤란해하고 있었다. 혼자서는 제대로 돌볼 수가 없는지 마당의 밭은 엉망이 되어 있었다. 야마우치의 아내의 손도 거칠어져 있었다.

―얄궂은 일이다.

조개 염색이 큰 이문을 남긴 덕분에 마루미 번은 막부의 주목을 받았다. 그리고 가가 님을 떠맡는 처지가 되었다. 풍요로워진 재정이 번사들에게, 마을 사람들에게 나누어질 차례가 오기 전에 마른 폭포 저택에 사는 그분이 그것을 완전히 먹어 치우려 하고 있다.

그야말로 진정한 의미의 대악령에 씌인 것이 아닐까 우사는 생각했다.

그건 그렇고 신경이 쓰이기 시작했다. 야마우치 가에서는 지금도 저렇게 아쉬워하고 있는데, 직업을 잃고 살아갈 수 있을 만한 저축도 없었으면서 어째서 시계사부로는 야마우치 가를 뿌리치고 고용살이를 그만두었을까.

그날, 우사는 아침부터 반나절 이상을 해안과 바닷가에서 보냈다. 오늘만은 히키테가 아니다. 시오미인 우노키치에게 서장을 써 준 답례로 건어물 만드는 일을 돕겠다고 약속했기 때문이다.

어릴 때는 매일 하던 작업이다. 손 안에 쏙 들어갈 정도로 작은 칼, 이 근처에서는 '후림칼'이라고 부르는 작은 칼로 대량의 등푸른 생선의 내장을 빼내고 배를 가른다. 바닷가에 발을 죽 늘어놓고 그 발이 햇볕을 가려 주고 바람도 잘 통하는 그늘에 여자들이 솜씨 좋게 손질한 생선을 매달아 간다. 바닷바람이 생선의 맛을 끌어낸다.

건어물 만들기는 여자들이 하는 일이다. 다행히 마루미의 바다는 풍요로워서 언제나 일손이 부족하다. 그러나 마루미 번사의 아내나 딸들은 조개 염색 부업은 해도 이쪽에는 손을 대지 않는다. 피부에도 머리카락에도 생선 냄새가 배고, 하루 종일 볕을 쬐기 때문에 반나절만 지나면 다른 사람이 된 것처럼 그을리는 것도 싫을 것이다. 그것만 싫어하지 않으면 꽤 짭짤한 돈벌이가 되는데.

"서장 한 장치보다 더 많이 일해 주었으니 우사, 이걸 가져가거라."

돌아갈 때가 되자 우노키치가 무거운 꾸러미를 주었다. 하룻밤

말린 잡고기와 오징어가 가득 들어 있었다. 술을 좋아하는 가스케 대장이라면 군침을 흘리며 기뻐할 것이다.

와타베가 서쪽 파수막에 우사를 빌리겠다고 이야기를 해 주어 대장에게도 허가는 받았다. 이래저래 시끄러운 하나키치도 지금은 잘 피하고 있다. 하지만 오늘 하루 자리를 비운 것은 우사의 개인적인 사정이다. 이걸로 조금은 메울 수 있을 것이다. 우노키치는 아마 거기까지 헤아려 준 것이리라.

"고맙습니다, 아저씨."

우사는 가벼운 발걸음으로 해변을 떠나 어부 마을을 빠져나갔다. 서쪽 파수막으로 돌아가려면 이대로 길을 오른쪽으로 꺾어 항구에서부터 펼쳐져 있는 여관 마을을 빠져나가면 되지만, 문득 마음을 바꾸어 경계 마을 쪽을 향해 왼쪽으로 꺾었다.

경계 마을은 글자 그대로 어부 마을과 해자 바깥의 경계에 위치하고 있다. 본래 모래땅인 습지로 먼 옛날에는 집이라곤 없었던 곳이지만 마루미에 사람이 늘어남에 따라 집들이 들어서게 되었다. 바닷물과 민물이 섞인 작은 연못이 있고 집들은 그것을 둘러싸듯이 지어져 있다. 어부 마을과 마찬가지로 이 근처의 우물은 식수로는 전혀 쓸 수 없기 때문에 물장수가 자주 온다. 지금도 '물이야 물이야' 하고 나른한 소리를 지르는 행상이 우사를 스쳐 지나갔다.

경계 마을은 전체적으로 가난하다. 어부 마을에서도 해자 바깥에서도 살 수 없는 사람들이 모여 있기 때문이다. 어느 쪽 마을에서도 어중간한 일용직 일밖에 할 수 없는 생활을 하는 사람들이 사는 곳이다.

대상인인 이소야 주인이 보증인이 되어 주어 무가 저택에서 고용살이를 하던 시계사부로가, 그런 마을에 있었던 적이 있으리라고는 생각하기 어렵다. 하지만 그야말로 즉흥적인 생각이라면 옆으로 치워 놓아도 될지 확인해 두어도 좋을 것이다. 여기까지 왔으면 지나는 길이니 큰 수고도 아니다.

대부분의 가난한 마을이 그렇듯 경계 마을도 방심할 수 없는 곳이지만 아직 해도 높이 떠 있다. 주춧돌도 없이 기둥만 세워 올린 볼품없는 집이라도 밥집이나 잡화점 등도 있으니 그런 곳을 돌아다니는 정도라면 괜찮을 것이다.

경계 마을 사람들은 하나같이 눈빛이 음침해 보이지만 무턱대고 성격이 거칠고 불친절한 것도 아니다. 우사가 시계사부로의 인상착의를 보여 주며 다니자 열심히 상대를 해 주는 사람도 있었다. 더운 여름이라 문이 활짝 열려 있어서 불쑥 들여다보니 한 노인이 누워 있다든지, 야윈 어린아이가 구걸을 하며 우사 뒤를 따라온다든지, 밧줄로 나무에 묶여 있던 털 빠진 개가 미친 듯이 짖는 등 마음이 울적해지는 일은 있었지만 위험한 일은 전혀 없었다.

수확도 없었다. 시계사부로는 역시 경계 마을과는 인연이 없는 자였던 모양이다.

어차피 헛걸음인가 하며, 그래도 상쾌한 기분이 되어서 경계 마을 외곽의 수로까지 갔다. 선창이라고도 부를 수 없는 단순한 판자에 부서져 가는 작은 배가 몇 척 매여 있다. 낚싯배지만 시오미의 배는 아니다. 경계 마을 사람들이 자신들의 식생활을 거드는 정도의 물고기를 잡는 것은 시오미가 묵인해 주고 있다.

자갈과 모래를 밟아 다진 바닷가 길을 따라 천천히 남쪽으로 걸어갔다. 해자 바깥에서 가까운 이 길에는 선숙船宿화물이나 배의 주인, 도매상 사이를 중개하며 뱃짐을 관리하고 숙박업도 하던 집 열 군데 정도가 기울어진 어깨를 바싹 붙이다시피 하고 늘어서 있다. 여관 마을에 있는 선숙보다는 몇 등급 떨어지는 만듦새고, 선숙의 형태는 하고 있어도 사실은 갈보집이다. 우사도 히키테 축에는 끼기 때문에 이런 곳이 무허가로 몸을 파는 여자들의 일터가 되고 있다는 사실 정도는 알고 있다. 여자들도 여관 마을의 여자보다는 몇 단계 품위가 떨어지지만, 마루미를 지나가는 곤비라 신사 참배객들 중에는 그런 여자가 더 촌스러운 맛이 있다며 즐겨 찾는 남자들도 있는 모양이다.

우사는 시계사부로의 인상착의를 꺼내 들고 한 집 한 집 찾아가 보았다. 이 시간에 선숙의 계산대에는 대개 여주인이 있는데, 졸린 얼굴을 하고 담배를 피우다가 우사 같은 처녀가 조사를 나온 것에 하나같이 놀란 얼굴을 했다.

"글쎄 이런 얼굴은 본 적이 없는데."

"늙어 빠진 할아버지잖아. 손님으로 온 적은 없는 것 같아."

"당신 정말로 히키테야? 생선 냄새가 풀풀 풍기는데."

여섯 번째 집까지 헛수고여서 약간 지친다고 생각하고 있는데 그곳 여주인이 물을 한잔 대접해 주었다. 친절에 감사함을 표하자 이렇게 말을 잇는다.

"당신, 우리 가게에서 일하지 않을래? 당신이라면 우리 가게의 간판 아가씨가 될 수 있을 텐데."

그런 제안을 해 와 쓴웃음을 지었다.

"당신의 그 머리카락, 히키테 여자는 모두 그렇게 하는 건가?"

"그런 건 아닙니다. 제가 좋아서 이렇게 하고 있을 뿐이에요."

"염색집의 직공 중에도 그렇게 빗으로 머리를 틀어 올리고 다니는 여자들이 있지."

"수고가 들지 않으니까요."

좀 세련돼 보여, 에도나 오사카에서 오는 손님들이 좋아할 것 같아, 우리 애들한테도 시켜 볼까, 하며 곰곰이 생각하고 있다. 우사는 고맙다는 인사를 한 후 빈 잔을 돌려주고 밖으로 나왔다.

어두컴컴한 집 안에서 햇볕으로 나오니 약간 눈이 어지러웠다. 멈추어 서 있는데 바로 옆에 있는 선숙의 문이 드르륵 소리를 내며 열리고 사람이 나왔다.

입구가 좁은 집이 바싹 붙어 지어져 있기 때문에 옆집 처마 앞에 서 있던 우사를 그 사람은 금세 알아차렸다. 삿갓을 푹 눌러쓴 기나가시_하오리나 하카마를 입지 않고 기모노만 입는 남성의 약식 복장_ 차림의 무사였다. 가느다란 세로줄 무늬의 기모노는 풀이 빳빳하게 먹여져 있고, 셋타_대나무 가죽으로 만든 바닥에 짐승의 가죽을 댄 신발_의 코도 새하얗다. 초라한 차림새는 아니다.

삿갓이 깜짝 놀란 듯이 우사 쪽을 돌아보았다. 우사는 삿갓 아래로 날카로운 시선을 느꼈다. 한순간, 무사가 허리에 찬 작은 칼자루에 손을 대는 것은 아닐까 생각했다. 그만큼 긴장된 동작이었다.

무사는 부상을 입고 있었다. 왼쪽 팔이 기모노 아래에 가려져 있고 팔꿈치 있는 데서 구부러져 있다. 아마 어깨에 매달았을 것이다.

삿갓을 쓴 무사는 손을 뒤로 돌려 문을 닫고는 몸을 돌려 우사에게서 떨어지더니, 빠른 걸음으로 남쪽 해자 바깥 마을 쪽으로 걸어가기 시작했다. 도망치는 듯 빠른 발걸음이었다. 어깨에서 등까지의 선이 단단하고 발걸음이 가벼운 것으로 보아 젊은이일 것이다.

아무래도 곤란한 장면을 보고 만 모양이다. 우사는 아래를 향해 미소를 지었다. 젊은 번사가 여자를 사러 온 것일까. 이 대낮에? 다친 사람 같았으니, 어쩌면 일을 쉬는 중인지도 모른다.

이런—하고 생각하면서 무사가 나온 선숙을 돌아보았다.

문은 꼭 닫혀 있지만, 길에 면해 있는 이층 창문이 손바닥 폭만큼 열려 있다.

거기에 사람 그림자가 보였다. 여자다. 창의 격자문에 몸을 기대고 멀어져 가는 젊은 무사의 등을 눈으로 쫓고 있다.

그 얼굴이 낯이 익어서 우사는 멍하니 멈추어 섰다.

가지와라 가의—미네다.

미네와는 이노우에 가에서도 딱 한 번 만난 적이 있다. 그때는 먼발치에서 발견하고 인사를 했다. 고토에를 찾아온 것이었다. 당시에는 이 여자가 조만간 고토에의 원수가 될 거라고는 생각도 하지 못하고 고토에 님의 친한 친구라는 생각에 따뜻한 마음으로 머리를 숙였다.

잊을 수도, 잘못 볼 수도 없다. 저것은 미네다.

삼킬 듯이 바라보고 있자니 남자의 등만 눈으로 쫓고 있던 미네가 그제야 우사의 기척을 알아차렸다. 격자창 틈으로 아래를 보더니 놀란 듯이 눈을 크게 뜨고 문을 탁 닫았다. 너무 세게 닫는 바람에 문이 튕겨 나가 다시 조금 열렸다. 그래서 우사는 미네가 아직 거기에 있다는 것을 알 수 있었다.

격자문이 이번에는 살며시, 완전히 닫히는 것을 보고 우사는 선숙의 문을 두드렸다.

계산대라고 할 정도의 외관도 갖추지 못한 작은 방에, 노파가 공그름대재봉 용구. 공그를 때 천이 늘어지지 않도록 한쪽 끝을 고정하기 위한 대를 내놓고 앉아 바느질을 하고 있었다. 바늘을 쥔 손과 얼굴이 서로 닿을 정도다. 눈이 나쁜가 보다. 게다가 귀도 멀었다. 덕분에 우사는 이층에 계시는 아가씨를 맞으러 온 사람이라고 대충 둘러대고 매끄럽게 통과할 수 있었다.

이층에 방이 두 개 있었지만 입구의 장지문이 닫혀 있는 것은 앞쪽에 있는 하나뿐이었다.

"잠시, 실례하겠습니다."

말을 넣은 뒤 틈을 주지 않고 장지문을 열었다.

가지와라 미네는 격자창에 등을 기대고 몸을 움츠린 채 앉아 있었다. 올라오는 우사의 발소리를 듣고 있었을 것이다.

"무슨 일입니까? 당신은 누굽니까?"

본인은 엄하게 힐문할 생각이었겠지만 비참하게 뒤집어진 목소리였다. 눈 끝이 추켜올라가 흠칫흠칫 떨리고 있다.

우사는 딱 버티고 서서 방 안을 보았다. 작은 상이 나와 있고, 약간 먹고 마신 흔적이 있다. 방의 중간쯤에 가리개가 있어 있으나 마나 한 눈가림이 되고는 있지만 그 맞은편에 흐트러진 침상이 보였다. 베개가 하나 쓰러져 있다.

우사는 얼굴도 뺨도 확 뜨거워졌다.

미네는 여기에서 남자와 밀회하고 있었던 것이다.

상대 남자—우사에게 들켜 도망치듯이 떠나간 젊은 무사는 미네의 애인이다.

고토에의 약혼자였던 남자가 틀림없다. 고토에와 미네는 연적이었던 것이다.

"모노가시라인 가지와라 주로베에 님의 따님, 미네 님이시지요?"

우사는 어금니를 세게 악물고 자신의 목소리를 억누르며 물었다. 이름을 불리자 원래 하얀 미네의 뺨에서 더욱 핏기가 가셨다.

"아, 아닙니다."

"저는 아가씨를 알고 있습니다. 숨기셔도 소용없습니다."

미네는 무릎 위에서 양손을 굳게 움켜쥐고 입가를 떨면서 뚫어져라 우사의 얼굴을 보았다.

"저는 당신을 모릅니다. 대체 어디의 누구입니까?"

우사는 천천히 무릎을 굽혀 앉았다. 장지문을 등지고 미네의 도망칠 길을 끊었다.

"저는 서쪽 파수막의 히키테로, 이름은 우사라고 합니다."

"히키테?" 미네의 얼굴에 모멸이 떠올랐다. "비천한 자가 아닙니까. 내게 무슨 볼일이 있다는 겁니까. 물러가세요!"

미네의 당황한 기색을 느낄 수 있어서, 우사의 마음이 뛰었다. 지금은 미네가 말하는 비천한 신분인 자신이 압도적으로 강한 입장에 있다.

"외람되지만 히키테는 마루미의 치안을 지키는 자입니다. 여자의 몸이지만 제게도 그럴 각오는 있습니다. 우연한 일이라고는 하되 번의 요직에 계시는 가지와라 님의 따님이 이처럼 수상쩍은 곳에 계시다는 사실을 알아챈 이상은, 그냥 넘어갈 수는 없습니다. 누군가에게 억지로 끌려오신 것입니까? 곤란에 처해 계신다면 제가 힘이 되어 드리지요."

우사는 일부러 심술궂게 저자세로 나가고 있지만 우사와 고토에의 관계를 모르는—전혀 기억하지 못하는 것 같은 미네는 매우 솔직하게 이 말을 받아들였다. 굳어 있던 어깨가 갑자기 내려가고 뺨의 긴장도 풀렸다.

"그런 것이라면, 걱정할 필요 없습니다. 나는 볼일이 있어 이 숙소를 찾아왔습니다. 곧 집에서 나를 데리러 사람도 올 것입니다. 당신 같은 사람의 손을 빌리지 않아도 괜찮습니다."

목덜미의 옷깃을 느슨하게 하면서 한껏 위엄을 지키며 그렇게 말했다.

우사는 생긋 웃었다. "그거 다행입니다. 무슨 일인가 싶어 달려오고 말았네요. 무례를 용서해 주십시오."

상관없습니다—하고 미네는 대답했지만, 우사가 머리도 숙이지 않고 물러갈 기색도 없이 눈을 빛내며 바라보자 이상한 기색을 느낀 모양이다.

"물러가도 좋다고 했습니다. 나도 이제 저택으로 돌아가겠습니다" 하고 다짐하듯이 말했다.

우사는 가슴속이 두근두근 술렁거리는 것을 느꼈다. 이것은 바라지도 않았던 기회다. 어디에서부터 어떻게 물을까? 머리는 돌아가지만, 공회전이다.

"미네 님은 사지 이노우에 가의 고토에 님과 친하셨지요."

빨라지는 호흡을 억누르며 그렇게 물었다. 미네의 눈동자가 문득 초점을 잃고 다시 우사의 얼굴 위에 못박혔다.

우사는 미네의 의문을 앞질러 가르쳐 주었다. "저는 이노우에 고토에 님께 크게 신세를 졌던 자입니다. 미네 님이 고토에 님을 찾아오셨을 때, 마침 그 자리에 있다가 인사를 드린 적도 있었습니다."

아아, 그래요—미네는 넋이 나간 듯이 중얼거렸다.

"고토에 님 일은, 매우 유감입니다. 나는 지금도 슬퍼서 견딜 수가 없습니다."

우사는 한마디 한마디 힘을 주어 쥐어 짜내듯이 말해 주었다.

"어째서 그렇게 갑자기 돌아가신 걸까요. 이렇다 할 병도 없고 건강하셨는데."

미네는 우사에게서 시선을 피했다. 자신의 죄에서 시선을 피한 거라고, 우사는 생각했다.

"유감스러운 일이지만 그것이 수명이라면 어쩔 수 없지요. 심장이—약하셨다고 합니다."

그리고 코끝을 반짝 쳐들더니 다시 기운을 되찾고,

"이노우에 게이치로 선생님이 그렇게 진단하셨지요. 가엾게도, 당신은 자세한 사정을 몰랐군요."

친절한 척, 마치 '가르쳐 주겠다'는 듯한 말투가 우사의 감정에 불을 붙였다. 맥락을 잃은 생각이 분별이나 계획을 밀어내고 우사의 입에서 튀어나왔다.

"그건 거짓말입니다."

단호하게 잘라 말하고, 자신의 강한 분노에 스스로 두려움을 느꼈다.

"거짓말?" 미네는 당황했다. "어째서 그런 말을—."

"설마 잊었다고 하시지는 않겠지요. 고토에 님은 독을 드시고 살해된 것입니다. 미네 님, 당신이 죽인 것입니다."

미네의 얼굴에서 표정이 사라졌다. 씻은 것도, 사라진 것도 아닌, 빛이 그림자를 지우듯이. 아니, 그림자가 빛을 지우듯이.

텅 빈 얼굴로, 미네는 앵무새처럼 되풀이했다.

"내가 고토에 님을 죽였다고?"

"그렇습니다. 당신이 고토에 님에게 독을 먹였어요. 당신은 고토에 님을 질투하고 있었지요. 고토에 님이 방해가 되었어요. 왜냐하면 고토에 님과 혼담이 오가고 있던 상대를 당신이 사랑하고 있었기 때문입니다. 당신에게 고토에 님은 만만치 않은 연적이었기 때문입니다."

알맹이가 없는 미네의 얼굴에 당장 이 자리를 모면하려는 듯이 웃음이 떠올랐다.

"무슨 말을 하는가 했더니……. 당신, 꿈이라도 꾸고 있는 게 아닌가요?"

"꿈이 아닙니다. 나쁜 꿈이라면 얼마나 좋을까요. 방금 전까지 당신이 여기서 만나고 있던 상대가 바로 고토에 님의 약혼자였던 분일 겁니다!"

앞뒤 돌아보지 않는 감정의 발로는 사람에게서 사람으로 전염되는 법일까. 우사의 마음속 흥분이 미네를 뒤흔들어 미네가 태연한 태도 밑으로 열심히 밀어넣고 있던 것을 끌어냈다.

"약혼자가 아니었습니다!" 미네는 외쳤다. "혼담이 정해진 것은 아니었습니다! 그래서 나는, 내 마음을 고백하고, 고토에 님께 부탁했습니다! 이 이야기를 거절해 달라고, 머리를 숙여 부탁했습니다. 그런데 그 사람은, 제 소원을 거절했어요. 비웃으며 거절했다고요!"

우사도 마주 외쳤다. "고토에 님은 그런 분이 아닙니다!"

"당신이 뭘 안다는 거지요? 얌전해 보이는 얼굴로 주위 사람들을 속이고 있었지만, 고토에 님이라는 분은 제멋대로인 사람이었습니다. 내 안타까운 마음을 알고 있으면서 고의인 듯이 애를 태우며 내게 심술을 부린 것입니다. 그래서, 그래서—."

"죽였군요?"

우사는 무릎으로 서서 미네에게 바싹 다가갔다. 미네는 뒤로 물러나 격자창에 바싹 달라붙었다.

"죽인 거지요? 독을 먹여서. 그리고 모르는 척 이노우에 가를 떠났어요. 당신은, 지금이라면 그 방법이 통할 거라는 것을 알고 있었어요. 가가 님을 맡게 된 일로 어떤 작은 실수도 허락되지 않는 지금의 마루미 번의 상황을 알고 있었으니까, 아무도 당신을 탓하지 않고 당신을 붙잡으려고도 하지 않을 것을 알고 있었으니까."

창에 등을 대고 우사에게서 조금이라도 멀리 도망치려고 하면서도, 거칠어지는 감정의 부추김을 받은 미네는 두려워하고 있지는 않았다. 이런 곳에서 무슨 대화를 나누든 상황에 변함은 없다. 아무도 미네에게 죄를 물을 수 없다는 사실에는 변함이 없다. 그 사실을 떠올렸을 것이다.

"나는 아무것도 모릅니다." 미네는 엷은 웃음을 띠며 시치미를 뗐다.

우사는 평소에 무기를 갖고 다니지는 않는다. 하지만 오늘은 다르다. 해변에 일을 도우러 갈 때 어머니가 써 오던 후림칼을 가져왔다. 천에 감아 품에 넣어 두었다.

재빨리 후림칼을 꺼내어 천을 풀고 거꾸로 쥔 후 한쪽 무릎을 세웠다. 미네는 찢어질 듯이 눈을 크게 뜨고 소리도 없이 비명을 지르며 창을 등진 채 우사에게서 느릿느릿 멀어졌다.

우사는 짐승처럼 덤벼들어 후림칼을 들고 있지 않은 쪽 손으로 미네의 목덜미 깃을 꽉 잡았다. 두 사람의 얼굴과 얼굴이 가까워지고 미네의 짙은 머릿기름 냄새가 우사의 코끝으로 확 풍겨왔다.

"사실을 말하지 않으면 지금 이 자리에서 목숨을 받아가겠습니다."

우사는 미네의 코앞에 후림칼의 칼날을 바싹 대고 위협했다. 스스로도 자신이 하고 있는 짓을 믿을 수 없었다. 어딘가 먼 곳에서 이 광경을 바라보고 있는 기분이 들었다. 그러면서도 피는 끓고, 가슴은 빠르게 뛰고, 오랫동안 억누르고 있던 울분이 머리 꼭대기에서 하늘로 터져 나가는 황홀한 기분 때문에 눈이 어지러웠다.

"나, 는, 가지와라 가의 여식입니, 다."

겁먹은 눈을 이리저리 굴리면서도 미네는 반격해 왔다.

"내게, 이런 짓—용서받을 수 있을 거라고, 생각하는 건가요?"

"용서받지는 못하겠지요. 처음부터 그것은 알고 있습니다. 저처럼 비천한 자의 목숨 따윈 고토에 님의 목숨에 비하면 아무런 가치도 없습니다. 고토에 님의 원한을 풀 수 있다면 저는 어떤 죄를 받든 한점 후회도 없습니다. 기꺼이 오랏줄을 받도록 하지요. 그럴 각오가 되어 있기 때문에 이렇게 여쭙고 있는 것입니다!"

아무리 거드름을 피워도 아무리 신분이 높아도 죽고 나면 단순한 시신이다. 그냥 위협이 아니라 우사는 정말 이대로 미네를 찔러 버리고 싶었다. 목을 단숨에 베어 주고 싶었다. 이 우아한 얼굴을 한 살인자의 역겨운 숨통을 끊어 주고 싶었다.

저질러 버릴까! 후림칼을 쥔 손에 힘을 주었을 때 미네가 울음을 터뜨렸다.

목덜미의 옷깃을 잡고 있는 우사의 손이 무겁다. 미네가 몸의 힘을 빼고 방바닥에 쓰러지려고 했기 때문이다.

우사는 손을 놓았다. 미네는 울면서 옆으로 쓰러졌다.

"고토에 님에게 독을 먹여 죽였지요?"

숨을 거칠게 내쉬면서 우사는 다시 물었다.

"당신이, 그 손으로, 죽였지요?"

미네는 방바닥에 손을 짚고 몇 번이나 고개를 끄덕였다.

우사도 다리에서 힘이 빠졌다. 그 자리에 털썩 주저앉고 말았다.

"—어째서?" 새삼스러운 물음이 입에서 흘러나왔다.

"신노스케, 님을, 빼앗기고 싶지, 않았어요."

미네는 신음하듯이 대답했다.

"어떻게 해서라도, 빼앗기고 싶지 않았어. 고토에 님과의, 혼담 따위, 받아들일 수 없었습니다."

떼를 쓰듯이 계속 고개를 젓고 흐느끼면서 털어놓은 미네는 더욱 큰 소리로 울었다.

마치 어린애 같다. 좋아하는 장난감을 빼앗기고 팔다리를 버둥거리며 우는 어린아이와 똑같다.

"신노스케 님—?"

그것이 고토에의 혼담 상대일까.

"알고 있겠죠. 배 부교 호타 님의 차남이십니다."

미네는 더 이상 아무것도 생각하지 않는 것인지 엎드린 채 술술 털어놓았다.

"나와는 소꿉친구 사이입니다. 나는—어릴 때부터 쭉, 장래에는 신노스케 님의 아내가 될 거라고 생각하고 있었어요. 그게 나의 바람이었습니다. 신노스케 님도 알고 계셨어요."

그런데! 갑자기 분노가 돌아왔는지 미네는 주먹을 쥐고 방바닥을 쳤다.

"고토에 님이 끼어들었습니다. 본래 이노우에 가에서 꺼낸 혼담이라면서요. 흥, 배 부교와 인척이 되면 이래저래 득이 많기 때문이겠지요. 그런 비겁한 속셈으로, 나와 신노스케 님 사이를 갈라놓으려 하다니—."

갑자기 현기증 같은 것이 덮쳐와 우사는 후림칼을 원래대로 넣고 창의 격자에 기대었다.

"당신이 여기서 만나고 있던 상대도 호타 님이군요."

미네는 손으로 얼굴을 덮고 고개를 끄덕였다.

"고토에 님을 죽이고 방해자가 없어졌으니 곧장 사랑을 고백했다는 건가요? 소원이 이루어졌으니 만족하셨겠군요."

비아냥거리는 우사의 말투에도 대꾸하려고 하지 않았다. 우사도 당장은 말을 잇지 못했다.

미네는 울음을 그치고 숨을 가다듬으며 몸을 일으켰다. 흐트러진 머리카락을 다듬는다. 우사에게는 등을 돌린 채로.

"그날—당신을 본 사람이 있습니다. 이노우에 가의 하인과 하녀입니다."

미네에게 말하면서 우사는 자신의 목소리가 기세를 잃었음을 깨달았다.

"그래서 어쨌다는 겁니까?" 미네는 등을 돌린 채 대답했다. "거기에 의미가 없다는 것을, 당신은 잘 알고 있을 테지요?"

"당신이 살인자라는 사실을 아는 자가, 마루미에는 몇 명이나 있다는 뜻입니다. 신경 쓰이지는 않으십니까?"

미네는 고개를 틀어 어깨 너머로 우사 쪽을 보고는 곧 원래대로 고개를 돌렸다. 보기만 했을 뿐 말은 없었다. 신경 따윈 쓰지 않는다고 그 동작이 이야기하고 있었다.

"가가 님이 마루미에 오게 되어 다행이군요."

잔뜩 가시가 돋은 우사의 말도 바닥까지 완전히 마음을 씻어내고 지금은 태도가 돌변한 미네에게는 꽂히지 않는 것 같았다.

"독을 써서 가가 님이 한 짓을 흉내 내는 것은 당신의 생각이었습니까?"

"모릅니다."

"독은 어디에서 손에 넣었습니까?"

"모릅니다." 그렇게 내뱉고 미네는 짧게 웃었다. "가지와라 가쯤 되면 어떤 것이든 원하면 손에 넣을 수 있습니다. 기억해 두는 게 좋을 거예요."

우사는 물고 늘어졌다. "생약을 조합하는 일은 아무나 할 수 없을 텐데요. 당신 곁에 그런 일에 뛰어난 사람이 있군요?"

"이미 대답했잖아요? 더 이상 무엇이 알고 싶다는 겁니까?"

아래층에서 사람 소리가 났다. 아무래도 미네를 데리러 온 사람인가 보다. 미네는 갑자기 활기를 띠며 옷자락을 가볍게 털었다.

우사 옆에서 걸음을 멈추고, 미네는 날카롭게 내려다보며 목구멍에 달라붙은 것 같은 속삭이는 목소리로 말했다.

"우사라고 했나요, 당신, 서쪽 파수막의 히키테라고 했지요."

우사는 미네를 올려다보았다. 미네에게 손댈 수는 없어도 뒤로 물러날 생각은 없었다.

이 여자는 살인자다.

미네의 얼굴에 교태 어린 웃음이 떠올라 있다. 눈은 한결같이 빛나고 있다. 방금 전에 창으로 호타 신노스케의 뒷모습을 지켜보고 있을 때도 똑같은 눈빛을 하고 있었다.

죽이는 것이나 사랑하는 것이나, 강한 감정은 마찬가지라는 뜻일까.

"내가 고토에 님께 쓴 그 독이 다음에는 당신에게 사용되지 않는다는 보장이 없습니다. 지금 내 비밀을 폭로하려고 하는 자는 마루미 번의 원수입니다. 나를 감싸고 비밀을 비밀로 유지하려는 분은 많이 있습니다. 주위를 조심하고, 입을 다물어야 할 것입니다."

미네는 방에서 나가 계단을 내려갔다. 망설임 없는 발소리가 울리다가 사라졌다.

꽤 오랫동안 우사는 혼자 앉아 있었다. 돌아가려고 일어서자 마음에 파도가 밀려왔다.

상을 힘껏 걷어찼다. 접시가 날아가고, 형태뿐인 도코노마_{다다미방 정면 상좌에 바닥을 한 층 높게 만들어 족자나 꽃병 등을 장식하는 자리} 가장자리에 닿아 산산이 부서졌다.

죽음의 그림자

1

와타베는 여름풀이 우거져 있는 곳에 앉아 또 풀잎을 씹고 있었다. 붉은 하오리는 벗은 채였지만 꽤 멀리에서도 그 모습은 눈에 잘 띄었다.

우사가 가까이 가자 이쪽에 등을 돌린 채 와타베 쪽에서 말을 걸었다.

"날씨가 좋군."

우사는 머리 위를 올려다보았다. 새파란 하늘이 바로 손에 닿을 듯 가까워 보인다. 어제는 종일 숨이 막힐 정도로 무더웠지만 오늘은 바람이 부는 덕에 지내기가 낫다.

해자의 물은 강한 햇빛을 반사하며 금모래를 뿌린 듯 빛나고 있다. 우사는 와타베 옆에 멈추어 서서 그를 내려다보았다.

"그렇게 느긋하게 계시면 일을 게을리하는 것처럼 보입니다."

대답하기 전에 와타베는 크게 하품을 했다. 여름풀이 입에서 툭 떨어졌다.

"나도 며칠씩 마을관청 서고에 틀어박혀 있었더니 이제 곰팡이가 필 것 같네. 지금은 게으름을 피우고 있는 게 아니야. 머리와 몸에 햇볕을 쬐는 거지."

전에 여기에서 만났을 때 우사는 시게사부로의 발자취를 쫓아 여기저기 물어보고 다니고, 와타베는 검시관 이자키와 다시 한번 자세히 이야기한 후 이자키의 기억을 새롭게 하기 위해서도 오래된 기록을 뒤져 본다―는 방침을 정했다. 우사는 분담한 그 일을 성실하게 해 왔다고 생각하는데 와타베도 마찬가지였던 모양이다.

"그래서 어떠셨습니까?"

와타베는 묻는 우사를 눈부신 듯이 올려다보더니, "우선 앉지 그러나?" 하고 졸린 듯이 대답했다.

"자네가 흔희작약할 만한 대답을 가져오지는 못했네. 그래도 전혀 수확이 없었던 것도 아니야."

밥 짓는 공동주택에서 죽은 시게사부로의 얼굴을 옛날에 어디에서 본 적이 있었던 것일까. 이자키가 지금까지 오랜 세월 동안 해 온 검시의 기억을 뒤집어 보았으나 떠올린 것은 없었다.

"이자키 씨는 변사가 있으면 불려가네. 하지만 우사, 다행히 마루미는 아직 평온한 곳이라 변사라 해도 자세히 조사해 보면 병사인 경우가 가장 많지. 독을 먹었다, 독을 당했다는 사건은 극히 드무네."

"그러고 보니." 우사는 입 밖에 내어 말했다. "고토에 님 때에는, 이자키 님은 불려오지 않으셨지요."

"이제 와서 그런 말 말게."

고토에 님은 변사가 아니라고 와타베는 말했다.

"무엇보다 게이치로가 곁에 있었네. 일부러 이자키 씨에게 부탁할 필요도 없었지. 말이 난 김에 말인데 이자키 씨는 고토에 님이 돌아가신 것은 알고 있지만 일의 진상은 전혀 모르네. 병사라고 생각하고 있어."

상세한 사정이 귀에 들어갈 기회도 없었을 것이다.

"하지만 게이치로 선생님은 고토에 님이 어떤 독을 드셨는지, 그것도 아시지 않았을까요? 와타베 님, 물어보신 적은 있으십니까?"

"아니, 없네." 즉시 대답하고 나서, 와타베는 갑자기 정신이 번쩍 들었다는 듯이 눈을 깜박거렸다. "네게는 그에게 그런 것을 물어볼 용기가 없었네. 기회도 없었어. 하지만 내가 시계사부로 일로 지혜를 빌리러 갔을 때 독과 약은 뿌리가 하나라는 설명을 해 주었네."

그때 게이치로는 시계사부로가 있는 곳에서 독의 존재가 느껴진다—고 하며 그가 고용살이를 그만두기 직전에 일어난 야마우치가의 식중독에 대해 신경을 썼던 것이다.

게이치로의 조언을 받은 그 후 와타베는 야마우치 가를 찾아가 야마우치의 아내에게서 식중독의 증세를 들었다. 설사와 오한이 주된 증상이었지만, 도베 선생에게 받은 설사약을 먹고 이틀쯤 지나자 좋아졌다. 오래 가지도 않았다. 전날 밤의 음식에 날것은 없었고 먹었을 때 색깔이나 냄새가 이상하다는 것을 알아챈 적도 없다고 한다.

"그 일은, 물론 곧장 이자키 씨에게도 이야기해 두었네. 하지만 이자키 씨도 그 자리에서는 별 생각 없었다가 서고에서 옛 기록을 뒤지던 중에 생각해 냈지. 이전에도 울타리저택에서 식중독이 있어 조사하러 간 적이 있다고 하더군."

둘이서 산더미 같은 기록을 뒤져 보니 이자키 자신이 정리한 기록이 분명히 있었다. 팔 년 전 정월의 일이라고 한다.

"울타리저택의 동쪽 동에서, 열 집이나 되는 집이 한꺼번에 식중독에 걸린 걸세."

"죽은 사람은 나왔습니까?"

"아니, 나오지 않았네. 가볍게 끝났지. 그러니 이자키 씨가 불려 갈 리도 없었네. 후학을 위해서라는 이유로 스스로 나서서 조사하러 갔을 뿐이야. 변사 중에는 알고 보니 식중독이었던 사례도 많다고 하니 참고가 될 거라고 생각했겠지."

우사는 눈을 가늘게 떴다. "그래서 그때의 식중독, 원인은 알았습니까?"

"물일세." 와타베는 말했다. "우물물일세. 그 열 집은 동쪽 동에서 같은 우물을 쓰고 있었거든. 하지만 이자키 씨가 조사하러 갔을 때는 그 우물물을 마셔도 아무 일도 일어나지 않았네. 맛도 냄새도 이상한 것은 하나도 없었어. 다만, 달리 의심이 가는 사항을 전부 배제하다 보니 남는 것—게다가 병자가 나온 열 집에 모두 공통된 점은 우물물뿐이었던 걸세."

증거는 없지만 추측할 수 있다는 것일까.

"이자키 씨가 말하기로는 우물물이란 날씨에 따라, 기후에 따라 조금씩 변한다고 하더군. 가끔 맛이 달라질 때가 있지 않나? 겨울철에 쇠맛이 강하게 느껴진다거나 여름철에 비린내가 느껴진다거나. 그리고 잘못하면 독기가 섞일 때도 있네. 이자키 씨는, 당시에는 그렇게 결론을 내리고 기록에도 적었지. 수확이 없었던 것은 아니라는 말은 이 뜻일세." 와타베는 말을 이었다. "야마우치 가는 동쪽 동이 아니라 북쪽 동이지만 울타리저택 안이라는 사실은 마찬가지일세. 우리는—게이치로도 포함해서, 시게사부로에게 의혹의 눈길을 향하고 있었지만 문제는 시게사부로가 아니라 울타리저택의 우물물일지도 모르지."

"그러면 시게사부로 씨 자신의 죽음은 병사라는 뜻입니까?"

"글쎄……." 와타베는 애매하게 대답했다. "우연히 시기가 겹쳤을 뿐일지도 모르네."

"하지만 이자키 님은 시게사부로 씨의 시체 입가에서 씁쓸한 것 같기도 하고 시큼한 것 같기도 한 냄새가 난다고 신경을 쓰셨잖아요?"

"그건 그렇지만, 이제 와서는 거기에 집착하는 것도 좀 그렇다고 이자키 씨도 말씀하셨네. 시게사부로의 시체를 검사하고 야마우치 가의 식중독에 대해서 알았을 무렵에는, 팔 년 전에 있었던 동쪽 동의 식중독에 대해서는 완전히 잊고 있었으니까."

우사는 석연치 않은 기분으로 여름풀에 시선을 떨어뜨렸다.

"하지만 이번에는 여름이 되기 전이고 야마우치 가 한 집뿐이었습니다."

"물이 독기를 띠었을 때 우연히 생수를 마신 것이 야마우치 가뿐이었을지도 모르지. 다른 집은 생수를 마시지 않았네. 하지만 겨울철에는 여름철보다 모두 마음 편하게 생수를 마시니까. 그래서 팔 년 전에는 열 집이나 있었던 걸세."

"팔 년 전에도 이번에도, 같은 독이 사용되었을 수도 있는데요? 팔 년 전에는 우물에, 이번에는 야마우치 가의 물독에."

와타베는 눈을 부릅떴다. "자네, 어떻게 해서라도 시게사부로를 죄인으로 만들고 싶은 모양이군."

그러더니 벌떡 몸을 일으켰다. "아니면? 시게사부로의 발자취를 알아냈나? 그 할아버지, 팔 년 전에는 울타리저택의 동쪽 동에 있었던가? 그렇다면 얘기는 달라지지."

우사는 당황해서 양손을 저었다.

"아닙니다, 아닙니다. 시게사부로 씨가 어디에 있었고 어디에서 왔는지 아무것도 알 수 없었습니다. 어부 마을에는 이소야를 기억하는 사람은 많이 있었지만 시게사부로 씨에 대해서는 아무도 몰랐습니다."

와타베는 놀라게 하지 말라며 풀밭에 벌렁 드러누웠다.

"우리는 지나치게 어렵게 생각하고 있었는지도 모르지. 이자키 씨도 시게사부로에 대해서 알았을 때는 마른 폭포의 하녀 건으로 정신적으로 지쳐 있었으니까. 평소처럼 감이 작용하지 않아, 그래서 오히려 지나치게 신중해졌을 수도 있네. 하기야, 그래서 내게 순번이 돌아온 거지만."

잠자코 있는 우사의 얼굴을 곁눈질하며 말을 건넸다.

"성실하고 부지런한 하인 시게사부로에게 고용살이하는 곳에서 물이나 음식에 독을 타는 나쁜 손버릇이 있었다―그런 게 아니라면 좋겠다고, 나는 생각하네. 자네는 아닌가? 사건이어야 더 일하는 보람이 있는가?"

심술궂은 질문이라 우사는 대답을 하지 않았다.

"울타리저택의 우물물에 문제가 있다면 앞으로 큰일이 될 걸세. 이런 일이 있었다고 널리 알려서 생수 마시는 것을 삼가라고 모든 사람들을 가르쳐야 하네. 이런 일은 소소하고 귀찮아서 싫은가?"

"누가 그런 말을 했다고 그러십니까."

우사의 대답을 듣고 와타베는 가볍게 웃었다.

"그렇지, 그렇지, 이자키 씨에게 자세히 듣고 왔네. 마른 폭포의 하녀에 관해서 말일세."

"병사라고―."

"그렇지. 어떻게 그걸 알았는가 하는 것 말일세. 해부를 했다고 하네."

"해부?"

자네는 모르나? 하며 와타베는 일어섰다.

"시체를 갈라 나쁜 곳을 찾는 걸세."

"몸에 칼을 대는 겁니까?"

"응. 도베 선생님이 나가사키에서 유학중에 배운 적이 있다고 하더군. 가가 님 담당이 된 지금은 선생님이 칼을 들고 시체를 가를 수는 없지. 선생님께 기초를 배워서 이자키 씨가 했다고 하네."

속이 안 좋아질 것 같았다.

"심장 부근에." 와타베는 자신의 가슴을 두드려 보였다. "피가 가득 고여 있었다고 하네. 우리의 몸속에는 피가 흐르는 관이 있는데 그게 끊어지면 목숨이 위험해지지. 그 하녀는 어쩌다가 심장 근처의 피 흐르는 관이 끊어져서, 그 때문에 급사했음을 알 수 있었다고 하네. 결코 가가 님의 저주가 아니야. 세상에는 피 흐르는 관이 끊어지기 쉬운 성질의 사람이 있다고 하더군."

정말로 구역질이 났기 때문에 우사는 고개를 저어 머릿속에서 상상을 쫓아냈다.

"그만하십시오. 병사라는 것을 안 것만으로 충분합니다."

"그래?"

와타베는 또 불쑥 손을 뻗어 여름풀 줄기를 꺾더니 입에 물었다.

"그래서, 자네 쪽은 어땠나? 시계사부로에 대해서는 아무것도 알 수 없었다는 것으로 끝인가?"

"그렇습니다만……."

우사는 입술을 깨물었다. 자신의 가슴 하나에 담고 있기는 괴롭지만 고백하기는 부끄럽다. 경솔한 짓을 하다니 이 바보 같은 놈, 하며 꾸지람 들을 것이 분명하다. 하지만 이야기해 버리고 싶다. 상반되는 마음이 목구멍까지 치밀어 올라왔다.

경계 마을의 선숙에서 미네와 대결한 일이다.

"뭔가, 뜸 들이지 말게."

"만났습니다." 우사는 말했다.

"누구를?"

"가지와라 미네 님을요."

결국 전부 고백하게 되었다. 처음에는 미네에게 후림칼을 들이

댄 일은 말하지 않을 생각이었지만 이야기하기 시작하니 기세가 붙어 처음부터 끝까지 다 말하고 말았다.

"그렇군. 호타 신노스케라." 와타베는 말했다.

"아는 사이십니까?"

"같은 도장에 다녔네. 나보다는 게이치로와 친했지. 그 인연으로 생겨난 혼담일 걸세. 사지 가의 딸과 배 부교의 차남이라면 잘 어울리지."

우사는 와타베의 옆얼굴을 훔쳐보았다. 멍하고 졸린 것 같고 어디 하나 날카로운 데가 없다. 하지만 우사의 귓속에는 아직 와타베의 목소리가 남아 있다.

―나는 고토에 님께 반해 있었네.

고토에의 혼담 상대가 잘 아는 인물이었다면 지금도 역시 마음이 술렁거리지 않을까 생각했다.

"고토에 님은 사지 고사카 가의 이즈미 선생님께 혼담이 있다는 사실을 털어놓으신 바 있습니다. 얼마나 자세히 이야기하셨는지 이즈미 선생님이 말씀하지 않으셨으니 저는 모릅니다. 하지만 고토에 님이 그 일로 고민하고 계셨다는 사실은 이즈미 선생님도 알고 계셨습니다. 틀림없이…… 고토에 님 본인은 내키지 않았을 거라고 생각합니다."

와타베는 우사에게 씩 웃었다.

"나는 결코 짝사랑이 아니었다고 위로해 줄 생각인가?"

"그, 그럴 생각은 없습니다."

그럴 생각이었기 때문에 곤란해지고 말았다.

"신경 쓸 것 없네. 나는 짝사랑이었어. 고토에 님은 총명한 분이었으니 내 마음을 알아차리셨을 거라고 생각하네. 하지만 그래도 아무 일도 일어나지 않았지."

"……그렇습니까."

"본래 그런 명문가의 혼담이란 본인의 마음으로 결정되는 것이 아닐세. 고토에 님도 그것은 잘 알고 계셨겠지. 오라버니의 친구에게 시집을 가는 거라면 이의는 없었을 걸세."

"하지만 고민하고 계셨습니다."

"그것은 미네의 마음을 알고 있었기 때문일세. 마음이 괴로웠던 거지. 그래도 혼담을 거절할 정도는 아니었던 것은, 고토에 님도 이야기가 결정되고 나면 미네도 포기할 거라고 생각했기 때문이 아닐까."

보기 드물게 힘이 빠질 것 같은 한숨을 내쉬며 와타베는 말을 이었다.

"허나 신노스케도 말이야. 이제 와서 미네와 남몰래 만날 정도라면 차라리 미네와 도망쳐 주었으면 좋았을 것을. 그랬으면 고토에 님은 죽지 않아도 되었을 걸세."

"저도 그렇게 생각합니다. 그런 곳에서 만날 정도이니 호타 님도 처음부터 미네 님께 마음이 있었다는 뜻일 테니까요."

미네는 어릴 때부터 자신은 호타 신노스케의 아내가 되겠다고 결심하고 있었다고 말했다. 소꿉친구인 두 사람 사이에 어쩌면 작은 약속이라도 있었는지 모른다.

"처음부터 마음이 있었는지 어떤지는 알 수 없지. 그러니 아까

내가 한 말은 정말로 푸념일세. 소꿉친구는 소꿉친구라도, 신노스케 쪽에는 미네만큼의 마음이 없었던 게 아닐까."

"하지만 지금은 그렇게—."

우사는 선숙의 방에서 본 생생한 광경을 떠올리고 있었다. 얼굴이 빨개진다.

"남자란 말일세, 우사, 무책임한 법이야." 위로하듯이 상냥한 목소리로 와타베가 말했다. "고토에 님이 돌아가셔서 풀이 죽어 있던 차에 미네가 다가오니 끌렸겠지. 게다가 그는 지금 마음이 약해져 있는 참일세. 임무를 금지당한 몸이거든."

우사는 놀랐다. "그러고 보니 호타 님은 부상을 입으신 것 같았습니다."

와타베는 다른 사람에게 말해서는 안 된다며 무서운 표정을 지었다.

"호타 신노스케는 가가 님을 맞이하러 가는 책임을 맡은 일원으로 뽑혔네. 그런데 오사카 항에 체재하고 있던 중, 사소한 일로 사투私鬪에 이르렀지. 그 벌로 가가 님이 마루미에 들어오기도 전에 먼저 돌려보내졌고 그 후로 계속 근신중일세. 기억 안 나나? 가가 님이 도착하기 며칠 전에 조선부船이 들어온 적이 있지. 거기에 신노스케가 타고 있었던 걸세."

와타베의 험악한 표정을 우사는 그저 뚫어져라 바라볼 뿐이었다. 그 조선에 그런 사정이 있었을 줄이야.

"사투라니, 싸움이 아닙니까? 중요한 임무를 맡고 있는 중에 그런 일을 하다니, 호타 님은 그렇게 성미가 급한 분이십니까?"

"글쎄, 모르겠네." 와타베는 아무렇게나 말하며 하늘을 보았다. "애초에 사투 따윈 없었을 테지."

우사는 고개를 갸웃거렸다. 와타베의 말뜻을 잘 모르겠다.

"싸움이 아니라면 무엇입니까?"

와타베는 입을 다물고 있다.

"제가 보았을 때, 호타 님은 어깨에 팔을 붕대로 감고 계셨습니다. 가가 님이 마루미에 들어오기 전에 입은 상처인데 지금도 아직 그런 모습인 것을 보면 상당히 깊은 상처였겠지요. 그렇게 큰 싸움이 있었다니―."

거기서 우사도 가까스로 깨달았다. 저도 모르게 눈을 크게 떴다.

"혹시, 가가 님께 자객이 덮쳐든 것입니까? 호타 님은 그 자객과 싸우다가 부상을?"

우사를 가로막으며, 와타베는 고개를 저었다. "더 이상 말하지 말게."

와타베의 표정은 딱딱하다. 이제 가가 님 일에 상관하는 것은 질색이라고 내뱉었을 때와 똑같은 얼굴이다.

"그 일을 모두들 알고 계십니까?" 하고 작은 목소리로 물었다. "와타베 님이 알고 계시는 것을 보면."

"해자 안에서 소문이 났네. 그래, 모두가 수군수군 이야기하고 있지. 하지만 소문은 어차피 소문일세. 알고 있는 것이 되지는 않아. 소문이 정말로 일어난 일이라는 증거도 없네. 바람에 불려 조만간 어디론가 날아갈 뿐인, 변변치 못한 지어낸 이야기일세."

입에서 새어나오는 자신의 말에서 도망치는 것처럼 빠른 말투로, 와타베는 그렇게 내뱉었다. 에헴 하고 헛기침을 하더니 코를 훌쩍인다.

오사카 항구에서 그런 일이 있었다면 마른 폭포 저택에서도 같은 일이 일어날지도 모른다. 분명히 경비는 엄중하게 이루어지고 있지만—우사는 불안으로 숨이 막힐 정도였다.

호는 괜찮을까. 만일 마른 폭포에 자객이 드는 일이 있어 소란이 일어난다면 호를 지켜줄 사람이 있을까.

새삼스럽게 후회가 우사의 가슴을 쳤다. 나는 정말 바보다. 어째서 호를 혼자 보냈을까. 호를 도망치게 할 수 없다면 나도 함께 마른 폭포에 보내 달라고 겐슈 선생님께 부탁해 보면 되지 않았던가. 호도 할 수 있는 허드렛일이라면 나도 할 수 있을 것이다. 호 대신 나를 보내 달라고 부탁할 수도 있었지 않은가.

문득 정신을 차려 보니 와타베가 고개를 비틀어 이쪽을 보고 있었다.

"그 아이는 괜찮네."

자신의 마음을 알아차린 것을 알고 우사는 놀랐다.

"자네가 걱정하는 대로 마른 폭포에서도 앞으로 무슨 일이 일어날지 알 수 없네. 하지만 그 아이는 걱정 없어. 어떤 소동이 일어난다 해도 그 아이는 틀림없이 도망칠 수 있을 걸세. 바닥 밑에라도 숨어서 말이야."

그리고 얼굴에 웃음을 띠고는 "그 아이는 자네가 생각하는 것보다 훨씬 똑똑하다고" 하고 말을 이었다.

"그럴까요……?"

"그럼. 게다가 운도 좋네. 어쩌면 우리보다 훨씬 더 강한 별 아래에 태어난 아이일지도 모르지."

호의 신상 이야기를 들은 적이 있는 우사에게는 도저히 그런 생각은 들지 않는다. 호는 태어난 후 지금까지 계속 애물단지였고, 어디에도 있을 곳이 없었고, 스스로 있을 곳을 찾아냈다고 생각하면 거기에서 쫓겨나, 결국은 태어난 고향에서 멀리 떨어진 이 마루미 땅에서 인신공양이 되고 만 어린아이다.

인신공양? 자신의 머릿속에 떠오른 말에 우사는 오싹해졌다. 불길하다. 나도 참. 그런 바보 같은 일이 있을 리 없다고 생각하면서도 가가 님의 저주나 마른 폭포의 악령, 그런 것을 실은 믿기 시작한 게 아닐까.

하지만 만일—만일 호가 덜컥 죽어 버린다면? 먼저 죽은 하녀와 똑같이 갑자기 심장에서 피가 넘쳐나, 앗 하고 외마디 소리만 지르고 쓰러져 숨이 끊어진다면? 그래도 병사일까? 그래도 마른 폭포 저택에 있는 자들이 가가 님의 나쁜 기에 당하는 일은 없다고 단언할 수 있을까.

"자네가 함께 마른 폭포에 갈 수도 없었네." 와타베가 말했다. "부탁한다 해도 받아들여지지는 않았을 테지. 앞으로도 무리일세. 그러니 끙끙 앓으며 후회해 봐야 어쩔 수 없는 일일세."

또 마음을 읽혔다.

지금까지 우사는 왠지 모르게 와타베라는 남자를 우습게 보아 왔다. 처음에 당황하여 허둥거리는 모습을 본 탓일 테고, 걸핏하면 이노우에 게이치로와 비교하고 있었던 탓도 있다. 하지만 그것은 잘못이었을지도 모른다고 생각하기 시작했다. 와타베야말로 실은 우사가 평가해 온 것보다도 훨씬 머리가 좋은 사람일지 모른다.

"알겠습니다. 이제 호에 대해서는 생각하지 않겠습니다." 우사는 얌전하게 대답했다. "하지만, 와타베 님."

"왜 그러나?"

"내버려둬도…… 되는 걸까요."

"무엇을?"

"그러니까 호타 님 말이에요."

아직도 그 소리냐며 얼굴을 찌푸린 와타베에게 우사는 바싹 다가갔다.

"호타 님은 모르신단 말입니다. 고토에 님을 죽인 것이 미네 님이라는 사실을. 호타 님은 어디까지나 고토에 님은 병으로 급사하셨다고 생각하고 계시겠지요."

우사는 이노우에 가 근처에서 게이치로와 미네가 이야기하고 있을 때 마주친 적이 있다고 와타베에게 이야기했다.

"저는 이야기를 띄엄띄엄 들었을 뿐이지만, 미네 님은 분명히 게이치로 선생님이 호타 님에게 뭔가 고자질을 하지는 않았는지 걱정되어 떠 보고 있는 것 같았습니다. 게이치로 선생님도 그것을 알아채고 몹시 조심스럽게 이야기를 하시는 것 같았습니다. 하지만 와타베 님, 그런 모습을 보지 못했다 하더라도 알 수 있습니다. 호타 님이 사실을 알고 계신다면 어떻게 미네 님과 밀회를 하실 수 있겠습니까? 모르기 때문에 그 여자에게 끌리고 있는 게 뻔합니다."

"그야 그렇겠지. 그래서 어쩌겠다는 건가? 자네가 말씀을 올릴 건가?"

가혹한 가시가 있는 말투에 우사는 움츠러들고 말았다.

"고토에 님의 죽음의 진상은 봉인되어 있네, 우사." 와타베가 말했다. "이제 입에 올리는 것조차 허락되지 않는 일이라고."

"하지만 호타 님만은 다르잖아요!"

우사는 일이 미네의 생각대로 되어 버리는 것을 참을 수 없었다.

"제가 게이치로 선생님께 이야기하겠습니다. 이야기하고, 게이치로 선생님께서 호타 님께 말씀을 드려 달라고 하겠어요."

"쓸데없는 일일세."

"어째서요?"

"게이치로를, 더 이상 고토에 님 일로 괴롭혀서는 안 되네. 그에게는 그의 각오가 있어서 견디기 힘든 일을 참고 있는 거니까. 자네도 알고 있을 텐데."

그 말은 우사의 뺨을 쳤다. 게이치로 선생님께서 머리를 숙이셨을 때의 일이 마음에 되살아났다.

―고토에 일은 유감이지만, 그냥 견딜 수밖에 없다. 이렇게.

"자네, 미네 님께 협박받은 일 때문에 화가 난 건가?"

그 물음에 우사는 얼굴을 들었다.

"협박을 받아요?"

"그 여자는 자신을 적대시하는 자는 이제 마루미 번의 원수라는 둥 그런 말을 했다며? 고토에 님에게 사용한 독을 자네에게도 쓰겠다고 했잖아? 그것은 어엿한 협박이지."

그 말을 듣고 보니 그렇지만, 방금 전까지 우사는 그것을 무섭다고 느끼지는 않았다. 그저 분할 뿐이었다.

"뭐야, 협박받은 줄도 모르고 있었던 건가? 자네도 꽤 담대하군." 와타베는 유쾌한 듯이 웃었다. "나보다 배짱이 두둑해."

하지만, 하며 진지한 얼굴로 돌아와 말을 이었다.

"미네 님이 한 말의 절반은 진실일세. 그 일을 도로 파헤치려고 하면 그것은 마루미 번에 반항하는 거야. 그래서 게이치로는 자네에게 머리를 숙인 걸세. 아무래도 자네는 그 점이 뼈에 사무치지 않는 모양이지만."

우사는 입술을 깨물었다.

"여자는 여자로군." 와타베는 차라리 감탄한 듯이 말했다. "번의 이익이나 안태보다도 비겁한 수단을 써서 사랑을 얻은 여자를 용서할 수 없다는 기분이 앞서는 건가?"

"와타베 님은 아무렇지도 않으십니까?"

"아무렇지도 않은데." 와타베는 냉혹할 정도로 단호하게 말했다. "미네 님과 신노스케야 어찌 되든 상관없네. 얼마든지 하고 싶은 만큼 밀회하라지. 그래도 그 여자가 신노스케에게 시집갈 수 있을지 없을지는 알 수 없는 일이야. 아까 말했다시피, 신노스케는 이미 우리 번에서는 흠이 있는 존재일세. 출셋길은 막혔지. 미네 님의 아버님이 그런 남자에게 쉽게 딸을 보내리라고는 생각할 수 없어. 신노스케는 신노스케대로, 자신이 놓인 처지를 생각한다면 조금이라도 잃은 점수를 되찾기 위해서는 좋은 집안의 아내를 맞이하는 것 외에는 길이 없네. 그 남자는 나와 마찬가지로 검술을 조금 할 줄 안다는 것 말고는 아무런 장점도 없으니까. 그렇게 되면 출세해 봐야 모노가시라가 한계인 가지와라 가로는 부족하네. 한때의 열이 식고 나면 내버려둬도 미네에게서 멀어지려고 하겠지. 하긴, 그 여자가 헤어져 줄지 어떨지는 모르겠네만."

와타베가 이렇게 심술궂은 말을 하는 것은 처음이다. 놀람과 동시에 조금은 가슴이 후련해지는 기분으로, 우사는 혼잣말을 계속하는 그의 얼굴을 보고 있었다.

"신노스케가 자신의 불운을 한탄하며 신세를 망쳐 간다면 그것도 좋지. 그래도 미네가 따라가겠다면 둘이서 어디로든 가면 되네. 신노스케가 완전히 놀고먹는 건달이 되어 호타 가에서 의절당하고 먹고살기가 곤란해진 끝에, 그래도 그 녀석에게 홀딱 반해 달라붙어 있던 미네가 몸을 파는 처지가 된다 해도, 나는 아무렇지도 않네. 지금까지도 비슷한 일이 없었던 것은 아니거든."

사랑의 도피의 말로지―.

"여자가 곤비라 신사 앞 마을의 히키테자야_{유곽에서 손님을 사장가로 안내하는 것을 업으로 하던 찻집}에라도 팔려가는 걸세. 붉은 격자창 맞은편에 가지와라 미네 님이 나와 있더라는 소문이 나면, 한번 사러 가 보지 뭐. 그리고 끈질기게 물어봐 주는 걸세. 후회하지는 않느냐고, 괴롭혀 주는 거지."

우사는 가까스로 이해했다. 와타베 님은 나 같은 것보다 훨씬 더 깊고 강하게 화가 나 있다.

"미네 님이 한 말의 나머지 절반은, 단순한 농지거리일세. 그 여자가 자네의 입을 다물게 하기 위해서 독을 쓸 수는 없어. 하물며 그 여자를 지키기 위해 누군가가 자네를 죽이는 일도 없을 걸세."

"그럴까요?" 우사는 즉시 반박했다. "그런 일은 있을지도 모릅니다. 그렇기 때문에 와타베 님이 떨고 계셨던 게 아닙니까."

그의 아픈 데를 찔렀기 때문에 싫은 얼굴을 할 줄 알았다. 하지만 와타베는 또 웃었다. 비웃는 것 같은 웃음이었다.

"그래, 나는 기개가 없어서 고토에 님을 돕지도 않고 미네를 체포하지도 않고 도망쳤네. 하지만 그것은 미네가 무서웠기 때문이 아니야. 그 여자는 그걸 착각하고 있는 걸세. 고토에 님의 죽음의 진상을 모두가—당사자인 이노우에 가에서조차 필사적으로 감춘 것은 미네를 지키기 위해서가 아닐세. 이 마루미 번을 지키기 위해서야. 그런 의미로는 진상을 폭로하려고 하는 자도 일을 일으킨 미네 님 본인도 마찬가지일세. 똑같이 거슬리는 존재인 거지. 자네가 끈질기게 미네 님을 노린다고 치세. 누군가가 그것을 알아차리고 이 귀찮은 녀석의 입을 막자고 생각했다고 치세. 그때는 미네 님도 같은 운명이야. 애초에 미네 님이라는 존재가 가장 귀찮거든. 히키테인 작은 토끼를 없애 버리는 김에, 앞으로 두 번 다시 이런 귀찮은 일이 일어나지 않도록 미네도 없애 버리자. 그렇게 될 게 뻔하다네."

"그럴 수가—."

"있네. 또 병사로 만들어 버리면 되지."

우사는 입을 반쯤 벌리다가 당황해서 입가를 손으로 눌렀다.

"그런 일은, 가지와라 님이 허락하지 않으실 텐데요."

"허락할 걸세. 번을 위해서라면. 무가武家란 그런 법이지."

여름 햇살을 받아 머리가 멍해지는 것 같다. 수면에 반사되는 빛으로 슬슬 눈이 아파지기 시작했다.

"우리, 다음에는 어떻게 할까요."

우사는 불쑥 물어보았다.

"시계사부로 씨에 대해서 더 조사해서―."

와타베는 양손으로 얼굴을 닦고는 "그건 병사일세. 그보다 우물물, 우물물이야" 하고 말했다.

"그럼 이제 그만해도 됩니까? 제가 돕는 것도 이제 끝입니까?"

"그렇지. 공연히 엉뚱한 조사를 시켜서 미안했네. 하지만 꽤 즐거웠어."

네, 하고 우사는 솔직하게 대답했다. 마음속에는 하고 싶은 말이 있었고 아직 하고 싶은 일도 있었다. 그리고 그것을 와타베에게 말할 계기를 계속 찾고 있었지만―.

그때, 미네는 이런 말을 했다. 우사가 고토에게 먹인 독을 어디에서 손에 넣었느냐고 캐물었을 때다.

―가지와라 가쯤 되면, 어떤 것이든 원하면 손에 넣을 수 있습니다.

그리고, 당신 곁에 생약을 만드는 일에 뛰어난 사람이 있느냐고 묻자 이렇게 대답했다.

―이미 대답했잖아요?

긍정의 의미일 것이다.

부탁을 받으면 독약을 조합하고, 그것을 다른 사람에게 팔기도 한다. 그런 존재가 이 마루미에 있다는 뜻이다.

곱게 자란 아가씨인 미네가 마을을 돌아다니며 자력으로 그런 연줄을 찾아냈을 리 없다. 그렇다고 해서 가지와라 가 안에 그런 편리한 고용살이 일꾼이 살고 있었으리라고 생각되지도 않는다.

독약을 만들어 미네에게 건넨 인물은 어디의 누구일까. 어떤 입장에 있는 어떤 인물일까. 우사는 알고 싶었다.

게다가 그 사실은 시계사부로의 죽음과도 어떤 형태로 이어져 있을 것 같은 기분이 든다. 왜인지 모르겠지만, 감으로밖에 말할 수 없지만, 아무래도 그런 기분이 들어 견딜 수가 없다. 와타베처럼 선뜻 병사라고 인정할 수는 없다. 역시 이자키 님의 첫 번째 직감이 신경 쓰여 견딜 수가 없다.

독, 독, 독. 어느 쪽으로 가도 독에 부딪힌다. 그 독은 어디를 통해서 온 것일까.

어쩌면 그 탐색은 해자 바깥으로만 끝나지는 않을지도 모른다. 그렇다면 도저히 우사의 힘이 미치지 않는 곳이다. 하지만 입구를 발견하는 정도라면 혼자서도 할 수 있을지도 모른다.

그 생각을 하니 가슴이 두근거리기 시작했다.

견습의 몸이긴 하지만 마음은 어엿한 히키테다. 마루미를 지키고 마루미 사람들을 돕는다. 그것이 히키테의 역할이다. 나는 그것을 완수할 생각으로 파수막에 있다.

몰래 통하고 있는 독의 길이 마루미 사람들을 위협한다면 내버려둘 수는 없다.

지금의 우사에게는 감당하기 어려운 일이기는 하다. 그러니 머리를 쓰는 것과 같은 만큼 끈기도 있어야 한다. 허둥거리며 돌아다녀봤자 오히려 아무것도 붙잡지 못하게 될 뿐이다. 가만히 때를 기다리면 일 쪽에서 풀리고 흐트러져 우사에게도 손이 닿는 곳에 수수께끼의 매듭 한쪽이 모습을 나타내 줄지도 모른다. 사람이 하는 일이니 반드시 어딘가 느슨해지는 데가 있을 것이다. 그것을 놓치지 않도록 눈을 똑바로 크게 뜨고 있자. 귀를 기울이고 있자.

또 여름풀 속에 벌렁 드러누워 버린 와타베를 힐끗 살폈다. 아무래도 진심으로 낮잠을 잘 생각인지 눈을 감고 기분 좋은 얼굴을 하고 있다.

이분이, 이렇게 분노를 느끼면서도 이렇게 소극적이신 것은 왜일까. 역시 마루미 번사라는 것 때문일까. 그게 이분의 한계일까.

하지만 나는 다르다.

나는 마루미의 여자다. 마루미 번의 여자가 아니다. 히키테는 마루미 번의 히키테가 아니다. 마루미에서 살아가는 사람들의 히키테다.

여름풀 속에서, 우사는 똑바로 일어섰다.

"저는 이만 가 보겠습니다."

와타베는 대답하지 않았다.

2

아직 어두컴컴한 아침의 일이다.

호는 벌써 일어나서 물병 씻는 일을 시작한 후였다. 날이 완전히 밝기 전까지는 저택 안의 모든 물병의 물을 갈아 두어야 하기 때문에 아침에는 바쁘다.

어제는 하루 동안 비가 그치고 푸른 하늘이 펼쳐져 기분 좋았지만 오늘은 그것을 만회하듯이 호가 잠에서 깨었을 때는 이미 추적추적 비가 내리고 있었다. 장마 특유의 추위로, 가만히 있으면 피부가 차가워진다. 하지만 돌아다니면 그 순간 끈적끈적한 땀이 밴다. 불쾌한 날씨였다. 빨리 상쾌하게 여름이 와 주면 좋을 텐데.

한바탕 물병을 다 씻고 나서 부엌에 장작을 나르러 가려 하고 있는데 이시노 님이 급한 걸음으로 다가왔다. 호는 놀랐다. 이시노 님은 어제 이곳에서 근무를 했다. 오늘은 고데라 님이 오는 날일 텐데.

"안녕히 주무셨어요."

꾸벅 머리를 숙인 호에게, 이시노 님은 성큼성큼 다가오더니 호의 팔을 꽉 잡고 우물가에서 덤불 옆으로 끌고 갔다. 끊임없이 주위에 신경을 쓰고 있다.

이시노 님의 눈은 부어 있고 얼굴은 지쳐 있었다. 항상 건강하게 붉은 기를 띠는 뺨이 오늘 아침에는 찌든 것 같은 색깔로 가라앉아 있다.

"이시노 님, 몸이 좋지 않으십니까?"

호의 물음도 귀에 들어오지 않는지 한동안 눈을 이리저리 굴리고 나서 이시노 님은 목소리를 낮추었다.

"호, 네게는 붕우가 있느냐?"

갑작스러운 물음이다. 게다가 뜻을 알 수가 없다. 붕우?

"모르는 게냐? 동료 말이다. 네가 이곳에서 일하고 있는 것을 알고 어떻게 지내는지 보러 오려고 하는 친구가 있느냐 이 말이다."

호는 입을 딱 벌렸다.

"너와 사이가 좋은 사람은 없느냐 이 말이다."

그거라면 성님이다. 호는 고개를 끄덕였다.

"히키테 성님입니다."

"뭐? 히키테?"

"예."

"히키테라면 어른이 아니냐. 어른이 친구라니 그럴 리가 없지. 어린아이는 없느냐?"

이시노 님답지 않게 다그치는 말투로 호의 팔을 흔든다. 호는 곤란해졌다.

그러자 이시노 님도 그것을 알았는지 후우 하고 한숨을 쉬며 호의 팔을 놓았다.

"그렇군. 네게는 조급하게 무엇을 물어서는 안 되는 거였지" 하고 호의 얼굴을 보면서 중얼거렸다.

"죄송합니다."

호는 다시 한번 머리를 숙였다. 그렇다, 나는 머리가 둔하다.

"사과할 것은 없다. 그렇군, 네게는—."

이시노 님은 고개를 저으며 잠깐 우물거리고 나서,

"친구는 없는 게로구나" 하고 작은 목소리로 덧붙였다. "친지도 없었지. 그래서 희생양으로 뽑힌 게지. 나도 참, 공연히 울컥하고 말았나 보다."

 호가 고개를 숙이다가 문득 보니, 이시노 님의 신은 진흙투성이였다. 버선에도 물이 배어 있다. 어딘가 바깥을 걸어 다니신 걸까. 어젯밤에는 이 저택에 안 계셨던 걸까.

 이시노 님은 몸을 굽히더니 이번에는 호의 양 어깨를 잡고 눈을 똑바로 보며 이렇게 말했다.

 "오늘, 네게 사람들이 뭔가를 물어볼지 모른다. 무슨 말을 묻더라도 모른다고 대답하면 된다. 묻는 말의 뜻을 몰라도—틀림없이 너는 모를 테니—그냥 얌전히 머리를 숙이고 모른다고 대답해 두면 된다. 할 수 있겠지?"

 이시노 님의 나쁜 안색과 충혈된 눈이 너무나도 진지해서 호는 조금 무서워졌다.

 "모른다고."

 "그래. 그렇게만 대답하면 된다." 이시노 님은 크게 고개를 끄덕이고 나서야 한쪽 뺨에만 힘없이 웃음을 띠었다. "어젯밤에는 잘 잤느냐?"

 "예."

 평소와 다름이 없었다. 이 저택에서의 생활에 호는 호 나름으로 익숙해지기 시작했다.

 "그래? 무슨 소리나 사람 목소리도, 아무것도 듣지 못했느냐? 아무것도 알아채지 못했군. 그러면 됐다. 그러면 아무 지장도 없어."

 오늘 아침의 이시노 님은 수수께끼 같은 말만 한다.

"그럼 하던 일을 계속 해라. 나와 이야기한 것도 아무에게도 말해선 안 된다."

그런 말을 남기고 다시 급한 걸음으로 정원을 돌아 저택 쪽으로 돌아갔다.

장작과 숯을 부엌으로 나르고 다음에는 북쪽 초소의 청소와 정리를 한다. 호는 다스키를 다시 매고, 이 또한 완전히 습관이 된 일이지만 발소리를 내지 않고 조용히 복도를 나아가 "안녕히 주무셨습니까" 하고 인사를 하고 나서 장지문을 드르륵 열었다. 안은 텅 비어 있었다. 북쪽 초소에는 아무도 없다. 뿐만 아니라 어젯밤에 호가 여기에 가져다준 야식 도시락이 작은 책상 옆에 그대로 포개져 있다. 차에도 전혀 손댄 흔적이 없다.

대체 무슨 일일까?

이쯤 되니 변이라도 난 게 아닌가 싶다. 어젯밤에 무슨 일이 있었던 것일까. 혹시 가가 님의 몸에 무슨 일이라도? 그래서 이시노 님도 그렇게 당황하고 지친 모습이었던 것은 아닐까?

그렇다면 왜 이시노 님은 '네게는 붕우가 있느냐'라고 물으셨던 것일까. 전혀 연결이 되지 않는다.

우선 내용물이 그대로 들어 있는 도시락을 물려 부엌으로 날랐다. 부엌에서는 평소와 똑같이 아침 준비를 하고 있다. 딱 지금쯤 부엌 옆에 있는 작은 방으로, 가가 님의 조반이 운반되어 갈 것이다. 거기에 독의 유무를 확인하는 사람이 대기하고 있다가 한 접시씩 엄중하게 검사를 한다. 그러다가는 음식이 가가 님에게 도착할 무렵에는 밥은 식고, 국은 미지근해지고, 조림은 붇고, 구이는 딱

딱해지고 말 것이다.

본래 가가 님에게 제공되는 식사는 결코 호사스러운 것은 아니다. 국 하나, 채소 반찬 하나, 밥도 보리가 섞여 딱딱하다. 가가 님은 죄인이니 그거면 된다는 뜻이리라. 그렇다면 적어도 갓 지은 밥을 바치고 싶다고 호는 생각한다. 이야기를 얼핏 들었을 뿐이니 확실한 것은 아니지만 가가 님은 식사를 별로 드시지 않는다고 한다. 무리도 아니다. 저래서야 맛이 없을 것이다. 참으로 가엾은 일이다.

물론 입 밖에 내어 그런 말을 할 수 있을 리는 없었다.

옥지기의 갓테카타는 반찬을 정하고 식재료를 조사하고 준비할 때에는 부엌에서 감시를 하지만, 요리를 하는 것은 마을에서 불려 온 요리사다. 몇 사람인가 있는데 가끔 얼굴이 바뀐다. 쓸데없는 말을 하지 않고 웃지도 않는다. 호도 지금까지 요리를 담당하는 누군가와 이야기를 한 적은 없었다. 뭔가 시키면 예 하고 대답할 뿐이다.

하지만 오늘 아침에는 달랐다. 갓테카타가 작은 방으로 물러간 틈에 요리사 중 한 명이 슬쩍 호의 곁으로 다가와 이렇게 속삭였던 것이다.

"얘야, 너, 도망치는 게 좋을 거다."

호는 깜짝 놀랐다. 도망친다고? 내가?

이 요리사는 덩치가 크고 우락부락한 사람으로 평소에는 목소리도 크지만 지금은 숨소리와 똑같을 정도로 목소리를 낮추고 거의 목구멍 안으로만 이야기하고 있다.

"가엾게도. 하기야, 너 같은 어린아이가 여기서 일을 하는 게 이상한 거지."

"저어…… 제가 어째서……."

덩치 큰 요리사는 호가 우물우물 말하는 것을 아랑곳하지 않고 부뚜막 옆에 있는 동료 쪽을 힐끗 살폈다. 그쪽에 있는 요리사는 이 덩치 큰 사람의 수하인 모양으로 나이도 젊다. 걱정스러운 듯이 얼굴을 흐리고 고개를 움츠리고 있다.

"우리한테도 늘 감시가 붙어 있으니 너를 도와줄 수는 없다. 가엾지만 아무것도 해 줄 수가 없어. 미안하구나."

"저는 벌을 받게 되나요?"

호는 그를 올려다보며 물었다. 요리사는 또 동료의 얼굴을 돌아보고는 말했다.

"아무것도 모르는 거냐? 그렇다면 모르는 편이 좋으려나." 그러더니 무서운 것이라도 쫓아내듯이 호를 부엌에서 밖으로 밀어냈다.

무슨 소린지 하나도 알아듣지 못한 채 그저 불안만이 밀려온다. 그렇다고 해서 어떻게 할 수 있는 것도 아니다. 어쨌거나 초소 청소를 끝내야지.

야무진데다 재치가 있는 것은 아니지만 늘 열심히 일해서 인정을 받았는지, 요즘 호는 북쪽 초소뿐만 아니라 다른 세 초소의 청소도 맡게 되었다. 남쪽 초소는 가가 님의 방에서 가장 가까운데다 옥지기 두목인 후나바시 님이 드시는 방이기 때문에 꼼꼼한 청소가 필요하다. 먼지 하나 떨어져 있어도 안 된다. 이곳을 청소할 때는 반드시 옥지기 중 누군가가 호의 일하는 모습을 감시한다. 이시노 님이나 고데라 님이 같이 있을 때도 있다. 청소하는 곳이 늘어나면 그만큼 저택 안 깊숙이까지 들어가기 때문에 감시하는 사람이 필요한 탓도 있다.

오늘 아침에는 그것도 평소와 달랐다. 호가 서쪽 초소를 청소하고 있는데 옥지기 관리가 오더니 몹시 무서운 얼굴로 남쪽 초소는 청소를 하지 않아도 된다고 한다. 가까이 가서도 안 된다고 한다. 다른 기별이 있을 때까지 물러가서 오두막 안에 얌전히 있으라는 명령을 받고 호는 순순히 되돌아왔지만 불안은 늘어날 뿐이었다.

―내가 무슨 잘못을 했나?

그래서 벌을 받는 것일까.

정원에 나가서 저도 모르게 발소리를 죽이며 오두막 쪽으로 돌아가자 고데라 님의 얼굴이 보였다. 호를 찾고 계셨는지 "오오, 있다, 있다" 하며 달려왔다.

"한참 찾았다. 무엇을 하고 있었던 게냐."

대뜸 고함치는 바람에 호는 몸을 움츠렸다. 순간적으로 고데라 님의 발치에 시선을 주었으나 버선은 눈이 시릴 정도로 하얗다. 이시노 님과는 다르다. 하지만 안색이 나쁘고 눈이 충혈되어 있는 것은 똑같았다.

"도자키 님, 있습니다. 이 아이입니다."

고데라 님은 고양이 새끼를 집어 들듯이 호의 뒷덜미를 붙잡고는 오두막 쪽으로 마구 끌고 간다. 들어 올려지는 바람에 다리가 떠서, 호는 거의 끌려가는 것 같은 모양새가 되었다. 버둥거리다가 야단을 맞았다.

"무엇을 하는 게냐. 똑바로 걷지 못해!"

울고 싶어진다.

도자키 님이라고 불린 사람은 본 적이 없는 얼굴의 관리였다. 호가 살고 있는 오두막 안을 싫은 냄새라도 맡은 것처럼 얼굴을 찌푸리며 들여다보고 있었는데, 호가 고데라 님에게 끌려가자 큰 걸음으로 성큼성큼 다가왔다. 하관이 튀어나온 우락부락한 얼굴에 눈썹이 굵다. 나이는 고데라 님보다 더 위일 것이다. 살쩍 언저리가 새하얗다.

"어이, 너, 이름이 뭐냐?"

쉰 것 같은 목소리로 거만하게 물었다. 호는 완전히 마음이 움츠러들고 말아서 제대로 말을 할 수가 없었다.

"얼른 대답하지 못하겠느냐!" 고데라 님이 호의 머리를 찰싹 때렸다. "정말이지 둔하구나. 도자키 님, 이 아이는 머리가 나빠서요. 자기 이름조차 제대로 말하지 못합니다."

도자키 님은 날카롭게 고데라 님을 노려보았다.

"그렇게 덜떨어진 아이를 어째서 여기에 넣은 것이냐."

"아니, 그것은." 고데라 님은 갑자기 쩔쩔맸다. "차라리 그런 자가 안심이 되지 않을까 하여."

"안심?" 도자키 님은 콧구멍을 벌름거리며 내뱉었다. "그 얕은 생각이 이번 같은 실수를 부른 게 아닌가?"

"예에, 하지만 여기에서 일할 자를 찾는 것은 의외로 어려워서—."

"어떻게든 손을 쓸 방도는 있었을 테지. 대체 누가 이렇게 덜떨어진 아이를 고른 겐가?"

바로 그때 울림이 좋은 목소리가 났다.

"접니다."

호도 놀랐지만 도자키 님과 고데라 님은 살짝 튀어올랐을 정도였다.

부엌으로 통하는 저택 뒷문에 겐슈 선생님이 서 있었다. 이노우에 가의 문장이 들어가 있는 하오리와 하카마를 입고 있다. 호가 아는 한 겐슈 선생님이 이런 옷차림을 하시는 것은 성에 오르실 때 정도였다.

"이거, 사지이신 이노우에 선생님 아니십니까."

도자키 님이 눈을 크게 뜨며 한 걸음 물러섰다. 고데라 님도 호의 뒷덜미를 움켜쥔 채 허둥거리고 있다.

"옥지기 분들이 공무를 보시느라 고생 많으십니다."

겐슈 선생님은 천천히 허리를 굽히고 머리를 숙였다. 그리고 호를 향해 웃음을 짓더니 말을 이었다.

"이 아이의 이름은 호라고 합니다. 여기에 오기 전까지는 제 집에서 허드렛일을 하고 있었습니다. 확실히 머리는 조금 둔하지만 성실하고 정직하고 부지런한 자라, 제가 후나바시 님께 천거했습니다."

사지의 신분은 높기 때문에 그리 대단한 관직에 있지는 않은 것 같은 도자키 님과 고데라 님을 상대로, 원래라면 이렇게 정중한 말을 하지 않아도 될 것이다. 그러나 겐슈 선생님은 말을 신중하게 고르고 말투도 온화하고 부드럽게 유지하고 있다. 그것이 오히려 관록을 낳고 있었다. 겐슈 선생님은 높은 선생님이라고 호는 새삼 생각했다.

"이, 이노우에 선생님의 천거였습니까."

도자키 님은 쩔쩔매다가 말을 더듬고 말았다.

"허나 그렇다 해도 일부러 오시다니—자세한 사정을 아십니까?"

겐슈 선생님은 고개를 끄덕였다. "도베 가에서 위급한 사정을 듣고 왔습니다. 도베 선생님은 지금 가가 님의 진맥을 하고 계십니다."

"도베 선생님이 알리신 겁니까?"

고데라 님은 매달리는 눈빛을 하고 있다. 허옇게 바랜 것 같은 안색에 깎다 남겨둔 수염이 궁상스러워 보인다는 것을 호는 깨달았다.

"도베 선생님은 여기 있는 호가 제 천거로 이곳에 들어온 사실을 알고 계십니다. 어쨌거나 어린아이이다 보니 갑작스러운 병도 있을 듯하여 제 쪽에서 이야기를 해 두었습니다. 그래서 이번에 일어난 사고에 대해서도 빨리 알려 주신 것입니다."

"사고?" 갑자기 목소리가 딱딱해진 도자키 님이 되풀이했다. "이노우에 선생님은 이번에 일어난 불상사를 사고라고 하시는 겁니까? 아무리 사지 가문의 선생님이라 해도 그것은 너무 경솔한 것 같은데요."

겐슈 선생님은 싱긋 웃는다. "그러면 안 됩니까?"

"그것은, 하, 하지만, 그렇지 않습니까?" 고데라 님이 겐슈 선생님과 도자키 님의 얼굴을 번갈아 바라보고 어쩔 줄 몰라 하며 버티고 있던 다리를 바꿔 디뎠다. 아직도 뒷덜미를 잡혀 있던 호는 고데라 님이 우왕좌왕하면 같이 몸이 흔들린다.

"호를 놓아 주시면 안 되겠소. 어질어질한 모양인데."

겐슈 선생님의 말에 고데라 님은 뜨거운 것을 놓듯이 호에게서 손을 떼었다. 호는 그 바람에 떠밀려 땅바닥에 손을 짚었다. 겐슈 선생님은 하카마를 사락거리며 다가와 호에게 손을 내밀어 일으켜 주셨다.

"오랜만이구나, 호. 잘 지냈느냐?"

그리운 목소리에 호는 갑자기 눈물이 날 것 같았다.

"예" 하고 대답하는 것이 고작이다.

"음. 착하구나." 겐슈 선생님은 머리를 쓰다듬었다. "나는 잠시 여기 계시는 분들과 할 이야기가 있다. 너는 오두막에 들어가 부를 때까지 기다리고 있으렴. 걱정할 것은 아무것도 없다. 저택에서 약간 소동이 있었을 뿐이야. 금세 끝날 거다. 알겠지?"

"예, 알겠습니다."

호는 머리를 숙였으나 혼란스러운 마음이 재촉하는 대로 저도 모르게 묻고 말았다. "겐슈 선생님, 혹시 가가 님이 병에 걸리셨습니까? 밥을 별로 드시지 않는다고 합니다. 그래서 몸이 안 좋아지고 마신 걸까요."

도베 선생님이 진맥을 하고 있다. 겐슈 선생님도 달려오셨다. 사지 선생님이 두 분이나 와 있는 것을 보면, 그 '소동'이라는 것은 가가 님의 몸에 무슨 문제가 있었다는 것이 아닐까—호는 호 나름으로 그렇게 생각한 것이다.

도자키 님이 노성을 질렀다. "하녀 주제에, 쓸데없는 소리 하는 게—."

노성이 중간에 뚝 끊겼다. 겐슈 선생님이 몸을 돌려 도자키 님을 보았기 때문이다. 호에게는 겐슈 선생님의 얼굴은 보이지 않지만 도자키 님의 안색이 바뀐 것을 알 수 있었다.

"비천한 하녀의 몸으로도 무슨 일이 있으면 제일 먼저 가가 님의 몸을 걱정하니 훌륭한 마음가짐이 아닐까요."

여전히 정중한 말투였으나 겐슈 선생님의 목소리가 약간 낮아져 있었다. 예, 예, 지당하신 말씀입니다, 하고 고데라 님이 용수철 장치를 한 장난감처럼 고개를 끄덕이며 찬성한다. 호는 조금 우스워졌다.

"가가 님께 별일은 없다. 마음 편하게 지내고 계실 테지. 이 소동은 가가 님과는 아무 상관도 없는 것이다."

상관이 없다는 말을 할 때 도자키 님의 굵은 눈썹이 불온하게 꿈틀거린 것을 호는 알아차렸다.

"나중에 또 만날 수 있을 테지. 이제 곧 후나바시 님이 오신다고 하더구나. 네게도 몇 가지 물어보실 생각이 있으신 것 같은데, 그때는 내가 같이 있을 것이다. 무서울 것 하나도 없다. 질문을 받으면 네가 아는 대로 대답하면 된다. 할 수 있겠지?"

"예."

겐슈 선생님이 몸을 굽히고 다시 한번 호의 머리를 쓰다듬으면서 상냥하게 미소를 지었다. 그 어깨 너머로 도자키 님과 고데라 님의 얼굴이 보인다. 억지로 쓴 약을 먹었지만 쓰다고 말해서는 안 된다는 생각에 참고 있는 것처럼 괴로워 보이는 얼굴이었다.
 그건 그렇고 '소동'이란 대체 무엇일까. 무슨 일이 일어났던 것일까.

3

 문을 세게 두드리는 소리에 잠에서 깨어나는 것은 누구에게나 기분 좋은 일은 아니다. 그렇게 두들겨 깨우는 문소리에 문을 열어보니 새파랗고 울먹이는 얼굴을 한 여자아이가 서 있었다—면 더욱더 그렇다.
 잠에서 깨기 직전, 우사는 호의 꿈을 꾸고 있었다. 둘이서 히다카야마 신사에 참배하러 갔을 때의 추억이 잠 속에서 되살아난 모양이었다. 그러나 꿈답게 혼란스러워서, 긴 돌계단을 올라가 도리이를 지나니 드넓은 해변이 펼쳐져 있고, 우사는 호와 손을 잡고 바위밭을 이리저리 걸어 다니며, 에도는 이 바다를 넘어서 한참 더 가야 있어, 아주 멀리 있단다—하는 이야기를 하고 있었다.
 따라서 아직 반쯤 눈을 감은 채 문을 열었을 때 거기에 있는 여자아이가 한순간 호로 보였다. 너 돌아온 거니? 라고 말하려다가 가까스로 그 여자아이가 가스케 대장의 딸 오요시라는 것을 깨달았다.

"무슨 일이니, 오요시."

오요시는 눈가에 눈물이 고인 채 떨고 있다. 허둥지둥 옷을 갈아입었는지 띠가 비뚤게 매어져 있다. 나이는 열두 살, 아직 어린아이지만 여자아이다운 고집이나, 남의 눈을 신경 쓰는 점 등도 얼핏 보이기 시작한 까다로운 나이다. 호와 마음이 맞지 않았던 것도 그 탓이었다.

그러나 어머니를 많이 닮은 야무진 장녀이다. 이렇게 당장이라도 울며 쓰러질 듯한 얼굴을 하고 있는 것을 보면 보통 일이 아닌 것 같다. 우사는 잠이 번쩍 깨었다.

"무슨 일 있었니?"

"아버지가 우사 언니를 불러오래." 오요시는 아래턱을 덜덜 떨면서 말했다.

가스케 대장님 집으로 오라는 뜻일까? 그렇다면 별수 없이 달려가야겠지만—.

"알았어, 당장 갈게. 무슨 일이야? 누가 몸이라도 안 좋은 거니?"

대장과 안주인에게는 오요시 밑으로 아이가 둘 있다. 연년생으로 다로와 지로라고 하는 형제는 우사를 잘 따라서 얼굴을 보면 "토끼, 토끼" 하며 다가온다.

셋 다 홍역은 무사히 치렀다. 지금까지 크게 다친 적도 없다. 하지만 어린아이고, 특히 다로와 지로는 기운이 남아도는 아이들이라 언제 무슨 일이 있을지 알 수 없다.

"모, 몰라." 오요시는 신음하듯이 중얼거리고 울기 시작했다.

"하지만 아버지가, 우사 언니한테 와 달라고 하래."

우사는 당황해서 오요시를 안고 소매로 눈물을 닦아 주었다. 호리호리한 허리도 아직 납작한 가슴도 학질을 앓는 것처럼 쉴 새 없이 떨리고 있다.

"어머니가 어떻게 되셨니?"

오요시는 격렬하게 고개를 저었다. "다, 다로랑 지로가."

"다로랑 지로가? 어디 아프니?"

"도, 돌아오지 않, 았어."

오열이 말을 덮어버려, 우사에게는 '지 않았어'밖에 들리지 않았다. 오요시가 뒤이어 한 말에서 심상치 않은 기운을 얼핏 느꼈다.

"아버지, 비밀로, 우사 언니를 데려오래. 아무한테도, 말하면 안 된, 대. 파수막에, 도."

"알았어. 잠깐 기다리렴."

준비를 대강 마치고, 무엇을 가져가면 좋을지도 몰라 빈손으로, 흐느껴 우는 오요시의 손을 잡았다. 새벽이지만 하늘은 어두컴컴하고, 비가 내리고 있다. 어제 하루만 날씨가 좋았을 뿐 오늘은 다시 장마의 연속이다.

가스케 대장이 아내와 아이들과 함께 살고 있는 낡은 집에 도착해 보니 놀랍게도 집주인이 먼저 와 있었다. 이 집을 빌려 준 집주인이다. 그와 동시에 인근의 일을 보살피는 사람이기도 하다. 상점가에서는 지주나 집주인들이 온갖 일들을 관리하는 역할을 하게 되는 것이다.

"아아, 자넨가?"

집주인은 시치로베에라는 노인으로 우사와도 안면이 있다. 좁은 집이라 손님용 방 같은 것은 없다. 아마 대장의 침상인 것 같은데, 허겁지겁 일어난 상태 그대로 방치되어 있는 이불을 약간 옆으로 치우고, 시치로베에는 그 끝에 오도카니 앉아 오요시에게 지지 않을 정도로 새파래진 얼굴에 이마만 번들번들 빛내고 있었다. 이 시간에 이 비이니 무더운 것은 아니다. 식은땀이다.

"거참, 큰일이구먼."

"저는 뭐가 뭔지 모르겠습니다. 대장님은 어떻게 되신 건가요?"

시치로베에는 우사의 물음에는 대답하지 않고 오요시에게 "괜찮으냐?" 하고 말을 걸었다. 이제 오요시는 훌쩍훌쩍 울기 시작했다.

"어머니 곁에 있어 드리렴. 안에 누워 계시니까."

오요시는 손으로 얼굴을 닦으면서 서둘러 안방 장지문을 열었다. 이불이 보인다. 우사도 뒤를 따랐다.

"부인? 우사입니다."

들여다보고 놀랐다. 안주인은 누워 있는 것이 아니라 쓰러져 있었다. 어둠 속에서도 얼굴이 새하얀 것을 알 수 있다. 무서운 자에게 위협받은 것처럼 팔다리를 움츠린 채 이를 악물고 있다.

"대체―."

멍하니 멈추어 서고 만 우사의 소매를 시치로베에가 잡아당겼다. 우사는 노인 곁으로 돌아가 똑같이 이불을 치우고 앉았다.

"다로와 지로가 말이지."

집주인은 주름진 입가를 느릿느릿 움직이며 주위를 신경 쓰듯이 목소리를 낮추었다.

"밤중에, 마른 폭포 저택에 가 버렸다네."

가 버렸다니—.

"무얼 하러 갔단 말입니까?"

"담력 시험이지."

마른 폭포 저택에 살고 있는 귀신이 모습을 나타냈다. 그것을 보고 앓아누운 사람이 있다. 그런 소문이 아이들 사이에서 퍼지고 있다고 한다. 다로와 지로도 그것을 듣고, 그렇다면 우리도 한번 귀신인지 뭔지를 보러 가자는 얘기가 나온 모양이라고 한다.

우사는 앗 하고 소리를 지를 뻔했다. 마른 폭포 저택에 사는 귀신을 보고 그 귀신에게 쫓기다 앓아눕고 만 아이라면 알고 있다. 염색집 '별채'의 아이다. 직공 오키쿠의 아들로 하치타로라는 아홉 살짜리 남자아이다.

"그 이야기라면 알고 있습니다. 그 아이도 담력 시험을 하러 갔었지요. 하지만 그것은 아직 가가 님이 오시기 전의 일입니다."

"그러니까, 그 후로도 소문이 퍼지고 있었던 걸세." 시치로베에는 신물이 나는 듯이 입을 오므렸다.

"어린아이니 분별이 없는 거지. 가가 님이 마루미에 유배를 와 있다는 것의 의미도 정말로 모를 테고."

다로와 지로는 아이들 사이에서 그렇게 나쁜 귀신이라면 우리가 퇴치해 주겠다는 말을 했던 모양이다. 우리 아버지는 붉은 한텐을 입은 히키테라고, 우리도 귀신 따위는 무섭지 않아! 우사에게는 그 목소리가 들려올 것만 같다.

또 그 말을 듣고 '좋아, 해 봐, 해 봐' 하며 부추긴 친구도 있었다고 한다. 어린아이니까, 하고 시치로베에는 한숨과 함께 말했다.

"그 아이들은 정직하니까, 바로 이삼 일 전에, 비가 그치고 달이 뜨면 마른 폭포 저택에 귀신을 퇴치하러 갈 거라는 말을 안주인에게 했는데 그게 대장의 귀에 들어가 호되게 야단을 맞았다고 하네. 절대로 안 된다, 가면 안 된다고 말이야."

당연하다. 가스케 대장은 새파래져서 화를 냈을 것이다.

"하지만 그게 또 어린아이니, 어른이 화를 내면 더욱 하고 싶어지는 거지. 그래서 어젯밤에 결국—."

모두들 잠들어 조용해진 후 몰래 집을 빠져나갔단다.

"확실한가요? 정말로 마른 폭포로 갔습니까? 어떻게 알았지요?"

바싹 다가드는 우사를 몸을 젖히다시피 하여 피하면서 시치로베에는 몇 번이나 고개를 끄덕였다.

"방금 전에 마른 폭포에서 관리가 왔네. 이야기를 듣고, 대장은 곧 그 아이들이 담력시합을 하러 갔다는 것을 알았을 테지. 우선 나한테 들러서 뒷일을 부탁한다고 말하고, 그 후에 마른 폭포로—."

우사는 장지문 안쪽으로 시선을 주었다. "부인은요?"

"이야기를 듣고 거품을 뿜으며 쓰러지고 말았네."

우사는 등이 술렁거리는 것을 느꼈다. 차가운 것이 방바닥에서 기어올라와 우사의 몸을 감싸려 하고 있다. 그 차가운 것의 정체를 우사는 이제 알 것 같은 기분이 든다. 마른 폭포에서 관리가 왔다. 대장님은 끌려갔다. 집주인에게 뒷일을 부탁한다고 말했다. 안주인은 기절하고 말았다. 오요시는 당장이라도 쓰러질 것처럼 울고 있다.

"다로와 지로는—."

조심스럽게 그 물음을 혀에 올려놓아 보았다. 시치로베에의 얼굴을 볼 수가 없다. 무서워서 그럴 수가 없다. 시선은 이불 끝자락에 떨어져 있다. 그래도 시치로베에가 괴로운 듯이 고개를 젓고 있는 것을 알 수 있다.

"그 아이들은 몸이 가볍고 머리도 좋으니까. 대장의 아이들일세. 배짱도 있지. 옥지기의 눈을 피해 우리는 생각도 해낼 수 없을 만큼 교묘하게 마른 폭포 저택에 접근했을 걸세."

하지만 파수를 보던 관리에게 들켰다.

우사는 마른 침을 삼켰다. 꿀꺽 하는 소리에 더 깜짝 놀랐다.

오요시가 흐느껴 우는 소리가 들려온다. 동생들의 몸에 무슨 일이 일어났는지 오요시도 이미 알아챘다.

화내고 한탄하기보다 그저 갈라지고 쉰 목소리로 시치로베에가 이렇게 말했다.

"—둘 다 베였다고 하네."

차가운 것이 우사를 머리까지 삼켰다.

"아직 자세한 것은 몰라. 마른 폭포의 관리는 그 아이들이 목에 걸고 있던 부적을 보았을 테지. 이름이 씌어 있었거든."

그래서 여기로 찾아온 것이다. 부모의 신병을 확보하기 위해.

물속에 들어간 것도 아닌데—잘 아는, 늘 어질러져 있지만 편안한 가스케 대장의 집 안에서, 늘 다로와 지로의 밝은 목소리가 가득 넘쳐나던 이 집 안에서—우사는 익사해 가고 있었다. 점점 깊은 곳으로 빨려 들어갔다.

어둡고 추운 곳으로 가라앉아 가고 있었다.

―토끼다, 토끼가 왔다.

―우리, 새를 쫓고 있어.

―토끼, 잘 지내?

―토끼, 놀아 줘. 어차피 시간 많지?

―토끼, 토끼.

기운이 넘치는 형제였다. 눈물이 넘쳐난다.

"대장도 안주인도, 어차피 무사하지는 못할 걸세. 우리는 앞으로 대체 어떻게 하면 좋단 말인가."

시치로베에의 중얼거림에 우사는 양손으로 머리를 끌어안았다.

4

이른 아침의 소동이 있은 지 닷새가 지났다.

가스케 대장은 끌려간 후로 돌아오지 않는다.

다로와 지로도 돌아오지 않는다.

마른 폭포 저택에 숨어 들어갔다가 파수를 보던 관리에게 베여 죽었다는 두 아이의 시체는 돌아오지 않았다. 우사는 차라리 그게 다행이라는 기분이 들 때가 있다. 그 아이들의 죽은 얼굴 같은 건 보고 싶지 않다. 보고 나면 두 번 다시 회복될 수 없을 것이다.

안주인은 계속 앓아누워 있다. 애원하지 않으면 음식을 먹지 않는다. 우사는 가스케 대장의 집에 들어가 살면서 안주인과 오요시를 돌보고 있다. 서쪽 파수막 일도 신경이 쓰이지만 그날 오전에 하나키치가 와서 파수막 쪽은 괜찮으니 우사는 대장의 집에 머물러 달라고 부탁했다. 그래서 지금껏 그렇게 하고 있다.

대장 집의 집주인인 시치로베에는 하루에 몇 번이나 얼굴을 내밀어 준다. 다만 지금까지는 시치로베에의 집에도 성이나 마을관청에서 아무런 기별도 없다고 한다. 대장이 불려간 후로 소식이 뚝 끊겨 불안만이 날마다 짙어져 간다.

얄궂게도 비보를 들은 날의 장마 추위를 경계로 하늘은 쨍하니 맑고 더워졌다. 장맛비가 지나고 여름이 온 것이다. 저녁때가 되면 시끄러운 소나기가 지나가고 요란하게 천둥이 친다.

우사에게는 천둥과 번개가 이 세상의 끝을 알리는 징조처럼 들렸다.

엿새째 아침, 안주인은 마침내 미음도 필요 없다고 말하기 시작했다. 이대로 죽고 싶다, 이대로 죽겠다며, 눈물도 다해 마른 눈으로 어두운 천장을 올려다보았다.

안주인의 이불 끝자락에 앉아 역시나 울다 지쳐 초췌해진 오요시를 위로할 말도 더 이상 없어서, 아침부터 우사는 어쩔 줄 몰라 했다.

봉당 입구에 앉아 양손을 무릎에 올려놓는다. 팔다리가 이상하게 떨리는 것 같고 힘이 들어가지 않는다.

대장의 집에 들이닥친 갑작스러운 흉사에, 자세한 사정은 모르지만—시치로베에가 사람들을 물리고 있기 때문에—그래도 눈치를 채는 자가 있을 것이다. 주먹밥이니 조림이니 하는 음식을 이웃 부인들이 만들어 자주 가져다주기 때문에 먹을 것은 충분하다. 다만, 아무래도 먹을 수가 없다. 먹지 않으면 안 된다, 여기서 내가 쓰러질 수는 없다, 먹으라며 자신을 질타하지만, 주먹밥을 반만 먹어도 벌써 위장이 목 언저리까지 부풀어 오른 것처럼 삼킬 수 없다. 무리를 하면 겨우 먹은 것까지 게워낼 것 같다.

이대로는 안 된다—부뚜막 위의 연통에 반사되어 창의 격자 사이로 눈부시게 비쳐드는 아침 해에 눈을 가늘게 뜨며 우사는 열심히 생각했다.

오요시를 다른 집에 맡길까. 안주인에게서 떼어놓으면 너무 불쌍하다며 지금껏 집에 있게 놔두었지만 이런 상태라면 오히려 좋지 않은 결과가 될 것 같다. 아니면 안주인을 다른 사람에게 보살펴 달라고 맡길까. 이제는 완전히 병자다. 병자라면 의원님께 부탁하는 것이 제일이다. 우사로서는 더 이상 감당할 수 없다.

하지만 이노우에 가에는 이제 갈 수 없다. 게이치로 선생님은 우사가 찾아가 부탁하면 결코 거절하시지 않을 것이다. 그렇기 때문에 더더욱 갈 수 없다. 야모리인 가나이 님이나 그 무서운 하녀는 우사를 게이치로 선생님에게 꼬여드는 파리처럼 생각하고 있다. "꺼져!" 하고 고함치던 때의 일은 잊을 수 없다.

실제로 그 말이 맞는지도 모른다. 우사는 게이치로 선생님의 짐이다. 선생님께 폐를 끼칠 수는 없고, 그러고 싶지 않다. 우사에게도 그 정도의 마음은 있다.

멍하니 앉아 있자니 바로 안쪽에 있는 방에서 오요시가 또 생각 난 듯이 울기 시작했다. 왜 저러는 걸까. 가서 달래 줘야지. 그렇게 생각하면서도 우사는 일어설 수가 없었다. 지칠 대로 지쳤다.

가스케 대장님은 어떻게 지내고 있을까. 지금 어디에 있을까. 마루미에서 죄인은 마을관청과 바로 이웃해 있는 큰 파수막에 구류하도록 하고 있다.

하지만 이번 불상사는 내용이 내용이니만큼, 자신의 아이들이 어디에서 무슨 짓을 저질렀고 어째서 베여 죽었는지 알고 있는 대장을 성의 사람들과 잡다한 죄인들로 북적거리는 큰 파수막으로 데려갔을까?

그런 수순을 밟을 필요는 어디에도 없다. 하타케야마 영주님에게 알리지만 않으면 된다, 조다이가로에게 알리지만 않으면 된다는 종류의 실수가 아닌 것이다. 언젠가 와타베가 말하지 않았던가. 마루미 번이 두려워하는 것은 쇼군의 눈이라고—. 마루미 번에서 가가 님에 대한 처우에 실수가 있다는 것이 알려지면 순식간에 끝장이라고. 그리고 쇼군의 눈과 귀는 이미 은밀하게 마루미의 거리에 들어와 있다. 저기에도 여기에도, 어디에서 눈을 빛내며 귀를 곤두세우고 있을지 알 수 없다. 누가 그런 눈과 귀를 갖고 있는지조차 마루미 사람들은 알 도리가 없다.

지금 이 시간에도 에도를 향해 밀사가 달려가고 있을지도 모른다. 하타케야마 가의 숨통을 끊을 이 불상사의 소식을 듣고.

가스케 대장은 아마, 이미 이 세상에 없을 것이다. 우사는 어둡게 가라앉는 마음으로 생각한다. 성에는 대장을 죽일 만한 이유가 산더미처럼 있다.

하지만 한편으로, 안주인에게 아무런 기별도 없이 오늘까지 지내온 것에 일말의 희망도 품게 된다. 어쩌면 대장의 처우도 아직 정해지지 않았는지 모른다. 성에서는 지금 숨을 죽이고 무시무시한 실수의 자세한 사정이 에도에 전해질지 전해지지 않을지 상황을 살피는 것만으로도 버거운지 모른다. 필사적으로 에도에서 온 밀사를 찾아내 마루미에서 밖으로 나가지 못하게 하려고 노력하고 있을지도 모른다. 어쩌면 추격자를 보냈을 수도—.

"우사, 이런 곳에 주저앉아서 뭘 하고 있는 겐가?"

들려온 목소리에 시선을 들어 보니, 시치로베에가 들여다보고 있었다. 늙은 집주인의 얼굴도 지난 며칠 사이에 야위어 뾰족해졌다. 성실하게 껴입은 하오리에도 주름이 눈에 띈다.

"아아, 죄송합니다."

우사는 일어서려다가 현기증을 느끼고 다시 앉아 버렸다. 시치로베에가 어깨에 손을 얹는다.

"안색이 말이 아닐세. 무리도 아니네만."

시치로베에의 목소리도 쉬어 있었다.

"무엇을 어쩌지도 못하고 그냥 여기에 틀어박혀만 있으니 숨이 막힐 것 같습니다. 어떻게 하면 좋을까요."

저도 모르게 불평이 흘러나왔다. 시치로베에는 우사의 어깨를 가볍게 두드리고는 안주인이 누워 있는 방 쪽으로 시선을 주었다.

"아직도 여전한가?"

"부인이, 죽고 싶으시다고."

시치로베에는 뭔가 말하려고 했지만 생각을 고친 듯이 턱을 당기고는 우사를 내려다보았다.

"고사카 선생님께 맡기게 되었네."

우사는 눈을 크게 떴다. 이번에는 확실하게 일어선다.

"사지인 고사카 선생님 말인가요?"

"응. 그 여선생님이 맡아 주신다는군. 오늘 아침에 마을관청에서 기별이 있었네. 오요시는 우리 집에서 맡겠네."

무릎에서 힘이 빠졌다. "다행이다. 이즈미 선생님이 봐 주신다면—아."

시치로베에의 어깨 너머로 불쑥 다른 얼굴이 나타나, 우사는 놀랐다. 동쪽 파수막의 쓰네지 대장이다. 가스케 대장보다는 몇 살 젊을 테지만 머리숱이 적고 주걱턱의 무뚝뚝한 얼굴 때문에 나이가 들어 보인다. 오늘 아침에는 붉은 한텐 없이 기나가시 차림으로 기모노 자락을 엉덩이에 찔러넣고 있었다.

"자네가 우사라는 사람인가?"

무게를 재는 듯한 눈빛으로 우사를 슥 훑어보았다.

"여기를 지키느라 고생 많았네. 뒷일은 우리가 맡도록 하지. 자네는 이제 됐어."

우사는 밀쳐내는 듯한 말투에 당혹스러워져서 시치로베에의 얼굴을 보았다. 하지만 야윈 집주인이 뭔가 말하기도 전에 가스케 대장의 집을 바쁘게 이리저리 둘러보면서 쓰네지가 말을 이었다.

"마을관청 쪽에서는 가스케의 아내도 끌고 오라며 몹시 화를 냈지만 그것을 어떻게든 달래고 설득해 사지 선생님께 맡길 수 있게 된 것은 이 시치로베에 씨의 활약일세. 그런 병자를 마을 관리가 끌고 갔다간 오히려 소동이 일어나 위험할 거라면서 말이야."

시치로베에는 쪼글쪼글하게 주름을 지으며 웃었다.

"내 힘이 아닐세. 우사 자네, 밥 짓는 공동주택을 아나? 거기 집주인인 하치로베에 씨를."

쓰네지 대장이 놀리듯이 입을 오므리며 끼어들었다. "시치로베에七郎兵衛와 하치로베에八郎兵衛일세. 차이를 알겠나?"

"밥 짓는 공동주택은 동쪽 파수막 담당이라 잘은 모릅니다. 하지만 그 하치로베에 씨가 어떻게 되기라도 했습니까?"

"그 사람은 해자 안에 있는 저택들과 여러 가지로 연줄을 갖고 있거든. 그 왜, 저택에서 고용살이를 하다가 그만둔 사람들을 돌보고 있으니 말일세. 그래서 마을관청에도 조금은 얼굴이 알려져 있네. 이번 일에도 연줄을 동원해서 많이 애써 주었지."

덕분에 안주인은 큰 파수막으로 가지 않아도 되게 되었다는 말이다.

"어쨌든 일이 일이다 보니 마을관청도 자기들끼리 처리할 수 있는 게 아닐세. 구지카타의 오메쓰케에게 호되게 야단을 맞고 그 울화까지 이쪽에 얹어서 무섭게 화를 내고 있었으니, 나 혼자서는 당해낼 수 없었을 거야."

시치로베에는 녹초가 되어 기운이 빠진 것 같은 숨을 내쉬었다.

"그래서―가스케 대장님은."

우사는 목소리를 낮추어 물었다. 시치로베에는 대답하지 않고 묵묵히 쓰네지 대장을 돌아보았다.

"생각하지 않는 게 좋아."

쓰네지 대장은 짧게 말했다.

"그보다, 곧 고사카 선생님이 보낸 사람이 올 테니 안주인이 나갈 수 있도록 준비해 주게. 시치로베에 씨, 오요시는 지금 곧 데려갈 거지요? 그쪽도 짐을 싸야지."

우사는 서둘러 일을 시작했다.

5

오요시가 시치로베에에게 손을 잡혀 나간 뒤, 이윽고 고사카 가의 고용살이 일꾼이 안주인을 덧문짝에 실어 데려가고 나자 우사는 혼자 남았다. 가스케 대장의 집을 청소하고 이웃 사람들에게 인사를—아픈 안주인은 사지 선생님이 봐 주실 테니 괜찮습니다, 대장님도 한동안은 바빠서 집에는 돌아오시지 못할 것 같습니다—마치고는 서쪽 파수막으로 향했다.

파수막의 문은 닫혀 있었다. 가까이 가 보니 장지문 너머에서 이야기 소리가 들렸다.

살며시 문을 열자 바로 앞에 하나키치의 등이 보였다. 우사를 알아차리고 두 눈썹을 추켜올렸다.

"너, 뭐 하는 거야?"

좁은 파수막 안에 히키테들이 모여 있다. 모두들 하나키치와 우사를 돌아보았다. 히키테들 앞에 나서서 이야기하고 있는 사람은 쓰네지 대장이었다.

"늦어서 죄송합니다."

가스케 대장이 없는 서쪽 파수막은 앞으로 어떻게 할 것인지 회합을 하고 있는 것이다. 우사는 그 중요한 모임에 늦었다. 하나키치가 '뭐 하는 거냐'고 나무란 것도 그런 뜻이다―그렇게 해석했기 때문에 우사는 큰 소리로 말하며 머리를 숙였다.

히키테들은 쥐 죽은 듯 조용하다. 서쪽 파수막의 낯익은 동료들의 얼굴이 묘하게 냉랭하다.

쓰네지 대장은 입을 다물고 우사를 보고 있다. 하나키치가 성급하게 우사의 소매를 잡아당겼다.

"너는 대체 뭘 하고 있는 거야."

"그러니까―."

우사가 항변하려고 했을 때, 흥 하고 코로 숨을 내쉬며 쓰네지 대장이 말했다.

"우사, 자네는 이제 됐다고 말했을 텐데."

하나키치가 끊임없이 눈짓을 보낸다. 우사는 그를 팔꿈치로 밀어내고 반 보 앞으로 나섰다.

"부인은 무사히 고사카 선생님께 가셨습니다. 그러니 저는―."

우사를 가로막으며 쓰네지 대장이 말했다. "마을관청의 지시로 오늘부터 서쪽 파수막의 두목도 내가 맡게 되었네. 하지만 나도 몸은 하나이니 한 번에 두 개의 파수막을 통솔하는 것은 무리지. 그래서 이 고타를 대리로 세워 두목 견습으로 삼으려고 하네."

쓰네지 대장은 바로 옆에 서 있는, 서쪽 파수막에서는 고참인 히키테를 가리켰다. 고타는 아내가 염색집 직공이고 자신도 염색집 일을 거들고 있다. 그리 기지가 있는 편은 아니지만 성실하게 일했기 때문에 가스케 대장도 오른팔로 여기며 신임하고 있었다. 대장이 없는 지금 빈자리를 맡을 사람은 고타라는 사실에 아무도 이의는 없다. 물론 우사도 그렇다.

쓰네지 대장의 엄격한 말투에서는 그것만으로는 끝나지 않는 무언가가 느껴졌다. 우사는 불안을 느끼면서도 의연하게 말했다.

"잘 알겠습니다. 쓰네지 대장님, 고타 대장님, 지금까지 하던 대로 일할 테니 저를 잘 이끌어 주십시오."

넌 대체 무슨 소리를 하는 거냐고 하나키치가 우사를 쥐어박으며 야단이다.

"미안하지만, 우사."

쓰네지 대장은 불쾌하다는 듯이 말했다.

"나는 가스케 대장과는 방식이 다르네. 우리는 여자 히키테는 쓰지 않아. 하물며 자네는 아직 견습 신분이라면서. 반편이지."

놀랍게도 히키테들 사이에서 웃음이 새어나왔다.

"내가 대리로 앉힌 고타가 우두머리가 되는 이상, 동쪽 파수막과 같은 방식으로 일을 처리하는 게 도리일세. 우사, 자네는 이제 서쪽 파수막에 올 것 없네. 그래서 이제 됐다고 말한 걸세."

하나키치가 우사의 소매를 잡아당기며 파수막에서 밖으로 내보내려고 하고 있다. 우사는 반항하며 다리를 버티고 서서 똑바로 쓰네지 대장을 보았다.

"저는 해고된다는 뜻입니까?"

"여자에게는 여자에게 어울리는 생업이 있네."

등이 부르르 떨렸지만 우사는 견뎠다.

"가스케 대장님은, 제가 앞으로 반년만 착실하게 일하면 견습을 끝내고 히키테로 발탁해 주겠노라고 약속해 주셨습니다."

"가스케는 이제 없네. 만에 하나 돌아올 수 있다 하더라도."

쓰네지 대장은 일단 말을 끊었다. 짧은 침묵이 의미심장하게 일동의 머리 위를 떠돈다.

"더 이상 히키테의 우두머리를 맡을 수는 없어. 안됐지만 우사, 그 약속은 무효다."

쓰네지 대장은 약간 표정을 누그러뜨리며 우사에게 말했다.

"자네가 부지런하다는 사실은 나도 잘 알고 있네. 할 일은 얼마든지 있을 테지. 염색집에 가 보면 어떻겠나?"

또 모두들 웃었다. 아까보다 더 분명한 웃음이었다. 우사의 발밑이 흔들렸다. 파도에 무너지는 모래 위에 서 있는 기분이 들었다.

모두들, 나를 동료라고 생각해 주고 있었던 게 아니란 말인가.

"이제 그렇게 됐으니까 너는 이제 여기에 있지 않아도 돼."

하나키치가 웃으며 우사를 잡아당긴다. 그래도 그의 웃는 얼굴에는 괴로움을 얼버무리는 기색이 섞여 있었다. 그러니 다른 사람들보다는 낫다.

"하나키치 씨."

그에 의해 파수막 밖으로 밀려나면서, 우사는 그를 응시하며 말했다.

"왜?"

하나키치는 콧등에 땀을 흘리고 있다. 더위 탓만은 아니다.

하고 싶은 말은 산더미처럼 많은데, 아니, 산더미처럼 많아서 우사는 무엇부터 말하면 좋을지 알 수가 없었다. 말하고 싶은 것들의 산에 짓눌리고 말았다.

결국 아무 말도 하지 않고 발길을 돌렸다. 우사가 각오하고 있던 것보다도 한 호흡 늦게—거기에서도 하나키치의 사람 좋은 성격이 얼핏 느껴졌다—등 뒤에서 파수막의 문이 꽉 닫혔다.

한낮의 해자 바깥을 이리저리 걸어 다녔다. 관자놀이에서 땀이 흘러 떨어지고 빗으로 틀어올린 머리카락이 젖고 기모노가 축축하니 무거워졌다. 스스로도 땀냄새가 난다. 그래도 다리를 쉬지 않고 그늘을 찾지도 않은 채 걸어 다녔다.

마루미의 거리는 평소와 똑같아 보였다. 작년 여름과 다를 바가 없었다. 염색집 마당에는 붉은 조개로 염색한 천이 자랑스럽게 펄럭이고 굴뚝에서는 증기가 피어오른다. 바다 냄새와 염료 냄새가 뒤섞여 초여름 바람을 타고 거리를 불어 지나간다.

고토에 님의 일도, 가가 님의 일도, 다로와 지로의 일도, 가스케 대장님의 일도, 무엇 하나 일어나지 않은 것 같다. 그렇다. 대부분은 알려지지 않은 일들뿐이니까.

내가 이렇게 정처없이 돌아다니고 있는 것도 아무도 알아차리지 못한 것 같다. 아까부터 이 가게 앞을 몇 번 지나쳤던가? 이 염색집 건물을 몇 번 올려다보았던가? 마루미는 작은 동네다. 걸어 다니다 보면 싫어도 파수막 앞을 지나치게 된다. 그것을 깨닫자 우사는 무서운 것으로부터 도망치듯이 얼른 방향을 바꾸어 다시 배회하기 시작했다.

"어이, 우사. 어이."

누군가가 부르고 있다. 우사는 상점 지붕이 길에 드리우는 짙은 그늘을 노려보며 성큼성큼 걸어간다.

"어이, 거기 서. 우사, 안 들리는 건가?"

팔꿈치를 꽉 잡혔다. 우사는 돌아보지도 않고 그 손을 뿌리쳤다. 앞에 그림자가 버티고 섰다.

"자네, 제정신인가? 대낮부터 무엇에 홀린 게야."

작은 몸집이지만 탄탄한 체격의 검은 그림자가 우사의 팔을 다시 잡아 흔든다.

"자네 꼴을 보게. 땀투성이로군. 무슨 볼일이 있어서 어디로 가는 것인지 모르겠지만, 내게 인사할 새도 없을 만큼 급한 용무인가?"

와타베 가즈마였다.

우사는 눈을 깜박거렸다. 한 번, 두 번, 세 번. 몇 번을 깜박여도 와타베의 모습은 사라지지 않는다. 눈가가 따끔거린다.

와타베는 마을관리의 붉은 하오리 차림으로 사카야키에 땀이 맺혀 있었다. 짙은 눈썹이 숨막힐 듯 덥다. 옆구리에 보자기를 안고 있었다.

"뭐야, 내가 누군지 모르겠는가?"

웃는 목소리였지만, 와타베의 눈에는 근심의 빛이 담겨 있었다.

우사는 주위를 둘러보았다. 어느새 성의 해자를 따라서 거리를 걷고 있었다. 한쪽에는 파란 하늘이 비치는 해자의 수면이 시원하게 펼쳐져 있고, 다른 한쪽에는 마루미에서도 큰 상가商家들이 처마를 나란히 하고 늘어서 있다. 어느 가게나 문을 활짝 열고 볕을 피하기 위한 발을 내리거나 세워 조금이라도 그늘을 벌리고 하고 있었다.

"자네를 찾아 서쪽 파수막으로 가는 길이었네."

와타베는 마치 누군가 캐묻는 말에 변명하듯이 빠른 말투로 말했다. 우사는 틀림없이 내 안색이 험악하기 때문일 거라고 멍하니 생각했다. 내가 날카로운 눈을 하고 있어서다. 나는 그렇게, 와타베 님을 자주 물고 늘어졌으니까ㅡ.

"이거 말이야, 이거."

와타베는 보자기를 들어 올렸다.

"헌옷일세. 홑겹의 젠로쿠_{길이가 짧고 자락이 둥글며 큰 소매. 여자들의 평상복으로 어린 소녀의 옷에 사용된다}야. 옷을 고쳐서 호에게 주면 좋겠다고 생각했거든. 그 아이에게도 여름옷이 필요할 게 아닌가. 물건을 넣어 주는 정도는 어떻게 할 수 있을 테지. 자네, 바느질은 잘하나?"

우사는 두 팔을 늘어뜨린 채 두 주먹을 쥐었다. 뭔가 치밀어 오른 것이 있어 그것을 도로 누르려면 그렇게 할 수밖에 없었던 것이다.

"왜 그러나, 대답도 못 하겠나? 무슨 일이야?"

그럴 생각이 아니었다. 고마운 말씀이지만 저는 바느질을 잘 못합니다. 다른 사람에게 부탁해 보지요ㅡ그렇게 대답할 생각이었다.

그런데 우사는 울음을 터뜨렸다. 주먹을 쥔 채, 여름 한낮의 햇볕 아래에서, 있는지 없는지 알 수 없는 짙고 짧은 그림자를 밟고 소리 내어 울고 말았다.

(하권에 계속)

외딴집 - 상

초판 3쇄 발행 2008년 11월 28일

지은이 미야베 미유키
옮긴이 김소연

발행편집인 김홍민 · 최내현
편집장 임지호
책임편집 조소영
표지디자인 이혜경디자인
지도 일러스트 이승현
용지 화인페이퍼
출력 스크린출력
인쇄 청아문화사
제본 정민제책
코팅 금성산업
독자교정 김선영, 이하나, 장수진, 정혜경

펴낸곳 도서출판 북스피어
출판등록 2005년 6월 18일 제105-90-91700호
주소 (121-130) 서울특별시 마포구 구수동 16-5 국제미디어밸리 4층
전화 02) 701-0427
팩스 02) 701-0428
홈페이지 www.booksfear.com
전자우편 editor@booksfear.com

ISBN 978-89-91931-30-5 (04830)
    978-89-91931-29-9 (세트)

책값은 뒤표지에 있습니다.